梦解红楼

彭鑫鉴 著

红楼梦里红楼梦
梦里红楼梦红楼

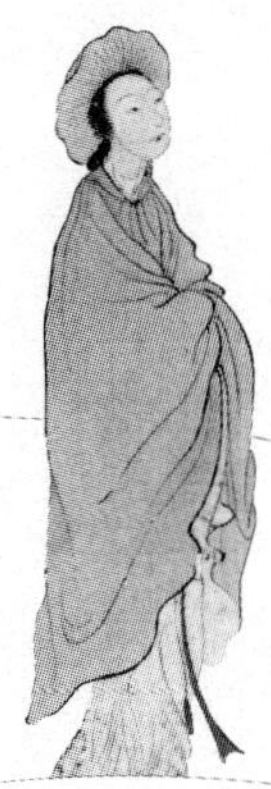

岳麓书社·长沙

作者简介

生于1941年6月，曾任原广州军区政治部记者、原《人民公路报》记者、主编。发表过通讯、特写、散文、速写、童话以及长篇报告文学。

60岁后，潜心研习梦学，记录自己的梦境13000多个，学习国内外梦学理论2300余万字，做学习笔记90多万字，解梦3000多个，历经15年潜修，深得科学释梦精髓。

本书涉及《红楼梦》之梦中梦42个，红楼人物20个，梦的种类40余个，是作者在梦学与红学之间跨界研究的创新力作，为梦学与红学相结合提供了一个新模式，开辟了一片深入研究红楼的新天地。

内容简介

本书作者彭鑫鉴，原为报社记者，长期从事文化等方面的报道。退休后开始记录自己所做之梦，十年多已积累一万多个梦，并能结合自己所学的《梦的解析》进行解梦析梦，引起媒体关注。他自小喜爱《红楼梦》，接触学习弗洛伊德的《梦的解析》后，开始将之与《红楼梦》联系起来研究，从而学有所得。本书即是其从解析梦的内涵、意境、缘由这样的角度入手，对《红楼梦》中四十多种梦境的描写进行解剖，力图以梦的解析来更为深入地探讨《红楼梦》的人物设计、情境布局、全篇架构等宏观层面以及人物心理、作者意图等微观层面的潜在理境，为《红楼梦》的研究提供了一个别具一格的模式，有一定的学术价值。以西方的梦学理论来解析中国最具人文特色的文学经典，具有一定的拓荒意义，开拓了红学研究的新视角，具有一定的参考价值。

书中《红楼梦》的参考版本为山东文艺出版社 1995 年 12 月第二次印刷之《红楼梦》；中华书局 2005 年 4 月出版之《红楼梦》；岳麓书社 2011 年 7 月出版之《红楼梦脂汇本》。

目录

(计:前八十回二十四梦,后四十回一十八梦,共四十二梦,其中宝玉有四梦合并于其他梦解析;计梦主共20人。又:除宝玉、黛玉、凤姐、袭人多梦未按回目次序外,其他一梦者均按回目次序排序。)

序

《红楼梦》开卷第一回作者自云："因曾历过一番梦幻之后，故将真事隐去，而借'通灵'之说，撰此《石头记》一书也。"明示此书所记乃"一番梦幻"，是一本不折不扣的梦的记录；最后的第一百二十回结束诗云："说到辛酸处，荒唐愈可悲。由来同一梦，休笑世人痴！"全书梦起梦结，是一本货真价实的梦书。全书中部第四十八回"慕雅女雅集苦吟诗"中，庚辰本脂砚斋批曰："一部大书，起是梦，宝玉情是梦，贾瑞淫又是梦，秦之家计长策又是梦，今作诗也是梦，一并风月鉴亦从梦中所有，故《红楼梦》也。余今批评亦在梦中，特为梦中之人，特作此一大梦也。"通览全书，如梦如幻，如实如虚，如真如假，如有如无，实不愧为古今中外第一大梦，洋洋洒洒百余万言，无出其右者！

一、梦的遗忘与红学的遗漏

自《红楼梦》印行广泛传世之后，文人墨客，评说如潮，流派纷呈，出现了古今文学史上独创"红学"的奇观。从最早的"索引派""评点派"，到"新红学派"提出的

“自传说”，再到现如今由论秦可卿而兴起的“秦学”、论茶的“红茶文化”、论菜肴的“红食文化”、论医药的“红药文化”、论大观园的“红建筑文化”等等，比起当初的“版本学”“脂批学”等等，更是热闹也更“无孔不入”了。然而，“智者千虑，必有一失”。我偶然中发现，红学人的红学文字几乎塞满“红楼”，却偏偏将一个主题字——“梦”字给遗漏了！论的评的品的都是堂堂正正的“红楼”，未见堂堂正正论“梦”的！其实，在《红楼梦》这个大梦中，从第一回甄士隐梦幻识通灵到第一百二十回袭人梦见宝玉当了和尚，其中就有大大小小42个“梦中梦”，单贾宝玉的梦就有16个之多，涉及的梦主也有20个之众，倘若说大观园中蛰伏了42条龙，这些梦中梦几乎皆是点睛之笔，如此这样一个大“宝藏”未挖掘，岂不是红学界一个重大的疏漏么?

二百余年来，红学人只研“红楼”漏研“梦”，并非偶然，这与梦的遗忘特性密切相关。我们很多人都有做梦的经历，更有醒来后就将梦遗忘的经历，我们一生总是不断地做梦又不断地将梦遗忘。《红楼梦》第一回“甄士隐梦幻识通灵”中，甄士隐炎夏永昼，梦至一处，见了一僧一道，听僧道讲了许多“蠢物”的事，同僧道讲了许多话，还从僧道手中看了“蠢物”一眼，又随僧道到了“太虚幻境”牌坊跟前，真是做了一个又清晰又漫长的梦，可是，一声霹雳震醒之后，甄士隐“所梦之事，便忘了对半”！由此可见，梦的遗忘是既迅捷又普遍的现象。科学释梦大师弗洛伊德说："梦的遗忘和其他的精神活动之遗忘没有两样。"① 而且，我们愈是忽视梦，梦也就遗忘得愈快。也许，正是由于我们在现实生活中太习惯于梦的遗忘，以至于浸漫到对待文学作品中的梦也过眼即忘；或许我们只把它当成一种文学表现的手法、技巧、形式，因而只注重它所表达的内涵，而没有把它当成一个真正的梦，如第三十六回己卯本回前脂批曰："绛芸轩梦兆，是金针暗渡法。"此外，红学人大概都属于文人，对于精神分析学、心理分析学，特别是关于梦与释梦理论的科学可能涉足不多或未曾涉足，因而也不大可能想到要以科学释梦的理论来对这些梦中梦进行解析。本文亦不敢冒独辟蹊径之名，只算是拾遗补漏，聊为红学大殿添一砖一瓦吧。

二、梦的心理分析与文学的心理描写

弗洛伊德在具有科学释梦里程碑意义的经典著作《梦的解析》中说："梦，并不是空穴来风，不是毫无意义的，不是荒谬的，也不是一部分意识昏睡，而只有少部分乍睡少醒的产物。它完全是有意义的精神现象。实际上，是一种愿望的满足。它可以算是一种清醒状态精神活动的延续。

---

① 弗洛伊德：《梦的解析》，第 239 页。九州出版社，2004 年 1 月第 1 版（全书所引弗洛伊德原文，均出自此书，以下只注书名和页码）。

它是由高度错综复杂的智慧活动所产生的。”① 基于此，他深信自己将证明心理学手段让我们有可能解释梦。简而言之，梦是人类夜间心理活动意象化的外露。解析梦，就是通过对梦象的剖析，找出梦主心灵深处隐藏的心理活动，揭示出梦主的隐衷，即梦主在白天不敢想不敢说不敢为的愿望。如贾宝玉对林黛玉是一片真情可对天，林黛玉对宝玉同样是一片真情可对天，若以现代恋人而言，互相说一句“我爱你”便两心相通了，但在那时，林黛玉“竟有万句言语，满心要说，却是半个字也不能吐，却怔怔的望着他。此时宝玉心中也有万句言语，不知从那一句上说起，却也怔怔的望着黛玉。两个人怔了半天”。宝玉瞅了半天，方说出“你放心”三个字。直到林黛玉走了，袭人来给宝玉送扇子，“宝玉出了神，见袭人和他说话，并未看出是何人来，便一把拉住，说道：‘好妹妹，我的这心事，从来也不敢说；今儿我大胆说出来，死也甘心！我为你也弄了一身的病了，又不敢告诉人，只好掩着。只等你的病好了，只怕我的病才得好呢。睡里梦里也忘不了你！’袭人听了这话，吓得魄消魂散，只叫‘神天菩萨，坑死我了！’便推他道：‘这是那里的话！敢是中了邪？还不快去？’宝玉一时醒过来，方知是袭人送扇子来，羞的满面紫涨，夺了扇子，便忙忙的抽身跑了”。这就是第三十二回贾宝玉的一个白日

①《梦的解析》第 18 页。

梦，他将在清醒时不敢向黛玉讲的“心事”，终于在梦中“大胆说出来”。从文学上来看，这是心理描写，从梦来看，是潜意识“心事”的大胆外露。作者运用梦的形式对宝玉进行心理描写，而透过梦的表象我们可以分析出宝玉的心理，从而“看见”宝玉埋藏在心灵最深处的潜意识的衷情。由此可以说，从本质上而言，解梦就是进行心理分析。而文学作品最突出的特质正好是心理描写。任何作品，首先得写发生了一件什么事情，然后围绕这件事，描写与此事相关联的种种人物的种种心态，这些心理描写的深刻与浅陋，关系到人物能否站立起来，也关系到作品是否能够隽永。对梦的心理分析与文学作品对人物的心理描写，使二者得到融洽和谐的平台，使对作品中的梦进行解析成为客观可能。本文以科学释梦鼻祖弗洛伊德的理论为主导，兼收并蓄其他释梦大师的卓越见解，以心理分析当伽马刀，对梦中梦逐一进行解析。也许可以说，尝试梦学与红学结合或可开辟一片研讨红楼的新天地。

三、凝缩的梦与解析之文

弗洛伊德说：“在梦的形成时，必有相当多的心理资料经过了凝缩的过程。”① 形象地说，梦中的每一个梦象都像是一块压缩饼干，它包含的能量是同样大小饼干的许多倍，

---

① 《梦的解析》第108页。

因此，在解析时切不可只把它当作普通饼干看待。就“梦的隐意”冗长丰富而言，“梦的内容”就显得贫乏简陋而粗略了。弗洛伊德说：“如果梦的叙述需要半张纸的话，那么解析所得的‘隐意’就需要六、八至十张纸才写得完。这样的比例虽因不同的梦而异，但就我的经验看来，几乎多半是如此。”① 贾宝玉游太虚幻境梦，作者写了七千多字，解析文字一万四千余字，比例是1∶2，显然，还有极大的继续解析潜力；栊翠庵道婆的梦只有一句话九个字，解析文字却有三千多字，比例是1∶300，这相当于将一块压缩饼干“还原”成了三百块普通饼干。尽管如此，我们仍不能说将这个一句话的梦解析完结了。一般而言，我们往往低估了梦所受凝缩的程度，以为由一次解析所得的“隐意”即包含了这个梦所有的意义，然而事实上继续对这梦分析下去，常常又能发掘出更多深藏在梦里的意义。尽管自以为所作的解释已达到毫无瑕疵、令人满意的地步，但仍可能再由这同一个梦里又找出另一个新的意义来。因此，严格地说，梦凝缩的程度是无法定量的。所以，弗洛伊德便有个声明：“一个人永远无法确定地说他已将整个梦完完全全地解释出来。”② 我想，这同样也是我的声明，我对我所解析的42个梦，自认是尽力了的，但我仍不能说我

---

① 《梦的解析》第108页。

② 何仲生、余凤高：《弗洛伊德　文明的代价》，第91页。辽海出版社，1999年7月第1版。

“已将整个梦完完全全地解释出来”了，其中必然还留存了极大的余地，有待同好者继续解析。

四、释梦对象与红楼人物

关于释梦对象，理论界几乎一致认为最好是梦主自己，即自己解析自己的梦。因为只有自己最了解自己，也最容易明白和证实自己为什么会做这个梦。美国梦著作家梅芙·恩尼斯和珍妮弗·帕克在他们合著的《梦》中说：“每个梦实际上都应当根据梦者的生活来解析。”① 倘若不是自解自梦，而是替别人解梦时，“最好有梦者在场，不然的话，任何理解都成了一种空泛之论，因此可能不适用于梦者的生活”②。这无疑是既正确又中肯的。然而，我面对的释梦对象既不是自己，也不是现实社会中的别人，而只是贾宝玉、林黛玉、凤姐等20个生活在《红楼梦》这部小说中的艺术形象，我与这20个梦主最大的障碍是不可能促膝交谈！尽管他们在小说中是有血有肉有思想有情感有个性有作为的活生生的“人”，但我却毫无能力要他们开口向我说出哪怕一个字的话来。要替这些极为特殊的梦主解梦，唯一之途，我只能钻入原著，进出红楼，逐一寻觅他们的生活踪迹和心路历程，明察他们的人际关系，感悟他们的

---

① 梅芙·恩尼斯、珍妮弗·帕克：《梦》，第89页。生活·读书·新知三联书店，2003年1月北京第1版。

② 同上。

七情六欲，梳理他们的情结、愿望，将他们的方方面面，了然于胸，让他们在我心中“活”起来，近乎对面而坐，促膝交谈，问答酬和，如真人相对。如此一来，解析中不免要引入原著中若干文字，将梦主小传、主打故事、情思脉络、点睛之语等昭示读者，再加上释梦中引入的若干理论文字，不觉之中，使这本释梦之书成为了“半红半梦”的特殊载体，读过之后，不啻读了半部红楼半部梦论，或者说恍如读了一部《红楼梦》缩编本和一部科学释梦理论普及本，这倒有点始料未及，纯属特殊梦主使然。

五、梦的种类与红楼章法

我国古代《周礼》有“六梦”之分，即正梦、噩梦、思梦、寤梦、喜梦、惧梦；东汉王符著《潜夫论》之《梦列》中，有“十梦”之分，即直梦、象梦、精梦、想梦、人梦、感梦、时梦、反梦、病梦、性梦；隋代著名医学家杨上善在《黄帝内经太素》中将梦分为征梦、想梦、病梦；明代中期，陈士元综合历代诸家梦说撰《梦占逸旨》，乃有“九梦”之分，为气盛之梦、气虚之梦、邪寓之梦、体滞之梦、情溢之梦、直叶之梦、比象之梦、反极之梦、厉妖之梦；佛经《善见律》有“四梦”之分，即四大不和梦、先见梦、天人梦、想梦；佛经《毗婆沙论》有“五梦”之分，即由他引梦、由曾更梦、由当有梦、由分别梦、由诸病梦；目前能见到的最早的解梦书《敦煌梦书》则按天文章、地理章、山林草木章等将梦分为十八大类；明人陈士元整理的《梦林玄解》亦按天象部、人物部、飞走部等将梦分为十三大类，每一大类中又分为若干小类，如“形貌部”中的小类就多达29种，可见细微之至；在文学创作中，则将梦分为帝王梦、神仙梦、断案梦、风流梦、春闺梦、恩怨梦、忏悔梦、升官梦、发财梦等等。全世界亿万人在做着不尽相同的梦，梦的种类自然包罗万象，无奇不有，这就为作者创作梦预留了广阔的舞台和无尽的想象空间。《红楼梦》第二十四回“痴女儿遗帕惹相思”庚辰本回后脂砚斋批曰：“《红楼梦》写梦章法，总不雷同。”《红楼梦》全书有42处写到梦，从解析来看，囊括了性梦、反梦、情结梦、精梦、焦虑梦、白日梦、噩梦、连续梦、灾难梦、先兆梦、迷路梦、顿悟梦、心灵感应梦、超常梦、籍梦、人格梦、直梦、体感梦、思梦、幻想型梦、超现实梦、愿望满足梦、生育梦、彩色梦、数字梦、警示梦、神鬼梦、创作梦、厉妖梦、病梦、复生梦、创伤梦以及说梦、孵梦等30多种不同类型，真正是“总不雷同”。而且，在描写入梦出梦时，行笔细腻，不留痕迹，使读者不知不觉已入梦中。第五十六回写贾宝玉梦见甄宝玉梦，戚序本回前脂批曰：“叙入梦景，极迷离，却极分明”；第二十四回写红玉暗恋贾芸梦，庚辰本回后脂批曰：“此梦更写的新奇，不见后文，不知是梦。”果不其然，直到第二十五回“唬醒过来方知是梦”。

正由于这些梦中梦种类覆盖面十分广阔，写作又“总不雷同”，技法高妙绝伦，无疑给释梦带来了更为广阔的周旋余地，对于释梦者来说，恰似身临梦天幻海，大有海阔凭鱼跃、天高任鸟飞之感。不经意之间，释梦成为了无穷乐事，寻寻觅觅，侃侃道来，愿与读者共享这真真幻幻、虚虚实实、迷迷离离的梦境大餐。

六、《红楼梦》大梦与“梦中梦”小梦

英国作家大卫·冯塔纳在他的《读梦》中说：“艺术是潜意识创造性的结晶。”① 瑞典电影界巨人英格玛·贝尔格曼曾经深情地说：“我的电影都是梦。”《红楼梦》正是这样的艺术结晶，早已踏上舞台，搬上银幕，家喻户晓，老孺皆知，光华璀璨，历久弥新。两百多年来积累的红学文字也已经是原著的许许多多倍了。我以为，所有红学文字，不论从何角度在何层次，无非都围绕着两个字——解梦——解红楼大梦而为。按照“半张纸”与“十张纸”的比例，无论红学文字如何堆垒如山，在“完全”解析这个大梦的征途上，仍是“路漫漫兮”，仍需“上下而求索”。诚然，我所说的所有红学文字都是解梦文字，只是从其本质而言的，或者说只是从其客观效果而言的；从主观上看，

① 大卫·冯塔纳：《读梦》，第 56 页。吉林摄影出版社，1999 年 11 月第 1 版。

绝大部分红学文字也许并不是真正从解梦这个特定的角度生发出来的，并不是把《红楼梦》真正当作一个大梦来对待的。因为释梦毕竟是一项专门的学问，有其自有的一整套科学理论和方法、技巧。比如传统解梦法有直解法、象征法、类比法、连类法、解字法、谐音法、破译法、转释法、反说法等，现代解梦法有客观解梦法、主观解梦法、冥想解梦法、译释解梦法、联想解梦法、内容分析法、心理分析解梦法等等。弗洛伊德在《梦的解析》中说："一个人无法对整个梦，作为集中注意的对象，只能够就每一小部分逐一检释。"① 他又说："我所采用的解梦方法是用片断地、片断地，而非整体地来研讨，同样的，我也视梦为一大堆心理元素的堆砌物。"② 对一个普通的梦尚且如此，对《红楼梦》这样的大梦更不待言。正如一口吃不成一个胖子一样，我们绝不可能一口吞下《红楼梦》。我所解析的 42 个梦中梦，仅仅只是红楼大梦中的 42 个"片断"，而且，非"梦中梦"范围内的其他人物、故事、情节乃至章回，即其他所有内容，无一例外都是红楼大梦中的一个又一个"片断"，都是大梦中的梦象，只是未以"梦中梦"的形式表现而已。因此，解析"梦中梦"，只不过是解析大梦中的极小部分；当然，"梦中梦"与其他内容相比，也许

① 《梦的解析》第 7 页。

② 同上。

心理元素更集中，矛盾更尖锐，斗争更激烈，具有“一滴水可以见太阳”的特殊功效。经由“梦中梦”的解析，就像由一个“检验孔”可以窥看出整个大梦心灵结构的内部一样，为圆满破解大梦找到一条捷径。通过对42个“片断”的解析，我们似乎隐隐地感悟到了些微大梦的脉息：政治层面的呐喊——相对于鲁迅先生所述之国势衰微、军阀混战、饥寒交迫、民不聊生的“末世呐喊”而言，曹雪芹与高鹗之《红楼梦》则是难能可贵不可多见的“盛世呐喊”。《红楼梦》成书约在1760年前后，正值乾隆盛世。盛世之文人，感而慨之，无不歌功颂德，锦上添花，难有批评时政者，更难有反其盛而呐喊者！难道曹、高二公不是盛世之人么？非也！他们的意识层面无不时时感受到盛世之盛；而他们的灵魂深处，即他们的潜意识层面，已经感受到了盛世背后的危机，感到了“大厦将倾”，因而才视“仕途”为鬼域，视“官禄”为粪土，才敢于在盛世发出振聋发聩的呐喊。当然，因为时代的局限，他们的呐喊不可能是揭竿而起，“把皇帝拉下马”，尽管如此，红楼的呐喊，至今仍不绝于耳！

此外，还有道德层面的劝善戒淫，更重要的是心理层面的焦虑和精神层面的恐惧。

这也许不是正确的答案，更不是全部答案，要求得既正确又完满的答案，我们还需不懈努力，从“片断”开始，“片断地片断地”解析下去。

七、前 80 回梦与后 40 回梦

毋庸讳言，红学界有人对高鹗、程伟元接续的后 40 回颇有微词，除了“补遗订讹”中的一些局部问题外，焦点集中在“与原著的基本精神是否吻合”的问题上，认为某些人物的命运结局偏离了曹雪芹预先安排的路线。在这个问题上，袁世硕先生在《红楼梦》前言中说：“固然，后来的删改，就局部而言，并非是一无是处。补足原著的缺失，就更不能轻视，虽然其间也有与原著的基本精神是否吻合的问题。试想，《红楼梦》如果没后四十回，没有‘林黛玉焚稿断痴情’的情节，那将是极大的遗憾，或许就会不像现在这样脍炙人口了。”① 这个评论客观中肯，令人信服。现仅从写梦这个角度，作一补充。

首先从写梦数量上看。全书大小梦共 42 个，前 80 回 24 个，后 40 回 18 个。显然，高鹗、程伟元完全承接了曹雪芹写梦的手法，对曹公以梦表意的意图心领神会，数量上还略有胜出。第二，从写梦的质量上看。第八十二回、八十三回合写了林黛玉与贾宝玉推心置腹的一个心灵感应梦。心灵感应梦是梦研究界极为关注的梦种，苦于这种梦例十分难觅，珍贵异常，不料高、程奉献出了一个经典范例，尽管是文学创作出来的梦，显然同样具有生活的真实

① 《红楼梦》第 12 页。山东文艺出版社，1993 年 12 月第 1 版。

与艺术的真实，难能可贵。第八十七回妙玉坐禅走火入魔梦、第一百零一回凤姐梦秦可卿的白日梦、第一百一十一回鸳鸯的创伤梦等都是不可多得的典型梦例。尤为难得的是，在一百零九回写了贾宝玉的“孵梦”，这比现代西方梦研究者提出来的“孵梦法”要早了一两百年！此外，前80回核心人物黛玉无一梦，后40回为黛玉补写了3个梦，单凭这一点，真是“就更不能轻视”了。在写梦质量上比曹公毫不逊色，甚至有过之而无不及。第三，从写梦的技巧上看。后40回的18个梦，几乎个个都贯彻了“章法总不雷同”和“叙入梦景极迷离”的评语标准，也都十分吻合现代科学成梦释梦理论，既具艺术的真实又具生活的真实，真正源于生活又高于生活。曹公的写梦技巧更不待言，尤以第三十六回贾宝玉的情结梦、第七十七回贾宝玉梦晴雯的连续梦、第二十四回红玉梦贾芸的警示梦、第四十八回香菱的创作梦等，皆是不可多得的佳作；然而，曹公在第五回写贾宝玉神游太虚幻境这个长达七千余字的梦时，过于偏重安排十二金钗的命运纲领，从而忽视了梦醒后会很快遗忘的特性，正如甄士隐醒后“便忘了对半”一样。在现实生活中，做贾宝玉这样长达七千余字的梦是有可能的，并不违反现实生活的真实，但醒来之后仍能将这样的梦特别是其中的歌词一字不差地记述出来，显然与梦的遗忘特性相背离了。直到第一百一十六回“得通灵幻境悟仙缘”中，贾宝玉梦游“真如福地”即重游太虚幻境时，才由高、程说出"好像曾到过的"、"我少时做梦曾到过这个地方",算是补出了梦的遗忘之意。曹公写此梦不免颇露斧痕,也许正由于这个缘故,使后来不少红学人也将此梦只当金钗们命运的"纲领性文件"而不将此梦当"梦"。如此分析,绝无贬曹褒高、程之意,只不过从写梦角度平实而言而已。至此不妨套用袁世硕先生的语气曰:"试想,《红楼梦》如果没后四十回,没有'贾宝玉、林黛玉的心灵感应梦'等诸梦,那将是极大的遗憾,或许就会不像现在这样脍炙人口了。"

八、解析"红楼-梦"与探求"曹-高"潜意识心结

《红楼梦》是"曹-高"合做的一个大梦。《红楼梦》的艺术成就是一个难以逾越的高峰,具有永恒的艺术魅力。梦中梦,也许是其中的一朵朵奇葩,闪耀着特殊的艺术光华。由于《红楼梦》是一部百科全书式的浩大无垠的史诗式的巨著,关于它所体现的主题至今也难以找到一个公认的统一的说法,两百余年仍处于仁者见仁智者见智的状态,正如鲁迅先生所言:"单是命意,就因读者的眼光而有种种:经学家看见《易》,道学家看见淫,才子看见缠绵,革命家看见排满,流言家看见宫闱秘事……在我眼下的宝玉,却看见他看见许多死亡……"这种状况,也许还将继续下去。

弗洛伊德认为,梦是通向潜意识的桥梁,研究和分析

梦的现象对于探索潜意识具有极其重要的意义。《红楼梦》第一回作者自谓“因见众石俱得补天，独自己无材不堪入选，遂自怨自叹，日夜悲号惭愧”。甲戌本脂砚斋在“无材补天，幻形入世”批曰：“八字便是作者一生惭恨。”作者自又云：“今风尘碌碌，一事无成……实愧则有余，悔又无益……虽今日之茅椽蓬牖，瓦灶绳床，其晨夕风露，阶柳庭花，亦未有妨我之襟怀束笔搁墨。”何也？一言以蔽之：压抑！曹公正是以“幻形入世”的梦的形式书写自己压抑之襟怀，唯恐读者不察，又特意点明“此回中凡用‘梦’用‘幻’等字，是提醒阅者眼目，亦是此书立意本旨”。曹公之意，何等明了！“此书立意本旨”，全在“梦”“幻”之中！第二十一回“贤袭人娇嗔箴宝玉”中，庚辰本回前脂批曰：“有客题《红楼梦》一律，失其姓氏，惟见其诗意骇警，故录于斯：‘自执金矛又执戈，自相戕戮自张罗。茜纱公子情无限，脂砚先生恨几多。是幻是真空历遍，闲风闲月空吟哦。情机转得情天破，情不情兮奈我何?’凡是书题者不可少，此为绝调。诗句警拔，且深知拟书底里，惜乎失名矣。”批中“深知拟书底里”耐人寻味，“脂砚先生恨几多”更是从另一个侧面道出作者“恨几多”，几乎是怀着满腔愤恨“哭成此书”的。虽然不能把“脂砚先生”等同曹公，但脂砚先生“与作者的心灵息息相通”（袁世硕语），与曹公痛恨相关，感同身受，正因此，才奉“此为绝调”。而这“恨几多”正是通过梦幻来发泄的。由此可知，认真专注地探讨书中梦幻，不是更易贴近作者著书的“本旨”和“底里”么！不是更易贴近“曹-高”胸臆，探求出“曹-高”心灵深处潜意识的心结与隐衷么！

弗洛伊德说：“梦的解析常常不会在第一回合就完全解决的。”[①] 当我们过一段时间再对同一个梦进行解析时，也许能导出另一层的梦思。由于梦的凝缩特性，梦不仅可以反复解析，而且应该反复解析，使之新意迭出，趋向精深。毕竟，梦是人类自身最大的奥秘之一，解开这个谜也许不比探测火星更容易。本文对42个梦中梦的解析，称其量算是“第一回合”，也许离梦的“真核”还相距遥远，算是抛出一块砖吧，期盼有更多的梦研究者和红学人士，通过解析梦之途，引出更多《红楼梦》新解之玉！

① 《梦的解析》第240页。

宝玉梦之一

第五回　游幻境指迷十二钗　饮仙醪曲演红楼梦

梦境 | MengJing

贾宝玉午睡时，睡在侄儿贾蓉之妻秦可卿的上房内间香床上，“刚合上眼，便惚惚的睡去，犹似秦氏在前，遂悠悠荡荡”，随着秦氏来到“太虚幻境”，由警幻仙姑导引，一路看了“痴情司”“结怨司”“夜梦司”“朝啼司”“夜怨司”“春感司”“秋悲司”，最后来到“薄命司”，看了“金陵十二钗正册”，又看了“金陵十二钗副册”和“金陵十二钗又副册”。随后又至一室，闻了“群芳髓”，喝了“千红一窟”茶，饮了“万艳同杯”酒，看了“新制《红楼梦》十二支词曲”。仙姑又将其妹兼美许配给宝玉，并秘授云雨之事。宝玉与兼美行儿女之事后，柔情缱绻，软语温存，与兼美难解难分，忽至一个所在，荆榛遍地，狼虎成群，迎面一道黑溪阻路，即深有万丈的迷津，迷津内水响如雷，竟有许多夜叉、海鬼将宝玉拖将下去，吓得宝玉汗如雨下，失声大叫“可卿救我”，从梦中惊醒。

解析 | JieXi

很显然，这是一个超长梦，洋洋七千多字。在现实生活中，人们很难做出一个这么超长的梦。笔者连续 13 年记梦一万多个，记录下来最长的梦亦不过两三千字。尤其能将梦中所见之 2 个匾额、4 副对联、15 种金陵十二钗及晴雯袭人香菱三个丫鬟的判词、12 支新制《红楼梦词曲》及警幻仙姑唱的歌词完完全全一字不差地记忆并记录下来，古今中外恐怕只有雪芹一人！因此，似乎可以说，此梦至少在梦学描写上斧痕深重！红学界人士都特别重视这个梦，将这个梦视为整部小说的纲目，更是金陵十二钗预言式的小传。由此可见，所谓重视，并不在“梦”字上，而在它的“纲目”意义上。也许，这和作者的创作思路是一致的，作者正是通过“梦”的形式，将通部大纲隐于其内，以俟读者识知。红学家们至今只在小说框架角度提到了这个梦，并没有从科学释梦这个角度来解析这个梦。

从科学释梦的这个角度看，此梦至少可从三个方向进行解析。

解析一：此梦是一个典型的性梦、遗精梦。说其典型，理由有六：

一、典型的性生理

宝玉时值 13 岁。从生理学上看，13 岁少男正值春心萌动、性欲开启、本我苏醒之时。南北朝时期的著名医家褚澄在其著作《褚氏遗书》中，从男女阴阳角度明确揭示了女子一七而阴血升，二七而阴血溢；男子一八而阳精升，二八而阳精溢的生理规律，即女子七岁已动阴血，十四岁来月经；男子八岁而动阳精，十六岁而精溢，男女此时性与性器皆成熟，而此前则早已动矣！此时男孩睾丸开始生成精液并开始储存，当精液储存量达到饱和或曰极限时，便要寻找宣泄的出口，这便是常言所说的“精满自溢”，此梦正是宝玉的第一次梦遗。随后第六回“贾宝玉初试云雨情”中，袭人伸手与他系裤带时，不觉伸手至大腿处，只觉冰凉一片粘湿，唬的忙退出手来，又趁与宝玉换中衣时，“含羞问道：‘你梦见什么故事了？是那里流出来的那些脏东西？’宝玉道：‘一言难尽。’说着便把梦中之事细说与袭人听了”。那“冰凉一片粘湿”的“脏东西”，正是宝玉梦遗的精液。倘若宝玉还不到这个年龄，无论做多少花花绿绿的梦，也不会出现梦遗的情况，因为在生理上还没有精液生成，更谈不上储存，无精可溢，因此可以将这个梦，或者将这第一次梦遗，视为宝玉性生理趋向成熟的带有标志性的起点。正因为宝玉有了性生理这个基础，才能做此性梦。

二、典型的性心理

性生理和性心理有如一对双胞胎，当性生理趋向成熟之时，性心理也同步活跃起来。梦中警幻仙姑“秘授以云雨之事”这句话值得格外注意。警幻仙姑何许人也？她自我介绍是：“吾居离恨天之上、灌愁海之中，乃放春山遣香洞太虚幻境警幻仙姑是也：司人间之风情月债，掌尘世之女怨男痴。”我们完全知道，警幻仙姑是作者虚拟的人物，世上并不存在，但虚拟并不等于虚无。从“离恨天”“灌愁海”“放春山”“遣香洞”“太虚幻境”这些用词来看，很容易使人联想到遥远亘古的原始时期，警幻仙姑就是那个时期的一位原始人，她的身上带着风情月债巫山云雨的秘码，这个秘码通过遗传因子一代一代地从古传到今。事实上，警幻仙姑就是精神分析学大师荣格所指的集体潜意识的化身。大圣人孟子有句特别精辟的名言：“食色，性也。”即是说，食欲和性欲，是人类的两大本性。吃饭，是保证个体的生存；性交，则是保障人类的延续。而吃饭和性交这两项本领，对于任何个体而言，都是“无师自通”

的，是一种本能表现。婴儿一出生，就会自主寻找乳头，自主吸吮，不需要母亲教诲亦不需学习；同样，无论男女，一达到性成熟之后，无需前辈教诲，都会性交。事实上宝玉并没有从贾母王夫人凤姐等“过来人”那儿得到什么“秘授云雨之事”，他只是在梦中得到警幻仙姑的“秘授”，而警幻仙姑实质上就是他自己的集体潜意识，是他自己性心理苏醒的表现。当精满之后，他本能地意识到需要与异性交媾才能得到宣泄。因此可以说，此梦是宝玉的第一次梦交，亦可以视为宝玉性心理趋向成熟的带有标志性的起点。倘若性心理不与性生理同步发育，即使也能出现梦遗，却不会有性梦，只有性心理趋向成熟，才能出现以梦交为典型影像的性梦。因此可以说，宝玉的这个性梦正是他性心理趋向成熟的标志。

三、典型的性环境

人所共知，环境对人的心理影响是极其巨大的。办喜事，人必乐；办丧事，人必哀；游山玩水，心旷神怡；枪林弹雨，紧张恐惧；等等。同样的道理，要有与性事相宜的环境，才能催化出性梦。梦中对环境的描写极为简洁，只有一句话：“送宝玉至一香闺绣阁之中，其间铺陈之盛，乃素所未见之物。”其实，对这一香闺绣阁，作者早已有了详细的描述，而在宝玉的心中，则早已有了底蕴，即是入睡前的见闻：“秦氏听了笑道：‘这里还不好，可往那里去呢？不然往我屋里去罢。’”原来这个香闺绣阁不是别处，正是宝玉的侄儿媳妇秦可卿的卧室。这个卧室，有何奇妙之处呢？作者有以下描述：“大家来至秦氏房中。刚至房门，便有一股细细的甜香袭人而来。宝玉觉得眼饧骨软，连说：‘好香！’入房向壁上看时，有唐伯虎画的《海棠春睡图》，两边有宋学士秦太虚写的一副对联，其联云：‘嫩寒锁梦因春冷，芳气袭人是酒香。’案上设着武则天当日镜室中设的宝镜，一边摆着飞燕立着舞过的金盘，盘内盛着安禄山掷过伤了太真乳的木瓜。上面设着寿昌公主于含章殿下卧的榻，悬的是同昌公主制的联珠帐。宝玉含笑连说：‘这里好！’秦氏笑道：‘我这屋子，大约连神仙也可以住得了。’说着亲自展开了西子浣过的纱衾，移了红娘抱过的鸳枕。于是众奶母服侍宝玉卧好，款款散去，只留下袭人、媚人、晴雯、麝月四个丫鬟为伴。”将秦氏的卧室与梦中的香闺绣阁一比较，岂不同是“连神仙也可以住得了”的仙阁么！科学释梦鼻祖弗洛伊德在论述梦材料来源时说：“我深信每个梦的刺激来源，均来自‘他入睡以前的经验’。”[①]宝玉在入睡以前有些什么“经验”呢？一进房便闻到“一股细细的甜香”，甲戌本脂砚斋评点“此香名引梦香”，宝玉闻了此香之后，“觉得眼饧骨软”，甲戌脂砚斋评点为“刻骨吸髓之情景”，闻香后眼睛半睁半闭，连骨头都酥软

① 《梦的解析》第 42 页。

了；随后看见唐伯虎的《海棠春睡图》，脂批“妙图”；复又看见秦太虚的对联，脂批“艳极，淫极。已入梦境矣”；然后又看见武则天的宝镜、赵飞燕的金盘、伤过太真乳的木瓜、寿昌公主的卧榻、同昌公主的联珠帐、西子浣过的纱衾、红娘抱过的鸳枕。对于腹中文墨不差的宝玉而言，理应深谙这些“素所未见之物”中所藏之典故，皆与风月云雨密切关联。秦可卿香气氤氲的卧室移置到梦中，变成了仙国的香闺绣阁，在这样香风扑扑淫雨霏霏、性诱惑琳琅满目、性意念沸沸扬扬的环境里，叫宝玉如何不做性梦呢！弗洛伊德说：“遗精梦的特殊性质不但使我们直接观察到一些被认为是典型的，却受到激烈议论的性的象征，并且使我们相信一些看来是纯洁无邪的梦中情况，不过是性景象的前奏曲罢了。”[①] 本回中十成文字有六成都花在渲染悦目愉心的性环境上，红学家们格外看重的所谓“纲领”性文字，在此梦中不过梦交的“前戏”文字罢了。倘若将宝玉安置在另一个环境里睡觉，即秦可卿最先带宝玉去的上房内间，情况又将如何呢？“宝玉抬头看见一幅画贴在上面，画的人物固好，其故事乃是《燃藜图》，也不看系何人所画，心中便有些不快。又有一副对联，写的是：‘世事洞明皆学问，人情练达即文章。’及看了这两句，纵然室宇精美，铺陈华丽，亦断不肯在这里了，忙说：‘快出去！快出

---

① 《梦的解析》第 173 页。

去！’”能说这间房不好么？论规格是“上房内间”，“室宇精美，铺设华丽”，是秦氏专“给宝叔收拾下的屋子”，给宝玉做个午睡之用，的确一点也没有薄待他；然而宝玉之心性却是最反感经济仕途的，一看这画这联，便心中不快，直嚷叫快出去，正如脂评所言：“如此画联，焉能入梦？”这样的环境，宝玉连个午睡都不乐意在此睡，谈何做美梦；倘若当真让宝玉在这间“上房内间”中午睡，非但做不成性梦，倒很有可能做出贾政训饬读书甚至鞭笞的噩梦来。

除了卧室之外，宝玉在入睡以前还有同贾母及秦可卿等宁、荣二府女眷在宁府中花园内赏梅家宴的“经验”，宴会上“先茶后酒”。正因此，宝玉在梦中便饮了“千红一窟”名茶，又喝了“万艳同杯”美酒，还看了十二个舞女上演的新制《红楼梦》十二支词曲。殊不知，琼浆玉液正是催发性欲的先锋，香茶美女更是点燃欲火的引信，宝玉在梦外梦内皆置身于性诱惑的环境之中，加上性生理的基础、性心理的萌动，哪怕只是短短的一个午睡，做性梦也是理所必然的了。

四、典型的性对象

宝玉梦交的对象是警幻仙姑之妹，“乳名兼美，字可卿者”。兼美何许人也？“其鲜艳妩媚，有似乎宝钗；风流袅娜，则又如黛玉”。脂砚斋评曰：“难得双兼，妙极。”第三回“林黛玉抛父进京都”中，宝玉第一次与黛玉见面时，只见黛玉“两弯似蹙非蹙笼烟眉，一双似喜非喜含情目。态生两靥之愁，娇袭一身之病。泪光点点，娇喘微微。闲静时如姣花照水，行动时似弱柳扶风。心较比干多一窍，病如西子胜三分”。宝玉见过黛玉后的第一句话便是：“这个妹妹我曾见过的。”随后又称黛玉为“神仙似的妹妹”。随后又撒娇强逼贾母将黛玉安置在自己睡卧的碧纱橱内同宿。从此“宝玉和黛玉二人之亲密友爱处，亦自较别个不同，日则同行同坐，夜则同息同止，真是言和意顺，略无参商”。在宝玉眼中心中，黛玉便是这样一位比病西子还胜过三分的神仙妹妹。而宝钗则似乎更胜一筹，“生得肌骨莹润，举止娴雅”，“年岁虽大不多，然品格端方，容貌丰美，人多谓黛玉所不及。而且宝钗行为豁达，随分从时，不比黛玉孤高自许，目无下尘，故比黛玉大得下人之心”。在宝玉眼中心中，宝钗是一位“唇不点而红，眉不画而翠，脸若银盘，眼如水杏。罕言寡语，人谓藏愚；安分随时，自云守拙”的“好姐姐”。正是这两个神仙似的姐妹在梦中变成了兼美！脂砚斋评曰：“妙，盖指薛、林而言也！”实际上，兼美还不只是指薛、林，又用上了秦可卿的“字可卿”，可见连秦可卿之美也连接进去了，由此亦可泛而广之，大观园乃至荣、宁两府上上下下“几百女孩子”之美都由兼美兼而美之了，兼美实际上成为了一个梦理论中的“集锦人物”。弗洛伊德说：“所谓集锦人物，就是将两个以上的真实人物的特点集合于一人身上，或将两个人物复叠在一起。‘集体’或‘集锦’人物的产生是‘梦凝缩’的一大方法。”[①] 兼美这个集锦人物，实际上成为了广义上的女性美的化身。弗洛伊德又说：“凝缩的产物正是梦者心理症与其梦的交汇点。”[②] 这一理论运用到宝玉身上，他的性指向不是某一个具体的女子，而是整个女性美。正如他自己的高论：女人是水做的，男人是泥做的；女人清，男人浊。脾性虽极憨顽，在姊妹情中却是极好的，这便是宝玉心结所在。中外梦学界对性梦对象，有一个趋同性的认识，一般认为“重情轻性”者，性梦对象多是熟悉、亲密和心仪的人；而“重性轻情”者，性梦对象多不固定，甚至常常出现毫无干系的陌生人。梦者无论男女，性梦对象皆会出现这样的特征。心理学家霍尔与凯瑟研究了五百名男性与五百名女性的梦境后发现，男人一般梦到的是幻想中的女人。宝玉在梦中的性对象兼美，正是他在现实生活中所喜爱心仪的姐妹，只是比任何一个单独的女子更完美无暇而已。

五、典型的性感受

在梦学界，几乎一致认为无论梦象如何光怪陆离荒诞

---

① 《梦的解析》第 115 页。
② 《梦的解析》第 117 页。

无稽，但梦中流露出来的情感却是真实的。这正如股市中众多的图形技巧消息皆不可靠，唯有筹码是真实可信的一样。宝玉梦中与兼美有了交媾之举，对于这次梦交的感受，作者仅用“难以尽述”四字一笔带过，但这似乎并不能难住我们寻幽探秘。在随后的文章中，作者如是说：“至次日，便柔情缱绻，软语温存，与可卿难解难分。”这几句简单不过的叙述里，蕴藏着大量梦交的信息，单从“柔情缱绻”“软语温存”“难解难分”几个形容词来分析，不难看出宝玉在梦交中与可卿如胶似漆，获得了极大的性快感。这也是他一生中所获得的第一次性快感。这种感受令他如痴如醉，迫不及待地于当晚便“强袭人同领警幻所训云雨之事”。弗洛伊德最经典的梦理论，即是梦是愿望的满足。获得性快感，便是获得性愿望满足的最重要标志，因此，将此七千言的超长梦定性为性梦，依据亦在此。

六、典型的性恐惧

梦中欢媾意满心愉之时，忽然晴天霹雳，宝玉来到迷津，“竟有许多夜叉、海鬼将宝玉拖将下去，吓得宝玉汗如雨下”，在失声喊叫中惊醒，一个无限快活的美梦竟在瞬间变成了令人魂飞魄散的噩梦。为什么宝玉会这样从神仙洞府一下子堕入地狱鬼门中呢？为什么会由畅快淋漓转眼变成惊恐万状呢？这便是宝玉亦即人类个体与生俱来的性恐惧。远古人类由于对自身的生理结构没有科学的认识，发现性交后会出现出血、怀孕乃至生育的现象，因而由于无知而产生极大的恐惧。这种恐惧心理千万年来形成了集体潜意识而代代相传，性恐惧便与性快感如影随行一直来到今天的人间。前文说到兼美是梦凝缩的产物，弗洛伊德说："凝缩的产物正是梦者心理症与其梦的交汇点。"[①] 弗洛伊德又说："在我对焦虑心理症的病因所做的报道中，我曾提到'中断性交'是一种构成神经质恐惧的因素之一。"[②] 我们知道，此梦是宝玉的第一次梦交与第一次梦遗，其实，他对性的认识还处在混沌状态，正如第七回"送宫花贾琏戏熙凤，宴宁府宝玉会秦钟"中所叙，当焦大发酒疯"乱嚷乱叫说：'我要往祠堂里哭太爷去。那里承望到如今生下这些畜牲来！每日家偷狗戏鸡，爬灰的爬灰、养小叔子的养小叔子，我什么不知道?"时，宝玉在车上见这般醉闹，倒也有趣，因问凤姐道："姐姐，你听他说'爬灰的爬灰'，什么是'爬灰'?"凤姐听了，连忙立眉瞋目断喝道："少胡说，那是醉汉嘴里混唚，你是什么样的人，不说不听见，还倒细问！等我回去回了太太，仔细捶你不捶你!"唬得宝玉连忙央告道："好姐姐，我再不敢了。"由此不难看出，初涉性事的宝玉对性依然朦胧无知，刚欲进行探问，又遭凤姐断喝，甚至唬得不敢深究。无知是恐惧的根源，

---

① 《梦的解析》第 117 页。
② 《梦的解析》第 37 页。

对性的无知亦是性恐惧的根源。对性的憧憬与对性的恐惧在梦中交汇，于是，乐极生悲，美梦成为噩梦。性欲望与性恐惧都是与生俱来的，是人类性本能中的不同特性，此梦二者兼顾，精妙绝伦地展示了人类的这一本性。

综上所述，由于齐备了蠢蠢欲动的性生理、跃跃欲试的性心理、呼呼欲燃的性环境、痴痴欲拥的性对象、醇醇欲醉的性感受以及摧魂裂魄的性恐惧，最终完成了一个最完整最经典的性梦。

很明显，这个梦是宝玉性愿望得到满足的梦。然而，释梦并不能到此为止，还有更深层次的谜底等待我们去发掘。

解析二：此梦是宝玉的女性灵魂梦。

精神分析大师荣格认为，男人和女人的身体都继承有父系及母系的染色体，因此，无论男人或女人的潜意识都兼有雌雄两性的性质。这种隐藏的异性意向在做梦者的梦中，常以异性的原始意象人物出现。荣格把男人的女性本质称为女性意向，女人的男性本质则称为男性意向，或者称为男人的女性灵魂或女人的男性灵魂。

我们知道，宝玉从一出生起，就与众不同。第二回“贾夫人仙逝扬州城，冷子兴演说荣国府”中有一段描述：宝玉衔玉而生后，“祖母便先爱如珍宝。那年周岁时，政老爹便要试他将来的志向，便将那世上所有之物摆了无数，与他抓取。谁知他一概不取，伸手只把些脂粉、钗环抓来。政老爹便大怒了，说：‘将来酒色之徒耳！’因此便不大喜悦，独那史老太君还是命根一样。说来又奇，如今长了七八岁，虽然淘气异常，但其聪明乖觉处，百个不及他一个。说起孩子话来也奇怪，他说：‘女儿是水作的骨肉，男人是泥作的骨肉。我见了女儿，我便清爽；见了男子，便觉浊臭逼人。’你道好笑不好笑？将来色鬼无疑了！”宝玉的这一特性，连最疼爱他的贾母也觉难解。贾母说：“别的淘气都是应该，只他这种和丫头们好更叫人难懂。我为此也耽心，每每的冷眼查看他，只和丫头们顽闹，必是人大心大，知道男女的事了，所以爱亲近他们。及细细查试，究竟不是为此，岂不奇怪。想必原是个丫头错投了胎不成。”（第七十八回）这一系列的描述，活生生画出了宝玉潜意识中的女性灵魂。为了与宝玉找个对应的人儿，不妨提一下凤姐，在第三回“贾雨村夤缘复旧职，林黛玉抛父进京都”中，贾母向林黛玉介绍凤姐时说：“你不认得他，他是我们这里有名的一个泼皮破落户儿，南省俗谓叫作‘辣子’，你只叫他‘凤辣子’就是了。”随后黛玉便知道凤姐就是“自幼假充男儿教养的”。这里描写的，正是凤姐潜意识中的男性灵魂。宝玉与凤姐，这一对男儿脂粉女子丈夫正是人类潜意识中异性意向的突兀展现。在现实生活中，宝玉的女性意向受到了以贾政为代表的封建礼制的强烈压制，甚至为此将宝玉打得死去活来。弗洛伊德说：“感情对潜意识的压抑是最重要的。”① 因此，宝玉只能在梦中寻求满足。梦论家普遍认为，性交梦除了满足性饥渴之外，还具有“联合”“融合”“爱慕”“吸收”等性之外的含义。以此推论，宝玉与兼美的梦交，不仅仅是简单的一个春梦，不仅仅是简单的性愿望满足，从更深层的精神分析而言，是他希望自己“融合”到女儿队中去的愿望的满足，是他潜意识中女性意念找到归宿的愿望的满足，也是他“趋清远浊”处世理念的满足。

作为此梦的解析本可到此为止，但心中一直萦绕的一个问题，总觉得不吐不快。作者为什么在120回的宏篇巨著的第五回即故事刚刚开始的时候，要花洋洋七千文来描写这么一个性梦呢？除了红学家们普遍关注的“纲领”意义之外，是否在“性”之一字上另有深意呢？

宝玉从出生以后，“口碑”一直不好。周岁那年，其父贾政怒判他“将来酒色之徒耳”，长到七八岁，冷子兴嘲笑他“将来色鬼无疑了”！到十三岁游太虚幻境时，警幻仙姑更称他“乃天下古今第一淫人也”。正因为如此，天下不少人也异口同声，视宝玉为天下第一淫人，各朝各代也因此将《红楼梦》列为淫书而遭禁锢。其实还真委曲了宝玉，笔者遍查106万字的全篇故事，其中明写宝玉性事的只有三处：

① 《梦的解析》第270页。

第一处：第五回此梦中："那宝玉恍恍惚惚，依警幻所嘱之言，未免有儿女之事，难以尽述。"

第二处：第六回"贾宝玉初试云雨情，刘姥姥一进荣国府"："说至警幻所授云雨之情，羞的袭人掩面伏身而笑。宝玉亦素喜袭人柔媚妖俏，遂强袭人同领警幻所训云雨之事。"

第三处：第一百零九回"候芳魂五儿承错爱，还孽债迎女返真元"："宝玉因心中愧悔，宝钗欲拢络宝玉之心，自过门至今日，方才如鱼得水，恩爱缠绵，所谓'二五之精，妙合而凝'的了。"

细数这三处描述，连标点符号在内共130字，若只算明写交欢文字，只28字，无论怎么计算，这百十来字与106万字相比，才万一呀！而且，就是这百十来字，也写得干干净净，毫无宣淫之意味。再看交欢对象的身份：宝钗是宝玉明媒正娶的夫人；袭人原是贾母之婢，因贾母溺爱宝玉，"遂与了宝玉"，袭人为贾母婢时，月银一两，与了宝玉后，月银增至二两，与赵姨娘同薪，她的身份明确是宝玉之妾，小老婆亦是夫妻；即使是兼美这个虚幻之女，也是由警幻仙姑"许配于汝"的，亦应有夫妻名分。由此可知，"两真一幻"三个性对象，都是宝玉的妻妾，他们之间的性事其实是最正常不过的夫妻生活，完全符合当时的封建礼教法规伦理道德，一点也不越轨，更称不上淫，连袭人自己都认为"贾母已将自己与了宝玉的，今便如此，亦不为越礼”。

我们知道，宝玉自 13 岁游太虚幻境起到 19 岁出家的这 6 年光阴，都是在与众姐妹耳鬓厮磨中度过的，他是大观园这个妙龄美女云集的女儿国中唯一的男儿，如同一群温驯的雌绵羊中混杂着一头公羊。人们总是不断地猜测甚至期待这头公羊不知要闹出多少越轨的丑事来！偏偏作者要在开篇之际写上这么一个性梦，无异于向世人宣称，宝玉既不是不懂性事的稚儿，更不是受到阉割的后宫太监。恰恰相反，宝玉是个性生理一天比一天成熟、性心理一天比一天活跃、性意念一天比一天强烈的热血青年。把这样一个性机能日趋旺盛的男儿置于异性堆中，不啻于一个险招，然而又是一个妙招，招险招妙，均在世人心中。通观全篇文字，宝玉护花惜草时时有，沾花惹草处处无，不怕狗崽队围剿，堂堂宝玉无丑闻！其实，情与淫，往往只是一步之遥，一纸之隔，天壤之别正在此处。作者之心思一下变得清晰明白：《红楼梦》中塑造的宝玉，不是卑鄙下流的淫棍，恰恰是高雅无邪的情种！《红楼梦》亦是写情非写淫，是情书而非淫书！联想至此，我们现在可以透过梦交的显像，给此梦的隐思即谜底作一个比较精确的表述了：此梦是宝玉潜意识中女性意念与意念中的女性和谐融合愿望的满足，也即是情情融合愿望的满足。正如回末诗所言：“一场幽梦同谁近，千古情人独我痴。”

解析三：此梦是一个空前绝后的预兆梦。

古往今来，在文字作品中描写预兆梦的情况并非少见，但多为一人一事之预兆，像此梦这样“批量”预兆的梦堪称一枝独秀。红学家们热衷于解读这个梦，正是由于此梦“预兆”了众多人物的“将来命运”，着眼点是检验作者的最初构思与最后结局是否脉络相承，首尾呼应；更有甚者，是以此来评判后四十回是否忠实于曹公的初衷，因而引发了“相承呼应”与“逆运创新”的不息之争。与红学家们争论不休相似的是，在梦学家之间，也有一场世上“有预兆梦”与“无预兆梦”的不息争论。无预兆梦论者认为梦的功能只是回顾过往的经历，有预兆梦论者认为像人类有预言家一样梦亦具备预兆功能。笔者属于后者，而且做过好些得到应验的预兆梦，譬如梦见某人死了，过不多久，那人果然死了。其实，做过预兆死人梦而又得到应验的人并不在少数。梦学界不少专家认为，我们做梦的时候不但能回顾过去，勾起久远的回忆，也能前瞻未来，并且跨越空间汲取我们本身经验以外的信息。只要将势不两立的“回顾派”和“前瞻派”合二为一，认同梦具有瞻前顾后的功能，这场纷争也许就可以平息下来。

预兆梦又称先兆梦，意即“先进行的事”，或“将来会出现的人或发生的事”。乍看似乎不可能，细思则在情理之中，因为人们睡眠时，大脑基本不再受外界影响，因而会更重视我们清醒时觉察不到的细微征兆，让我们接触到或感知到先前已经储存在大脑中但还不为我们意识所知的信息。那么，曹公的这个预兆梦果真应验了吗？让我们一道先检点一下曹公对哪些人物进行了预言吧。曹公以梦幻迷离之笔，借精彩字画之形，先后预示了“金陵十二钗又副册”中的晴雯、袭人；“金陵十二钗副册”中的香菱；“金陵十二钗正册”中的宝钗、黛玉、元春、探春、史湘云、妙玉、迎春、惜春、王熙凤、巧姐、李纨、秦可卿，合计十五人，我们且看看是否“应验”：

晴雯——她的判词中的关键句是“心比天高”“风流灵巧招人怨”和“寿夭多因毁谤生”。第七十七回太太吩咐晴雯的哥嫂来领她出去，几个婆子因笑道：“阿弥陀佛！今日天睁了眼，把这一个祸害妖精退送了，大家清净些。”这句幸灾乐祸的话足以应验“招人怨”。同回中宝玉去晴雯家中探望奄奄待毙的晴雯，晴雯将自己“左手上两根葱管一般的指甲齐根铰下，又伸手向被内将贴身穿着的一件旧红绫袄脱下，并指甲都与宝玉”，又要宝玉将他的袄儿脱下来“我穿 ”，然后哭道：“回去他们看见了要问，不必撒谎，就说是我的，既担了虚名，越性如此，也不过这样了。”此情此语，再明白不过地表明晴雯蒙冤受屈却依旧“心比天高”的傲骨。而最能佐证“寿夭多因毁谤生”的，则是晴雯风骚的嫂子灯姑娘的一席话，既还了晴雯的一生清白，又戳穿了历来的毁谤。灯姑娘说：“可知人的嘴一概听不得的。就比如方才我们姑娘下来，我也料定你们素日偷鸡盗狗的。我进来一会在窗下细听，屋内只你二人，若有偷鸡盗狗的事，岂有不谈及于此，谁知你两个竟还是各不相扰。可知天下委屈事也不少。如今我反后悔错怪了你们。”晴雯是“未正二刻”咽了气，“正三刻上”宝玉来了，这又暗示“多情公子空牵念”。如上检点，结果是应验。

袭人——她的判词中的关键句是“堪羡优伶有福，谁知公子无缘”。众所周知，袭人是贾母与了宝玉的，月薪也涨到了与赵姨娘一样，而且早在第六回便与宝玉“初试云雨”，“宝玉视袭人更比别个不同，袭人待宝玉更为尽心”，俨然一对小夫妻，故事发展下去，两人势必终身相伴。然而，到一百二十回“贾雨村归结红楼梦”时，宝玉因“俗缘已毕”被一僧一道夹住飘然而去，贾府处置丫鬟仆人时，“惟有这袭人，虽说是算个屋里人，到底他和宝哥儿并没有过明路儿的”，因而不能名正言顺地留下来，又念着袭人是“好一个柔顺的孩子”，特意为她说了门亲事，“全都按着正配的规矩”嫁给了昔日的优伶蒋玉菡。这样一来，袭人“始信姻缘前定”——实际上是贾公前定，高公兑现——应验。

香菱——她的判词中的关键句是“平生遭际实堪伤”“致使香魂返故乡”。第七十九回中盛赞香菱是薛蟠“才貌俱全的爱妾”，但薛蟠惧内，被悍妇夏金桂起了“卧榻之侧岂容他人酣睡”之心，动了“宋太祖灭南唐”之意，使了一个毒计，让香菱撞破薛蟠与宝蟾的好事，使薛蟠“一腔兴头变作了一腔恶怒，都在香菱身上”，后又“劈头劈面打起来”，后又叫嚷要将香菱卖了出去，虽被宝钗相救跟了宝钗，“终不免对月悲伤，挑灯自叹”。香菱本来怯弱，“皆因血分中有病。今复加以气怒伤感，内外折挫不堪，竟酿成干血之症，日渐羸瘦作烧，饮食懒进，请医诊视服药亦不效验”。曹公写到此回，“香菱犹在”。高公接第八十一回时，先借宝玉之口，说“连香菱也不能过来”，透出悲伤之气，到第八十二回，又借袭人之想：“宝玉的为人却还拿得住，只怕娶了一个厉害的，自己便是尤二姐、香菱的后身”，几乎明示香菱此后不妙，可是，至此之后，高公以疼惜之笔，处处呵护香菱，在一百零三回又救了香菱一命，从药死主妇的绝大冤案中解脱出来，真所谓大难不死，必有后福，从此灾星却去，福星高照，直到第一百二十回，“这士隐自去度脱了香菱，送到太虚幻境，交那警幻仙子对册”。遍览红楼，众红妆女子中，唯有香菱是从第一回就出场，一直写到第一百二十回才收笔的人物。论香菱根基，原与正十二钗无异，由于从小被拐被卖被买后又险些被卖，命运乖张，沦为小妾，身份骤降而录入副册，但终究不失“根并荷花一茎香”，曹公开卷之第一女子，高公在收笔时让其“香魂返故乡”，首尾呼应，功德圆满——应验。

宝钗——她的判词中的关键句是“纵然是齐眉举案，到底意难平”。宝玉的婚姻，始终是在“金玉良缘”与

“木石为盟”之间变幻不已，但无论怎么故弄玄虚或欲擒先纵，曹公之意是钟情于“木石”，无奈于“金玉”。80 回之后，高公对本书的三个主人公心领神会，对“金玉”与“木石”更是大彻大悟。第九十七回，高公写了“薛宝钗出闺成大礼”，成就了“金玉良缘”。可是，“良缘”不良！洞房中宝玉揭开盖头，“睁眼一看，好像宝钗，心里不信”，“发了一回征”，“反以为是梦中了，呆呆的只管站着”，“口口声声只要找林妹妹去”，“旧疾陡发，更加昏愦，服药不效，索性连人也认不明白了”。如此新婚之夜，叫宝钗如何不“意难平”。婚后，第一百零八回借贾母之口说：“只可怜你宝姐姐，自过了门，没过一天安逸日子。”直到第一百一十九回，宝玉与贾兰试场归来时，贾兰哭道：“二叔丢了。”此时宝钗“白瞪两眼”，“哭得泪人一般”。待发榜宝玉中了第七名举人却丢了人时，惜春一语道破天机，说“只怕他勘破世情，入了空门”。“宝钗听了不言语”，却是极明理，思前想后，“宝玉原是一种奇异的人。夙世前因，自有一定，原无可怨天尤人”，自甘认命，守寡一生——应验。

黛玉——她的判词中的关键句是“想眼中能有多少泪珠儿，怎经得秋流到冬尽，春流到夏”。常言“欠债还钱”，写黛玉却别开生面，“欠情还泪”。且看看黛玉的泪吧。写黛玉之笔为“泪笔”，写黛玉之泪为“血泪”，“但把我一生所有的眼泪还他，也偿还得过他了”（第一回）；

为母丧尽哀，使黛玉“哭起”（第二回）；辞父又“洒泪拜别”，与外祖母相见，“也哭个不住”，人方出场，早已是个泪人儿了。而真正第一次还宝玉泪账则是在宝玉第一次摔玉之后，伤心得“自己淌眼抹泪的”（第三回）。与宝玉言语不合，“又气的独在房中垂泪”（第五回）。说到“欺负”两个字上，“早又把眼圈儿红了”，听到女孩子演习戏文，“不觉心痛神痴，眼中落泪”（第二十三回）。在怡红院无意吃了闭门羹，“一面想，一面又滚下泪珠来”，“独立墙角边花阴之下，悲悲戚戚呜咽起来”，“犹望着门洒了几点泪”（第二十六回）。黛玉的情性，“无事闷坐，不是愁眉，便是长叹，且好端端的不知为了什么，常常的便自泪道不干的”，“倚着床栏杆，两手抱着膝，眼睛含着泪，好似木雕泥塑的一般”。葬花时，“独倚花锄泪暗洒，洒上空枝见血痕”（第二十七回）。葬花后，“感花伤己，哭了几声”，听宝玉说白操了这个心，“不觉滴下泪来”（第二十八回）。宝玉第二次砸玉时，“越发伤心大哭起来”，“脸红头胀，一行啼哭一行气凑，一行是泪一行是汗，不胜怯弱”，“黛玉大哭大吐”，“一个在潇湘馆临风洒泪”（第二十九回）。宝玉来探视，“只见林黛玉又在床上哭”，听见宝玉来，“由不得伤了心，止不住滚下泪来”，“又掌不住哭道”，“又叹了一口气，仍拿起手帕子来擦眼泪”，“自叹自泣”，“仍掩面自泣”，连宝玉都说“我的五脏都碎了，你还只是哭”（第三十回）。想到自己薄命，“不禁滚下泪来”，“一面拭泪，一面抽身回去了”。与宝玉对坐，“只咳了一声，两眼不觉滚下泪来”（第三十二回）。宝玉被打，黛玉“两个眼睛肿的桃儿一般，满面泪光”，“虽不是嚎啕大哭，然越是这等无声之泣，气噎喉堵，更觉得利害”，说话也“抽抽噎噎的”，连黛玉自己也自愧“我自己每每好哭”（第三十四回）。羡慕宝钗有母有兄，“不觉又滴下泪来”（第四十五回），闻宝玉患了痰迷之症，未免“多哭几场”，心内伤感，“便直哭泣了一夜”（第五十七回）。宝玉来看黛玉，说“妹妹脸上现有哭泣之状”，黛玉“本来素昔爱哭，此时亦不免无言对泣”，真所谓“情痴苦泪多，未惜颜憔悴” （第六十四回）。见了家乡之物，触物伤情，“便对着这些东西挥泪自叹”，“泪痕满面”，“两眼哭的都红了”（第六十七回）。黛玉作《桃花行》，自叹“若将人泪比桃花，泪自长流花自媚”（第七十回）。中秋赏月，对景感怀，“自去俯栏垂泪”（第七十六回）。想到自己婚事，“叹了一回气，掉了几点泪”，在梦中听说继母做主许了什么亲戚，“含着泪”说话，“哽哽咽咽”，“抱着贾母的腰哭”，“撞在怀里痛哭”，“又颤又哭”，“拼命放声大哭”，梦醒后“喉间犹是哽咽，心上还是乱跳，枕头上已经湿透”，一时痛定思痛，“又哭了一回”（第八十二回）。在房中看兰花，想到自己“只恐似那花柳残春，怎禁得风催雨送”，“不禁又滴下泪来”（第八十六回）。想到今日寄人篱下，今生这样孤凄，“眼圈儿又红了”，对着那两方手帕看那旧诗，“不觉的簌簌泪下”，正是“失意人逢失意事，新啼痕间旧啼痕”。(第八十七回)。黛玉早起对着镜子，“那泪珠儿断断连连，早已湿透了罗帕”，随便梳洗了，“那眼中泪渍终是不干”，写经时“那泪直流下来”（第八十九回)。至第九十七回黛玉焚稿时，“却要一句话一点泪也没有了”，直至第九十八回苦绛珠魂归离恨天，香魂一缕随风散，黛玉才算还清了这“血泪账”，何处不是“滴泪为墨，研血为字”，不仅黛玉是哭成的，“此书真是哭成的”，黛玉之泪确是“秋流到冬尽，春流到夏”——应验。

元春——她的判词中的关键句是“虎兔相逢大梦归”。第九十五回“因讹成实元妃薨逝”中，小太监传谕出来说贾娘娘薨逝，“是年甲寅年十二月十八日立春，元妃薨日是十二月十九日，已交卯年寅月，存年四十三岁”。寅属虎，甲寅年是虎年，卯属兔，乙卯年是兔年，正所谓“虎兔相逢”——应验。

探春——她的判词中的关键句是“千里东风一梦遥”。第一百回“悲远嫁宝玉感离情”中，贾政打发家人将“总制求亲之事”回明贾母，贾母道：“只是三丫头这一去了，不知三年两年那边可能回家。”宝玉亦悲“三妹妹又要远嫁”。到一百零二回，探春“辞别众人，竟上轿登程，水舟车陆而去”——应验。

史湘云——她的判词中的关键句是“厮配得才貌仙郎，博得个地久天长，准折得幼年时坎坷形状。终久是云散高唐，水涸湘江”。第一百一十回“史太君寿终归地府”中，“史湘云因他女婿病着，贾母死后只来的一次”。史湘云“想到自己命苦，刚配了一个才貌双全的男人，性情又好，偏偏的得了冤孽症候，不过捱日子罢了。于是更加悲痛，直哭了半夜”。第一百一十八回“史姑娘是他叔叔的主意，头里原好，如今姑爷痨病死了，你史妹妹立志守寡，也就苦了”——应验。

妙玉——她的判词中的关键句是“可怜金玉质，终陷淖泥中”。第一百一十二回“活冤孽妙尼遭大劫”中，妙玉一个打坐，到了五更，“觉得一股香气透入囟门，便手足麻木，不能动弹，口里也说不出话来，心中更自着急，只见一个人拿着明晃晃的刀进来……那个人把刀插在背后，腾出手来将妙玉轻轻的抱起，轻薄了一会子，便拖起背在身上……可怜一个极洁极净的女儿，被这强盗的闷香熏住，由着他掇弄了去了”——应验。

迎春——她的判词中的关键句是“金闺花柳质，一载赴黄粱”。第一百回中，王夫人说，“迎姑娘倒配得近呢，偏是时常听见他被女婿打闹，甚至不给饭吃。就是我们送了东西去，他也摸不着。近来听见益发不好了”，“如今迎姑娘，实在比我们三等使唤的丫头还不如”。到第一百零九回“还孽债迎女返真元”时，“可怜一位如花似月之女，结缡年余，不料被孙家揉搓以致身亡”——应验。

惜春——她的判词中的关键句是“可怜绣户侯门女，

独卧青灯古佛旁”。第一百一十二回惜春“要想出家”，“已将一半头发绞去”，“心里的死定下一个出家的念头”。到一百一十九回，惜春已是“道姑打扮”——应验。

王熙凤——她的判词中的关键句是“机关算尽太聪明，反算了卿卿性命”。第一百一十三回中，“凤姐此时只求速死”，已是“骨瘦如柴，神情恍惚”，“在手腕上褪下一支金镯子来交给”刘姥姥，说“我的命交给你了”，到第一百一十四回“王熙凤历幻返金陵”中，便是“琏二奶奶不好了，还没有咽气”，“琏二奶奶咽了气了”，“见凤姐已经停床”——应验。

巧姐——她的判词中的关键句是“偶因济刘氏，巧得遇恩人”。第一百一十八回“记微嫌舅兄欺弱女”中，外藩原是要买几个使唤的女人，被恶舅王仁和坏兄贾环说成要买个偏房，“商量把巧姐说给他”，到第一百一十九回，便已是“三天就要来娶的”，情势万分急迫之时，来了救星刘姥姥，说了句“扔崩一走，就完了事了”，“雇了车来”，“将巧姐装做青儿模样”，“急急的去了”，逃脱眼前大劫——应验。

李纨——她的判词中的关键句是“桃李春风结子完，到头谁似一盆兰”。第三回出场时，贾母向黛玉介绍“这是你先珠大哥的媳妇珠大嫂子”，便道出李纨寡居身份，真个是“镜里恩情，更那堪梦里功名！那美韶华去之何迅！再休提绣帐鸳衾”。她在贾府除了孝敬尊长、友爱姊妹外，一心就扑在儿子贾兰身上，直到一百一十九回“贾兰中了一百三十名”，她才“心下喜欢”，又“因王夫人不见了宝玉，不敢喜形于色”——应验。

秦可卿——她的判词中的关键句是“情既相逢必主淫”“宿孽总因情”。第十三回“秦可卿死封龙禁尉”中，一句“东府蓉大奶奶没了”，便将可卿之死一笔带过，并未见一个“淫”字，何也？甲戌本批曰：“九个字（无不纳罕，都有些疑心）写尽天香楼事，是不写之写。”靖藏本畸笏叟批曰：“通回将可卿如何死故隐去，是余大发慈悲也。”靖藏本回前批曰：“‘秦可卿淫丧天香楼’，作者用史笔也。老朽因有魂托凤姐贾家后事二件，岂是安富尊荣坐享人能想得者？其言其意令人悲切感服，故赦之；因命芹溪删去‘遗簪’‘更衣’诸文。是以此回只十页，删去天香楼一节，少去四五页也。”由此可知，“淫”之一字，原本是有，删去才无的——应验。

通观以上检点，此梦中15钗的梦兆全部在后来的“现实生活”中得到了应验，从梦学角度而言，此梦不仅是预兆梦中的奇观，亦可称预兆梦之经典；而且，其中还有一个更大的梦兆，即“薄命司”所指的“薄命”。晴雯、黛玉、迎春、熙凤、可卿，死时都只十几二十来岁，凤姐死时不到三十，元妃死时年龄算大的，也才四十三岁；妙玉被劫，死活不知；宝钗、李纨、史湘云守寡；惜春独守青灯，岂不都应验了红颜薄命么？这是大梦兆的大应验。从文学角度而言，除可卿、晴雯两人由曹公在前 80 回已完结他俩命运结局外，其余 13 人皆由高公在后 40 回中了结，可以说是曹公起蒂，高公收官，卯榫衔接，严丝合缝，疏密有致，收放自然。高公不仅欣赏曹公的主意，而且秉持坚守，维系初衷。由此亦可以烦请所谓后 40 回“狗尾续貂”言者一读，当然，这是析梦的题外话了。

宝玉梦之二

第十三回　秦可卿死封龙禁尉　王熙凤协理宁国府

梦境 | MengJing

宝玉因近日林黛玉回去，剩得自己孤凄，也不和人顽耍，每到晚间便索然睡了。如今从梦中听见说秦氏死了，连忙翻身爬起来，只觉心中似戳了一刀的不忍，哇的一声，直奔出一口血来。

解析 | JieXi

（此梦合于宝玉梦之十解析。）

宝玉梦之三

第三十二回　诉肺腑心迷活宝玉　含耻辱情烈死金钏

梦境 | MengJing

宝玉出了神，见袭人和他说话，并未看出是何人来，便一把拉住，说道："好妹妹，我的这心事，从来也不敢说；今儿我大胆说出来，死也甘心！我为你也弄了一身的病，在这里又不敢告诉人，只好掩着。只等你的病好了，只怕我的病才得好呢。睡里梦里也忘不了你！"袭人听了这话，吓得魄消魂散，只叫"神天菩萨，坑死我了！"便推他道："这是那里的话！敢是中了邪？还不快去？"宝玉一时醒过来，方知是袭人送扇子来，羞的满面紫涨，夺了扇子，便忙忙的抽身跑了。

解析 | JieXi

（此梦合于宝玉梦之五解析。）

宝玉梦之四

第三十四回　情中情因情感妹妹　错里错以错劝哥哥

梦境 | MengJing

这里宝玉昏昏默默，只见蒋玉菡走了进来，诉说忠顺府拿他之事；一时又见金钏儿进来，哭说为他投井之情。宝玉半梦半醒，都不在意。忽又觉有人推他，恍恍惚惚，听得有人悲切之声。宝玉从梦中惊醒，睁眼一看，不是别人，却是林黛玉。

解析 | JieXi

极反之梦。

此梦叙述虽短，却道出了贾府中两大惊天公案，而又都与宝玉密切相关。

先说忠顺府拿蒋玉菡案。一日，神武将军冯唐之子冯紫英邀约薛蟠等人喝酒，宝玉应约去了，忠顺亲王府里唱小旦的蒋玉菡也去了。少刻，宝玉出席解手，蒋玉菡便随了出来。二人站在廊檐下，宝玉见他妩媚温柔，心中十分留恋，便紧紧地搭着他的手，叫他："闲了往我们那里去。还有一句话借问，也是你们贵班中，有一个叫琪官的，他在那里？如今名驰天下，我独无缘一见。"蒋玉菡笑道："就是我的小名儿。"宝玉听说，不觉欣然跌足笑道："有幸，有幸！果然名不虚传。今儿初会，便怎么样呢？"想了一想，向袖中取出扇子，将一个玉玦扇坠解下来，递与琪官，道："微物不堪，略表今日之谊。"琪官接了，笑道："无功受禄，何以克当！也罢，我这里得了一件奇物，今日早起方系上，还是簇新的，聊可表我一点亲热之意。"说毕撩衣，将系小衣儿一条大红汗巾子解了下来，递与宝玉，道："这汗巾子是茜香国女国王新贡之物，夏天系着，肌肤生香，不生汗渍。昨日北静王给我的，今日才上身。若是别人，我断不肯相赠。二爷请把自己系的解下来，给我系着。"宝玉听说，喜不自禁，连忙接了，将自己一条松花汗巾解了下来，递与琪官。

就是这么一回事，宝玉与闻名而又相见的琪哥互换了一条汗巾。这件事连薛蟠与冯紫英都不确知，只是宝玉回房换衣时被袭人发现了，袭人只当宝玉“心里没个算计儿”的小事，而晚上宝玉又将那条汗巾系到袭人腰上，袭人“终久解下来掷在个空箱子里”完事。原本就是两个互慕的朋友首次见面交换个见面礼的寻常事，早已掷进空箱子里阴消了的，殊不知却又冒出个忠顺亲王府向宝玉要人的怪事来。贾政“方欲说话，忽有回事人来回：‘忠顺亲王府里有人来，要见老爷。’贾政听了，心下疑惑，暗暗思忖道：‘素日并不和忠顺府来往，为什么今日打发人来？’一面想，一面令‘快请’，急走出来看时，却是忠顺府长史官，忙接进厅上坐了献茶。未及叙谈，那长史官先就说道：‘下官此来，并非擅造潭府，皆因奉王命而来，有一件事相求。看王爷面上，敢烦老大人作主，不但王爷知情，且连下官辈亦感谢不尽。’贾政听了这话，抓不住头脑，忙陪笑起身问道：‘大人既奉王命而来，不知有何见谕，望大人宣明，学生好遵谕承办。’那长史官便冷笑道：‘也不必承办，只用大人一句话就完了。我们府里有一个做小旦的琪官，一向好好在府里，如今竟三五日不见回去；各处去找，又摸不着他的道路，因此各处访察。这一城内，十停人倒有八停人都说，他近日和衔玉的那位令郎相与甚厚。下官辈等听了，尊府不比别家，可以擅入索取，因此启明王爷。王爷亦云：“若是别的戏子呢，一百个也罢了；只是这琪哥随机应答，谨慎老诚，甚合我老人家的心，竟断断少不得此人。”故此求老大爷转谕令郎，请将琪官放回，一则可慰王爷谆谆奉恳，二则下官辈也可免操劳求觅之苦。’说毕，忙打一躬。”贾政听了这话，又惊又气，忙唤宝玉前来，尽管宝玉百般否认，岂料那长史官说道：“既云不知此人，那红汗巾子怎么到了公子腰里?”宝玉听了此话，不觉轰去魂魄，目瞪口呆，只得说出“他如今在东郊离城二十里”的紫檀堡来。

再说金钏儿投井案。金钏儿是宝玉之母王夫人的丫头，一日盛暑之时，宝玉来到王夫人上房内，王夫人在里间凉榻上睡着，金钏儿坐在旁边捶腿，也乜斜着眼乱恍。宝玉轻轻的走到跟前，把他耳上带的坠子一摘，金钏儿睁开眼，见是宝玉。宝玉悄悄的笑道：“就困的这么着?”金钏抿嘴一笑，摆手令他出去，仍合上眼。宝玉见了他，就有些恋恋不舍的，悄悄的探头瞧瞧王夫人合着眼，便自己向身边荷包里带的香雪润津丹掏了出来，便向金钏儿口里一送。金钏儿并不睁眼，只管噙了。宝玉上来便拉着手，悄悄的笑道：“我明日和太太讨你，咱们在一处罢。”金钏儿不答。宝玉又道：“不然，等太太醒了我就讨。”金钏儿睁开眼，将宝玉一推，笑道：“你忙什么！‘金簪子掉在井里头，有你的只是有你的’，连这句话语难道也不明白？我倒告诉你个巧宗儿，你往东小院子里拿环哥儿同彩云去。”宝玉笑道：“凭他怎么去罢，我只守着你。”只见王夫人翻身起来，照金钏儿脸上就打了个嘴巴子，指着骂道：“下作小娼妇，好好的爷们，都教你教坏了。”王夫人固然是个宽仁慈厚的人，从来不曾打过丫头们一下，今忽见金钏儿行此无耻之事，此乃平生最恨者，尽管金钏儿苦苦哀求，乃不肯收留，到底唤了金钏儿之母白老媳妇来领了下去，跟了太太十年的金钏儿只得含羞忍辱的出去，“谁知他这么气性大，就投井死了”。

事偏凑巧，宝玉正为金钏儿“含羞赌气自尽，心中早又五内摧伤”之时，恰值忠顺王府又来找宝玉要琪官，真是福无双至，祸不单行，两件大案刚好齐齐撞在父亲贾政手上，直把贾政气得“喘吁吁直挺挺坐在椅子上，满面泪痕，一叠声‘拿宝玉！拿大棍！拿索子捆上！’”贾政此时“眼都红紫了，也不暇问他在外流荡优伶，表赠私物，在家荒疏学业，淫辱母婢等语，只喝令‘堵起嘴来，着实打死！’”此梦便是宝玉被打得奄奄一息后在家养息时做的。

梦中琪官的“诉说”和金钏儿的“哭说”，皆是宝玉对前事的回顾，日间的经历通过诉说的形式在梦中重放出来，这便是日有所思夜有所梦。此梦的关键并不是对往事的一般回顾，关键在“都不在意”四字上。按常理说，差一点儿连性命都赔进去了的这两件事这两个人，岂能够“不在意”？十分在意才是真，“都不在意”便是假，这便是反梦，又称为极反之梦。

弗洛伊德说：“把一件事扭转到反方向是梦运作最喜欢的表现方式，同时也是运用最广的。它的第一个好处乃是能够满足对梦思中某些特殊元素的愿望，‘如果这件事是相反的话，那该是多好！’这常常是表现自我对记忆中那些不如意部分的最好方法。”① 弗洛伊德还特别重视反梦是处置梦思中感情的方法，他说：“梦运作还有另一种处置梦思中感情的方法——除了把它们转变或减少到零，更能把它们变得刚好相反。因为愿望满足本来就是把一件不愉快的事情以其反面来置换。”②

我们知道，宝玉对琪官心仪已久，只恨“我独无缘一见”，而一旦相逢，“见他妩媚温柔，心中十分留恋”，“不觉欣然跌足”，大呼“有幸，有幸！”立即将随身带的一个玉玦扇坠解下来赠与琪官权当见面之礼，大有相见恨晚之意。两人意气相投，情谊深厚，恨不能日日同游同乐。猛然间跳出忠顺王爷索人，怎不叫他惊魂动魄。白天受此惊吓，晚上便做出琪官被王府拿去的梦来，对琪官被拿的诉说，他岂能无动于衷？一定有许多肺腑之言需要倾诉，一定有许多安抚慰藉之言需要相告，甚至还有许多后会有期之言需要明誓，否则的话，算什么心仪？算什么朋友？之所以在梦中对此并“不在意”，更是宝玉在潜意识中并不认为琪官真被王爷拿了去，等于是说：“别开玩笑了，哪有这回事！”在他的潜意识里，琪官仍如以往一样自由，他俩可

① 《梦的解析》第 133 页。
② 《梦的解析》第 207 页。

以随时相见，反梦满足了宝玉能与琪官常相厮守的愿望。

说到这里，不由想起有人谈论宝玉与琪官有“断袖”之嫌，甚至包括与秦钟、柳湘莲在内都有同性恋。怀疑与琪官有同性恋的最重要的证据就是两人互赠了系裤子的汗巾，由此得出“两个大男人互送自己的贴身物品，可见多么不正常”的结论。猜疑自无不可，倘若认定就不免牵强了些。其实宝玉主动送出的见面礼只是一个玉玦扇坠，宝玉的汗巾却是琪官主动要去的，原本是一个扇坠交换一条汗巾，由于琪官的要求，宝玉才拿出了自己的汗巾。而且，即使是琪官送的汗巾，宝玉也并未当成什么“爱情的信物”如同珍宝似的对待，晚上便换到了袭人腰上，袭人亦“不稀罕这行子”，“解下来掷在个空箱子里”。宝玉与琪官完全是一种惺惺相惜的情谊，倘若以“断袖”来猜疑宝玉，倒真有点玷污宝玉之疑了。

再看金钏儿。宝玉得知金钏儿死讯之后，“便知金钏儿含羞赌气自尽，心中早又五内摧伤，近来被王夫人数落教训，也无可回说。见宝钗进来，方得便出来，茫然不知何往；背着手，低头一面感叹，一面慢慢的走着，信步来至厅上。刚转过屏门，不想对面来了一人正往里走，可巧儿撞了个满怀。只听那人喝了一声‘站住！’宝玉唬了一跳，抬头一看，不是别人，却是他父亲，不觉的倒抽了一口气，只得垂手一旁站了。贾政道：‘好端端的，你垂头丧气咳些什么？方才雨村来了要见你，叫你半天你才出来；既出来了，全无一点慷慨挥洒谈吐，仍是葳葳蕤蕤。我看你脸上一团思欲愁闷气色，这会子又咳声叹气。你那些还不足，还不自在？无故这样，却是为何？’宝玉素日虽是口角伶俐，只是此时一心总为金钏儿感伤，恨不得此时也身亡命殒，跟了金钏儿去。如今见了他父亲说这些话，究竟不曾听见，只是怔呵呵的站着。”

这一段描述，把宝玉对金钏儿之死的感伤哀痛之情，描写到了极致，难怪脂批（蒙府本）亦云：“真有此情，真有此理。”当金钏儿来到梦中，向他哭诉为他投井之情的时候，宝玉却“不在意”，岂不大悖常情？对这位金钏儿，宝玉在她生时发誓“我只守着你”，在她死后又“恨不得此时也身亡命殒，跟了金钏儿去”，可算得生死与共的深情，岂能如陌路人一般，毫不在意呢？顺着看，百解也解不开，唯有翻倒过来，才能看到宝玉内心深处的真谛，那便是：“金钏儿怎么会死呢？金钏儿怎么会投井呢？金钏儿还活着哩，‘咱们在一处’哩！”

归结起来，此梦的隐意是：宝玉并不接受蒋玉菡被王府拿去和金钏儿投井自尽的事实，潜意识深处仍希望蒋玉菡能与自己自由交往，金钏儿仍如鲜花一般在眼前怒放。

宝玉梦之五

第三十六回　绣鸳鸯梦兆绛芸轩　识分定情悟梨香院

梦境 | MengJing

宝玉在床上睡着了……这里宝钗只刚做了两三个花瓣，忽见宝玉在梦中喊骂说："和尚、道士的话如何信得？什么是金、玉姻缘，我偏说是木、石姻缘！"

解析 | JieXi

此梦是宝玉在怡红院自己房内睡午觉时做的。当时，先是袭人坐在身旁，手里做针线守着，后来，宝钗来了，袭人出去了，宝钗"不留心一蹲身，刚刚的也坐在袭人方才坐的所在，因又见那活计实在可爱，不由的拿起针来，替他代刺”。宝钗只刚做了两三个花瓣，就听见宝玉讲梦话了。

这个梦看似有些突兀，平白无故就在梦中骂起和尚道士来了。其实，红学家们一眼就能看出来，宝玉骂的这句梦话，正是《红楼梦》全书的总纲，也是宝玉、黛玉、宝钗三人关系的总纲，这自然是释梦的题外之话，我们还是要回到释梦的思路上来，宝玉因何会做此梦，此梦的隐意又何在?

在具体分析此梦之前，我们需要认识一个精神分析学中的专有名词：情结。精神分析大师荣格认为，个人潜意识有一种重要而有趣的特性，这便是，一组一组的心理内容可以聚集在一起，形成一簇心理丛，称之为“情结”。情结可以强有力地控制我们的思想。通俗地说，当我们说某人具有某种情结时，意思就是说这个人执意地沉溺于某种他所心向的东西而不能自拔。

现在，我们可以来梳理一下宝玉与黛玉和宝玉与宝钗的关系了。先说宝玉和黛玉。他俩的来龙去脉，原本就非同一般。在天上时，宝玉为神瑛侍者，黛玉为绛珠仙子，便有一番奇缘。第一回中交待：只因西方灵河岸上三生石畔，有绛珠草一株，时有赤瑕宫神瑛侍者，日以甘露灌溉，这绛珠草始得久延岁月。后来既受天地精华，复得雨露滋养，遂得脱却常胎本质，得换人形，仅修成个女体，终日游于离恨天外，饥则食蜜青果为膳，渴则饮灌愁海水为汤。只因尚未酬报灌溉之德，故其在五内便郁结着一段缠绵不尽之意。恰近日这神瑛侍者凡心偶炽，乘此昌明太平朝世，意欲下凡造历幻缘，已在警幻仙子案前挂了号。警幻亦曾问及灌溉之情未偿，趁此倒可了结的。那绛珠仙子道："他是甘露之惠，我并无此水可还。他既下世为人，我也去下世为人，但把我一生所有的眼泪还他，也偿还得过他了。"及至双双下凡，来到人间的第一次见面，黛玉便吃一大惊，心下想到：好生奇怪，倒像在那里见过一般，何等眼熟到如此！而宝玉看罢，因笑道：这个妹妹我曾见过的。当贾母笑他胡说时，宝玉又笑道："虽然未曾见过他，然我看着面善，心里就算是旧相识，今日只作远别重逢，亦未为不可。"两人初次相见，便心有灵犀，如同旧友重逢一般，而且宝玉听说黛玉没玉，上演了一场摔玉的狠剧，因为黛玉没玉，连自己的"命根子"也不要了，由此可见，黛玉在宝玉眼中心中，比"命根子"还要重要。随后，"宝玉和黛玉二人之亲密友爱处，亦自较别个不同，日则同行同坐，夜则同息同止，真是言和意顺，略无参商"。宝玉与黛玉虽然耳鬓厮磨，但亦常有龃龉斗气之时，且又有自宽自解之处。有一次黛玉在房中睡着，宝玉要找她出去逛逛，黛玉不肯，只要他出去，宝玉便道："我往那去呢，见了别人就怪腻的。"（第十九回）己卯本评曰："所谓只有一颦可对。"宝玉又问黛玉要枕头，黛玉笑道："真真你就是我命中的‘天魔星’!”将自己的枕头给了宝玉，足见两人情深意厚，心息相通。

第二十回写宝玉与宝钗在一起顽笑，黛玉知道后很生气，宝玉越解释，黛玉越抽抽噎噎的哭个不止。黛玉道：“你又来作什么？死活凭我去罢了。横竖如今有人和你顽，比我又会念，又会作，又会说笑，又怕你生气拉了你去，你又作什么来？死活凭我去罢了!”宝玉听了，忙上来悄悄的说道：“你这么个明白人，难道连‘亲不间疏，先不僭后’也不知道？我虽糊涂，却明白这两句话。头一件，咱们是姑舅姊妹，宝姐姐是两姨姊妹，论亲戚他比你疏。第二件，你先来，咱们两个一桌吃，一床睡，长的这么大了，他是才来的，岂有个为他疏你的?”林黛玉啐道：“我难道为叫你疏他？我成了个什么人了呢！我为的是我的心。”宝玉道：“我也为的是我的心。难道你就知你的心，不知我的心不成?”两人几乎要剖心相验了！所谓情意心息相通，必有相通的基础。第三十二回中贾政要宝玉出去接客会见贾雨村，宝玉抱怨着不愿去，史湘云便对他说：如今大了你不愿读书去考举人、进士的，也该常常的会会这些为官做宰的人们，谈谈讲讲些仕途经济的学问，也好将来应酬世务，日后也有个朋友。没见你成年家只在我们队里搅些什么！宝玉听了道：“姑娘请别的姊妹屋里坐坐，我这里仔细污了你知经济学问的。”而恰巧黛玉走来，听见宝玉又说：“林妹妹不说这样混账话，若说这话，我也和他生分了。”

林黛玉听了这话，不觉又喜又惊。所喜者，果然自己眼力不错，素日认他是个知己，果然是个知己。所惊者，他在人前一片私心称扬于我，其亲热甚密，竟不避嫌疑。在第三十二回（宝玉梦之三），宝玉还曾把袭人当成黛玉，拉着袭人的手说："睡里梦里也忘不了你！"把袭人都"吓得魂消魄散"。对于宝玉和黛玉这对同心知己，《红楼梦》前言（袁世硕作）中有一段极为精辟又极为精确的评论："听其囫囵不解之言，察其幽微感触之心，审其痴妄委婉之意，皆今古未见之人，亦是未见之文字。说不得贤，说不得愚，说不得不肖；说不得善，说不得恶；说不得正大光明，说不得混账恶赖；说不得聪明才俊，说不得庸俗平凡；说不得好色好淫，说不得情痴情种，恰恰只有一颦儿可对！"这一连串的"说不得"，说明《红楼梦》的这两位主角，已经不能用当时固有的社会观念、道德原则来进行诠释、品评了。而这种情况岂不正表明贾宝玉和林黛玉的性格具有了与当时旧有观念、习俗和道德原则不同的、尚未被社会舆论所认同的新的品质？正是这种一致的品质、反叛的精神，将宝玉和黛玉的两颗心紧紧拴在了一起。而这种栓在了一起的情况，在贾府合府上下人心中都已默认。第二十五回中凤姐笑道："你既吃了我们家的茶，怎么还不给我们家作媳妇？"众人听了一齐都笑起来。此处甲戌本脂批曰："二玉事，在贾府上下诸人，即批书人看书人皆信定一段好夫妻，书中常常每每道及，岂其不然？"庚辰本脂批曰：

“二玉之配偶，在贾府上下诸人，即观者、批者、作者皆谓无疑，故常常有此等点题语。”更有凤姐指宝玉道：“你瞧瞧，人物儿、门第配不上，根基配不上，家私配不上？那一点还玷辱了谁呢？”甲戌本脂批曰：“大大一泻。”由此足见，宝玉和黛玉之情，不仅在他俩之间，而且在整个贾府已成一种公认了。

现在再看宝玉和宝钗。一本书中，原本有了宝玉和黛玉就足够了，在贾母、王夫人及众姐妹上下人等心目中，皆认同宝玉与黛玉是天生一对，地配一双，美满姻缘，无与伦比。然而，偏偏又来了一个薛宝钗！第五回写道：“不想如今忽然来了一个薛宝钗，年岁虽大不多，然品格端方，容貌丰美，人多谓黛玉所不及。而且宝钗行为豁达，随分从时，不比黛玉孤高自许，目无下尘，故比黛玉大得下人之心。”宝钗之来，非同常人，相貌要比黛玉更漂亮，性格要比黛玉随和温婉，人际关系要比黛玉更融洽，对黛玉具有极大的竞争性挑战性。特别要命的是，她随身带了一把金锁，金锁上的八字两句吉谶正好和宝玉那块玉上的八字两句吉谶两两匹对：莫失莫忘，仙寿恒昌；不离不弃，芳龄永继。因而生出了金、玉姻缘一说。连宝玉也说：“姐姐这八个字，倒真与我的是一对。”然而，对于这位来自贾史王薛四大家族之一的薛家大家闺秀，宝玉却只是喜而不爱，敬而不亲，同处不同心，特别对宝钗的仕途经济思想，更是大为反感。第三十二回史湘云向宝玉讲了一番经济学问的话后，袭人道："云姑娘快别说这话。上回也是宝姑娘也说过一回，他也不管人脸上过的去过不去，他就咳了一声，拿起脚来走了。这里宝姑娘的话也没说完，见他走了，登时羞的脸通红……谁知这一个反倒同他生分了。"泾渭分明，就在这人生处世的大品质上，宝玉尽管终日里处在"花影不离身左右，鸟声只在耳东西"的红粉队里，在大关节处却是一点也不含糊，主心骨倒是坚硬朗朗的，他清醒地认识到爱说"混账话"的宝钗不是他的同路人。

男大当婚，女大当嫁。宝玉、黛玉、宝钗都到了谈婚论嫁的时候了，这时便来了一个清虚观的张道士给宝玉提亲，"谁知宝玉一日心中不自在，回家来生气，嗔着张道士与他说了亲，口口声声说从今以后不再见张道士了，别人也并不知为什么原故"。黛玉来探望他，他又和黛玉吵闹起来。后来宝玉又听见黛玉说"好姻缘"三个字，越发逆了己意，赌气从颈上抓下通灵宝玉，咬牙恨命往地下一摔，随即又找东西来砸玉，闹得满府皆知。原来宝玉稍明时事之后，凡远亲近友之家所见的那些闺英闱秀，皆未有稍及林黛玉者，所以早存了一段心事，即非黛玉不娶，只不好说出来。林黛玉则也是非宝玉不嫁。两个人原来是一个心，但又都未张口明言，又都将真心真意瞒了起来，只用假意试探，不免多生了枝叶，反弄成两个心了。直到贾母劝解之时大叹"不是冤家不聚头"，他俩才如参禅的一般，细嚼此话的滋味，都不觉潸然泪下。一个在潇湘馆临风洒泪，一个在怡红院对月长吁，却是人居两地，情发一心。

通过以上的梳理和联想，我们便很容易看出，宝玉这个梦完全由情而生，是个典型的情结梦。而且，不是人支配着情结，而是情结支配着人。宝玉喊出来的梦话，正是他潜意识深处的思想真谛，无异于他潜意识的一声呐喊：他只认反封建斗士黛玉的木、石姻缘，排斥守封建卫士宝钗的金、玉姻缘。至于后来宝玉与宝钗成亲，那显然是“强扭的瓜儿不甜”，成为一段情天恨海的悲剧了。

宝玉梦之六

第五十一回 薛小妹新编怀古诗 胡庸医乱用虎狼药

梦境 | MengJing

> 至三更以后，宝玉睡梦之中，便叫袭人。叫了两声，无人答应，自己醒了，方想起袭人不在家，自己也好笑起来。

解析 | JieXi

袭人是《金陵十二钗》又副册中人，在《红楼梦》中是个分量很重的丫鬟，在宝玉的生活圈子中，是许多其他姐妹所不可替代的人物。第三回中有一段袭人小传：原来这袭人亦是贾母之婢，本名珍珠。贾母因溺爱宝玉，生恐宝玉之婢无竭力尽忠之人，素喜袭人心地纯良，恪尽职守，遂与了宝玉。宝玉因知他本姓花，又曾见旧人诗句上有“花气袭人”之句，遂回明贾母，更名袭人。这袭人亦有些痴处：服侍贾母时，心中眼中只有一个贾母；如今服侍宝玉，心中眼中又只有一个宝玉。袭人不仅得到了宝玉祖母的喜爱和信任，宁肯自己少一个丫鬟服侍，也愿意将袭人“与了宝玉”；而且，袭人还深得宝玉生母王夫人的喜爱和信任。第三十六回中有一段细微的描述：王夫人想了半日，向凤姐儿道：“明儿挑一个好丫头送去老太太使，补袭人，把袭人的一份裁了。把我每月的月例二十两银子里，拿出二两银子一吊钱来给袭人。以后凡事有赵姨娘、周姨娘的，也有袭人的，只是袭人的这一份，都也从我的分例上匀出来，不必动官中的就是了。”凤姐一一的答应了，笑推薛姨妈道：“姑妈听见了，我素日说的话如何？今儿果然应了我的话。”薛姨妈道：“早就该如此。模样儿自然不用说的，他的那一种行事大方，说话见人和气里头带着刚硬要强，这个实在难得的。”王夫人含泪说道：“你们那里知道袭人那孩子的好处？比我的宝玉强十倍！宝玉果然是有造化的，能够得他长长远远的服侍他一辈子，也就罢了。”很显然，贾母、王夫人、凤姐，包括薛姨妈，都是贾府中响当当的权威主子，她们如此器重袭人，可见袭人在丫鬟辈中是如何的出类拔萃，鹤立鸡群，王夫人将她大丫鬟的身份提升到了准姨娘的身份，难怪连黛玉和湘云都要赶过来向她道喜。

袭人比宝玉大两岁，像姐姐一样服侍宝玉，从穿衣吃饭到睡觉，事无巨细，分无内外。从第六回宝玉“强袭人同领警幻所训云雨之事”之后，袭人同宝玉既有夫妻之名，亦有夫妻之实，“自此宝玉视袭人更比别个不同，袭人待宝玉更为尽心”。在宝玉的心中眼中，袭人是贾母溺爱的化身，是王夫人母爱的化身，渐渐地成为了宝玉须臾不可离开的人。不过，袭人也有招宝玉不喜欢之处，那就是她也有满脑子的仕途经济，“每每规谏宝玉，宝玉不听”，这就使她似乎又成了贾政严父的化身，以至于宝玉“怕”起袭人来了。第三十四回写宝玉记挂黛玉，“满心里要打发人去，只是怕袭人，便设一法，先使袭人往宝钗那里去借书”，然后才敢命晴雯去给黛玉送手帕。尽管这正是贾母王夫人贾政欣赏之长处，却令宝玉格格不入，以致最后落个“公子无缘”的结局，未能实现王夫人所言“长长远远的服侍他一辈子”的愿望。当然，这只是后话；眼下袭人依然是宝玉的贴身人。

宝钗是宝玉后来正娶的夫人，按常情而论，凭着女孩子家特有的敏感，在未娶之前，宝钗对围绕在宝玉身边的任何一个年轻女子，都会自然而然地有一种警觉，对袭人亦不例外。在第二十一回中，宝钗听袭人叹道：“姐妹们和气，也有个分寸礼节，也没个黑家白日闹的！凭人怎么劝，都是耳边风。”宝钗听了，心中暗忖道：“倒别看错了这个丫头，听他说话，倒有些见识。”宝钗便在炕上坐了，慢慢的闲言中套问他年纪、家乡等语，留神观察，其言语志量深可敬爱。由此可知，与宝玉关系至亲的贾母、王夫人、薛宝钗三代三位至嫡女性，都一致认同袭人是服侍宝玉的最佳人选，袭人在宝玉身边的地位可谓牢不可破。

宝玉是个典型的衣来伸手、饭来张口的公子哥儿，生活上的自理能力极差，第二十一回写宝玉醒来后，袭人故意不理睬他，叫他“自过那边房里去梳洗”，宝玉道：“我过那里去?”袭人冷笑道：“你问我，我知道？你爱往那里去，就往那里去。从今咱们两个丢开手，省得鸡声鹅斗，叫别人笑。”这位连梳洗都不能自理的哥儿立即“向枕边拿起一根玉簪来，一跌两断，说道：‘我再不听你说，就同这个一样。’”可见宝玉对袭人的依赖，已经到了不能稍离的地步。及至得知王夫人将袭人由自己的大丫鬟升格为准姨娘后，更是喜不自禁，便得意地向袭人说道：“我可看你回家去不去了！那一回往家里走了一趟，回来就说你哥哥要赎你，又说在这里没着落，终久算什么，说了那么些无情无义的生分话唬我。从今以后，我可看谁来敢教你去。”宝玉离不开袭人，不让袭人离开自己，并不是两情相悦的情侣或夫妻之间的爱情，倒颇似婴儿离不开奶妈一般，蕴含着一种深厚真挚的母爱。当袭人因母亲病重告假归家省母离开的头一个晚上，宝玉便在睡梦中叫唤起袭人来了，这也许是常年由袭人服侍宝玉睡觉养成的习惯，正如幼儿夜间梦中啼哭叫喊母亲一样；更可能是由于白天看着袭人离去之后，期盼着她早一天归来，又恍如未离去，“昨夜夜半，枕上分明见”。

现在可以做一扼要归纳了：此梦属日有所思，夜有所梦的“精梦”。精梦即“意精之梦”，强调“思”的强烈程度。宝玉离不开的袭人离开了，因而强烈思之。此梦的隐意，则不是思念袭人之人，而是思念袭人所代表的母爱。正因为重情轻人，醒来后想起袭人不在家，也没有什么烦恼忧愁，倒“自己也好笑起来”。

宝玉梦之七

第五十六回　敏探春兴利除宿弊　贤宝钗小惠全大体

梦境｜MengJing

宝玉回至房中榻上，默默盘算，不觉昏昏睡去，竟到一座花园之内。宝玉咤异道：“除了我们大观园，更又有这一个园子？”正疑惑间，忽然那边来了几个女孩儿，都是丫鬟，宝玉又咤异道：“除了鸳鸯、袭人、平儿之外，也竟还有这一干人?”只见那些丫鬟笑道：“宝玉怎么跑到这里来?”宝玉只当是说他，忙来陪笑说道：“因我偶步到此，不知是那位世交的花园？姐姐们带我逛逛。”众丫鬟都笑道：“原来不是咱们家的宝玉！他生得也还干净，嘴儿也倒乖觉。”

宝玉听了，忙道："姐姐们这里，也竟还有个宝玉?"丫鬟们忙道："'宝玉'二字，我们家是奉老太太、太太之命，为保佑他延年消灾，我们叫他，他听见喜欢；你是那里远方来的小斯，也乱叫起来！仔细你的臭肉，打不烂了你的！"又一个丫鬟笑道："咱们快走罢，别叫宝玉看见。"又说："同这臭小子说了话，把咱们熏臭了！"说着，一径去了。

宝玉纳闷道："从来没有人如此荼毒我，他们如何竟这样的，莫不真也有我这样一个人不成?"一面想，一面顺步早到了一所院内。宝玉咤异道："除了怡红院，也更还有这么一个院落?"忽上了台阶，进入屋内，只见榻上有一个人卧着，那边有几个女儿做针线，也有嘻笑玩耍的。只见榻上那个少年叹了一声。一个丫鬟笑问道："宝玉，你不睡，又叹什么？想必为你妹妹病了，你又胡愁乱恨呢。"宝玉听说，心下也便吃惊。只见榻上少年说道："我听见老太太说，'长安'都中也有个宝玉，和我一样的性情，我只不信。我才做了一个梦，竟梦中到了都中一个花园子里头，遇见几个姐姐，都叫我臭小厮，不理我。好容易找到他房里，偏他睡觉，空有皮囊，真性不知往那去了。"宝玉听说，忙说道："我因找宝玉来到这里。原来你就是宝玉?"榻

> 上的忙下来拉住："原来你就是宝玉！这可不是梦里了。"宝玉道："这如何是梦？真而又真了。"一语未了，只见人来说："老爷叫宝玉。"唬得二人皆慌了。一个宝玉就走，一个便忙叫："宝玉快回来，宝玉快回来！"

解析 | JieXi

先来看看这个梦的诱因，贾宝玉怎么会在梦中会见甄宝玉呢？原来是江南甄府里家眷进宫朝贺，先遣人到贾府来送礼请安。来贾府送礼请安的是四个四十往上年纪的女人，在向贾母请安时谈到了甄府也有个宝玉，待这四个女人看见贾宝玉之后，惊呼"唬了我们一跳。若是我们不进府来，倘若别处遇见，还只道我们的宝玉后赶着也进了京呢"。四个女人又说："如今看来，模样是一样的。据老太太说，淘气也一样。"对于这次会见，贾母逢人便告自不待言，"独宝玉是个迂阔公子的性情，自为是那四人承悦贾母之词"，并不放在心上。偏巧他去看生了病的史湘云，史湘云却对他说："你放心闹吧，先是'单丝不成线，独树不成林'，如今有了个对子，闹急了，再打狠了，你逃走到南京找那一个去。"这便使宝玉心中疑惑起来：若说必无，然亦似有；若说必有，又并无目睹。正是在这种似信非信、疑疑惑惑的状态中进入了梦乡，会见了仅只耳闻的甄宝玉。

在现实生活中，贾宝玉此时尚未见过甄宝玉，直到后面的第一百一十五回，两个宝玉才得相见。由此可推出，梦中贾宝玉所看见的甄宝玉不是别人，正是他自己。由于那四个女人在言谈中点明了甄宝玉“今年13岁”，因此，宝玉梦中看见的自己也应是13岁时的光景，而且，宝玉在梦中所诧异的一座花园就是贾府的大观园，所诧异的几个丫鬟，正是他身边的鸳鸯、袭人、平儿，所诧异的院落正是他的怡红院。实际上是对他自己13岁那个时期生活情境的回忆。如果解梦到此便止住的话，那只相当于解析一幅画谜时，只解说了画面上那些图画的意思，还没有沾着画谜谜底的边。

弗洛伊德说：“迄今为止，人们所做过的有关梦的解释都是以记忆中所保留的‘梦内容’直接予以阐释。他们由梦内容寻求解释，有些甚至不经过解析，而直接由梦内容获取结论。然而，这方面我们却有一些不同的资料，在我们研究出来的结果与‘梦内容’之间，我们发现了另一新的心理资料：梦的隐思或梦思，而我们的解梦乃由这些资料下手，并非沿袭自古所用的‘梦内容’或称为‘梦的显意’。因此我们所面临的将是一个崭新的工作，一种近似小说的工作——仔细检验‘梦的隐思’与‘梦的显意’之间的关系，并探讨后者如何由前者蜕变出来。”①

---

① 《梦的解析》第107页。

弗洛伊德又说："'梦的隐意'与'梦的显意'就有如以两种不同的预言表达同一种内容，或说得更清楚些，'梦的显意'就是以另一种表达的形式将'梦的隐意'传译给我们，而所采用的符号以及法则，唯有透过译作与原著的比较，才能了解。一旦我们做到了这点，那'梦的隐意'就再不是一个如此难以了解的秘密。'梦的显意'，就有如象形文字一般，其符号必须逐一地翻译成'梦的隐意'所采用的文字。因此，这些符号决非以其图形的形态即可解释，它必须按符号所代表的意义来做这项翻译的工作。"①

我们怎样才能通过贾宝玉梦会甄宝玉这样的显象来还原梦的隐意呢？方法便是我们应仔细检验"梦内容"中所藏匿的"心理资料"。只要仔细把玩这个近似猎奇取巧逗人乐子的梦，我们便不难发现这是宝玉的一个焦虑梦，在看似稀奇巧合轻松笑骂的戏谑之中，深藏着宝玉无尽的焦虑。

第一，"自惭形秽"焦虑。

一方面，梦中丫鬟看"他生的倒也还干净"，听他"嘴儿也倒乖觉"；另一方面，梦中丫鬟又骂他"你是那里远方来的臭小厮"，"仔细你的臭肉"，"把咱熏臭了"。梦中甄宝玉也骂他"空有皮囊，真性不知那去了"。梦中的丫鬟和甄宝玉，岂真有其人，不过都是宝玉的幻象，是由宝玉的潜意识置换而来，他们所说的话，实质上就是宝玉自

① 《梦的解析》第107页。

己的意识与潜意识之间的对话，是一种心灵的对白。世人尽知，这位含玉而生的奇公子，荣府上下眼中心中的接班人，那能是个“脸上有残疾十分黑丑的”，你看他在第三回初见黛玉时出场的形容：进来了一位年轻公子：头上戴着束发嵌宝紫金冠，齐眉勒着二龙抢珠金抹额；穿一件二色金百蝶穿花大红箭袖，束着五彩丝攒花结长穗宫绦，外罩石青起花八团倭缎排穗褂；登着青缎粉底小朝靴。面若中秋之月，色如春晓之花，鬓若刀裁，眉如墨画，面如桃瓣，目若秋波。虽怒时而若笑，即瞋视而有情。项上金螭璎珞，又有一根五色丝绦，系着一块美玉。这番形容，连黛玉见了也大吃一惊。转瞬间宝玉又换了一副冠带：头上周围一转的短发，都结成小辫，红丝结束，共攒至顶中胎发，总编一根大辫，黑亮如漆，从顶至梢，一串四颗大珠，用金八宝坠角；身上穿着银红撒花半旧大袄，仍旧带着项圈、宝玉、寄名锁、护身符等物；下面半露松花撒花绫裤腿，锦边弹墨袜，厚底大红鞋。越显得面如敷粉，唇若施脂；转盼多情，语言常笑。天然一段风骚，全在眉梢；平生万种情思，悉堆眼角。看其外貌最是极好！再看第十五回会北静王时的形容：那北静王本身便是“面如美玉，目似明星，真好秀丽人物”，但看见宝玉“戴着束发银冠，勒着双龙出海抹额，穿着白蟒箭袖，围着攒珠银带，面若春花，目如点漆”时，也禁不住赞道：名不虚传，果然如宝似玉。当着贾政的面，盛赞“令郎真乃龙驹凤雏”，“将来‘雏凤清于老凤声’，未可量也”。黛玉何人？万万人之上的美女子；北静王何人？万万人之上的美男子。他俩见了宝玉，尚且惊赞不已，宝玉岂不更是万万人之上的俊男靓仔么?!何以还会产生“自惭形秽”的焦虑呢？殊不知，宝玉是个既秉清明灵秀之正气又秉残忍乖僻之邪气之人，“在上则不能成仁人君子，下亦不能为大凶大恶。置于万万人中，其聪俊灵秀之气，则在万万人之上；其乖僻邪谬不近人情之态，又在万万人之下”，正合又生于公侯富贵之家，则成情痴情种。把“女儿”两个字，看得极尊贵、极清洁，甚至比那阿弥陀佛、文始天尊这两个宝号还要尊荣无对。因此在七八岁时便有“女儿是水作的骨肉，男人是泥作的骨肉。我见了女儿，我便清爽；见了男子，便觉浊臭逼人”的奇思异想。这种“女清男浊”的观念正是他独特的心性，无时无刻不在左右他的言行举止。第十九回宝玉到袭人家去时看见了三五个女孩儿，回来后问袭人“那个穿红的是你什么人”，当袭人告知是她“两姨妹子”后，宝玉便叹“怎么也得他在咱们家就好了”，不料被袭人抢白了一番，宝玉倒陪笑道：“我不过是赞他好，正配生在这深堂大院里，没的我们这种浊物，倒生在这里。”将一个贫家女子看得如此清纯，而将自己当成“浊物”。己卯本评曰：这皆是宝玉意中心中确实之念，非前勉强之词。此评切中宝玉之心性，十分中肯。此后文中，宝玉亦常用此“妙号”自称。宝玉不仅在女儿面前自惭形秽，那怕见了眉清目秀、怯怯羞羞、有女儿之态的男子，也会立即自感污浊。第七回见到秦钟之后，心中又起了呆意，自思“如今看来，我竟成了泥猪癞狗了”，还痛骂自己“锦绣纱罗，也不过裹了我这根死木头；美酒羊羔，也不过填了我这粪窟泥沟”。外形的丰美与心性的乖僻形成了尖锐的矛盾，以至在第二十二回黛玉问他“至贵者是‘宝’，至坚者是‘玉’。尔有何贵？尔有何坚？”时，宝玉竟不能答。因此在他心底里，自认自己是泥做的骨肉，是永远也改变不了的污浊，恨只恨没有修成女儿身，怨只怨空有一副靓皮囊。这是他的一个心结，每时每刻都处在摆不脱的悲虑之中。梦中出现丫鬟骂他臭小厮、臭肉，甄宝玉骂他空有皮囊，正是宝玉自悲自怨自恨自惭的自责与自骂。通过这种自我“荼毒”，释放心中的焦虑。

第二，“黛玉多病”焦虑。

宝玉与黛玉从小青梅竹马，耳鬓厮磨，吃同桌，睡同床，两小无猜，但这并不完全是宝玉深爱黛玉的原由，更何况，在众多如花似玉的小姐丫鬟群中，黛玉的容貌也不是最漂亮的，加上又是个怯弱不胜的病秧子，更削减了她的竞争力，但由于黛玉亦是深恶痛绝仕途经济之人，这才是宝玉深爱她的根本，众花丛中，唯有黛玉可以与他两心相对。宝玉深爱黛玉，把黛玉视为将与自己白头偕老之人，对她的关切，自然超出其他人之上，而诸事为首者，莫过于黛玉的身体健康。黛玉是带着有病之身来到贾府的，或者更确切地说，黛玉是带着有病之身来到人世间的。第三回中贾母看见黛玉身体面庞怯弱不胜，草胎卉质，便知他有不足之症。因问：“常服何药，如何不急为疗治?”黛玉道：“我自来是如此，从会吃饮食时便吃药，到今日未断，请了多少名医修方配药，皆不见效……如今还是吃人参养荣丸。”黛玉先天不足，已经吃了十多年药皆不见效尚且不说，又加之黛玉心性孤高自傲，妒忌多疑，不免要生出许多的闲气、闷气、怨气、悲气，而人一生气，免疫力就下降，抵抗力降低，各种邪秽之气便趁机侵入，这又成了黛玉后天的病由。先天不足加后天怄气，黛玉病势一天一天加重，宝玉为她健康的担忧便也一天一天加深，渐渐的也形成了一个心结。到第四十五回，黛玉才十五岁，便“每岁到春分、秋分之际，必犯嗽疾”，“近日又复嗽起来，觉得比往常又重些，所以总不出门，只在自己房中将养”。至此之后，黛玉病情加重，不只是一年犯两次病，而变成经常病，咳嗽也愈来愈频繁严重了。但凡黛玉一病，宝玉便忙不迭前往探视。第三十回黛玉生病又生宝玉的气，宝玉冒着“热天毒日”来看黛玉，黛玉却不准丫鬟开门。宝玉进来后笑道：“你们把极小的事倒说大了。好好的，为什么不来?我便死了，魂也要一日来一百遭。”人死了，魂也要来，对黛玉生病的关切无以复加！第四十五回探视黛玉，一见面忙问：“今儿好些?吃了药没有?今儿一日吃了多少饭?”一面说，一面摘了笠，脱了蓑衣，忙一手举起灯来，一手遮住灯光，向黛玉脸上照了一照，觑着眼细瞧了一瞧，笑道："今儿气色好了些。"真的是体贴入微，关怀备至。第五十二回写宝玉让诸姊妹先行，自己落后。黛玉还有话说，又不曾出口，出了一回神，便说道："你去罢。"宝玉也觉得心里有许多话，只是口里不知要说什么，想了一想，也笑道："明日再说罢。"一面下了阶矶，低头正欲迈步，复又忙回身问道："如今的夜越发长了，你一夜咳嗽几遍？醒几次？"黛玉道："昨儿夜里好了，只咳嗽两遍，却只睡了四更一个更次，就再不能睡了。"在宝玉问话后面，庚辰本脂批曰："此皆好笑之极，无味扯谈之极！回思则皆沥血滴髓之至情至神也。"此批一语中的："沥血滴髓之至情至神也"！真正将黛玉的病因、宝玉的焦心说得至情至透则是在第三十二回。宝玉瞅了半天，方说道"你放心"三个字。林黛玉听了，怔了半天，方说道："我有什么不放心的？我不明白这话。你倒说说怎么放心不放心？"宝玉叹了一口气，问道："你果不明白这话？难道我素日在你身上的心都用错了？连你的意思若体贴不着，就难怪你天天生我的气了。"林黛玉道："果然我不明白放心不放心的话。"宝玉点头叹道："好妹妹，你别哄我，果然不明白这话，不但我素日之意白用了，且连你素日待我之意也都负了。你皆因总是不放心的原故，才弄了一身病。但凡宽慰些，这病也不得一日重似一日。"林黛玉听了这话，如轰雷掣电，细细思之，竟比自己肺腑中掏出来的还觉恳切，竟有万句言语，满心要说，只是半个字也不能吐，却怔怔的望着他。此时宝玉心中也有万句言语，不知从那一句上说起，却也怔怔的望着黛玉。两个人怔了半天，林黛玉只咳了一声，两眼不觉滚下泪来，回身便要走。宝玉忙上来拉住，说道："好妹妹，且略站住，我说一句话再走。"林黛玉一面拭泪，一面将手推开，说道："有什么可说的。你的话我早知道了！"口里说着，却头也不回竟去了。宝玉站着，只管发起呆来。及至袭人怕他热，拿了扇子赶来送与他，他却出了神，见袭人和他说话，并未看出是何人来，便一把拉住，说道："好妹妹，我的这心事，从来也不敢说；今儿我大胆说出来，死也甘心！我为你也弄了一身的病，在这里又不敢告诉人，只好掩着。只等你的病好了，只怕我的病才得好哩。睡里梦里也忘不了你！"袭人听了这话，吓得魄消魂散，只叫"神天菩萨，坑死我了！"便推他道："这是那里的话！敢是中了邪？还不快去？"宝玉一时醒过来，方知是袭人送扇子来，羞的满面紫涨，夺了扇子，便忙忙地抽身跑了。

宝玉说了一段叫黛玉"轰雷掣电"的话，又说了一段叫袭人"魄散魂飞"的话，蒙府本脂批曰："真疼真爱真怜真惜中，每日生出此等心病来。"由此可见，黛玉是身病，宝玉是心病，宝玉的心病由黛玉的身病而来，只等黛玉的身病好了，宝玉的心病才得好。黛玉的病一日不好，宝玉便一日的胡愁乱恨，以致失眠唉叹！这样揪心裂胆的焦虑，从白日缠绵到梦中，便见丫鬟在说："宝玉，你不睡又叹什么？想必为你妹妹病了，你又在胡愁乱恨呢。”不是心上人儿，如何梦中牵挂，宝玉的潜意识已然心知肚明，有意在梦中点破，稍释心中块垒耳！

第三，“严父训饬”焦虑。

此梦的最后结局，看起来不免令人作笑，一听见“老爷叫宝玉”，唬得两个宝玉皆慌了，甄宝玉拔腿就走，贾宝玉张口便叫，并且在叫喊声中惊醒过来。笑过之后，掩卷一思，又不难发现这种“老鼠见了猫”的景象不仅仅似曾相识，简直历历在目。说来贾政对这个衔玉而来的奇儿子，从小就很不喜欢，宝玉周岁时，贾政让他“抓周”，试他将来志向，谁知宝玉世上所有之物一概不取，偏偏只把些脂粉、钗环抓到手中，贾政因此大怒，脱口大骂“将来酒色之徒耳！”及至长大上义学，一日宝玉去请安，回说上学里去，贾政冷笑道：“你如果再提‘上学’两个字，连我也羞死了。依我的话，你竟顽你的去是正理。仔细站脏了我这地，靠脏了我的门！”戚序评曰：“画出宝玉俯首挨壁之形象来。”第十七回宝玉方至大观园戏耍，忽见贾珍走来，向他笑道：“你还不出去，老爷就来了。”宝玉听了，带着奶娘、小厮们，一溜烟就出园来。真是闻虎色变！后来在大观园题对额，贾政看着宝玉，“唬的宝玉忙垂了头”，每到一处，无论宝玉题的好与不好，总是“畜生，畜生”“无知的孽障”“无知的蠢物”“叉出去”“若不通，一并打嘴”“胡说”“岂有此理”“若再不能，我定不饶”“不好，不好!”等语斥责喝骂，宝玉稍有主动发言时，贾政喝道：“谁问你来!”唬的宝玉倒退，不敢再说。一路上说得不好挨骂，说得好也挨骂，不说挨骂，说也挨骂，把个宝玉骂得垂头丧气，伴父如伴虎。第二十三回，元妃命太监到荣国府来下一道谕，命宝钗等姊妹都到大观园中去居住，命宝玉仍随进园读书，宝玉正喜的无可不可时，忽见丫鬟来说：“老爷叫宝玉。”宝玉听了，好似打了个焦雷，登时扫去兴头，脸上转了颜色，便拉着贾母扭的好似扭股儿糖，杀死不敢去。“老爷”两字，真如雷灌耳，谈虎色变！只为给花自芳取了袭人的名字，贾政便训饬他“只是可见宝玉不务正，专在这些浓词艳赋上作工夫”。说毕，断喝一声：“作孽的畜生，还不出去!”第三十三回宝玉来至厅上，刚转过屏门，不想对面来了一人正往里走，可巧儿撞了个满怀。只听那个喝了一声“站住!”宝玉唬了一跳，抬头一看，不是别人，却是他父亲，不觉的倒抽了一口气，只得垂手一旁站了。这情景正如老鼠见了猫，早唬得胆也破了，腿也软了，连逃跑的份儿也没了。也正是在这一回里，贾政暴打宝玉。贾政一见，眼都红紫了，也不暇问他在外流荡优伶，表赠私物，在家荒疏学业，淫辱母婢等语，只喝令：“堵起嘴来，着实打死!”小厮们不敢违拗，只得将宝玉按在凳上，举起大板打了十来下。贾政犹嫌打轻了，一脚踢开掌板的，自己夺过来，咬着牙狠命盖了三四十下。众门客见打的不祥了，忙上前夺劝。贾政那里肯听，说道：

“你们问问他，干的勾当可饶不可饶！素日皆是你们这些人把他酿坏了，到这步田地还来解劝。明日酿到他弑君杀父，你们才不劝不成！”王夫人急忙赶进房里，贾政更如火上浇油一般，那板子越发下去的又狠又快，宝玉早已动弹不得了。贾政还欲打时，早被王夫人抱住板子。贾政道：“罢了，罢了！今日必定要气死我才罢！”王夫人哭道：“宝玉虽然该打，老爷也要自重。况且炎天暑日的，老太太身上也不大好，打死宝玉事小，倘若老太太一时不自在了，岂不事大！”贾政冷笑道：“倒休提此话。我养了这不肖的孽障，已不孝；教训他一番，又有众人护持，不如趁今日一发勒死了，以绝将来之患！”说着，便要绳索来勒死。王夫人抱着宝玉，只见他面白气弱，底下穿着一条绿纱小衣皆是血渍，禁不住解下汗巾看，由臀至胫，或青或紫，或整或破，毫无一点好处，不觉失声大哭起来，“苦命的儿吓！”幸亏贾母早来一步，要不然宝玉也就命丧贾政的板子绳索之下了。尽管贾政后来“自悔不该下毒手打到如此地步”，但他仍对此振振有词：“为儿的教训儿子，也为的是光宗耀祖。”贾政与宝玉的矛盾，正是贾政维护正统封建礼教与宝玉反仕途骂禄蠹与封建礼教唱对台戏的矛盾，贾政的望子成龙，恨铁不成钢，望的是成封建礼教之龙，成封建礼教之钢，宝玉则偏偏恨成此龙，羞成此钢，这对矛盾斗争的结果，只有胜负之分，没有调和的余地。你看在整个挨板子的过程中，宝玉哼过一声没有？有过求饶一字没有？只是眼下势力悬殊，宝玉只有挨打的份。直到两三百年后，孙中山一句“天下为公”，才将贾政们彻底扳倒，宝玉的夙愿才得以实现。宝玉此时尚是个上学的少年，吃贾政的，穿贾政的，住贾政的，花贾政的，在“君要臣死臣不得不死，父要子亡子不得不亡”的规范下，宝玉只能认打。然而，这一顿饱打，作为一次严重的创伤，深深地锲进了宝玉的心坎里，埋进了宝玉的潜意识之中，使宝玉成了惊弓之鸟，焦虑深重，惶惶不可终日。早在宝玉挨这顿暴打之前，聪慧的袭人已将这对父子矛盾的不可调和性看得穿透了，想着法儿叫宝玉少挨打骂。第十九回袭人对宝玉说：“你真喜读书也罢，假喜也罢，只是在老爷眼前或在别人眼前，你别只管批驳诮谤，只作出个喜读书的样子来，也教老爷少生些气，在人前也好说嘴。”非但如此，袭人还抓住宝玉怕父这个软肋，伙同薛蟠拉虎皮作大旗捉弄宝玉。第二十六回宝玉正在黛玉房里说笑，只见袭人走来说道：“快回去穿衣服，老爷叫你呢。”宝玉听了，不觉打了个雷的一般，也顾不得别的，疾忙回来穿衣服。出园来，只见焙茗在二门前等着，宝玉便问道：“你可知道叫我是为什么?”焙茗道：“爷快出来吧，横竖是去见的，到那里就知道了。”一面说，一面催着宝玉。转过大厅，宝玉心里还自狐疑，只听墙角边一阵呵呵大笑，回头只见薛蟠拍着手笑了出来，笑道：“要不说姨父叫你，你那里出来的这么快。”你看，这一番捉弄将宝玉对父亲的惧怕入木三分地刻画出来了。

惧怕父亲，这是宝玉的又一个心结，又一大焦虑，如果将对黛玉说的那句“睡里梦里也忘不了你”加一个字用到贾政身上，那便是“睡里梦里也忘不了怕你”！

弗洛伊德说：“梦是一步一步地朝着有意的转移方向在蜕变。”[①] 我们回顾一下这个梦，开始还是轻松愉快地逛花园，接着便一步一步地蜕变到自惭形秽、黛玉多病、严父训饬的焦虑上来了。其实，这三个焦虑只不过是一个大焦虑的三个侧面而已，这个大焦虑就是反仕途经济。黛玉与他志同道合却多病，贾政与他道不同不相与谋却强霸，又恨自己只是生在富贵之家的一个浊物，既不贵也不坚，空有宝玉之名。

弗洛伊德说：“事实上，焦虑之梦并非梦的解析的另一对象，它只不过是以梦本身来表示出一般焦虑的内容而已。我们梦中所感受的焦虑就是梦内容所明白地表示的那些念头而已。”[②] 解析到这里，我们可以判断这是一个焦虑梦，通过梦中的自我“荼毒”，释放心中的焦虑。

弗洛伊德指出，构成梦象的材料来自三个方面：做梦前一天的残念；睡眠中偶然出现的躯体方面的感觉刺激；来自幼年期的经验。此梦的直接诱因和材料来源便是贾宝玉在睡前照过镜子，在镜子中看见了自己的形象。袭人在

① 《梦的解析》第 49 页。
② 《梦的解析》第 39 页。

旁听他梦中自唤，忙推醒他，笑问道："宝玉在那里?"此时宝玉虽醒，神意尚恍惚，向门外指说："才出去了。"袭人笑道："那是你梦迷了。你揉眼细瞧，是镜子里照的你影儿。"宝玉向前瞧了一瞧，原是那嵌的大镜对面相照，自己也笑了。麝月道："怪道老太太常嘱咐说小人屋里不可多有镜子。小人魂不全，有镜子照多了，睡觉惊恐作胡梦。如今倒在大镜子那里安了一张床。有时放下镜套还好；往前去，天热困倦不定，那里想的到放他，比如方才就忘了。自然是先躺下照着影儿顽的。一时合上眼，自然是胡梦颠倒；不然如何得看着自己叫着自己的名字?"宝玉不仅睡觉前"照着影儿顽"，他还经常同姊妹们一起梳妆，也是经常照镜子的，无数次在镜子中看见了自己的形象，加上白天听见甄府四个女人说了个甄宝玉，又听史湘云说"如今有了个对子，闹急了，再打狠了，你逃走到南京找那一个去"的话，再加上心灵深处的隐衷，几方面一凑合，便做出"宝玉见宝玉"的梦来了。

析文中引用第三十二回宝玉对袭人说的一番话，是宝玉的一个白日梦。所谓"出神"，即入梦，故而后来才有"宝玉一时醒过来"的交待。在梦里，梦主得到了说出自己内在真相的机会，原来隐藏在潜意识里的愿望、恐惧、希求以及心结，白天不敢说，不敢当面说，一旦到了梦里，就敢于"大胆说出来"，而且敢于当面说出来，只不过"当面的人"是梦中人，但说出来的"心事"却是千真万确一丝无悔，完全真实地倾吐出了宝玉对黛玉的一片真情，“心病”压抑久了深了，不吐不行，一吐为快，梦为他实现了这个愿望，也为他释放了心中的焦虑。

宝玉梦之八

第五十七回　慧紫鹃情辞试忙玉　慈姨妈爱语慰痴颦

梦境 | MengJing

有时宝玉睡去，必从梦中惊醒，不是哭了说黛玉已去，便是有人来接。每一惊时，必得紫鹃安慰一番方罢。

解析 | JieXi

此梦没有展开来写，内容只是“黛玉已去”和“有人来接黛玉去”，而且，此梦不只做一次，而是做了多次，而每一次都必从梦中惊醒。

弗洛伊德说：“梦，并不是空穴来风，不是毫无意义的，不是荒谬的，也不是一部分意识昏睡，而只有少部分乍睡少醒的产物。它完全是有意义的精神现象。实际上，是一种愿望的满足。它可以算是一种清醒状态精神活动的延续。”①

那么，是一阵什么样的风，竟把宝玉刮得神魂颠倒、“已死了大半个”地连做惊醒梦呢？说来可笑，只不过是紫鹃的一句玩笑话而已。紫鹃是服侍黛玉的丫鬟，和宝玉谈起黛玉每天要吃一盏燕窝时，宝玉说：“这要天天吃惯了，吃上三二年就好了。”紫鹃道：“在这里吃惯了，明年家去，那里有这闲钱吃这个。”宝玉听了，吃了一惊，忙问：“谁？往那个家去？”紫鹃道：“你妹妹回苏州家去。”宝玉笑道：“你又说白话。苏州虽是原藉，因没了姑父、姑母，无人照看，才就了来的。明年回去找谁？可见是扯谎。”紫鹃冷笑道：“你太看小了人。你们贾家独是大族人口多的，除了你家，别人只得一父一母，房族中真个再无人了不成？我们姑娘来时，原是老太太心疼他年小，虽有叔伯，不如亲父母，故此接来住几年。大了该出阁时，自然要送还林家的。终不成林家的女儿在你贾家一世不成？林家虽贫到没饭吃，也是世代书宦之家，断不肯将他家里人丢在亲戚家，落人的耻笑。所以早则明年春天，迟则秋天。这里纵不送去，林家亦必有人来接的。前日夜里姑娘和我说了，叫我告诉

① 《梦的解析》第18页。

你：将从前小时顽的东西，有他送你的，叫你都打点出来还他。他也将你送他的，打叠了在那里呢。”宝玉听了，便如头顶上响了一个焦雷一般，立时呆了。恰好晴雯来找紫鹃，看见宝玉呆呆的，一头热汗，满脸紫胀，忙拉他的手，一直到怡红院中。袭人见了这般，慌起来，只说时气所感，热汗被风扑了。无奈宝玉发热事犹小可，更觉两个眼珠儿直直的起来，口角边津液流出，皆不知觉。给他个枕头，他便睡下；扶他起来，他便坐着；倒了茶来，他便吃茶。众人见他这般，一时忙起来，又不敢造次去回贾母，先便差人出去请李嬷嬷。一时李嬷嬷来了，看了半日，问他几句话也无回答。用手向他脉门摸了模，嘴唇人中上边着力掐了两下，掐的指印如许来深，竟也不觉疼。李嬷嬷只说了一声“可了不得了”，“呀”的一声便搂着放声大哭起来。急的袭人忙拉他说：“你老人家瞧瞧，可怕不怕？且告诉我们去回老太太、太太去。你老人家怎么先哭起来？”李嬷嬷捶床捣枕说：“这可不中用了！我白操了一世心了！”袭人等以他年老多知，所以请他来看，如今见他这般一说，都信以为实，也都哭起来。这么一来，先将潇湘馆的林黛玉急得“哇的一声，将腹中之药一概呛出，抖肠搜肺，炽胃扇肝的痛声大嗽了几阵，一时面红发乱，目肿筋浮，喘的抬不起头来”，又将贾母、王夫人惊动得赶了过来。贾母一见了紫鹃，眼内出火。骂道：“你这小蹄子，和他说了什么？”紫鹃忙道：“并没说什么，不过说几句顽话。”谁知宝玉见了紫鹃，方嗳呀了一声，哭出来了。众人一见，方都放下心来。贾母便拉住紫鹃，只当他得罪了宝玉，所以拉紫鹃命他打，谁知宝玉一把拉住紫鹃，死也不放，说："要去连我也带了去。"众人不解，细问起来，方知紫鹃说"要回苏州去"一句顽话引出来的。正说着，人回林之孝家的、单大良家的都来瞧哥儿来了。贾母道："难为他们想着，叫他们来瞧瞧。"宝玉听了一个"林"字，便满床闹起来说："了不得了，林家的人接他们来了，快打出去罢！"贾母听了，也忙说："打出去罢。"又忙安慰说："那不是林家的人。林家的人都死绝了，没人来接他的，你只放心罢。"宝玉哭道："凭他是谁，除了林妹妹，都不许姓林的！"贾母道："没姓林的来，凡姓林的我都打走了。"一面吩咐众人："以后别叫林之孝家的进园来，你们也别说'林'字。好孩子们，你们听我这句话罢！"众人忙答应，又不敢笑。一时宝玉又一眼看见了十锦格子上陈设的一只金西洋自行船，便指着乱叫说："那不是接他们来的船来了，湾在那里呢。"贾母忙命拿下来。袭人忙拿下来，宝玉伸手要，袭人递过，宝玉便掖在被中，哭道："可去不成了！"一面说，一面死拉着紫鹃不放。随即贾母又命太医看病开药，命紫鹃守着。宝玉就是在这样一睡一醒一惊一乍中连做了这几个唯恐黛玉回苏州去的梦。

在旁人看来，宝玉的表现近乎一场闹剧，故而"又不敢笑"；但在宝玉这儿却一丝玩笑的意味也没有，完全是当真事了。正如薛姨妈安慰贾母时所言："宝玉本来心实，可巧林姑娘又是从小来的，他姊妹两个一处长了这么大，比别的姊妹更不同。这会子热剌剌的说一个去，别说他是个实心的傻孩子，便是冷心肠的大人也要伤心。"宝玉和黛玉心性相投，情深意笃，恨不能合二而一，猛然间听说黛玉要离去，哪容分辨真假，"听了风就是雨"，一个死心眼相信真要分离，这无异于晴天一个霹雳，炸得他失魂落魄，故而听不得姓林的人，看不得载人的船，实际上已经惊吓到了精神崩溃的边缘。这种清醒时濒临崩溃的精神状态延续到梦中，便频频梦见林家的人来接黛玉回去，频频刺激他已经十分脆弱的神经，故而频频将他从梦中惊醒。

宝玉是不愿黛玉离去的，做的梦却是"黛玉离去"，这不正好与宝玉的愿望相反吗？弗洛伊德怎么说梦是愿望的满足呢？这儿有一个细节值得格外注意。文中说："每一惊时，必得紫鹃安慰一番方罢。"紫鹃讲了一些什么话来安慰宝玉呢？无人时紫鹃在侧，宝玉又拉他的手问道："你为什么唬我？"紫鹃道："不过是哄你顽的，你就认真了。"宝玉道："你说的那样有情有理，如何是顽话。"紫鹃笑道："那些顽话都是我编的。林家实没了人口，纵有也是极远的。族中也都不在苏州住，各省流寓不定。纵有人来接，老太太必不放去的。"宝玉道："便老太太放去，我也不依。"可见，心病还须心药治，解铃还须系铃人。宝玉之所以一做关于黛玉的梦就惊醒，便是潜意识将梦打断，叫黛玉要去也去不成，正如宝玉将金西洋自行船要过来掖在被子中，笑说“可去不成了”一样。黛玉在梦中要去几回，宝玉就从梦中惊醒几回，总叫黛玉去不成，这样，实际上就满足了宝玉不让黛玉离去的愿望。弗洛伊德说：“感情对潜意识的压抑是最重要的。”[①] 不忍同黛玉分离的这种感情压抑正是通过多次从梦中惊醒而多次得到释放，从而使精神状态从崩溃的边缘回复正常。一些心理学精神学科的专家和梦研究机构通过科学研究，发现梦既能调节人体生理机能，又能调节心理平衡，因此将梦形象地称为人的“天然医生”。王太医看不好的病，宝玉做几个梦加上紫鹃的一番安慰，这个被李嬷嬷判断“不中用了”的宝玉便很快就“大愈”，又是谈笑风生的了。

---

① 《梦的解析》第 270 页。

宝玉梦之九

第五十八回　杏子阴假凤泣虚凰　茜纱窗真情揆痴理

梦境 | MengJing

宝玉说道："你只管拿了那个回去。实告诉你：我昨夜作了一个梦，梦见杏花神和我要一挂白纸钱，不可叫本房人烧，要一个生人替我烧了，我的病就好的快。所以我请了这白钱，巴巴儿的和林姑娘烦了他来，替我烧了祝赞。"

解析 | JieXi

说此梦原委，是宝玉准备去看黛玉，经过沁芳桥一带时，忽见一股火花从山石那边发出，又听那边有人喊道：

"藕官，你要死，怎弄些纸钱进来烧？我回去回奶奶们去，仔细你的肉！"后又忽见一婆子恶狠狠走来拉藕官，口内说道："我已经回了奶奶们了，奶奶气的了不得。"藕官听了，终是孩气，怕辱没了没脸，便不肯去。婆子道："我说你们别太兴头过余了，如今还比你们在外头随心乱闹呢。这是尺寸地方儿。"指宝玉道："连我们的爷还守规矩呢，你是什么阿物儿，跑来胡闹。怕也不中用，跟我快去罢！"宝玉忙道："他并没烧纸钱，原是林妹妹叫他来烧那烂字纸的。你没看真，反错告了他。"藕官原本是烧纸祭奠死了的药官，一时被婆子抓住了，正没了主意，见了宝玉，也正添了畏惧，忽听他反掩饰，心内转忧成喜，也便硬着口说道："你很看真是纸钱了么？我烧的是林姑娘写坏了的字纸！"那婆子听如此，亦发狠起来，便弯腰向纸灰中拣那不曾化尽的遗纸，拣了两点在手内，说道："你还嘴硬，有据有证在这里。我只和你厅上讲去！"说着，拉了袖子，就拽着要走。宝玉忙把藕官拉住，用拄杖敲开那婆子的手，说出了这个梦。

很显然，这个梦是宝玉凭急智主动胡编出来吓唬那婆子的，并非真做了这样一个梦。为了加强这个梦的威慑力，宝玉又故意说道："原不许一个人知道的，所以我今日才能起来，偏你看见了。我这会子又不快了，都是你冲了！"宝玉这一招果然灵验，吓得那老婆子忙丢下纸钱，陪笑央告"我看错了"。

藕官原是唱小生的，指派给了黛玉，恰巧碰了宝玉这个救星，将大事化无了。宝玉为什么凭一个胡缠的梦就可以将恶狠狠的婆子制服呢?

恩格斯在《路德维希·费尔巴哈和德国古典哲学的终结》一书中说:“在远古时代，人们还完全不知道自己身体的构造，并且受梦中景象的影响，于是就产生了一种观念:他们的思维和感觉不是他们身体的活动，而是一种独特的、寓于这个身体之中而在人死亡时就离开身体的灵魂的活动。”从远古时代甚至直到今时，很多人对梦的机制仍然迷惑不解，误认为梦是灵魂的活动，梦是神鬼的旨意，对梦产生了极大的困顿与恐惧，而这种状态恰恰被迷信所利用，成为愚弄众生的工具。宝玉深谙此中之奥妙，编出一个杏花神托梦，一下唬倒了婆子。

梦的神秘性吸引着每个时代的人，同时，梦也被人利用而愚弄吓唬着每个时代的人。我国古代历史中便有不少这样的记载，相比之下，宝玉编的这个梦不过小巫见大巫，雕虫小技耳。如果我们用客观世界的标准来衡量的话，作为非物质化的鬼魂是不存在的；但是，在我们的内心世界，即人的精神领域中，鬼魂又是客观存在的，它存在于一些缺少科学文化知识和心理健康程度不高的人群中，如抓藕官的婆子就是其一，她相信鬼魂，而且十分惧怕梦中的鬼魂。宝玉说的这个假梦，对于行文来说增色不少，更显得活灵活现；然而，也是对世人的一个警示，即不可溺于迷信，而应普及科学释梦!

宝玉梦之十

第七十七回 俏丫鬟抱屈夭风流 美优伶斩情归水月

梦境 | MengJing

宝玉发了一晚上的呆。袭人催他睡下，然后自睡。只听宝玉在枕上长吁短叹，复去翻来，直至三更以后，方渐渐安顿了。袭人方放心，也就朦胧睡着。没半盏茶时，只听宝玉叫："晴雯。"袭人忙连声答应，问："做什么?"宝玉因要茶吃。袭人倒了茶来，宝玉乃笑道："我近来叫惯了他，却忘了是你。"袭人笑道："他乍来，你也曾睡梦中叫我的，以后才改了。"说着，大家又睡下。宝玉又翻转了一个更次，至五更方睡去时，只见晴雯从外走来，仍是往日形景，进来向

> 宝玉道："你们好生过罢，我从此就别过了。"说毕，翻身便走。宝玉忙叫时，又将袭人叫醒。袭人还只当他惯了口乱叫，却见宝玉哭了，说道："晴雯死了。"袭人笑道："这是那里话！叫人听着，什么意思。"宝玉那里肯听？恨不得一时亮了就遣人去问信。

解析 | JieXi

这是一个十分鲜见的连续梦。笔者连续 10 余年记录下来的一万多个梦中，只有 20 多个连续梦，为总梦数的千分之二，也就是说，500 个梦中可能出现一个连续梦。宝玉在大观园生活六年多，做了不少的梦，而属于连续梦的仅此一个。连续梦之所以稀少难见，就在于前一个梦与后一个梦之间有一个"间断"。而这个间断非同寻常，不是一个梦中的某些联系的间断，而是睡眠与清醒之间的间断，也就是说，出现了潜意识"下班"、意识出来"顶班"的现象，梦者已经从梦乡返回到了清醒的世界，前一个梦已经完结。如果再睡再做梦的话，一般都是另一个梦而与前梦无关。难得的是，当再睡再做梦时，这种醒觉的间断居然没有将前梦的内容特别是前梦中的情感间断，而接续着将前梦继续做下去。宝玉在前梦中叫晴雯，是在做着与晴雯有关联的梦，是在梦中叫他。而现实生活中答应的是袭人，袭人问宝玉作什么，宝玉回说要吃茶。这时，宝玉已经从睡梦中清醒过来了，他做的晴雯梦已经结束了。他想起在梦中叫晴雯，唯恐冷落了眼前活生生的袭人，便略带歉意地笑道：“我近来叫惯了他，却忘了是你。”很有一种自我解嘲的味道，说明他此时的神智已经是很清醒的了。他在清醒之中，又同袭人说了一会话，然后才又大家卧下。他卧下后，也没有立即回返梦乡，而是在床上“又翻转了一个更次，至五更方睡去”。我们知道，旧时一夜分成五更，每更大约两小时。三更半夜，大约是晚上11点至第二日1点，相当于子时。五更大约是第二日3点到5点，相当于寅时，过了寅时，天就慢慢要放亮了。宝玉的第一个晴雯梦，是三更以后“没半盏茶时”在梦中叫喊晴雯，推算是夜12点前后，而第二个晴雯梦是“至五更方睡去”之后，推算大约是第二日3点以后，当中大约间断了三个小时。在这间断的三个小时中，宝玉醒了一会，吃了茶，又与袭人讲了一会话，然后还在床上“翻转了一个更次”，即是在床上有两个小时翻来覆去未睡着。一般而言，这三个小时的间断，会将前后梦从内容到情感完全“隔断”，所做的后梦会与前梦毫不相干，但宝玉却仍没有丢开晴雯，后梦延续了前梦，仍做了与晴雯相关联的梦。

我们知道，一般而言每个梦都会有一个主题。美国著名梦著作家露丝·温泽在她的《梦与健康》一书中说：“每个主题都描绘了在清醒的现实中某个非常突出的问题。

更重要的是，这些梦境的模式会以连续剧的形式向前发展，从而使梦境向前发展的动力变得更加显著。”① 换句话说，某种强烈的情感或紧迫性，可以“消除”前梦与后梦之间的间断，而形成连续剧式的连续梦。如果没有“非常突出的问题”，或没有“强烈的情感或紧迫性”作为原动力，要形成连续梦是很困难的。

那么，宝玉与晴雯之间存在什么非常突出或紧迫的问题，他们之间的情感又有多强烈呢？

宝玉与晴雯，关系非同一般。宝玉梦游太虚幻境时，第一个见到的便是晴雯：宝玉便伸手先将“又副册”厨开了，拿出一本册来，揭开一看，只见这首页上画着一幅画，又非人物，亦无山水，不过是水墨滃染的满纸乌云浊雾而已。后有几行字迹，写的是：霁月难逢，彩云易散。心比天高，身为下贱。风流灵巧招人怨。寿夭多因毁谤生，多情公子空牵念。这幅画与这个判词，指的正是晴雯。晴雯在“又副册”中排在册首，位于袭人之前，可见她在众丫鬟中的地位和重要性，亦可见她和宝玉的关系非寻常丫鬟可比。

晴雯是个苦命女孩，十岁时由赖大家用银子买了来，当时尚未留头，因常跟赖嬷嬷进来，贾母见她生得伶俐标

① 露丝·温泽：《梦与健康》，第70页。北京，团结出版社，2004年1月第1版。

致，十分喜爱。故此赖嬷嬷就孝敬了贾母，贾母因溺爱宝玉，就将晴雯给了宝玉。因此，她和宝玉便同宝玉与黛玉一样，是从小在一起厮混大的。晴雯年纪虽小，但却“心比天高”，自从贾母把她派进宝玉的房里那天起，她就想做甚至是自视是宝玉的通房大丫头，把自己当成宝玉房里的人，思想行事都以宝玉房里的主人身份出现，这并非是她要“攀附”宝玉，而是她与宝玉情缘深厚，视宝玉为“横竖是在一处”的人，她对宝玉一往情深，宝玉对她亦是喜爱有加，百般呵护。在宝玉和晴雯这一对少年男女之间，生发了许多感人肺腑的情事。

一是第三十一回“撕扇子作千金一笑”。端阳佳节那日，王夫人治了酒席，请薛家母女等赏午。偏偏那日因昨日王夫人驱逐金钏儿事，大家心里都不自在，大家坐了一坐便散了。宝玉心中闷闷不乐，回至自己房中长吁短叹。偏生晴雯上来换衣服，不防又把扇子失了手跌在地下，将股子跌折。宝玉因叹道：“蠢才，蠢才！将来怎么样？明日你自己当家立事，难道也是这么顾前不顾后的？”晴雯冷笑道：“二爷近来气大的很，行动就给脸子瞧。前儿连袭人都打了，今儿又来寻我们的不是。要踢要打凭爷去。就是跌了扇子，也是平常的事。先时连那么样的玻璃缸、玛瑙碗不知弄坏了多少，也没见过大气儿，这会子一把扇子就这么着了。何苦来！要嫌我们就打发我们，再挑好的使。好离好散的，倒不好？”宝玉听了这些话，气的浑身乱战，因说道："你不用忙，将来有散的日子！"后来袭人在外边听见，连忙进来相劝，岂料晴雯夹枪带棒将袭人也奚落了一番。宝玉便向晴雯道："你也不用生气，我也猜着你的心事了。我回太太去，你也大了，打发你出去，可好不好？"晴雯听见了这话，不觉又伤心起来，含泪说道："为什么我出去？要嫌我，变着法儿打发我出去，也不能够。"宝玉道："我何曾经过这个吵闹？一定是你要出去了。不如回太太，打发你去吧。"说着，站起来就要走。袭人忙回身拦住，笑道："往那里去？"宝玉道："回太太去。"袭人笑道："好没意思！真个的去回，你也不怕臊了？便是他认真的要去，也等把这气下去了，等无事中说话儿回了太太也不迟。这会子急急的当作一件正经事去回，岂不叫太太犯疑？"宝玉道："太太必不犯疑，我只明说是他闹着要去的。"晴雯哭道："我多早晚闹着要去了？饶生了气，还拿话压派我。你只管去回，我一头碰死了也不出这门儿。"说着说着，两人都哭了。这时薛蟠来请宝玉喝酒。宝玉吃过酒，晚间回来，已带了几分酒，踉跄来至自己院内，只见院中早把乘凉枕榻设下，榻上有个人睡着。宝玉只当是袭人，一面在榻沿上坐下，一面推他，问道："疼的好些了？"只见那人翻身起来说："何苦来，又招我！"宝玉一看，原来不是袭人，却是晴雯。宝玉将他一拉，拉在身旁坐下，笑道："你的性子越发娇惯了。早起就是跌了扇子，我不过说了那两句，你就说上那些话。说我也罢了，袭人好意来劝，你又括上他，你自己想想，该不该?”晴雯道：“怪热的，拉拉扯扯作什么！叫人来看见像什么！我这身子也不配坐在这里。”宝玉笑道：“你既知道不配，为什么睡着呢?”晴雯没的话，嗤的又笑了，说：“你不来便使得，你来了就不配了。起来，让我洗澡去。袭人、麝月都洗了澡。我叫了他们来。”宝玉笑道：“我才又吃了好些酒，还得洗一洗。你既没有洗，拿了水来咱们两个洗。”晴雯摇手笑道：“罢，罢，我不敢惹爷。还记得碧痕打发你洗澡，足有两三个时辰，也不知道作什么呢。我们也不好进去的。后来洗完了，进去瞧瞧，地下的水淹着床腿，连席子上都汪着水，也不知是怎么洗了，笑了几天。我也没那工夫收拾，也不用同我洗去。今儿也凉快，那会子洗了，可以不用再洗。我倒舀一盆水来，你洗洗脸通通头。才刚鸳鸯送了好些果子来，都湃在那水晶缸里呢，叫他们打发你吃。”宝玉笑道：“既这么着，你也不许洗去，只洗洗手来拿果子来吃罢。”晴雯笑道：“我慌张的很，连扇子还跌折了，那里还配打发吃果子。倘若再打破了盘子，还更了不得呢。”宝玉笑道：“你爱打就打，这些东西原不过是借人所用，你爱这样，我爱那样，各自性情不同。比如那扇子原是扇的，你要撕着玩也可以使得，只是不可生气时拿他出气。就如杯盘，原是盛东西的，你喜听那一声响，就故意的打碎了也可以使得，只是别在生气时拿他出气。这就是爱物了。”晴雯听了，笑道：“既这么说，你就拿了扇子来我撕。我最喜欢撕的。”

宝玉听了，便笑着递与他。晴雯果然接过来，嗤的一声撕了两半，接着嗤嗤又是几声。宝玉在旁笑着说："响的好，再撕响些!"正说着，只见麝月走过来，笑道："少作些孽罢。"宝玉赶上来，一把将他手里的扇子也夺了递与晴雯。晴雯接了，也撕了几半子，二人都大笑。麝月道："这是怎么说，拿我的东西开心儿?"宝玉笑道："打开扇子匣子你拣去，什么好东西!"麝月道："既这么说，就把匣子搬了出来，让他尽力的撕，岂不好?"宝玉笑道："你就搬去。"麝月道："我可不造这孽。他也没折了手，叫他自己搬去。"晴雯笑着，倚在床上说道："我也乏了，明儿再撕罢。"宝玉笑道："古人云，'千金难买一笑'，几把扇子能值几何!"

你看，宝玉与晴雯，两小无猜，一会儿哭，一会儿笑，一会儿要打发你出去，一会儿碰死了也不出这门儿，一会儿要拿了水来咱们两个洗澡，一会儿又千金难买一笑，你娇我嗔，情真意浓。只因有此两心相贴、两情相悦，才会有此娇嗔、有此哭笑、有此放纵、有此呵护。

二是第三十四回晴雯为宝玉"传情捎帕"。宝玉因心下记挂着黛玉，满心里要打发人去，只是怕袭人，便设一法，先使袭人往宝钗那里去借书。袭人去了，宝玉便命晴雯来，吩咐道："你到林姑娘那里看看他做什么呢。他要问我，只说我好了。"晴雯道："白眉赤眼，做什么去呢?到底说句话儿，也像一件事。"宝玉道："没什么可说的。"晴雯道：

“若不然，或是送件东西，或是取件东西，不然我去了怎么搭讪呢?”宝玉想了一想，便伸手拿了两条手帕子撂与晴雯，笑道：“也罢，就说我叫你送这个给他去了。”晴雯道：“这又奇了。他要这半新不旧的两条手帕子？他又要恼了，说你打趣他。”宝玉笑道：“你放心，他自然知道。”于是，晴雯便充当了宝玉与黛玉之间“私相传递”的使者。

人所皆知，袭人是宝玉的通房大丫鬟，月薪已经与周姨娘、赵姨娘看齐，既有夫妻之名，又有夫妻之实，但在宝玉心中，却是“怕”她而不信任她。宝玉与黛玉之间传情这样机密之事，他信不过袭人，却信任晴雯，可见晴雯与宝玉更为知心贴心。最值得注意的是，己卯本在此处有个脂评曰：“前文晴雯放肆，原有把柄所持也。”这似乎说明，晴雯当宝玉与黛玉之间的传情秘使并非只有这一次，在此之前，她早已是宝玉的密使了，换句话说，晴雯早已是宝玉的知心人贴心人信得过的人了。

三是第五十一回“宝玉理病喜药香”。一日晚上，麝月出房去走走，晴雯欲唬他玩耍。仗着素日比别人气壮，不畏寒冷，也不披衣，只穿着小袄，便蹑手蹑脚的下了熏笼，随后出来。宝玉笑劝道：“看冻着，不是顽的。”晴雯只摆手，随后出了房门。只见月光如水，忽然一阵微风，只觉侵肌透骨，不禁毛骨森然。心下自思道：“怪道人说热身子不可被风吹，这一冷果然厉害。”晴雯忙回身进来，宝玉叫她掖一掖被子，顺手握住她的手笑道：“好冷手！我说看冻着。”一面又见晴雯两腮如胭脂一般，用手摸了摸，也觉冰冷。宝玉道：“快进被来渥渥罢。”晴雯因方才一冷，如今又一暖，不觉打了两个喷嚏。宝玉叹道：“如何？到底伤风了。”至次日起来，晴雯果觉有些鼻塞身重，懒怠动弹。宝玉道：“快不要声张！太太知道，又叫你搬了家去养息。家去虽好，到底冷些，不如在这里。”说着叫人请了大夫从后门悄悄进来看病，大夫开了药方。宝玉看时，上面有紫苏、桔梗、防风、荆芥等药，后面又有枳实、麻黄。宝玉道：“该死，该死，他拿着女孩儿们也像我们一样的治，如何使得！”于是又命人找王太医来看治才放心。老婆子取了药来，宝玉命把煎药的银吊子找了出来，就命在火盆上煎。晴雯因说：“正经给他们茶房里煎去，弄得这屋里药气，如何使得。”宝玉道：“药气比一切的花香、果子香都雅。神仙采药烧药，再者高人逸士采药治药，最妙的一件东西。这屋里我正想各色都齐了，就只少药香。如今恰好全了。”一面说，一面早命人煨上。晴雯这次得的病，不过是因贪玩惹来的外感内滞的小伤寒，算不了什么大症，但宝玉对晴雯却是知寒知暖，体贴入微。先是看见她衣着少了，叮嘱她别冻着，回房后见她果然受冻了，便又是抚面又是渥手，到真病倒了，又不让她回冷家去，留在自己的暖房里养息，又请医生，又查药方，还在自己睡房里煎药。有人说宝玉喜欢在女孩儿面前用情，此语差矣，不是误解，至少也是用词不当。且看宝玉的药香论，如果晴雯不是他真心喜爱之人，谁情愿在自己的卧室之中煎药呢？怎能将那种刺鼻难闻的药气转化为高雅的药香呢？因爱生情，因情生香，这是宝玉深爱晴雯的情感的自然流露，他对晴雯的爱质朴而深挚，远远超出了狭猥的性爱。倘若宝玉面对的是他所厌恶甚或不喜欢的人，在这种难闻的药气面前，无论怎样“用情”，也是迸发不出这种“药香”的灵感来的。

四是最为著名的第五十二回“勇晴雯病补雀金裘”。贾母因知宝玉要出门，便拿了一件哦罗哦斯国拿孔雀毛拈了线织的雀金裘给他穿，并叮嘱他“就剩下了这一件，你糟蹋了也再没了。”宝玉出门去了，房里晴雯仍在病着，吃了药仍不见病退，急的乱骂大夫，又与坠儿的母亲怄了一场气，方才又闪了风，着了气，反觉更不好了，翻腾至掌灯，刚安静了些。只见宝玉回来，进门就咳声跺脚。麝月忙问原故，宝玉道：“今儿老太太喜喜欢欢的给了这个褂子，谁知不防后襟子上烧了一块，幸而天晚了，老太太、太太都不理论。”一面说，一面脱下来。麝月瞧时，果见有指顶大的烧眼，说：“这必定是手炉里的火迸上了。这不值什么，赶着叫人悄悄的拿出去，叫个能干织补匠人织上就是了。”说着便用包袱包了，交与一个妈妈送出去。说：“赶天亮就有才好。千万别给老太太、太太知道。”婆子去了半日，仍旧拿回来，说：“不但能干织补匠人，就连裁缝、绣匠并作女工的问了，都不认得这是什么，都不敢揽。”麝月道：“这怎么样呢！明儿不穿也罢了。”宝玉道：“明儿是正日子，老太太、太太说了，还叫穿这个去呢。偏头一日烧了，岂不扫兴?”晴雯听了半日，忍不住翻身说道：“拿来我瞧瞧罢。没个福气穿就罢了。这会子又着急。”宝玉笑道：“这话倒说的是。”说着，便递与晴雯，又移过灯来。细看了一会。晴雯道：“这是孔雀金线织的，如今咱们也拿孔雀金线就像界线似的界密了，只怕还可以混得过去。”麝月笑道：“孔雀线现成的，但这里除了你，还有谁会界线?”晴雯道：“说不得，我挣命罢了。”宝玉忙道：“这如何使得！才好了些，如何做得活。”晴雯道：“不用你蝎蝎螫螫的，我自知道。”一面说一面坐起来。挽了一挽头发，披了衣裳，只觉头重身轻，满眼金星乱迸，实实撑不住。若不做，又怕宝玉着急，少不得恨命咬牙捱着。便命麝月只帮着拈线。晴雯先拿了一根比一比，笑道：“这虽不很像，若补上，也不很显。”宝玉道：“这就很好，那里又找哦罗哦斯国的裁缝去。”晴雯先将里子拆开，用茶杯口大的一个竹弓钉牢在背面，再将破口四边用金刀刮的散松松的，然后用针纫了两条，分出经纬，亦如界线之法，先界出地子后，依本衣之纹来回织补。织补两针，又看看；织补两针，又端详端详。无奈头晕眼黑，气喘神虚，补不上三五针，伏在枕上歇一会。宝玉在旁，一时又问：“吃些滚水不吃?”一时又命：“歇一歇再补。”一时又拿一件灰鼠斗篷替他披在背上，一时又命拿个拐枕与他靠着。急的晴雯央告道：“小祖宗，你只管睡罢。再熬上半夜，明儿把眼睛抠搂了，怎么处!”宝玉见他着急，只得胡乱睡下，仍睡不着。一时只听自鸣钟已敲了四下，刚刚补完；又用小牙刷慢慢的剔出绒毛来。麝月道：“这就很好，若不留心，再看不出的。”宝玉忙要了瞧瞧，说道：“真真一样了。”晴雯已嗽了几阵，好容易补完了，说了一声：“补虽补了，到底不像，我也再不能了!”嗳哟了一声，便身不由主倒下。宝玉见晴雯将雀金裘补完，已使的力尽神危，忙命人延医煎药，一面叹说：“这怎么处！倘或有个好歹，都是我的罪孽。”

宝玉与晴雯名为主仆，实为同心。晴雯为了宝玉，不顾自己“头重身轻”“满眼金星乱迸”“实实撑不住”“恨命咬牙捱着”“头晕眼黑”“气喘神虚”挣着命直到“身不由主倒下”，真的是连命也不惜；宝玉为了晴雯亦是一时问水，一时劝歇，一时披衣，一时拿枕，唯恐体贴不周，两心相印，两情相通，实实真情，令人震撼!

五是第七十三回宝玉晴雯“演双簧巧计瞒贾政”。一日贾政遣丫鬟告知宝玉明日要问读书的事，宝玉听了，便如孙大圣听见了紧箍咒一般，登时四肢五内一齐皆不自在起来。想来想去，别无他法，且理熟了书预备明儿盘考。偏他荒于学业，很多贾政点选的书有的没读，有的读后即忘，心想如今若温习这个，又恐明日盘诘那个；若温习那个，又恐盘驳这个。况一夜之功，亦不能全然温习。因此越添了焦躁。晴雯因见宝玉读书苦恼，劳费一夜神思，明日也未必妥当，心下正要替宝玉想出一个主意来脱此难。恰巧这时金星玻璃从后房门跑进来，口内喊说："不好了，一个人从墙上跳下来了！"众人听说，忙问在那里，即喝起人来，各处寻找。忽然逢此一惊，晴雯便生一计，向宝玉道："趁这个机会快装病，只说唬着了。"此话正中宝玉心怀，因而遂传起上夜人等来，打着灯笼，各处搜寻，并无踪迹。都说："小姑娘们想是睡花了眼出去，风摇的树枝儿，错认作人了。"晴雯便道："别放诌屁！你们查的不严，怕得不是，还拿这话来支吾。才刚并不是一个人见的，宝玉和我们出去有事，大家亲见的。如今宝玉唬的颜色都变了，满身发热，我如今还要上房里取安魂丸药去。太太问起来，是要回明白的，难道依你说就罢了不成。"众人听了，吓的不敢则声，只得又各处去找。晴雯和玻璃二人果出去要药，故意闹的众人皆知宝玉吓着了。王夫人听了，忙命人看视给药，直闹了一夜；贾母闻知宝玉被吓，也不免将各处上夜人等苛责一番。如此一折腾，便将贾政考书这一关瞒混了过去。对于时文八股，宝玉平素深恶此道，故宝钗袭人常规劝他读书，叫他想爱她们也爱不起来；唯黛玉晴雯与宝玉同道，从不劝他读书，今晴雯更施巧计让宝玉躲过贾政盘书一关，叫宝玉不爱她们也难。像晴雯这样知心知肺的可人儿，叫宝玉如何不喜如何不爱！

宝玉与晴雯自小耳鬓厮磨，更非一时一事才相好，除上述诸事之外，还有第五十二回宝玉侍候晴雯服药，嗅汪恰洋鼻烟事；第七十回晴雯放飞宝玉的大鱼风筝事；等等。

然而，尽管晴雯在宝玉眼中是个至宝，但在王夫人眼中却是个妖精！自从王夫人从邢夫人那里得到绣春囊之后，引起了他对儿女私情的极大关注。偏巧王善保家的又向王夫人告阴状，直点了晴雯的名。王善保家的道："太太不知道，一个宝玉屋里的晴雯，那丫头仗着他生的模样儿比别人标致些，又生了一张巧嘴，天天打扮的像个西施的样子，在人跟前能说惯道，掐尖要强。一句话不投机，他就立起两个骚眼睛来骂人，妖妖趫趫，大不成个体统。"王夫人听了这话，猛然触动往事，便问凤姐道："上次我们跟了老太太进园逛去，有一个水蛇腰、削肩膀、眉眼又有些像你林妹妹的，正在那里骂小丫头。我的心里很看不上那狂样子，因同老太太走，我不曾说得。后来要问是谁，又偏忘了。今日对了坎儿，这丫头想必就是他了。"凤姐道："若论这些丫头们，共总比起来，都没晴雯生得好。论举止言语，他原有些轻薄。方才太太说的倒很像他，我也忘了那日的事，不敢乱说。"王善保家的便道："不用这样，此刻不难叫了他来太太瞧瞧。"王夫人道："宝玉房里常见我的只有袭人、麝月，这两个笨笨的倒好。若有这个，他自不敢来见我的。我一生最嫌这样人，况且又出来这个事。好好的宝玉，倘或叫这蹄子勾引坏了，那还了得。"因叫自己的丫头去叫晴雯。小丫头来叫时，正值晴雯身上不自在，睡中觉才起来，正发闷，听如此说只得随了他来。素日这些丫鬟皆知王夫人最嫌趫妆艳饰语薄言轻者，故晴雯不敢出头。

今因连日不自在，并没十分妆饰，自为无碍。及到了凤姐房中，王夫人一见他钗亸鬓松，衫垂带褪，有春睡捧心之遗风，而且形容面貌恰是上月的那人，不觉勾起方才的火来。王夫人原是天真烂漫之人，喜怒出于心臆，不比那些饰词掩意之人，今既真怒攻心，又勾起往事，便冷笑道："好个美人！真像个病西施了。你天天作这轻狂样儿给谁看？你干的事，打量我不知道呢！我且放着你，自然明儿揭你的皮！"晴雯一听如此说，心内大异，便知有人暗算了他。又听王夫人说："既是老太太给宝玉的，我明儿回了老太太，再撵你。"又喝道："去！站在这里，我看不上这浪样儿！谁许你这样花红柳绿的妆扮！"晴雯只得出来，这气非同小可，一出门便拿着手帕子握着脸，一头走一头哭，直哭到园门内去。偏偏晚上又逢王善保家的请了凤姐一并入园抄检怡红院。到了晴雯的箱子，因问："是谁的，怎不开了让搜？"袭人等方欲代晴雯开时，只见晴雯挽着头发闯进来，豁一声将箱子掀开，两手捉着底子，朝天往地下尽情一倒，将所有之物尽都倒出。虽然弄得王善保家的自觉没趣，晴雯却也是又辱又气，雪上加霜，一病不起了。到七十七回，宝玉闻听王夫人叫晴雯的哥嫂来领他妹妹去，便料定晴雯保不住了，便飞也似的赶回去，一到怡红院，只见一群人在那里，王夫人在屋里坐着，一脸怒色，见宝玉也不理。晴雯四五日水米不曾沾牙，恹恹弱息，如今现从炕上拉了下来，蓬头垢面，两个女人才架起来去了。王夫人吩咐，只许把他贴身衣服撂出去，余者好衣服留下给好丫头们穿。就这样，王夫人将病得恹恹弱息的晴雯从宝玉的眼皮子底下给撵出去了。宝玉虽心下恨不能一死，但王夫人盛怒之际，自不敢多言一句。送走王夫人回来后，见袭人在那里垂泪，且去了第一等的人，岂不伤心，便倒在床上也哭起来。袭人知他心内别的犹可，独是晴雯是第一件大事，极力劝慰一番。宝玉冷笑道："你不必虚宽我的心。等到太太平服了再瞧势头去要时，知他的病等得等不得。他自幼上来娇生惯养，何尝受过一日委屈。连我知道他的性格，还时常冲撞了他。他这一下去，就如同一盆才抽出嫩箭来的兰花送到猪窝里去一般。况又是一身重病，里头一肚子的闷气。他又没有亲爷热娘，只有一个醉泥鳅姑舅哥哥。他这一去，一时也不惯的，那里还等得几日。知道还能见他一面两面不能了!"说着又越发伤心起来。到了晚间，宝玉将一切人稳住，迫不及待到晴雯家去探视。此时多浑虫外头去了，那灯姑娘吃了饭去串门子，只剩下晴雯一人，在外间房内爬着。宝玉独自掀起草帘进来，一眼就看见晴雯睡在芦席土坑上，幸而衾褥还是旧日铺的。心内不知自己怎么才好，因上来含泪伸手轻轻拉他，悄唤两声。当下晴雯又因着了风，又受了他哥嫂的歹话，病上加病，嗽了一日，才朦胧睡了。忽闻有人唤他，强展星眸，一见是宝玉，又惊又喜，又悲又痛，忙一把死攥住他的手。哽咽了半日，方说出半句话来："我只当今生不得见你了。"

接着便嗽个不住。宝玉也只有哽咽之分。晴雯道："阿弥陀佛，你来的好，且把那茶倒半碗我喝。渴了这半日，叫半个人也叫不着。"宝玉听了，忙拭泪问："茶在那里?"晴雯道："那炉台上就是。"宝玉看时，虽有个黑沙吊子，却不像个茶壶。只得桌上去拿了一个碗，也甚大甚粗，不像个茶碗，未到手内，先就闻得油膻之气。宝玉只得拿了来，先拿水洗了两次，复又用水汕过，方提起沙壶斟了半碗。看时，绛红的，也太不成茶。晴雯扶枕道："快给我喝一口罢！这就是茶了。那里比得咱们的茶!"宝玉听了，先自己尝了一尝，并不清香，且无茶味，只一味苦涩，略有茶意而已。尝毕，方递与晴雯。只见晴雯如得了甘露一般，一气都灌下去了。宝玉心下暗道："往常那样好茶，他尚有不如意之处；今日这样。看来，可知古人说的'饱饫烹宰，饥餍糟糠'，又道是'饭饱弄粥'，可见都不错了。"一面想，一面流泪问道："你有什么说的，趁着没人告诉我。"晴雯呜咽道："有什么可说的！不过挨一刻是一刻，挨一日是一日。我已知横竖不过三五日的光景，就好回去了。只是一件，我死也不甘心的：我虽生的比别人略好些，并没有私情密意勾引你怎样，如何一口死咬定了我是个狐狸精！我太不服。今日既已担了虚名，而且临死，不是我说一句后悔的话，早知如此，我当日也另有个道理。不料痴心傻意，只说大家横竖是在一处。不想平空里生出这一节话来，有冤无处诉。"说毕又哭。宝玉拉着他的手，只觉瘦如枯柴，腕上犹戴着四个银镯，因泣道："且卸下这个来，等好了再戴上罢。"因与他卸下来，塞在枕下。又说："可惜这两个指甲，好容易长了二寸长，这一病好了，又损好些。"晴雯拭泪，就伸手取了剪刀，将在手上两根葱管一般的指甲齐根铰下；又伸手向被内将贴身穿着的一件旧红绫袄脱下，并指甲都与宝玉道："这个你收了，以后就如见我一般。快把你的袄儿脱下来我穿。我将来在棺材内独自躺着，也就像还在怡红院的一样了。论理不该如此，只是担了虚名，我可也是无可如何了。"宝玉听说，忙宽衣换上，藏了指甲。晴雯又哭道："回去他们看见了要问，不必撒谎，就说是我的，既担了虚名，越性如此，也不过这样了。"二人自是依依不舍，也少不得一别。晴雯知宝玉难行，遂用被蒙头，总不理他，宝玉方出来。如此一见，宝玉与晴雯都心知肚明是一场生死诀别，难舍难分，恨不能永久相伴。

正是在这种断肠裂肺情丝万缕的焦虑之中，宝玉当晚便做了前述的连续梦。这个连续梦的动力正是来自宝玉对晴雯强烈的爱恋情感和情雯生死顷间的紧迫感。晴雯死后，宝玉心想："虽然临终未见，如今且去灵前一拜，也算尽这五六年的情肠。"宝玉怀着深深的眷恋之情，写了一篇长长的《芙蓉女儿诔》，捧至芙蓉花前祭奠晴雯，其中有四句赞词曰："忆女儿曩生之昔，其为质则金玉不足喻其贵，其为性则冰雪不足喻其洁，其为神则星日不足喻其精，其为貌则花月不足喻其色。"包括脂批在内的红学界有人认为此诔文不是诔晴雯而是诔黛玉，按照古时诔文的规范，讲究上下尊卑，下不诔上，幼不诔长，卑不诔尊，黛玉是宝玉的姑表妹妹，属同辈人；黛玉是小姐，属尊；黛玉亦是主子，属上。因此，黛玉不是此诔文的对象便一看可知；而晴雯的身份与宝玉相比，却正合“上对下”、“尊对卑”的规范。细嚼这四句赞词，正是宝玉对晴雯的深刻认识和衷心赞美。晴雯十岁入园，十六岁冤死，了却与宝玉的一段情缘。倘若不是王夫人忽然扬起无情棒，在三妻四妾的封建时代，宝玉将晴雯纳为爱妾完全顺理成章。连贾母也很看中晴雯，说“我的意思，这些丫头的模样、爽利、言谈、针线多不及他，将来只他还可以给宝玉使唤得”。果然这样的话，“红绡帐里，公子多情”不会成为空幻，而“孤衾有梦，空室无人”也不会成为现实，王夫人一棒酿成了这个悲剧。列藏本在晴雯说“不要撒谎”后评曰：“晴雯此举，胜袭人多矣，真一字一哭也，又何必鱼水相得而后为情哉?”此评可谓一针见血，入木三分！诚然，红学界内百家争鸣无可无不可，只是从解梦角度而言，对于梦主的思想精神言行举止，必以书本上的白纸黑字为依据，万万不可凭主观臆想或猜测，平空生出别的什么“经历”来，否则便易失去前提而漫天胡海起来。杜甫在《梦李白》诗中说：“三夜频梦君，情亲见君意。”杜甫连续三夜做了与李白相见的梦，也是连续梦，动力则是“情亲见君意”，情意二字也！可见，无论杜甫或宝玉亦或别的任何人，只要情深意切，都是有可能做出冲决“间断”阻隔的连续梦来的。

宝玉不仅梦见晴雯死了，在宝玉梦之二中，还梦见秦氏死了，这两个梦皆可归入死亡之梦。梦学家经过长期深入的研究，发现死亡之梦一般有四个阶段。

第一阶段为复生之梦。常常在梦中梦见已死亡的亲人，和亲人同往常一样生活在一起，仿佛亲人未死一般。这种情况往往亲人一死就会出现，而且会持续数月之久，以亲人死后三个月的时间里出现得最频繁。复生之梦的意义，在于梦者对亲人死亡的否定，认为亲人并没有死。宝玉在梦中叫晴雯倒茶，就是不承认晴雯死了。

第二阶段为劝告之梦。仿佛死者还活着，向梦者提出某方面的劝告，常常令梦者得到启示，感到安慰。后文中已死的秦可卿向凤姐托梦“早为后虑”即属劝告之梦，此时梦者对亲人死亡的最初震惊已经过去，开始节制悲哀。

第三阶段为告别之梦。晴雯在宝玉梦中说：“你们好生过罢，我从此就别过了。”这就是相当典型直白的告别。这类梦表明，梦者已经开始接受亲人死亡的事实，由悲戚感逐渐转为宽慰感。

第四阶段为情感调整。宝玉梦中听见秦可卿死亡时，“心中似戳了一刀的不忍，哇的一声，直奔出一口血来”，这就是人们常说的痛得戳心，急得出血，这种情感极需要得到调整。

亲人死亡后引出的死亡之梦并非坏事，恰恰相反，它可以帮助梦者度过情感上的四道关口：即接受亲人死亡的现实；体验失去亲人的痛苦；适应亲人死后的环境；重树亲人死后继续生活下去的勇气和决心。

宝玉梦之十一

第七十九回　薛文起悔娶河东狮　贾迎春误嫁中山狼

梦境 | MengJing

宝玉一夜不曾安稳，睡梦之中犹唤晴雯，或魇魔惊怖，种种不宁。

解析 | JieXi

宝玉睡梦中犹唤晴雯，不妨说是宝玉梦之十的延续，晴雯在宝玉眼中心中，是“第一等的人”，晴雯的去留及生死，是宝玉眼中心中的“第一件大事”，现在宝玉第一等的人去了死了，第一件大事没了，叫他如何不牵肠挂肚，梦绕魂缠。他在梦中仍频呼晴雯，实在是宝玉的潜意识仍不接受晴雯离开怡红院的事实，更不接受晴雯已死去的事实，他仍在憧憬与晴雯形影不离在一起的日子，虽不说举案齐眉，却也是你呼我应。一般情况下，此梦可与宝玉梦之十同解析；但又有很大的不同，即宝玉在梦中出现了“魇魔惊怖，种种不宁”的状况，这就不同于第十梦了。

“魇魔惊怖，种种不宁”，描述的是噩梦与夜惊症。美国著名的梦著作家厄内斯特·哈特曼在他的名著《噩梦——噩梦的心理与生理》一书中说：“噩梦是一种将睡眠者从异相睡眠中惊醒的、长时间的、恐怖的梦。”① 他在书中又指出：“梦魔侵袭是一个古老的术语。通常指我们现在称之为惊夜症的现象。”② 所谓“梦魔”，就是被想象为压坐在睡眠者身上的可怕怪物。噩梦与夜惊症是两种完全不同的睡眠中发生的状况。一般情况下，噩梦产生于异相睡眠，是一种长长的、生动的、恐怖的梦，梦者常从梦中惊醒，醒来后通常都能清晰地回忆梦境；夜惊症则是从低波睡眠中突然惊醒过来，包括明显的恐惧、经常的尖叫，但醒来之后几乎没有留下梦记忆，也没有留下对上述经历的记忆。简而言之，二者的特点和区别是：噩梦别人看不见只吓着自己；夜惊症自己无感觉只吓着别人。从“魇魔惊怖，种种不宁”的描述来分析，宝玉这一晚真的是很不安稳，噩

---

① 厄内斯物·哈特曼：《噩梦——噩梦的心理与生理》，第 9 页。中国社会科学出版社，2001 年 6 月第 1 版。

② 同上。

梦与夜惊症交替出现，既有宝玉自己感觉不宁的噩梦，亦有陪人感觉不宁的夜惊症。这种情况交替出现，说明梦主当夜从生理到心理，状况都是极严重极糟糕的。

宝玉为什么会出现这种“魇魔惊怖”的状况呢？书中说：“此皆近日抄检大观园、逐司棋、别迎春、悲晴雯等羞辱惊恐悲凄之所致。”

首先是“抄检大观园”。起因是傻大姐在大观园中拾得绣春囊，邢夫人拿到手后密封交到王夫人手里，王夫人去查凤姐，与凤姐一同设下以查赌为名以查检“儿女私情”为实的大抄检。大抄检是在晚上进行的。至晚饭后，待贾母安寝了，宝钗等入园时，王善保家的便请了凤姐一并入园，喝命将角门皆上锁，便从上夜的婆子处抄检起，“先就到宝玉怡红院中”，“一头到了黛玉潇湘馆内”，“又到秋爽斋探春院内”，“往对过李纨暖香坞来”，“逐到蓼风轩惜春房中来”，“方往缀锦楼迎春房内来”。这一夜抄检了六个院馆，翻箱倒柜查了个底朝天。在黛玉的潇湘馆、李纨的暖香坞抄检时倒相安无事，其他四个馆院就不安静了。首先在宝玉的怡红院，就出了晴雯“倒箱”之事，把王善保家的冲了个没趣；在探春院的秋爽斋内，探春她把丫头一总保下，只许搜她的，不准搜她丫头的，连凤姐也冲撞了，闹至打了王善保家一掌；在惜春的蓼风轩房里，“谁知竟在入画箱中寻出一大包金银锞子来，约共三四十个，又有一副玉带板子并一包男人的靴袜等物”，抓了个“私自传递”

的罪名；在迎春的缀锦楼房里，更是在司棋的箱子里“掣出一双男子的锦带袜并一双缎鞋来。又有一个小包袱，打开看时，里面有一个同心如意并一个字帖儿”，这个字帖儿却是司棋姑表兄潘又安写给她的情书。偏偏司棋恰是王善保家的外孙女，岂料“这王家的一心只要拿人的错儿，不想反拿住了他外孙女儿，又气又臊”，回手打着自己的脸，骂道：“老不死的娼妇，怎么造下孽了！说嘴打嘴，现世现报在人眼里。”这么闹腾了一夜，不说恶人出头的王善保家的遭到现世现报，却将大观园内的大小丫头羞辱了个遍，而这些丫鬟都是宝玉心中圣洁不可侵犯的“女儿”，她们遭到如此抓贼抓淫的羞辱，便有如身同此感，也像遭到凌辱一般。更为紧要的是随之而来的“处置”：“命司棋打点走路”，“司棋无奈，又不敢说，只得跟了出来”；“晴雯四五日水米不曾沾牙，恹恹弱息，如今现从坑上拉了下来，蓬头垢面，两个女人才架起来去了”，“这个四儿见王夫人说着他素日和宝玉的私语，不禁红了脸，低头垂泪。王夫人即命也快把他家的人叫来，领出去配人”；王夫人又喝命叫耶律雄奴的“干娘来领去，就赏他外头自寻个女婿去”；王夫人又吩咐“上年凡有姑娘们分的唱戏的女孩子们，一概不许留在园里，都令其各人干娘带出，自行聘嫁”。这个“一概”不打紧，就将宝玉房里的正旦芳官、宝钗房里的小旦蕊官、黛玉房里的小生藕官、湘云房里的大花面葵官、宝琴房里的小花面豆官、探春房里的老外艾官、尤氏房里的老旦茄官七八个女孩子一概扫地出门了。这一阵子里，竟将司棋、晴雯、四儿、耶律雄奴及一班唱戏的女孩子们一股脑儿从宝玉眼前驱逐出去，令宝玉怅然若失。紧接着又逢迎春出嫁，陪了四个丫头出去，宝玉“更又跌足自叹道：‘从今后，这世上又少了五个清洁人了。’”这便是“抄检大观园、逐司棋、别迎春、悲晴雯等”引起宝玉羞辱惊恐悲凄之事，这些事接二连三鱼贯而至，令宝玉连喘口气回个神的机会也没有，犹如凄风惨雨，劈头盖脸砸向宝玉，将宝玉直打得魂不守舍，惊恐难安。

宝玉素日就是个喜聚不喜散的脾性。第三十一回写他：那宝玉的性情只愿常聚，生怕一时散了添悲；那花只愿常开，生怕一时谢了没趣；只到筵散花谢，虽有万种悲伤，也就无可如何了。作者对宝玉的这种性情，在书中作了十分充分的描写。早在第十九回袭人诈宝玉说要离开怡红院回家去，宝玉听了思忖半晌，乃说道：“依你说，你是去定了？”袭人道：“去定了。”宝玉乃叹道：“早知道都是要去的，我就不该弄了来，临了剩我一个孤鬼儿。”说着，便赌气上床睡去了。及至袭人说出要依她两三件事才不去的话，宝玉便立即化嗔为笑说道：“你说，那几件？我都依你。好姐姐，好亲姐姐，别说两三件，就是两三百件，我也依。只求你们同看着我，守着我，等我有一日化成了飞灰，飞灰还不好，灰还有形有迹，还有知识。等我化成一股轻烟，风一吹便散了的时候，你们也管不得我，我也顾不得你们了。那时凭我去，我也凭你们爱那里去就去了。”己卯本脂评曰：“是聪明，是愚昧，是小儿淘气，余皆不知，只觉悲感难言，奇魂愈妙。”此时尚只袭人说去，宝玉就急得好似只“剩我一个孤鬼儿”，眼下轰的一声去子十几个，不更加“悲感难言”么？因此天天到紫菱洲一带地方徘徊瞻顾，见其轩窗寂寞、屏帐翛然，不过有几个该班上夜的老妪。再看那岸上的蓼花苇叶，池内的翠荇香菱，也都觉摇摇落落，似有追忆故人之态，迥非素常逞妍斗色之可比。既领略得如此寥落凄惨之景，是以情不自禁，乃信口吟成一歌曰：“池塘一夜秋风冷，吹散芰荷红玉影。蓼花菱叶不胜愁，重露繁霜压纤梗。不闻永昼敲棋声，燕泥点点污棋枰。古人惜别怜朋友，况我今当手足情！”吟罢这道悲歌，宝玉思前想后，不觉滴下泪来，只得没精打彩，回到怡红院。正是这种种悲愁凄惶惊悸羞辱窘迫的精神状态，使他做了一夜噩梦。

这次发散出去的人，全是女孩子，在王夫人、凤姐等主事人眼中，不过是一个防微杜渐的治家措施，目的完全是为了保护宝玉免受这些“小蹄子”“狐狸精”的勾引，哪里知道会引起宝玉内心情感的地裂山崩呢？就连最疼爱他最庇护他的贾母也实话实说：“我也解不过来，也从未见过这样的孩子。别的淘气都是应该的，只他这种和丫头们好却是难懂。我为此也担心，每每的冷眼查看他。只和丫头们闹，必是人大心大，知道男女的事了，所以爱亲近他们。既细细查试，究竟不是为此。岂不奇怪。想必原是个丫头错投了胎不成。”其实，贾母若有幸一游太虚幻境，聆听一番警幻仙子的高论，也便能心领神会而释疑。第五回警幻仙子对宝玉的这一独特性情作了精辟透彻的解说：“淫虽一理，意则有别。如世之好淫者，不过悦容貌，喜歌舞，调笑无厌，云雨无时，恨不能尽天下之美女供我片时之趣兴，此皆皮肤淫滥之蠢物耳。如尔则天分中生成一段痴情，吾辈推之为‘意淫’。‘意淫’二字，惟心会而不可口传，可神通而不可语达。汝今独得此二字，在闺阁中固可为良友，然于世道中未免迂阔怪诡，百口嘲谤，万目睚眦。”甲戌本脂批曰：“按宝玉一生心性，只不过是‘体贴’二字，故曰‘意淫’。”这便很清楚地述明宝玉“独得”的性情，不过是“体贴”二字，与“皮肤淫滥之蠢物”有天壤之别。宝玉的“体贴”不仅仅限于“在身边”的女儿们，他偏偏又有一个呆处，喜好“推求”。第二十八回黛玉葬花呜咽哭出一篇《葬花吟》，不想宝玉在山坡上听见，先不过点头感叹；次后听到“侬今葬花人笑痴，他年葬侬知是谁”，“一朝春尽红颜老，花落人亡两不知”等句，不觉恸倒山坡之上，怀里兜的落花撒了一地。试想林黛玉的花颜月貌，将来亦到无可寻觅之时，岂不心碎肠断！既然黛玉有终归无可寻觅之时，推之于他人，如宝钗、香菱、袭人等，亦可到无可寻觅之时矣。宝钗等终归无可寻觅之时，则自己又安在哉？且自身尚不知何在何往，则斯处、斯园、斯花、斯柳，又不知当属谁姓矣！——因此一而二，二而三，反复推求了去，真不知此时此际欲为何等蠢物，杳无所知，逃大造，出尘网，使可解释这段悲伤。宝玉推想过去，最终落到“心碎肠断”的悲伤上来。如今一下子去了十几个姑娘，叫他如何不推想这一个在外面是否受了凌辱，那一个在外面是否遭到虐待，推一个悲一下，想一个惊一次，十几个女儿，岂不叫他噩梦频频，夜惊连连！对“在身边”的女儿们的体贴无疑是宝玉为之畅心惬意的事，而对“离去了的”女儿们的体贴，却像魔鬼一样压在他的心头，他不能再体贴她们了，他担心这些女儿们在外面再也得不到像他这样的体贴而经历磨难。他是一点也不愿意看到甚至想到这些女儿们遭受屈辱和磨难。她们离去后的处境，让宝玉魂牵梦绕，从夜至旦不得安宁。美国梦著作家梅芙·恩尼斯和珍妮弗·帕克在他们合著的《梦》中说：“梦是清醒生活的继续，反映了梦者当前的心事、思想和行为。”① 这一理论恰恰切中了宝玉当前的心事和牵挂。

宝玉在“睡梦中犹唤晴雯”，我们不难发现，这是宝玉做梦时的一个特点，即会说梦话，在梦中叫唤人。在宝玉梦之一中，宝玉在梦中失声喊叫“可卿救我”；在宝玉梦之五中，宝玉在梦中骂说“和尚、道士的话如何信得？什么

① 梅芙·恩尼斯、珍妮弗·帕克：《梦》，第 72 页。生活·读书·新知三联书店，2003 年 1 月第 1 版。

是金、玉姻缘，我偏说是木、石姻缘”；在宝玉梦之六中，宝玉在梦中“便叫袭人，叫了两声”；在宝玉梦之七中，宝玉叫“宝玉快回来，快回来”；在宝玉梦之八中，宝玉在梦中不是哭了说“黛玉已去”，便是“有人来接”；在宝玉梦之十中，宝玉在梦中叫“晴雯”；此第十一梦中“犹唤晴雯”。在所解析的前八个梦中，有七个都在说梦话。梦学界将这种说梦话的现象称作梦呓。著名科学家巴甫洛夫说过，当大脑皮质的大部分细胞休息而语言中枢兴奋时，会说梦话，说出白天心里想的话，或与人争吵，甚至唱歌。美国梦著作家大卫·冯塔纳在他的名著《读梦》中说：“有时，一种凶兆萦绕梦境，随后，我们意识到这梦是现实生活中灾难的预先警告。”① 宝玉在噩梦及夜惊症中所表现出的无尽焦虑，正是一种灾难的先兆。至此，我们可以将宝玉这一夜的噩梦与夜惊归结为灾难之梦、先兆之梦。最先应验的便是宝玉“次日便懒进饮食，身体作热”，“兼以风寒外感，故酿成一疾，卧床不起”；远的应验则自是后来的“树倒猢狲散”，“好一似食尽鸟投林，落了片白茫茫大地真干净”！

---

① 大卫·冯塔纳：《读梦》，第 30 页。吉林摄影出版社，1999 年 11 月第 1 版。

宝玉梦之十二

第八十三回　省宫闱贾元妃染恙　闹闺阃薛宝钗吞声

梦境 | MengJing

袭人道："昨日晚上睡觉还是好好儿的，谁知半夜里一叠连声的嚷起心疼来，嘴里胡说白道，只说好像刀子割了去的似的。直闹到打亮梆子以后才好些了。你说唬人不唬人。"

解析 | JieXi

（此梦合于黛玉梦之一解析）

宝玉梦之十三

第九十八回　苦绛珠魂归离恨天　病神瑛泪洒相思地

梦境 | MengJing

忽然眼前漆黑，辨不出方向，心中正自恍惚，只见眼前好像有人走来，宝玉茫然问道："借问此是何处?"那人道："此阴司泉路。你寿未终，何故至此?"宝玉道："适闻有一故人已死，遂寻访至此，不觉迷途。"那人道："故人是谁?"宝玉道："姑苏林黛玉。"那人冷笑道："林黛玉生不同人，死不同鬼，无魂无魄，何处寻访？凡人魂魄，聚而成形，散而为气，生前聚之，死则散焉。常人尚无可寻访，何况林黛玉呢？汝快回去罢。"宝玉听了，呆了半晌，道：

> “既云死者散也，又如何有这个‘阴司’呢?”那个冷笑道：“那‘阴司’说有便有，说无就无。皆为世俗溺于生死之说，设言以警世，便道上天深怒愚人，或不守分安常；或生禄未终，自行夭折；或嗜淫欲，尚气逞凶，无故自陨者；特设此地狱，囚其魂魄，受无边的苦，以偿生前之罪。汝寻黛玉，是无故自陷也。且黛玉已归太虚幻境，汝若有心寻访，潜心修养，自然有时相见；如不安生，即以自行夭折之罪，囚禁阴司，除父母外，欲图一见黛玉，终不能矣。”那人说毕，袖中取出一石，向宝玉心口掷来。宝玉听了这话，又被这石子打着心窝，吓的即欲回家，只恨迷了道路。正在踌躇，忽听那边有人唤他。回首看时，不是别人，正是贾母、王夫人、宝钗、袭人等围绕哭泣叫着，自己仍旧躺在床上。见案上红灯，窗前皓月，依然锦绣丛中，繁华世界。定神一想，原来竟是一场大梦。

解析 | JieXi

此梦与宝玉同薛宝钗完婚密切相关。第九十五回写“以假混真宝玉疯颠”，宝玉失落通灵宝玉之后，一日呆似一日，也不发烧，也不疼痛，只是吃不像吃、睡不像睡，甚至说话都无头绪。先道是找不着玉生气，如今看他失魂落魄的样子，只有日日请医调治。煎药吃了好儿剂，只有添病的，没有减病的。及至问他哪里不舒服，宝玉也说不出来。贾母看见宝玉神魂失散，直是一个傻子似的，又急又吓，叫人将宝玉搬到她的房里去。第九十六回写“瞒消息凤姐设奇谋”，贾母叫人给宝玉算命，这先生算得好灵，说要娶了金命的人帮扶他，必要冲冲喜才好，不然只怕保不住。倘若娶金命的宝钗，又明知宝玉只喜黛玉，两难之际，凤姐出了个移花接木、李代桃僵的掉包计，办事之人皆知新娘子是宝钗，唯独瞒了宝玉，只有宝玉一心以为新娘子是黛玉，因此病都好了许多。第九十七回写“薛宝钗出闺成大礼”，凤姐吃了早饭过来，便要试试宝玉，走进里间说道：“宝兄弟大喜！老爷已择了吉日要给你娶亲了。你喜欢不喜欢?”宝玉听了，只管瞅着凤姐笑，微微的点点头儿。凤姐笑道：“给你娶林妹妹过来，好不好?”宝玉却大笑起来。凤姐看着，也断不透他是明白，是糊涂，因又问道：“老爷说：你好了才给你娶林妹妹呢，若还是这么傻，便不给你娶了。”宝玉忽然正色道：“我不傻，你才傻呢!”说着，便站起来说：“我去瞧瞧林妹妹，叫他放心。”凤姐忙扶住了，说：“林妹妹早知道了。他如今要做新媳妇了，自然害羞，不肯见你的。”宝玉道：“娶过来，他到底是见我不见?”凤姐又好笑，又着忙，心想想：“袭人的话不差。提了林妹妹，虽说仍旧说些疯话，却觉得明白些。若真明白了。将来不是林姑娘，打破了这个灯虎儿，那饥荒才难打呢!”便忍笑说道:“你好好儿的便见你;若是疯疯颠颠的,他就不见你了。”宝玉说道:“我有一个心,前儿已交给林妹妹了。他要过来,横竖给我带来,还放在我肚子里头。”

凤姐心里想的“袭人的话不差”,袭人说了些什么话呢?原来袭人对宝玉的心事了如明镜一般,当她听到要娶宝钗给宝玉冲喜的事后,尽管自己欢喜宝钗过来,但一想到宝玉心里只有一个林姑娘,一旦穿包又不知要闹到什么分儿了。倘若宝玉仍似以前的心事,初见林姑娘,便要摔玉砸玉;况且那年夏天在园里,把我当作林姑娘,说了好些私心话;后来因为紫鹃说了句顽话儿,便哭得死去活来。若是如今和他说要娶宝姑娘,竟把林姑娘撂开,除非是他人事不知还可,若稍明白些,只怕不但不能冲喜,竟是催命了。我再不把话说明,那不是一害三个人了么?于是,袭人便向王夫人将宝玉的心事细细地讲了。之后,王夫人又将袭人的话回明贾母,凤姐在一旁也听了,现在一试,果然宝玉心中只有黛玉。这时宝玉虽因失玉昏聩,但只听见娶了黛玉为妻,真乃是从古至今天上人间第一件畅心满意的事了,那身子顿觉健旺起来。巴不得即见黛玉,盼到今日完婚,真乐得手舞足蹈,虽有几句傻话,却与病时光景大相悬绝了,只催着袭人快快给他装新。一时,大轿从大门进来,家里细乐迎出去,十二对宫灯排着进来,倒也新鲜雅致。傧相请了新人出轿。宝玉见新人幪着盖头,喜娘披着红，扶着。下首扶新人的，你道是谁？原来就是雪雁。宝玉看见雪雁，犹想："因何紫鹃不来，倒是他呢？"又想到："是了，雪雁原是他南边家里带来的；紫鹃仍是我们家的，自然不必带来。"因此，见了雪雁竟如见了黛玉的一般欢喜。傧相赞礼，拜了天地。请出贾母受了四拜，后请贾政夫妇登堂行礼毕，送入洞房。还有坐床撒帐等事，俱是按金陵旧例。那新人坐了床，便要揭起盖头的。宝玉此时到底有些傻气，便走到新人跟前说道："妹妹，身上好了？好些天不见了。盖着这劳什子做什么？"欲待要揭去，反把贾母急出一身冷汗来。宝玉又转念一想道："林妹妹是爱生气的，不可造次。"又歇了一歇，仍是按捺不住，只得上前揭了，喜娘接去盖头。雪雁走开，莺儿等上来伺候。宝玉睁眼一看，好像宝钗，心里不信，自己一手持灯，一手擦眼一看，可不是宝钗么！只见他盛妆艳服，丰肩愞体，鬟低鬓軃，眼瞤息微，真是荷粉露垂，杏花烟润了。宝玉发了一回怔，又见莺儿立在傍边，不见了雪雁。宝玉此时心无主意，自己反以为是梦中了，呆呆的只管站着。众人接过灯去，扶了宝玉，仍旧坐下，两眼直视，半语全无。贾母恐他病发，亲自扶他上床。凤姐尤氏请了宝钗进入里间床上坐下。宝钗此时自然是低头不语。宝玉定了一回神，见贾母王夫人坐在那边，便轻轻的叫袭人道："我是在那里呢？这不是做梦么？"袭人道："你今日好日子，什么梦不梦的混说！老爷可在外头呢。"宝玉悄悄的拿手指着道：

"坐在那里这一位美人儿是谁?"袭人握了自己的嘴，笑的说不出话来，歇半日才说道："是新娶的二奶奶。"众人也都回过头去，忍不住的笑。宝玉又道："好糊涂，你说'二奶奶'，到底是谁?"袭人道："宝姑娘。"宝玉道："林姑娘呢?"袭人道："老爷作主娶的是宝姑娘，怎么混说起林姑娘来?"宝玉道："我刚才看见林姑娘了么，还有雪雁呢。怎么说没有？你们这都是做什么顽呢?"凤姐便走上来，轻轻的说道："宝姑娘在屋里坐着呢，别混说。回来得罪了她，老太太不依的。"宝玉听了，这会子糊涂更利害了。本来原有昏愦的病，加以今夜神出鬼没，更叫他不得主意，便也不顾别的了，口口声声只要找林妹妹去。贾母等上前安慰，无奈他只是不懂。又有宝钗在内，又不好明说。知宝玉旧病复发，也不讲明，只得满屋里点起安息香来，定住他的神魂，扶他睡下。众人鸦雀无闻，停了片时，宝玉便昏沉睡去。

宝玉至此服药不效，索性连人也认不明白了。到第九十八回"病神瑛泪洒相思地"，宝玉越加沉重，连起坐都不能了。日重一日，甚至汤水不进。宝玉片时清楚，自料难保，见诸人散后，房中只有袭人，因唤袭人至跟前，拉着手哭道："我问你：宝姐姐怎么来的？我记得老爷给我娶了林妹妹过来，怎么被宝姐姐赶了去了？他为什么霸占住在这里？我要说呢，又恐怕得罪了他。你们听见林妹妹哭得怎么样了?"袭人不敢明说，只得说道："林姑娘病着呢。"

宝玉又道："我瞧瞧他去。"说着，要起来，那知连日饮食不进，身子那能动转，便哭道："我要死了！我有一句心里的话，只求你回明老太太：横竖林妹妹也是要死的，我如今也不能保，两处两个病人，都要死的！死了越发难张罗，不如腾一处空房子，趁早将我同林妹妹两个抬在那里，活着也好一处医治、伏侍，死了也好一处停放。你依我这话，不枉了几年的情分。"袭人听了这些话，便哭的哽嗓气噎。宝钗恰好同了莺儿过来，也听见了，便说道："你放着病不保养，何苦说这些不吉利的话？老太太才安慰了些，你又生出事来。老太太一生疼你一个，如今八十多岁的人了，虽不图你的诰封，将来你成了人，老太太也看着乐一天，也不枉了老人家的苦心。太太更是不必说了，一生的心血精神，抚养了你这一个儿子，若是半途死了，太太将来怎么样呢？我虽是命薄，也不至于此。据此三件看来，你便要死，那天也不容你死的，所以你是不得死的。只管安稳着养个四五天后，风邪散了，太和正气一足，自然这些邪病都没有了。"宝玉听了，竟是无言可答，半晌，方才嘻嘻的笑道："你是好些时不和我说话了，这会子说这些大道理的话给谁听？"宝钗听了这话，便又说道："实告诉你说罢：那两日你不知人事的时候，林妹妹已经亡故了。"宝玉忽然坐起来，大声咤道："果真死了吗？"宝钗道："果真死了。岂有红口白舌咒人死的呢！老太太、太太知道你姐妹和睦，你听见他死了，自然你也要死，所以不肯告诉你。"宝玉听了，不禁放声大哭，倒在床上。

宝玉正是在听到黛玉已死的真讯之后，哭倒在床上做出此梦的。

在宝玉的这个梦境之中，有两处最为触目的地方，即梦开始时“忽然眼前漆黑，辨不出方向”和“梦结束时，吓的即欲回家，只恨迷了道路”。一始一终，都是“迷路”。这正是梦学界中称之为典型梦之一的“迷路梦”。

“迷路”是什么意思？从心理学的角度看，迷路表明人生迷失了方向，失去了动力，或失去了目标。这种感受可能与梦者在清醒生活中感到少了某种东西的情况相对应。从精神分析角度看，也可能意味着失落了自我的某个方面，可能暗示梦者感到心中无着落或失去安全感。迷途梦在所有梦中所占的比例是相当小的，笔者 10 年一万多个梦中，只记录 45 个迷路梦，只占总梦数的千分之四，亦即约两百多个梦中才出现一个迷路梦。不过，尽管迷路梦在梦中出现的频率很低，迷路感却是一个不变的梦主题，很多人都可能做过迷路的梦。在清醒生活中，人们有许多掩藏在内心深处的感受，如生活迷惘、没有目标、失去归宿等，由于精神防御和“人格面具”的原因而被压抑，唯有梦是唯一的捷径，可以迅速地摘下社会“人格面具”，轻易突破精神防御，使在意识层面体验不到的感受，通过梦的内容明显表露出来。

研究表明，迷路梦都出现在生活急剧变化之时，很显然，宝玉的这个迷路梦，更是发生在生活出现剧烈变化之时。他的两次“迷路”，明显地与现实生活中的两次经历相对应。一次是凤姐去试探他时，明白无误地说了“老爷已择了吉日要给你娶亲了”、“给你娶林妹妹过来好不好”的话，宝玉对此不仅心喜大笑，而且笃信不疑，可是，当他揭开红盖头看见新娘不是黛玉而是宝钗时，立马“发了一回怔”，“心无主意，自己反以为是梦中了”。凤姐的假话，宝玉信以为真，及至“打破了这个虎灯儿”，新娘换了把，宝玉便如天崩地裂，心性完全迷失，“两眼直视，半语全无”。第二次是宝玉问林妹妹哭得怎样了，袭人说“林姑娘病着呢”，宝钗却对他直言道：“实告诉你说罢：那两日你不知人事的时候，林妹妹已经亡故了”，而且又回说“果真死了”。宝钗的真话，如天雷击顶，连“病了”的幻想也不存在了，一下便将宝玉击倒。这便成了宝玉人生中最剧烈的激变。原本以为可以心满意足与黛玉成亲的，岂料非但成不了亲，而且黛玉竟死了，一切皆成泡影，一切皆寂灭无声了！在现实生活中，宝玉经历了这个巨大打击，感到失去了人生的目标、人生的乐趣、人生的动力、人生的方向，失去了黛玉他便失去了一切！这种感受在梦中便以“眼前漆黑”、惊吓和迷路的内容表露了出来。

梦学理论认为，最细微的情节往往对梦的意义提供最重要的线索。因为分析师必须追溯每个意象的来源，他们所饰演的是心理学上的福尔摩斯。只有这样才能洞穿梦的表面，超越梦的表象，发现隐藏在里面的隐意。在此梦中除了显著的“迷路”细节之外，还有一个“细微”的细节，即宝玉说“适闻有一故人已死”。这“已死”两字在分析中意义十分重要，它揭示出宝玉从心理到精神已经开始接受林黛玉已死这个事实，这就使宝玉冲决原来的精神禁锢出现了契机，是精神危机出现逆转的好兆头。倘无“已死”的认识，则很可能陷入精神分裂深渊。另一个“细微”的情节，即“那人说毕，袖中取出一石，向宝玉心口掷来”，宝玉“被这石子打着心窝”。那人掷出的石子，为什么不打头不打脚不打别的任何部位，却偏偏打着“心窝”呢？对于这个细节，我们完全可以用“击中要害”来形容。心脏无疑是一个人的要害，然梦中的“心窝”不可套用心脏这个生理上的器官来理解，而宜用精神上的“心病”来理解更切合宝玉的实际。宝玉所有呆痴傻冒表现皆可用“心病”二字概括，他的昏聩迷乱正是心理学家所说的“核心存在状态”，这样的状态最容易在梦中出现迷路的梦象，实质上是心灵上的迷失。而那人打出的“石子”是什么呢？实际上就是宝钗说出黛玉已死的实讯。正是这个切实的信息击打在他的心病上。而这个石子却是宝钗有意掷出的。宝钗实际上早已洞察宝玉的心病，“暗下针砭”，针尖对麦芒，明告黛玉已死，彻底摧毁宝玉对黛玉的一切幻想。明告黛玉已死，本质上是一剂猛烈的心药。心病还得心药医，虎狼之药治虎狼之病。宝玉也正是在吃了这剂虎狼之药才梦入阴司的。有梦学研究家认为，有时候与精神或宗教信仰抗争的人可能梦见迷路。宝玉正是走到了精神崩溃边缘的人，他正是极力与精神抗争的人，他在梦中迷了路，实质上则是他在寻觅精神上的出路，期盼获得新的精神支撑。

至此，我们可以对此梦作个结论了：此梦属于典型梦之一的迷路梦。宝玉在潜意识深处与迷失的心灵抗争，期盼能找到精神上的新出路、新支撑，故而梦醒之后虽然吓得“浑身冷汗”，却也“觉得心内清爽”。

宝玉梦之十四

第九十八回　苦绛珠魂归离恨天　病神瑛泪洒相思地

梦境 | MengJing

贾母才过宝玉这边来，见了宝玉，因问："你做什么找我?" 宝玉笑道："我昨日晚上（行文省略在梦中三字）看见林妹妹来了，他说要回南去。我想没人留的住，还得老太太给我留一留他。" 贾母听着，说："使得，只管放心罢。" 袭人因扶宝玉躺下。

解析 | JieXi

（此梦合于黛玉梦之三解析）

宝玉梦之十五

第一百零九回　候芳魂五儿承错爱　还孽债迎女返真元

梦境 | MengJing

宝玉别离大观园将及一载，一日进园去直趋黛玉的潇湘馆，一个婆子赶上说道："二爷快回去罢，天已晚了。别处我们还敢走走；只是这里路又隐僻，又听得人说，这里林姑娘死后，常听见有哭声，所以人都不敢走的。"宝玉吃了一惊道："可不是。"说着便滴下泪来，说："林妹妹，林妹妹，好好儿的，是我害了你了！你别怨我，只是父母作主，并不是我负心。"愈说愈痛，便大哭起来。回房后，宝钗叫袭人问出原故，恐宝玉悲伤成疾，便将黛玉临死的话与袭人假作闲谈，说是：“人生在世，有意有情，到了死后各自干各自的去了，并不是生前那样个人死后还是这样。活人虽有痴心，死的竟不知道。况且林姑娘既说仙去，他看凡人是个不堪的浊物，那里还肯混在世上？只是人自己疑心，所以招出些邪魔外祟来缠扰了。”宝钗虽是与袭人说话，原说给宝玉听的。袭人会意，也说是：“没有的事。若说林姑娘的魂灵儿还在园里，我们也算好的，怎么不曾梦见了一次?”宝玉在外闻听得，细细的想道：“果然也奇。我知道林妹妹死了，那一日不想几遍，怎么从没梦过？想是他到天上去了，瞧我这凡夫俗子，不能交通神明，所以梦都没有一个儿。我就在外间睡着，或者我从园里回来，他知道我的实心，肯与我梦里一见。我必要问他实在那里去了，我也时常祭奠。若是果然不理我这浊物，竟无一梦，我便不想他了。”主意已定，便说：“我今夜就在外间睡了，你们不用管我。”便将坐更的两个婆子支到外头，他轻轻的坐起来，暗暗的祝了几句，便睡下，欲与神交。起初再睡不着，以后把心一静，便睡去了。岂知一夜安眠，直到天亮。宝玉醒来，拭眼，坐起来想了一回，并无有梦。便叹口气道：“正是‘悠悠生死别经年，魂魄不曾来入梦’!”晚上，宝玉因想：“昨夜黛玉竟不入梦，或者他已经成仙，所以不肯来见我这种浊人，也是有的；不然就是我的性儿太急了，也未可知。”便想了个主意，再在外间睡两夜。宝玉便端然坐在床上，闭目合掌，居然像个和尚一般。第二天起来，揉着眼睛，细想昨夜又不曾梦见，可是“仙凡路隔”了。

解析 | JieXi

以上描述，便是接连两夜宝玉的孵梦。

所谓孵梦，似乎是一种十分新奇的技巧，很有些像是母鸡孵蛋。不过，母鸡要想孵出小鸡，必须具备两个基本条件，一个是母鸡孵蛋的必要温度，一个必须是受精蛋。母鸡不上窝去孵，蛋缺乏必要的温度变不成小鸡，母鸡去孵石头也变不出小鸡。同样，孵梦也有一些必备的条件。首先，必备孵梦的愿望。当我们面对困扰的问题时，或者当迫切想了解自己关心的问题或人时，或者急切想寻求某些疑难问题的答案时，等等，都可以认为是具有了孵梦的愿望，这种愿望愈强烈，孵梦的动力愈强大，孵梦的成功率愈大；相反，如果并没有真正的迫切愿望，也不必企求孵梦，勉强为之成功率是很小的。宝玉思念林黛玉，“那一日不想几遍”，“我必要问他实在那里去了，我也时常祭奠”。可见宝玉迫切希望能与黛玉梦中重逢，具备了孵梦的强烈愿望。第二，必备孵梦的主题。主题是任何一个梦的核心，每一个梦至少都会凸显一个主题。如果是生活工作中一些鸡毛蒜皮的琐碎小事，就会因为诱因微不足道而无法孵出所愿之梦来，必须选择重大的重要的乃至郑重的主题，这样才能具有巨大的诱因而成功孵梦。宝玉除了与黛玉有深厚的感情之外，他还迫切希望知道黛玉死后“实在那里去了”，也迫切希望知道黛玉是否“果然不再理我这浊物”，当真“仙凡路隔”了，这是既重大重要也是非常郑重的主题。第三，必备主题的鲜明和单一，即有一句浓缩语。主题模糊或复杂，又想这样又想那样，分散了心思也就分散了能量，便使孵梦难以成功。接近潜意识最好的方法是简单和直觉。给潜意识一个明白无误、不模棱两可的指示，能够达到事半功倍的效果。宝玉的孵梦主题就是“他知道我的实心，肯与我梦里一见”。一句话，就是让我在梦中一见黛玉，既简单又鲜明。最后，必备孵梦的方法。做任何事都必有行其事的方法，孵梦非同一般寻常事，更有一套孵梦的方法。第一是必须静心，要使自己的心态安静平稳下来，将与孵梦主题之外的一切心事抛开，只想与孵梦主题相关之事；如果白天过度劳累，则需先休息身体，调整状态，直到恢复疲劳消除不适气息平和之后方可进行孵梦。宝玉“端坐在床上，闭目合掌，居然像个和尚一般”正是静心之举。第二是必须默诵。将孵梦主题编成一句极简短明了的浓缩句子，闭目默诵，这个句子意思愈明白愈好，愈简短愈好，如“我要见黛玉”等。宝玉“暗暗的祝了几句”，说的正是这种默诵。默诵的句子只在心中诵念，不可念出声来。第三必须入眠。只有睡眠才是梦的温床，即使是清醒梦，也是处在半眠状态，倘若只顾胡思乱想而不能入眠，则只会出现失眠的结果，而不可能孵梦。宝玉“起初再睡不着，以后把心一静便睡去了”，而且“一夜安眠，直到天亮”，完全具备了孵梦必备的条件。在这三个方法之中，编好一句简洁明了的主题词（即浓缩句）是关键。宝玉暗暗祝诵的主题词是什么呢？文中没有写明，我猜想是“让我与黛玉相见”。经过两个夜晚的孵梦，宝玉失败了，孵梦没有成功，他未能在梦中与黛玉相见，发出了“悠悠生死别经年，魂魄不曾来入梦”的感叹。宝玉何以会孵梦失败呢？很重要的一个原因，是他心理上有一个沉重的阴影，十分担忧黛玉是纯洁之人，自己是污浊之身，黛玉是仙子，自己是凡人，“或者他已成仙，所以不肯来见我这种浊人”的想法成为了他孵梦成功的巨大阻抗；此外，也正如宝玉自己所言“不然就是我的性儿太急了”，他才孵梦两个晚上，就慨然长叹“可是仙凡路隔了”。

孵梦并不是一想孵就能如愿孵出来的。在 2005 年 3 月，笔者也曾决心试一试孵梦法。当时，笔者心中有一个强烈愿望，迫切想与居住在同城的弟妹们在梦中团聚一下。因为自从 2001 年父亲逝世后，特别是 2003 年母亲去世，笔者将自己关禁在极其狭小的天地里，与弟妹们的交往近乎隔断，随着三四年同城不相交往的煎熬，我盼望与弟妹们团聚的心情与日俱增，因此想，让这个愿望先在梦中得到满足吧！笔者决心孵梦，拟的主题词是“请让我同弟妹们团聚”。第二天起床后，回忆起了4个梦，均未涉及与弟妹团聚的事，显然，第一夜孵梦失败了。第二夜做了3个梦，亦无团聚事，又失败了。随后连续孵梦11个晚上，其间共记录21个梦，并没有出现与弟妹团聚的梦。直到此时，笔者才决心放弃孵梦，也从此不再企望孵梦了。尽管自己连续11天的孵梦失败了，笔者却从未认为孵梦是无稽之谈。究其原理，孵梦并不神奇也不怪异，整个技法的本质在于“梦随心生”。俗语常说：“日有所思，夜有所梦。”孵梦法中关键的集中注意力默思浓缩语，实质上就是刻意强化日之所思，强化意识层面的愿望。而我们知道，“梦是愿望的满足”这一弗洛伊德的经典理论中所指的愿望，是指潜意识层面的愿望，并非指意识层面的愿望，因此，尽管临睡前刻意强化了意识层面的愿望，潜意识并不一定买账，梦中不一定会使意识层面的愿望得到满足，这也许正是宝玉和笔者诚心诚意孵梦而失败的根本所在。当然，不能否认孵梦会有许多成功的例子，那种情况，很可能是意识层面的愿望与潜意识层面的愿望二者正相符合，因而在梦中得到满足，孵梦也就成功了，甚至显示出了它的神奇。

其实，孵梦并不是什么新奇的事，早在我国古代和许多别的国家的不同民族中，已经有了孵梦的事例，有的甚至形成了风俗，具有一定的孵梦仪式。一般都是虔诚的信徒来到庙宇之中，经过沐浴焚香等仪式之后，在寺庙中规定的地方睡上一晚，以求一梦，或解困释疑，或问吉避凶，或求医问药等。据美国时代-生活丛书编著的《梦与做梦》一书介绍，现代梦学研究专家盖耶·德兰尼将孵梦发展为“酝酿梦疗技术”，使人能够培育梦并能控制梦程，这已经成为今日西方世界梦研究所中最令人兴奋的一个研究领域。宝玉孵梦虽然并未在庙宇之中，却也是我国古代孵梦情境的生动写照。

宝玉梦之十六

第一百一十六回　得通灵幻境悟仙缘　送慈柩故乡全孝道

梦境 | MengJing

宝玉一听麝月的话，身往后仰，复又死去。那知那宝玉的魂魄早已出了窍了。你道死了不成？却原来恍恍惚惚赶到前厅，见那送玉的和尚坐着，便施了礼。那知和尚站起身来，拉着宝玉就走。宝玉跟了和尚，觉得身轻如叶，飘飘摇摇，也没出大门，不知从那里走了出来。行了一程，到了个荒野地方，远远的望见一座牌楼，好像曾到过的。正要问那和尚时，只见恍恍惚惚又来了一个女人。宝玉心里想道："这样旷野地方，那得有如此的丽人？必是神仙下界了。"宝玉想着，走近前来，细细一看，竟有些认得的，只是一时想不起来。见那女人合和尚打了一个照面，就不见了。宝玉一想，竟是尤三姐的样子，越发纳闷："怎么他也在这里？"又要问时，那和尚早拉着宝玉过了那牌楼，只见牌上写着"真如福地"四个大字，两边一副对联：乃是：

假去真来真胜假，

无原有是有非无。

转过牌坊，便是一座宫门。门上也横书四个大字道："福善祸淫"。又有一副对子，大书云：

过去未来，莫谓智贤能打破；

前因后果，须知亲近不相逢。

宝玉看了，心下想道："原来如此！我倒要问问因果来去的事了。"这么一想，只见鸳鸯站在那里，招手儿叫他。宝玉想道："我去了半日，原不曾出园子，怎么改了样子了呢？"赶着要合鸳鸯说话，岂知一转眼便不见了，心里不免疑惑起来。走到鸳鸯站的地方儿，乃是一溜配殿，各处都有匾额。宝玉无心去看，只向鸳鸯立的所在奔去。见那一间配殿的门半掩半开，宝玉也不敢造次进去，心里正要问那和尚一声，回过头来，和尚早已不见了。宝玉恍惚见那殿宇巍峨，绝非大观园景象。便立住脚，抬头看那匾额上写道："引觉情痴"。两边写的对联道：

喜笑悲哀都是假，
贪求思慕总因痴。

宝玉看了，便点头叹息。想要进去找鸳鸯，问他是什么所在。细细想来，甚是熟识，便仗着胆子推门进去。满屋一瞧，并不见鸳鸯，里头只是黑漆漆的，心下害怕。正要退出，见有十数个大橱，橱门半掩。宝玉忽然想起："我少时做梦，曾到过这个地方；如今能够亲身到此，也是大幸。"

恍惚间，把找鸳鸯的念头忘了。便壮着胆把上首的大橱开了橱门一瞧，见有好几本册子，心里更觉喜欢，想道："大凡人做梦，说是假的，岂知有这梦便有这事。我常说还要做这个梦再不能的，不料今儿被我找着了。但不知那册子是那个见过的不是?"伸手在上头取了一本，册上写着"金陵十二钗正册"。宝玉拿着一想道："我恍惚记得是那个，只恨记不清楚。"便打开头一页看去。见上头有画，但是画迹模糊，再瞧不出来。后面有几行字迹，也不清楚，尚可摹拟，便细细的看去，见有什么玉带，上头有个好像"林"字，心里想道："不要是说林妹妹罢?"便认真看去，底下又有"金簪雪里"四字，咤异道："怎么又像他的名字呢。"复将前后四句合起来一念道："也没有什么道理，只是暗藏着他两个名字，并不为奇。独有那‘怜’字‘叹’字不好。这是怎么解?”想到那里，又自啐道：“我是偷着看，若只管呆想起来，倘有人来，又看不成了。”遂往后看去，也无暇细玩那画图，只从头看去。看到尾儿，有几句词，什么“相逢大梦归”一句，便恍然大悟道：“是了！果然机关不爽，这必是元春姐姐了。若都是这样明白，我要抄了去细玩起来，那些姊妹们的寿夭穷通，没有不知的了。我回去自不肯泄漏，只做一个‘未卜先知’的人，也省了多少闲想。”又向各处一瞧，并没有笔砚，又恐人来，只是忙着看去。只见图上影影有一个放风筝的人儿，也无心去看。急急的将那十二首诗词都看遍了。也有一看便知的，也有一想便得的，也有不大明白的，心下牢牢记着。一面叹息，一面又取那《金陵又副册》一看，看到“堪羡优伶有福，谁知公子无缘”，先前不懂，见上面尚有花席的影子，便大惊痛哭起来。

待要往后再看，听见有人说道：“你又发呆了！林妹妹请你呢。”好似鸳鸯的声气，回头却不见人。心中正自惊疑，忽鸳鸯在门外招手。宝玉一见，喜得赶出来。但见鸳鸯在前，影影绰绰的走，只是赶不上。宝玉叫道：“好姐姐，等等我。”那鸳鸯并不理，只顾前走。宝玉无奈，尽力赶去。忽见别有一洞天，楼阁高耸，殿角玲珑，且有好些宫女隐约其间。宝玉贪看景致，竟将鸳鸯忘了。宝玉顺步走入一座宫门，内有奇花异卉，都也认不明白。惟有白石花栏围着一颗青草，叶头上略有红色，但不知是何名草，这样矜贵？只见微风动处，那青草已摇摆不休。虽说是一枝小草，又无花朵，其妩媚之态，不禁心动神怡，魂消魄丧。

宝玉只管呆呆的看着，只听见旁边有一人说道："你是那里来的蠢物，在此窥探仙草！"宝玉听了，吃了一惊，回头看时，却是一位仙女，便施礼道："我找鸳鸯姐姐，误入仙境，恕我冒昧之罪！请问神仙姐姐：这里是何地方？怎么我鸳鸯姐姐到此还说是林妹妹叫我？望乞明示。"那人道："谁知你的姐姐妹妹，我是看管仙草的，不许凡人在此逗留。"宝玉欲待要出来，又舍不得，只得央告道："神仙姐姐！既是那管理仙草的，必然是花神姐姐了。但不知这草有何好处？"那仙女道："你要知道这草，说起来话长着呢。那草本在灵河岸上，名曰'绛珠草'。因那时萎败，幸得一个神瑛侍者日以甘露灌溉，得以长生。后来降凡历劫，还报了灌溉之恩，今返归真境。所以警幻仙子命我看管，不令蜂缠蝶恋。"宝玉听了不解，一心疑定必是遇见了花神了，今日断不可当面错过，便问：“管这草的是神仙姐姐了。还有无数名花，必有专管的，我也不敢烦问，只有看管芙蓉花的是那位神仙?”那仙女道：“我却不知，除是我主人方晓。”宝玉便问道：“姐姐的主人是谁?”那仙女道：“我主人是潇湘妃子。”宝玉听道：“是了，你不知道：这位妃子就是我的表妹林黛玉。”那仙女道：“胡说！此地乃上界神女之所，虽号为潇湘妃子，并不是娥皇女英之辈，何得与凡人有亲？你少来混说，瞧着叫力士打你出去。”

宝玉听了发怔，只觉自形秽浊。正要退出，又听见有人赶来，说道：“里面叫请神瑛侍者。”那人道：“我奉命等了好些时，总不见有神瑛侍者过来，你叫我那里请去?”那一个笑道：“才退去的不是么?”那侍女慌忙赶出来，说：“请神瑛侍者回来。”宝玉只道是问别人，又怕被人追赶，只得踉跄而逃。

正走时，只见一人手提宝剑，迎面拦住，说：“那里走!”唬得宝玉惊惶无措，仗着胆抬头一看，却不是别人，就是尤三姐。宝玉见了，略定些神，央告道：“姐姐，怎么你也来逼起我来了。”那人道：“你们弟兄没有一个好人，败人名节，破人婚姻。今儿你到这里，是不饶你的了!”宝玉听去话头不好，正自着急，只听后面有人叫道："姐姐，快拦住！不要放他走了。"尤三姐道："我奉妃子之命，等候已久。今儿见了，必定要一剑斩断你的尘缘。"宝玉听了，益发作忙，又不懂这些话到底是什么意思，只得回头要跑。岂知身后说话的并非别人，却是晴雯。宝玉一见，悲喜交集，便说："我一个人走迷了道儿，遇见仇人，我要逃回，却不见你们一人跟着我。如今好了，晴雯姐姐，快快的带我回家去罢。"晴雯道："侍者不必多疑，我非晴雯，我是奉妃子之命，特来请你一会，并不难为你。"宝玉满腹狐疑，只得问道："姐姐说是妃子叫我，那妃子究是何人？"晴雯道："此时不必问，到了那里，自然知道。"宝玉没法，只得跟着走。细看那人背后举动，恰是晴雯："那面目声音是不错的了，怎么他说不是？我此时心里模糊。且别管他。到了那边，见了妃子，就有不是，那时再求他。到底女人的心肠是慈悲的，必是恕我冒失。"

正想着，不多时，到了一个所在。只见殿宇精致，彩色辉煌，庭中一丛翠竹，户外数本苍松。廊檐下立着几个侍女，都是宫妆打扮，见了宝玉进来，便悄悄的说道："这就是神瑛侍者么？"引着宝玉的说道："就是。你快进去通报罢。"有一侍女笑着招手，宝玉便跟着进去。过了几层房舍，见一正房，珠帘高挂。那侍女说："站着候旨。"宝玉听了，也不敢则声，只得在外等着。那侍女进去不多时，出来说："请侍者参见。"又有一人卷起珠帘。只见一女子头戴花冠，身穿绣服，端坐在内。宝玉略一抬头，见是黛玉的形容，便不禁的说道："妹妹在这里！叫我好想。"那帘外的侍女悄咤道："这侍者无礼，快快出去!"说犹未了，又见一个侍儿将珠帘放下。宝玉此时欲待进去又不敢，要走又不舍，待要问明，见那些侍女并不认得，又被驱逐，无奈出来。心想要问晴雯，回头四顾，并不见有晴雯。心下狐疑，只得快快出来，又无人引着。正欲找原路回去，却又找不出旧路了。正在为难，见凤姐站在一所房檐下招手。宝玉看见，喜欢道："可好了！原来回到自己家里了。我怎么一时迷乱如此?"急奔前来说："姐姐在这里么，我被这些人捉弄到这个分儿。林妹妹又不肯见我，不知何原故?"说着，走到凤姐站的地方，细看起来，并不是凤姐，原来却是贾蓉的前妻秦氏。宝玉只得立住脚，要问凤姐姐在那里。那秦氏也不答言，竟自往屋里去了。

宝玉恍恍惚惚的，又不敢跟进去，只得呆呆的站着，叹道："我今儿得了什么不是，众人都不理我。"便痛哭起来。见有几个黄巾力士执鞭赶来，说是："何处男人敢闯入我们这天仙福地来，快走出去！"宝玉听得，不敢言语。正要寻路出来，远远望见一群女子说笑前来。宝玉看时，又像有迎春等一干人走来，心里喜欢，叫道："我迷住在这里，你们快来救我！"正嚷着，后面力士赶来。宝玉急得往前乱跑，忽见那一群女子都变作鬼怪形象，也来追扑。

宝玉正在情急，只见那送玉来的和尚，手里拿着一面镜子一照，说道："我奉元妃娘娘旨意，特来救你。"登时鬼怪全无，仍是一片荒郊。宝玉拉着和尚说道："我记得是你领我到这里，你一时又不见了。看见了好些亲人，只是都不理我，忽又变着鬼怪。到底是梦是真？望老师明白指示。"那和尚道："你到这里，曾偷看什么东西没有？"宝玉一想，道："他既能带我到天仙福地，自然也是神仙了，如何瞒得他？况且正要问个明白。"便道："我倒见了好些册子来着。"那和尚道："可又来！你见了册子，还不解么？世上的情缘，都是那些魔障。只要把历过的事情细细记着，将来我与你说明。"说着，把宝玉狠命的一推，说："回去罢！"宝玉站不住脚，一交跌倒，口里嚷道："阿哟！"

王夫人等正在哭泣，听见宝玉苏来，连忙叫唤。宝玉睁眼看时，仍躺在炕上，见王夫人宝钗等哭的眼泡红肿。定神一想，心里说道："是了，我是死去过来的。"

解析 | JieXi

此梦是宝玉见过甄宝玉之后，骂甄宝玉"不过也是个禄蠹"，却被宝钗抢白了一番。宝玉本听了甄宝玉的话，甚不耐烦，又被宝钗抢白了一场，心中更加不乐，闷闷昏昏，不觉将旧病又勾起来了，并不言语，只是傻笑。过了一夜，次日起来，只是发呆，竟有前番病的样子，神魂失所。过了几天，宝玉更糊涂了，甚至于饭食不进。王夫人见宝玉人事不醒，一面哭着，一面告诉贾政说："大夫回了，不肯下药，只好预备后事。"贾政见宝玉光景果然不好，便叫贾琏去办理后事。这时，来了一个和尚说："施主们，我是送玉来的。"说着，手拿着玉，在宝玉耳边叫道："宝玉、宝玉，你的'宝玉'回来了。"说了这一句，王夫人等见宝玉把眼一睁，将玉紧紧的攥着，放在自己眼前细细的一看，说："嗳呀！来迟了。"里外众人见宝玉好了，都喜欢的念佛。宝玉在床上喝了一碗粥，渐渐的神气果然好过来了，便要坐起来。麝月上去轻轻的扶起，因心里喜欢忘了情，说道："真是宝贝！才看了一会儿就好了。亏的当初没有砸破。"宝玉听了这话，神色一变，把玉一撂，身子往后一仰，复又死去。贾政用手在心窝中一摸，尚是温热。宝玉就是在这种尚存余息的状况下做了这个梦。

此梦可以从两个方向上进行解析。

第一，书上说“宝玉的魂魄早已出了窍了”。换句话说，此梦是宝玉的一次魂游。宝玉的魂游到哪里去了呢?到了“好像曾到过的地方”。如果我们还记得宝玉梦之一的话，我们便也知道宝玉这一次是故地重游，又来到了他13岁时梦游过的太虚幻境。他又看见了“真如福地”牌楼、“福善祸淫”宫门、“引觉情痴”殿宇，他在梦中也忽然想起:“我少时做梦，曾到过这个地方；如今能够亲身到此，也是大幸 。”这当然是他梦中说梦话，这一次也并非“亲身到此”，仍然只是梦中之游。他又看见了“金陵十二钗正册”及诸册，又看见了一些仙女。很显然，此梦在很大程度上是宝玉梦之一的重复，这便是梦学界十分关注的重复梦。

精神分析学告诉我们，不断重复的梦境往往与梦者最强烈的某个潜意识情结联系在一起，一般情况下，代表着梦者与梦中死去的人之间存在着某种情结。我们知道，宝玉梦中第一次游历太虚幻境，在他心中留下了十分深刻的印象，那时他年纪还小，对梦中金陵十二钗正副诸册中所画的画，所写的词，所作的曲，还处在朦朦胧胧、不知所云的状态，但这并没有影响到他对这个梦的记忆和重视，几年来这个梦一直萦绕在他的心中。第一百一十四回写凤姐病危之时，宝玉和宝钗赶忙起来要去探望，丫头秉烛伺候。正要出院，只见王夫人那边打发人来说：“琏二奶奶不好了，还没有咽气，二爷二奶奶且慢些过去罢。琏二奶奶的病有些古怪，从三更天起，到四更时候，琏二奶奶没住嘴，说些胡话，要船要轿的，说到金陵归入册子去。众人不懂，他只是哭哭喊喊的。琏二爷没有法儿，只得去糊船轿，还没拿来，琏二奶奶喘着气等呢。叫我们过来说，等琏二奶奶去了，再过去罢。”宝玉道：“这也奇，他到金陵做什么?”袭人轻轻的合宝玉说道：“你不是那年做梦，我还记得说有多少册子，不是琏二奶奶也到那里去么?”宝玉听了点头道：“是呀，可惜我都不记得那上头的话了。这么说起来，人都有个定数的了。但不知林妹妹又到那里去了?我如今被你一说，我有些懂得了。若再做这个梦时，我得细细的瞧一瞧，便有未卜先知的分儿了。”袭人道：“你这样的人，可是不可合你说话的，偶然提了一句，你便认起真来了吗?就算你能先知了，你有什么法儿!”宝玉道：“只怕不能先知，若是能了，我也犯不着为你们瞎操心了。”

由此可知两点，第一，宝玉游历太虚幻境的梦，至少说给袭人听了，故袭人说“我还记得”。这就表明，这个梦不仅宝玉印象深刻，而且连听过这个梦的袭人也还记得，可见这个梦留给人的印象是非常深刻的；第二，因为这个梦一直深藏在宝玉心中，只须“被你一说，我有些懂得了”，真是心有灵犀一点通。原来模糊不解的梦境，经过几年酝酿，现在一点就通，颇有水到渠成的意思，因而便想到“若再做这个梦时，我得细细的瞧一瞧”。现在果然又做了重游太虚幻境的梦，可以说是想“再做这个梦”的愿望满足。

这次梦与前次梦最大的不同之处，这次看了册子上的画呀词呀曲呀，不是前次那样一窍不通，而是有恍然大悟之感，深识“果然机关不爽”，产生了“若都是这样明白，我要抄了去细玩起来，那些姊妹们的寿夭穷通，没有不知的了。我回去自不肯泄漏，只做一个‘未卜先知’的人，也省了多少闲想”的念头，可惜没有笔砚，又恐人来，只是急急的将那十二首诗词都看遍了。也有一看便知的，也有一想便得的，也有不大明白的，心下牢牢记着。从所游时的走马观花到重游时的“牢牢记着”，标志着宝玉思想认识的一次飞跃，开始认识到人生寿夭穷通皆有定数，“过去未来，莫谓智贤能打破，前因后果，须知亲近不相逢”，只想做个未卜先知的人，这为他后来出家当和尚奠定了思想基础，实质上也是他逃避现实的一条出路。

那么，宝玉做这个重复梦的情结是什么呢？一言以蔽之，就是想要寻觅众姊妹寿夭穷通的命运。当他看到“金陵十二钗正册”中“玉带林”时，心里便想到“不要是说林妹妹罢”；当看到“金簪雪里”四字时，便诧异“怎么又不像他的名字呢”；当看到“相逢大梦归”一句，便恍然知晓“必是元春姐姐了”；当看到“堪羡优伶有福，谁知公子无缘”，先前不懂，见上面尚有花席的影子，便大惊痛哭起来，可见宝玉已经开始“入我门”了。及至醒过来之后，宝玉想“青灯古佛前”的诗句，不禁连叹几声。忽又想起一床席一枝花的诗句来，拿着眼睛看着袭人，不觉又流下泪来。众人都见他忽笑忽悲，也不解是何意，只道是他的旧病；岂知宝玉触处机来，竟能把偷看册上诗句俱牢牢记住了，只是不说出来，心中早有一个成见在那里了。

事实上，梦中哪有什么藏着天机的册子给他偷看，只不过是人生经历给宝玉磨砺出一些感悟以册子的梦象呈现出来而已。宝玉初游太虚幻境时才 13 岁，眼下十八九岁，在这五六年的时光里，宝玉历经了多少次生离死别，身边的姐妹们死的死、逐的逐、嫁的嫁、离的离，在他眼前展现了一幅“红颜薄命”的长长画卷，梦中册子所述说的，不过是他在现实生活中已经看到的和将要看到的姐妹们的命运，而这恰恰是他最为关注的，是纠结心中永久不散的情结。

情结是一种心理场，拥有巨大的潜意识能量，这种能量能将内心郁结的情思一次又一次地编进梦中，从而出现重复梦。其实，重复梦一点也不稀奇，所有做梦的人很可能都做过不同内容的重复梦，只是由于没有引起足够的重视，梦过即忘，被忽视了。笔者将连续10 年的梦记录按梦内容进行统计，发现重复梦竟高达 90 多种，每一种内容重复的次数，不仅仅是一而再、再而三，而是几十次、上百次。比如足球梦 129 次；炒股梦 97 次；饮酒梦 96 次；仇怨梦 88 次；文笔梦 66 次；聚会梦 42 次等等。只要潜意识中形成了心理场，拥有了足够的能量，无论正面情结或负面情结，都可引发重复梦。宝玉一心一意牵挂着身边姐妹们的命运，这个情结肯定浓缩了一个极大的心理场，凝聚了巨大的潜意识能量，所以他能重游太虚幻境是毫不足怪的，尽管作者在写作中有重游的文学结构必要性，但从科学释梦这个角度而言，宝玉重游太虚幻境仍会有这个必然，重游梦的出现是完全符合做梦的科学规律的。

宝玉在梦中先后遇见了七个半已经死去的姐妹。按先后顺序依次是尤三姐、鸳鸯、元春、晴雯、黛玉、凤姐、秦可卿、迎春。其中元春只有意象而无影像，故曰半个。其中黛玉、凤姐、元春、迎春、秦可卿为金陵十二钗正册中人，尤三姐为副册中人，鸳鸯、晴雯为又副册中人。

宝玉梦见的这八个姐妹，生前都与宝玉有着千丝万缕的情愫，感情十分深厚，是宝玉人生旅途中极为重要的伴侣，在宝玉心中占有极其重要的位置，我们不妨逐个看来。

元春。元春是贾政与王夫人的长女，因“贤孝才德”而选入宫中，后封贤德妃。元妃可以说是《红楼梦》中第一关键人物，正是由于她封了皇妃，才有贾家“烈火烹油，鲜花著锦之盛”；正由于有元妃省亲之举，才有“大观园”之设，才有一园子姐妹和故事；倘若元春嫁给了别人，没当上皇妃，贾府不会如此之盛，也没有了大观园，可以说，也就没有了《红楼梦》。元春不仅对《红楼梦》至关重要，对宝玉而言也是至关重要之人。第十八回“庆元宵贾元春省亲”中说：贾妃乃长姊，宝玉为幼弟，贾妃念母年将迈，始得此弟，是以怜爱宝玉，与诸弟待之不同。且同随祖母，刻未暂离。那宝玉未入学堂之先，三四岁时，已得贾妃手引口传，教授了几本书、数千字在腹内了。其名分虽系姊弟，其情状有如母子。自入宫后，时时带信出来与父兄说：“千万好生扶养，不严不能成器；过严恐生不虞，且致父母之忧。”眷念切爱之心，刻未能忘。前日贾政闻塾师背后赞宝玉偏才尽有，贾政未信，适巧遇园已落成，令其题撰，聊一试其情思之清浊。其所拟之匾联虽非妙句，在幼童为之，亦或可取。即另使名公大笔为之，固不费难，然想来倒不如这本家风味有趣。更使贾妃见之，知系其爱弟所为，亦或不负其素日切望之意。因有这段原委，故此竟用了宝玉所题之联额。己卯本脂批云：“写得父母兄弟体贴恋爱之情淋漓痛切，真是天伦至情。”及至众人拜见过后，元春不见宝玉，因问：“宝玉因何不见？”贾母乃启道：“无职，外男，不敢擅入。”元妃命引进来。小太监出去引宝玉进来，先行国礼毕，命他进前，携手揽于怀内，又抚其头颈笑道：“比先长了好些……”一语未终，泪如雨下。由此足见，元春与宝玉姐弟情母子爱融合而一，非他人可比。元春回宫后，又不忘给宝玉“赐出糖蒸酥酪来”。至关紧要的是，元春回宫后，忽想起那大观园中景致，自己幸过之后，贾政必定敬谨封锁，不敢使人进去骚扰，岂不寥落。况家中现有几个能诗会赋的姊妹，何不命他们进去居住，也不使佳人落魄，花柳无颜。却又想到宝玉自幼在姊妹丛中长大，不比别的兄弟，若不命他进去，只怕他冷清了，一时不大畅快，未免贾母、王夫人愁虑，须得也命他进园居住方妙。想毕，遂命太监夏守忠到荣府来下一道谕，命宝钗等只管在园中居住，不可禁约封锢，命宝玉仍随进去读书。正是元春的这一道谕，才使宝玉这个唯一的男儿能入住女儿国的大观园，宝玉也因此“喜的无可不可”。没有元春的这一道谕，宝玉则只能住在大观园外，要进一次园都不容易，岂能演出那么多的儿女情事来！这对于宝玉来说不能不说是一个至关重要的契机，而这个机会正是元春赐予的。元春虽然深爱宝玉，然而身处深宫，身不由己，只是遥寄相思而已。第九十五回“因讹成实元妃薨逝”写元妃甲寅年十二月十九日薨逝，存年四十三岁。当此之时，宝玉因失玉而呆痴，在元妃薨逝、停灵、送殡等一系列事件中，宝玉却是“一日呆似一日”，一味失魂落魄的样子，非不悲痛也，实神智昏聩也，故在梦中未能见到元春的身影。但是，因“是年甲寅十二月十八日立春，元妃薨日是十二月十九日，已交卯年寅月”，寅为虎，卯为兔，正是虎兔相逢之际，所以宝玉在梦中一见到“相逢大梦归”这一句话，便立即恍然大悟“必是元春姐姐了”，对于一个濒临死亡的人来说，能够一触即悟的，只有这种真挚的姐弟情母子爱。

黛玉。毫无疑问，整本《红楼梦》，写的就是宝黛情缘。在众多姐妹中，唯有黛玉是宝玉可以两心相对的人，是可以同生共死的人。第二十三回“西厢记妙词通戏语”中说宝玉与黛玉共读《西厢记》。宝玉笑道：“妹妹，你说好不好?”林黛玉笑道：“果然有趣。”宝玉笑道：“我就是个‘多愁多病的身’，你就是那‘倾国倾城的貌’。”黛玉听了，不觉带腮连耳通红，登时直竖起两道似蹙非蹙的眉，瞪了两只似睁非睁的眼，桃腮带怒，薄面含嗔，指着宝玉道：“你这该死的胡说！好好的，把这淫词艳曲弄了来，说这些混话来欺负我。我告诉舅舅、舅母去!”说到“欺负”二字，就把眼睛圈儿红了，转身就走。宝玉着了忙，向前拦住道：“好妹妹，千万饶我这一遭，原是我说错了。若有心欺负你，明儿我掉在池子里，叫个癞头鼋吃了去，变个大忘八，等你明儿做了‘一品夫人’病老归西的时候，我往你坟上替你驼一辈子碑去。”比喻夫妻，真心可鉴，信誓旦旦，痴情可鉴。宝玉这次来到幻境，仍然一直是为了寻觅他的林妹妹。当他到了一个处所，只见一女子，头戴花冠，身穿绣服，端坐在内。宝玉略一抬头，见是黛玉的形容，便不禁的说道：“妹妹在这里！叫我好想。”亲情喷涌，自然而然。可以说，自黛玉死后，欲求与黛玉在梦中相会，是宝玉的一个迫切愿望，这个愿望，在此得到了满足。而且，在梦中见到的众多女子中，唯有黛玉是以“仙女”妃子的形象出现，这正是宝玉心中的黛玉。宝玉不但在梦中看见了黛玉成仙后的形容，而且还看见了黛玉的“真身”，那便是“白石花栏围着一棵青草，叶头上略有红色”，显得格外“矜贵”。正是这枝又无花朵的小草，其妩媚之态，令宝玉心动神怡，魂消魄丧。我们知道，所谓绛珠仙草不过是作者的一个借托罢了，世上哪有这样的仙草？而梦中的仙草却不是借托，它却是宝玉对黛玉的钦赞与期盼，宝玉心中的黛玉就如这株小草一样，无花而妩媚，无名而矜贵，他心喜的就是这种与花花绿绿俗世相背离的清淡与高雅。可叹世事无情，黛玉悲惨死去之日，正是宝玉成亲之时。宝玉与宝钗的婚姻，不过皮囊婚而已；宝玉与黛玉才是日久天长的精神伴侣。

秦可卿。秦氏是宝玉侄儿贾蓉之妻，秦氏称宝玉为叔叔。在作者笔下，秦可卿可能是所有贾府姐妹中最最漂亮的人，也是贾府上下最得人缘的人。以至她死之后，“那长一辈的想他素日孝顺，平一辈的想他素日和睦亲密，下一辈的想他素日慈爱，以及家中仆从老小想他素日怜贫惜贱、慈老爱幼之恩，莫不悲嚎痛苦者”。只不知作者为何要将这样一个可人儿安排在第十三回就叫她死去，遂使红学界为她诗文词画评她论她，竟衍生出了一个“秦学”的分支来。对宝玉而言，秦可卿也有不同凡响之处。从书中文字来看，涉及秦可卿与宝玉关系的只有四处。一处是第五回东边宁府赏梅家宴之后，秦氏安排宝玉在自己的绣床上睡午觉，这一睡非同小可，竟睡出了宝玉与秦可卿梦交梦遗的大事来；第二处是第十一回宝玉随凤姐一同去看生病的秦氏，秦氏向凤姐讲了一番病情。宝玉正眼瞅着那《海棠春睡图》并那秦太虚写的“嫩寒锁梦因春冷；芳气袭人是酒香”的对联，不觉想起在这里睡晌觉梦到“太虚幻境”的事来。正自出神，听得秦氏说了这些话，如万箭攒心，那眼泪不知不觉就流下来了。思绪仍似在梦幻中一般。第三处是第十三回秦可卿死时，宝玉“从梦中听说秦氏死了，（注：此处亦是宝玉之一梦，一则作者未将梦境展开来写，只道在梦中听见说秦氏死了的讯息；二则正好与此梦相关，便糅合在一起解析，不另起炉灶单作解析了。）连忙翻身爬起来，只觉心中似戳了一刀的不忍，哇的一声，直奔出一口血来”，又不顾贾母劝阻，急急奔至宁国府，“忙忙奔至停灵之室，痛哭一番”。红学界对“贾珍哭的泪人一般”质疑痛斥有加，而对痛得“吐血”的宝玉似乎格外开恩暗加呵护，殊不知，宝玉在梦里与可卿“柔情缱绻，软语温存，与可卿难解难分”。第四处即是此梦中，宝玉问“凤姐姐在那里”，那秦氏也不答言，竟自往屋里去了。诸君是否发现，秦氏在生时，仅只安排宝玉睡午觉是实写，而“梦交”、“忆梦”、“闻死讯”、“仙境会”四次都是在梦中或忆梦中，或可说，秦可卿在宝玉心中只是一个如梦如幻的形象。作者在第一回中明白无误地说：此回中凡用“梦”用“幻”等字，是提醒阅者眼目，亦是此书立意本旨。这一说明虽明指“此回中”，我想亦可扩展为“本书中”，秦可卿就是宝玉的梦幻。忖度作者原意，很可能用秦可卿将女人美与女人淫糅为一个混合体来写，后因脂砚斋“大发慈悲心”，“通回将可卿如何死故隐去”，“命芹溪删去”，故留下了“生的袅娜纤巧，行事又温柔和平，乃重孙媳中第一个得意之人”的正面形象。如果这个猜想成立，则秦可卿是“第一等的好女儿”，这正是宝玉梦寐以求的女儿标准与典范。所以闻得秦氏死去，便如心中的兼美偶像轰然倒下，才会“急火攻心”，“直奔出一口血来”，也才会使他同秦氏再度在仙境重逢。

迎春。贾迎春是贾赦与妾所生，庶出，排行为贾府二小姐。第三回写她“肌肤微丰，合中身材，腮凝新荔，鼻腻鹅脂，温柔沉默，观之可亲”。宝玉除对黛玉情有独钟之外，对府内姐妹大都一视同仁，并无厚此薄彼之分，更无嫡出庶出的陈腐之念，因此同迎春关系也是十分亲密。第七十九回听说贾赦已将迎春许与孙家了，要将迎春接出大观园去，便越发扫了兴头，每日痴痴呆呆的，不知作何消遣。又听得说陪四个丫头过去，更又跌足自叹道：“从今后，这世上又少了五个清洁人了。”因此还天天到紫菱洲一带地方徘徊瞻顾，似有追忆故人之态，对迎春的离去，显出难舍难分的情感。当闻得迎春出了阁，宝玉思及当时姊妹们一处，耳鬓厮磨，从今一别，纵得相逢，也必不似先前那等亲密了。眼前又不能去一望，真令人凄惶迫切之至。后来听迎春回来说孙绍祖如何虐待，心里“实在替他受不得”，居然为迎春想出了一个逃离苦海的主意：“咱们索性回明了老太太，把二姐姐接回来，还叫他紫菱洲住着，仍旧我们姐妹弟兄一块儿吃、一块儿顽，省得受孙家那混账行子的气。等他来接，咱们硬不叫他去。由他接一百回，咱们留一百回，只说是老太太的主意。这个岂不好呢！”这个主意没被采纳，他便放声大哭起来，直嚷嚷“我只想着咱们大家越早些死的越好，活着真真没有趣儿”！由迎春出嫁、受虐，到第一百零九回身亡而伤痛到想死不想活，可见宝玉对迎春情深意切，故而在梦中见到迎春也感到欢喜雀跃！

凤姐。凤姐是宝玉的二嫂，比宝玉大六七岁。凤姐故事的主体在其他方向上，但她对这个“好兄弟”却十分疼爱，百般呵护。凤姐与宝玉之间几乎没有什么儿女之情，她有的是继贾母、王夫人、元春之后第四个给与宝玉母爱的人。第七回写珍大嫂子请凤姐过府去逛逛，宝玉听了，也要跟了逛去。凤姐只得答应，立等着换了衣服，姐儿俩个坐了车一时进入宁府，凤姐一手携了宝玉同入上房来归坐。宝玉去同秦钟玩时，凤姐又打发人来问宝玉“要吃什么，外面有，只管要去”。回府时，听到焦大一番醉骂，宝玉在车上见这般醉闹，倒也有趣，因向凤姐道：“姐姐，你听他说‘爬灰的爬灰’，什么是‘爬灰’？”凤姐听了，连忙立眉瞋目断喝道：“少胡说，那是醉汉嘴里混唚，你是什么样的人，不说不听见，还倒细问！等我回去回了太太，仔细捶你不捶你！”唬得宝玉连忙央告道：“好姐姐，我再不敢了。”凤姐亦忙回色哄道：“好兄弟，这才是呢。”凤姐这位“好姐姐”如天下慈母对待爱子常用一唬一哄之法一样对待宝玉这个“好兄弟”。又如第八回为宝玉在贾母面前帮腔，使秦钟得上贾家家塾，遂了宝玉欲和秦钟在一起之愿；第十五回跟凤姐为秦可卿送殡去铁槛寺，凤姐因记挂着宝玉，便叫“咱们姐儿两个坐车，岂不好?”宝玉听说，忙下了马，爬入凤姐车上，二人说笑前来。等做过三日安灵道场，王夫人要带宝玉回去，宝玉乍到郊外，哪里肯回去，只要跟凤姐住着。王夫人无法，只得交与凤姐，这便如同一个母亲将宝玉交给了另一个母亲照管一样。待凤姐也要回去时，为了顺着宝玉的心，“于是又住了一夜”。除了生活上知寒知暖之外，随着宝玉长大，凤姐最关心的便是宝玉的亲事。第二十五回因宝玉烫了脸，众姐妹都前来探望，凤姐与黛玉说笑时道：“你既吃了我们家的茶，怎么还不给我们家做媳妇?”又指着宝玉道：“你瞧瞧，人物儿、门第配不上，根基配不上，家私配不上? 哪一点还玷辱了谁呢?”嘴里心里都将宝玉与黛玉看成一对好夫妻了。第三十六回见王夫人十分喜爱袭人，便对王夫人道：“既这么样，就开了脸，明放他在屋里岂不好?”对宝玉纳妾事也热情备至。最为有意思的是第二十五回凤姐与宝玉同遭赵姨娘暗害，魇魔法使姊弟二人同时着魔，到夜晚，将这叔嫂二人抬到王夫人的上房内，看看三日光阴，那凤姐和宝玉躺在床上，亦发连气都将没了，直到癞头和尚和跛足道人破了魔障，又过了三十三天之后，才又双双康复回来，可算姐弟俩一同闯过一场劫难。第一百一十四回凤姐归天，宝玉听了，掌不住跺脚要哭，又来到凤姐床前，拉着贾琏的手大哭起来，如有丧母之痛。然而，凤姐在“冲喜”的节骨眼上，出了个“掉包计”，一片良苦之心却害苦了宝玉，导至旧病复发，魂不守舍，几乎一命呜呼。而宝玉并不知是凤姐之计，所以在梦中“见凤姐站在一所房檐下招手”，仍表现出无比欢喜之态，以为“回到自己家里了”，这正如迷路的孩子猛然看见母亲在向自己招手一样。在宝玉心中，凤姐正如包拯的“嫂娘”一般。

晴雯。晴雯与宝玉情如蜜里调油，晴雯之死，令宝玉摧肝裂肺。一日回院叫天热，一壁走一壁便摘冠解带，只穿着一件松花绫子夹袄，袄内露出血点般大红裤子来。秋纹见这条红裤是晴雯手内针线，因叹道：“这条裤子以后收了罢，真是物件在人去了。”麝月忙也笑道：“这是晴雯的针线。”又叹道：“真真物在人亡了！”宝玉在前只装听不见，说要出去走一走，在路上听一个小丫鬟说晴雯死的那晚直着脖子叫了一夜。宝玉忙问道：“一夜叫的是谁？”小丫头子说：“一夜叫的是娘。”宝玉拭泪道：“还叫谁？”小丫头子道：“没有听见叫别人了。”宝玉道：“你糊涂，想必没听真。”旁边那一个小丫头最伶俐，听宝玉如此说，便上来说：“真个他糊涂。”又向宝玉道：“不但我听得真切，我还亲自偷着看去的。”又说晴雯平生为人聪明，至死不变，见我去了便睁开眼，拉我的手问："宝玉那去了？"又叹了口气说："不能见了。"丫头说要晴雯等一等宝玉，晴雯说"我如今在未正二刻到任司花，宝玉须待未正三刻才到家，只少得一刻的功夫，不能见面"。丫头又说："我留神看时辰表时，果然是未正二刻他咽了气，正三刻上就有人来叫我们，说你来了。"丫头又说晴雯是专管芙蓉花的花神，这个天机"你只可告诉宝玉一人"。宝玉听了这话，不但不为怪，亦且去悲而生喜，乃指芙蓉笑道："此花也须得这样一个人去司掌。我就料定他那样的人必有一番事业做的。虽然超出苦海，从此不能相见，也免不得伤感思念。"因又想："虽然临终未见，如今且去灵前一拜，也算尽这五六年的情肠。"情感所至，终于为晴雯写出"可与曹娥碑并传"的《芙蓉女儿诔》来，以至在梦中见到晴雯，仍不免"悲喜交集"。

鸳鸯。鸳鸯是贾母房中的大丫头，生得蜂腰削背，鸭蛋脸面，乌油头发，高高的鼻子，两边腮上微微的几点雀斑，在众姐妹中算是个平头正脸的人儿，宝玉待她如同其他姐妹一样，关系密切，感情融洽。第四十六回贾赦欲娶鸳鸯做小老婆，鸳鸯又是气，又是臊，又是急，宁死不成，她对平儿、袭人说的一番知心话，俱被宝玉听了，只伏在石头上装睡。宝玉推他笑道："这石头上冷，咱们回房里去睡，岂不好？"鸳鸯便随宝玉到怡红院来。后来鸳鸯跪在贾母面前哭诉道："因为不依，方才大大爷越性说我恋着宝玉。我是横了心的，当着众人在这里，我这一辈子莫说是‘宝玉’，便是‘宝金’、‘宝银’、‘宝天王’、‘宝皇帝’，横竖不嫁人就完了！就是老太太逼着我，我一刀抹死了，也不能从命!”足见宝玉与鸳鸯盛情虽十分融洽，却无半丝邪念。第一百一十一回宝玉听到鸳鸯为贾母殉情上吊而死的消息后，便唬的双眼直竖。袭人等慌忙扶着，说道：“你要哭就哭，别憋着气。”宝玉死命的才哭出来了。心想“鸳鸯这样一个人偏又这样死法”，又想“实在天地间的灵气独钟在这些女子身上了。他算得了死所，我们究竟是一件浊物，还是老太太的儿孙，谁能赶得上他。”宝玉对鸳鸯除了一份喜爱之情外更多了一层敬爱之意。

尤三姐。尤三姐是珍大嫂子的继母带来的小姨，宝玉与她相处不过一个月。贾琏问尤三姐的心上人是谁时，尤三姐泣道：“姐姐知道。”尤二姐却一时想不起来，贾琏笑道：“别人他如何进得去，一定是宝玉。”尤二姐与尤老娘听了，亦以为然。尤三姐便啐了一口，道：“我们有姊妹十个，也嫁你弟兄十个不成。难道除了你家，天下就没了好男子了不成!”实际上，尤三姐对宝玉兄弟十分鄙视和愤恨。而宝玉则属连带蒙冤，对尤三姐死亦无明显反应。

当我们将宝玉与梦中所见的八个姐妹之间的情感故事梳理一番之后，便不难发现这是一个愿望满足之梦。他同这些姐妹情深意厚，她们一个个离他而去，他却总是舍却不了她们，总希望和她们厮守在一起，梦让他得到了满足。

此外，我们还可以从典型梦之一的死亡之梦来进行解析。宝玉梦中所见的“七个半”姐妹都是已经死去的人，她们出现在梦中的时候，仿佛都还活着一样，常常会令梦者感到安慰。英国梦著作家梅芙·恩尼斯、珍妮弗·帕克在合著《梦》中说：“这类梦常常表露了梦者清醒时的心事，也可能暗示了死者活着时帮助梦者的方式。正如在复生之梦中一样，梦者通常都与死者有着亲密的关系。”① 宝玉此梦正是如此，他此时甚至并不接受这些姐妹已经死去的事实，仍然梦想着与姐妹们耳鬓厮磨在一起。宝玉因揪心的痛苦而至昏聩，这样在梦中缓解一下心结，对他恢复健康无疑大有裨益，所以说“宝玉回过来了”，“不用备办后事了”。

此梦解析至此，原可打住。然而，倘若往更深层次挖掘，则还有更深刻的意义有待揭开。

我国梦著作者张同延在《梦的解析》一书中说：“重复出现的梦往往提示梦者存在着焦虑、紧张，而前后梦境的不同之处，往往提示出解决的方法和途径。”②

在后一个梦中，有两个与前梦大不相同的细节提供了深挖的线索。第一个细节，是宝玉在梦中多次对梦中仙境

---

① 梅芙·恩尼斯、珍妮弗·帕克：《梦》，第 128 页。生活·读书·新知三联书店，2003 年 1 月第 1 版。

② 张同延：《梦的解析》，第 123 页。广东经济出版社，2001 年 9 月第 1 版。

具有“好像曾到过的”、“原不曾出园子”、“少时做梦曾到过”、“原来回到自己家里了”的感觉，这种又虚又实、虚虚实实的感觉，正是他将太虚幻境与大观园同一起来的表达，梦中的太虚幻境其实正是由现实生活中的大观园幻化出来的。说得更精确一点，梦中的“薄命司”正是现实中的大观园。第二个细节，宝玉在梦中看到的姐妹们有的成了仙，有的“都变作鬼怪”。成仙也好，变鬼也好，这些姐妹都死了，因为她们无一不是薄命司中之人。将这两条线索结合起来，便是现实生活中姐妹们一个一个从大观园里消失、死去，她们无论成仙成鬼都返回太虚幻境销差去了；梦幻中的“薄命司”原来正是现实中的大观园！弗洛伊德说：“最繁杂的思想成就也许不需要意识的协助亦能完成。”① 这个梦使宝玉在认识上产生了一个飞跃，出现了一次顿悟，故在他死去活来后，便“触处机来，竟能把偷看册上诗句俱牢牢记住了，只是不说出来，心中早有一个成见在那里了”。此梦的梦思是宝玉对姐妹们命运的一次探索，虽有所领悟，因受时代局限仍是“还不解”。

---

① 《梦的解析》第 275 页。

黛玉梦之一

第八十二回　老学究讲义警顽心　病潇湘痴魂惊恶梦
第八十三回　省宫闱贾元妃染恙　闹闺阃薛宝钗吞声

梦境 | MengJing

（此梦是宝玉和黛玉同一个晚上做的梦，黛玉梦在八十二回实写，宝玉梦在八十三回由袭人补述，合起来是一个惊天地泣鬼神的心灵感应梦。）

先看黛玉梦境：不知不觉，只见小丫头走来说道：“外面雨村贾老爷请姑娘。”黛玉道：“我虽跟他读过书，却不比男学生，要见我作什么？况且他和舅舅往来，从未提起，我也不便见的。”因叫小丫头回复：“身上有病，不能出来，与我请安道谢就是了。”小丫头道：“只怕要与姑娘道喜，南京还有人来接。”说着，又见凤姐同邢夫人、王夫人、宝钗等都来笑道：“我们一来道喜，二来送行。”黛玉慌道：“你们说什么话?”凤姐道：“你还装什么呆？你难道不知道：林姑爷升了湖北的粮道，娶了一位继母，十分合心合意；如今想着你撂在这里，不成事体，因托了贾雨村作媒，将你许了你继母的什么亲戚，还说是续弦，所以着人到这里来接你回去。大约一到家中，就要过去的，都是你继母作主。怕的是道儿上没有照应，还叫你琏二哥哥送去。”说得黛玉一身冷汗。黛玉又恍惚父亲果在那里做官的样子，心上急着，硬说道：“没有的事，都是凤姐姐混闹。”只见邢夫人向王夫人使个眼色儿：“他还不信呢，咱们去罢。”黛玉含着泪道：“二位舅母坐坐去。”众人不言语，都冷笑而去。黛玉此时心中干急，又说不出来，哽哽咽咽；恍惚又是和贾母一处的似的，心中想道：“此事惟求老太太，或还可救。”于是两腿跪下去，抱着贾母的腰说道：“老太太救我！我南边是死也不去的。况且有了继母，又不是我的亲娘。我是情愿跟着老太太一块儿的。”但见老太太呆着脸儿笑道：“这个不干我事。”黛玉哭道：“老太太，这是什么事呢。”老太太道：“续弦也好，倒多一副妆奁。”黛玉哭道：“我若在老太太跟前，决不使这里分外的闲钱，只求老太太救我。”贾母道：“不中用了。做了女人，终是要出嫁的，你孩子家，不知道。在此地终非了局。”黛玉道：“我在这里，情愿自己做个奴婢过活，自做自吃，也是愿意。只求老太太作主。”老太太总不言语，黛玉抱着贾母的腰哭道：“老太太，你向来最是慈悲的，又最疼我的，到了紧急的时候，怎么全不管？不要说我是你的外孙女儿，是隔了一层了；我的娘是你的亲生女儿，看我娘分上，也该护庇些。”说着，撞在怀里痛哭。听见贾母道：“鸳鸯，你来送姑娘出去歇歇。我倒被他闹乏了。”黛玉情知不是路了，求去无用，不如寻个自尽，站起来，就往外走。深痛自己没有亲娘，便是外祖母与舅母、姊妹们，平时何等待的好，可见都是假的。又一想：“今日怎么独不见宝玉？或见一面，看他还有法儿。”便见宝玉站在面前，笑嘻嘻的说：“妹妹大喜呀！”黛玉听了这一句话，越发急了，也顾不得什么了，把宝玉紧紧拉住，说：“好，宝玉，我今日才知道你是个无情无义的人了！”宝玉道：“我怎么无情无义？你既有了人家儿，咱们各自干各自的了。”黛玉越听越气，越没了主意，只得拉着宝玉哭道：“好哥哥，你叫我跟了谁去？”宝玉道：“你要不去，就在这里住着。你原是许了我的，所以你才到我们这里来。我待你是怎么样的？你也想想。”黛玉恍惚又像果曾许过宝玉的，心内忽又转悲作喜，问宝玉道：“我是死活打定主意的了，你到底叫我去不去？”宝玉道：“我说叫你住下。你不信我的话，你就瞧瞧我的心！”说着，就拿着一把小刀子往胸口上一划，只见鲜血直流。黛玉吓得魂飞魄散，忙用手握着宝玉的心窝，哭道：“你怎么做出这个事来？你先来杀了我罢！”宝玉道：“不怕，我拿我的心给你瞧。”还把手在划开的地方儿乱抓。黛玉又颤又哭，又怕人撞破，抱住宝玉痛哭。宝玉道：“不好了，我的心没有了，活不得了！”说着，眼睛往上一翻，“咕咚”就倒了。黛玉拼命放声大哭。只听见紫鹃叫道：“姑娘，姑娘！怎么魇住了？快醒醒儿，脱了衣服睡罢。”黛玉一翻身，却原来是一场恶梦。

再看宝玉梦境：袭人轻轻走过来，问道：“姑娘（黛玉）睡着了吗？”紫鹃点点头儿，问道：“姐姐才听见说了？”袭人也点点头儿，蹙着眉道：“终久怎么样好呢？那一位（宝玉）昨夜也把我唬了个半死儿。”紫鹃忙问：“怎么了？”袭人道：“昨日晚上睡觉，还是好好儿的。谁知半夜里，一叠连声的嚷起心疼来，嘴里胡说白道，只说好像刀子割了去的是的。直闹到打亮

梆子以后才好些了。你说唬人不唬人?”（此处亦是宝玉梦之一，合于黛玉梦之一中解析）

解析 | JieXi

先说黛玉梦的缘起。白天时，薛姨妈派了个婆子给黛玉送一瓶蜜饯荔枝。那婆子进来，请了安，且不说送什么，只是觑着眼瞧黛玉，看的黛玉脸上倒不好意思起来。那婆子将一个瓶儿递给雪雁，又回头看看黛玉，因笑着向袭人道：“怨不得我们太太说：这林姑娘和你们宝二爷是一对儿，原来真是天仙似的!”那婆子出了屋门还只管嘴里咕咕哝哝的说：“这样好模样儿，除了宝玉，什么人擎受的起。”黛玉只装没听见。到了晚上，一时，晚妆将卸，黛玉进了套间，猛抬头看见了荔枝瓶，不禁想起日间那婆子的一番混话，甚是刺心。当此黄昏人静，千愁万绪，堆上心来。想起：“自己身子不牢，年纪又大了，看宝玉的光景，心里虽没别人，但是老太太舅母又不见有半点意思。深恨父母在时，何不早定了这头婚姻。”又转念一想道：“倘若父母在时，别处定了婚姻，怎能够似宝玉这般人材心地？不如此时尚有可图。”心内一上一下，辗转缠绵，竟像辘轳一般。叹了一回气，吊了几点泪，无情无绪，和衣倒下。黛玉便是在为自己的终身大事“无情无绪”之时，在“千愁万绪”堆上心头之时，做了这个噩梦。

我们知道，在大观园内，乃至整个贾府内，上至贾母、王夫人，下至丫鬟婆子，几乎都有一个共识，即宝玉与黛玉是天生一对地配一双；今又有薛姨妈家的婆子来说薛姨妈也说“林姑娘和你们宝二爷是一对儿”。这一说非同寻常，一则薛姨妈非贾府中人，代表了贾家以外人的看法；二则薛姨妈之女薛宝钗正是黛玉最强劲的竞争对手，倘若薛姨妈尚如此说，岂不是表示薛宝钗放弃竞争了么？倘若薛宝钗放弃了竞争，宝黛姻缘可以说便毫无悬念了。然而，传言归传言，黛玉并没有听见一个确信。“老太太、舅母又不见有半点意思”，正是黛玉并没有从老太太、舅母口中听到确信，而老太太、舅母又正是决定她与宝玉姻缘的发话人。人在半真半假、似是而非的时候，正是忐忑不安、千愁万绪的时候。她又不免想到心上人宝玉，虽说宝玉心里“没别人”，但尽管两人从小同桌吃饭、同床睡觉，耳鬓厮磨，不分彼此，但宝玉却也从来没有当面向他说出现代人冲口而出的“我爱你”这三个字来。原来那宝玉自幼生成有一种下流痴病，况从幼时和黛玉耳鬓厮磨，心情相对；及如今稍明时事，又看了那些邪书僻传，凡远亲近友之家所见的那些闺英闱秀，皆未有稍及林黛玉者，所以早存了一段心事，只不好说出来，故每每或喜或怒，变尽法子暗中试探。那林黛玉偏生也是个有些痴病的，也每用假情试探。因你也将真心真意瞒了起来，只用假意，我也将真心真意瞒了起来，只用假意，如此两假相逢，终有一真。其间琐琐碎碎，难得不有口角之争。即如此刻，宝玉的心内想的是："别人不知我的心，还有可恕，难道你就不想我的心里眼里只有你！你不能为我烦恼，反来以这话奚落堵噎我。可见我心里一时一刻白有了你，你竟心里没我。"心里这意思，只是口里说不出来。那林黛玉心里想着："你心里自然有我，虽有'金玉相对'之说，你岂是重这邪说不重我的。我便时常提这'金、玉'，你只管了然自若无闻的，方见得是待我重，而毫无此心了。如何我只一提'金、玉'的事，你就着急，可知你心里时时有'金、玉'，见我一提，你又怕我多心，故意着急，安心哄我。"看来两个人原来是一个心，但都多生了枝叶，反弄成两个心了。那宝玉心中又想着："我不管怎么样都好，只要你随意，我便立刻因你死了也情愿。你知也罢，不知也罢，只有我的心，可见你方知我近，不知我远。"那林黛玉心里又想着："你只管你，你好我自好，你何必为我而自失。殊不知你失我自失。可见是你不叫我近你，有意叫我远你了。"如此看来，却都是求近之心，反弄成疏远之意。宝玉和黛玉两情相恋，不像现代人你爱我我爱你直言来直言去，都隐藏着真心，拿着假意来左试右探，结果将两颗冰清玉洁的心搞得枝叶蔓生，欲近反远，最终连一句踏实安心的话也没听到。黛玉想到自己"年纪又大了"，是到谈婚论嫁的时候了，尽管普天下亿万人都说"宝玉黛玉是一对儿"，但她毕竟没有从贾母、王夫人、宝玉这三个具有决定权的人口中听到许婚的承诺，怎能不叫她那颗悬在半空中的心战栗不已。她把一切希望寄托在这三个人身上，希冀他们能开金口，说出一个“许”字来。白天聚集的思想情结，到晚上睡梦中便演绎出来了。先是王夫人来给她道喜送行，说她已经由继母做主许给了继母的亲戚当续弦，黛玉想请王夫人“坐坐”说话，王夫人却“冷笑而去”，第一个希望破灭了；因想起“此事惟求老太太，或还可救”，不料老太太反说“续弦也好，倒多一副妆奁”，又说“不中用了。做了女人，终是要出嫁的，你孩子家，不知道。在此地终非了局”，第二个希望也破灭了；最后一个希望是宝玉，岂料宝玉一见面即笑嘻嘻地说：“妹妹大喜呀！”又说“你既有了人家儿，咱们各自干各自的了”，将第三个也是最重要最后的希望也给破灭了。黛玉顿时跌落到了无望的境地，连自尽的念头也涌上心来。到此，黛玉的梦已经做了2/3，可以说是一个十分明确的情结梦，即能否如愿与宝玉成亲的情结，总的情绪是负面的、消极的，结果是失望的，因此，可以将前2/3的梦归结为由情结而引发的焦虑梦。梦中出现的“心慌”“一身冷汗”“焦急”“含泪”“心中干急”“痛哭”“深痛”“生气”“没了主意”等等心理生理状态，都因焦虑而生，反映了焦虑的程度。

到后面的1/3梦，原本是走投无路的焦虑梦忽然峰回路转，出现了新的转机。这个转机来自宝玉，宝玉说了句“你原是许了我的，所以你才到我们这里来”，黛玉恍惚又像曾许过宝玉的，一个“许”字，又现出了希望的曙光，黛玉“心内忽又转悲作喜”，梦又向积极方向变化了，谁料喜颜方开，惨祸接踵而至，宝玉为了要让黛玉看清楚自己的心，竟然用刀子划开胸膛，要抓出心来给黛玉看，宝玉没了心，“活不得了”，“眼睛往上一翻，‘咕咚’就倒了”。宝玉一死，黛玉的希望一下完全灭绝，便在“拼命放声大哭”的悲恸中惊醒过来。在前2/3梦中，焦虑经过一次又一次的叠加，变得更为严重；后1/3的梦，使前2/3的梦中焦虑骤然剧增，由量变引起质变，由一般的情结——焦虑梦，演变为情结——焦虑——噩梦。黛玉内心深处的焦虑，已经聚积到了梦所不能承受的极限，梦中已经无法再编出什么新的情节来释放这些焦虑，只有采取惊醒一途，将紧绷的焦虑之弦斩断。

美国梦著作家厄内斯特·哈特曼在他的《噩梦》一书中说：“人在童年期不同程度地体验到的那种绝对的无助感，构成了噩梦的本质性底蕴。附加于其上的只是对具体冲动或惩罚的具体恐惧与关注而已。”[①] 黛玉这个恶梦的“本质性底蕴”，正是这种“绝对的无助感”。第二回“贾夫人仙逝扬州城”，写的就是黛玉六岁丧母，尚在幼年便失去了亲娘的依靠；第三回“林黛玉抛父进京都”，写的就是

① 厄内斯特·哈特曼：《噩梦》，第140页。中国社会科学出版社，2001年6月第1版。

黛玉因“无人依傍教育”才去到外婆家寄住，父亲林如海临行曾对她说“汝父年将半百，再无续室之意；且汝多病，年又极小，上无亲母教养，下无兄弟姊妹扶持，今依傍外祖母及舅氏姊妹去”等言，此处甲戌本脂批曰：“可怜。一句一滴血!”到了贾府之后，尽管满府之人对她疼爱有加，但她总摆脱不了寄人篱下之感，特别是在关系终生幸福与否的婚姻大事上，他们却“全不管”了，如是“深痛自己没有亲娘，便是外祖母与舅母、姊妹们，平时何等待的好，可见都是假的”。从小失去亲娘这一无可逆转的绝对的打击，成为黛玉潜意识无助感的症结，梦中原以为可以作为依助的王夫人、贾母、宝玉一个一个地冷落无助，使她濒临绝望的深渊，从精神角度而言，黛玉到了精神崩溃的边缘。

中外梦学界普遍认为，做梦有利于维持和恢复人体的动态平衡。当人身体健康、心情愉快的时候，其睡眠良好，梦境气氛平和愉快，即使有奔跑打闹的激烈场面，其感受也是愉快的；当人遇到不顺心的事或身遭不幸，则会出现精神不振、入睡后噩梦丛生的状况。前者之梦有利于睡眠的继续，而后者之梦则有利于郁愤情绪的发泄。在不少情况下，噩梦不失为一帖良好的镇静剂、清醒剂、抑制狂热剂。从六岁丧母到十六七岁，黛玉在心中积压了十来年的无助感，无论在生理上或心理上，都已经压得她快要透不过气来了，在婚姻前景这个诱因的刺激下，终于像火山一样喷发了出来。由此可知，黛玉的这个梦，是以无助感为底蕴的焦虑型噩梦，是对婚姻前景的深度担忧，急切希冀在紧要时刻有救星出现给她襄助。

黛玉这个梦到此可以说基本完成解析了，然而，后1/3梦中的一个情节引起了笔者格外的关注，即是宝玉拿刀子划开胸口掏心的情节。黛玉梦是在第八十二回做的，到第八十三回的宝玉梦中，出现了“半夜里一叠连声嚷起心疼来，嘴里胡说白道，只说好像刀子割了去的似的”的情节。两个梦虽说是出现在前后不同的两个回目里，但细究做梦时间，却恰好是在同一个夜晚。做梦时宝玉睡在怡红院，黛玉睡在潇湘馆，宝玉黛玉两个人在两处不同的地方在相同的时间里做了相同情节的梦，不禁使人眼前一亮：这不是异常难见的心灵感应梦吗！

心灵感应又称精神感应。一般认为一个人的思想决定着这个人的命运。这些思想包含着充沛的能量，可以作为构建生命的基础。这些思想是从哪里产生的呢？有意识的想法是这些思想的来源，但能量则来源于潜意识。潜意识的想法是超越时空的，而且它基本上是一个有力的发送和接收站。在那儿它能进行生理上、心理上以及心灵上的交流。在精神世界里，无论是过去、现在还是将来都存在着这种交流。这种个人潜意识的想法与他人进行交流的过程就被定义为精神感应或心灵感应。心灵感应就是俗语所称的“通灵”。而睡觉创造有利的通灵条件。梦研究者发现，处于激发状态的人的轻微粒子场可作为信息的载体，在一瞬间将信息传播到千里之外，这就是为什么在有人发生重病及其他不幸时，他远在千里之外的亲属在同一时间会预感到的原因。为什么弗洛伊德说睡觉创造了有利的通灵条件呢？换句话说，为什么夜梦时人的预测及预报能力较强呢？这是因为白天的时候，大脑皮层受到大量的、不同程度的外界刺激，更主要的是受主观意识的支配，这就使人的“捕获超前信息”及感知“轻微粒子场”的能力受到干扰，以至夜梦的预感和预报能力明显高于觉醒时。而思想之间的心灵感应是联系两个或两个以上梦者之间亲密感情的直接纽带，正如宝玉与黛玉。经过对极为稀少的心灵感应梦的研究，人们发现心灵感应梦一般只发生在相互关心、熟悉的人之间，特别是有血缘关系的人之间，内容往往是生与死或重大危机等事件。黛玉要确知宝玉的心，宝玉凭嘴说不清，便用刀子剖胸取心给黛玉看，黛玉接到了这个信息，而宝玉接到了刀子割胸“疼痛”的信息。黛玉有没有看见宝玉生理上的“心”并不重要了，她从宝玉“不要命”的行动上已经看见了他思想上的“心”，宝玉为了让黛玉看见自己赤诚的心，疼痛也不顾，甚至连命也不顾了。这就是一对生死恋人的心灵感应！精神感应梦最复杂和最令人着迷之处，就是其中的“相互性”和“同时性”两项，两个或两个以上的人同一个夜晚在梦中相遇而且合演出同一梦象，而每个人又都在梦的环境与行动中意识到对方。正如梦中宝玉和黛玉在一起时，宝玉要黛玉“你就瞧瞧我的心”一样，在梦中两人是面对面的，宝玉划开胸口后，鲜血直流，吓得黛玉魂飞魄散，“忙用手握住宝玉的心窝”，又“抱住宝玉痛哭”。两人之间不仅有语言交流，更有肢体接触，更有宝玉的“心疼”。而对于任何一个梦而言，“相互性”和“同时性”是两个极为严格的界线，要同时达到这两个条件是难而又难的事情。笔者10年记录一万多个梦，也时不时有意无意间与梦中出现的人物谈及梦境，希冀得到心灵感应的反馈信息。说来也是功夫不负有心人，有一次梦见了一位初中时的学弟，第二天与相隔千里之外的这位学弟联系，不料他也在昨夜的梦中梦见了笔者，交流梦境，居然是两人在梦中相互思念！尽管不像宝黛那样撕心裂肺，却也是倾诉半个世纪以来的学友深情。笔者10年万梦中仅此一次，足见心灵感应梦真是万难求一了！然而，难求归难求，心灵感应梦却是客观存在的，谁也不能因为自己没有亲历过而否认心灵感应梦的存在。笔者大胆猜度，高翁很有可能做过类似的心灵感应梦，要不然如何能撰写出这样震撼心灵的梦来呢！

梦学家普遍认为，梦有一个极为重要的属性，对于心灵感应梦而言，这一属性体现得更为显著。那就是梦能使做梦者产生爱心与谅解，互相帮助应付困难情况，共同对抗生命的挫折并且接受死亡的必然事实。宝玉与黛玉通过“剖心”这个梦象，完全将以前之“假意”试探换成了

“真心”相对，将以前的“欲近反远”换成了“抱成一团”，意相亲，情相随，身相贴，两人完全身心融合在一起了。

由此，我们完全可以将黛玉和宝玉的这两个梦综合起来解析为心灵感应梦，隐意是两颗生死相恋的心终于坦城相见，不再猜疑，倘有异心，皇天可鉴！此梦在宝玉心中留下极深印象，在第八十五回黛玉问宝玉身上欠安好了么时，宝玉说可不是，“我那日夜里忽然心里疼起来”；直至第九十七回薛宝钗出闺成大礼中，凤姐为了试探宝玉时，宝玉还说：“我有一个心，前儿已交给林妹妹了。他要过来，横竖给我带来，还放在我肚子里头。”可见心灵感应梦是令人刻骨铭心的。

黛玉梦之二

第八十九回　人亡物在公子填词　蛇影杯弓颦卿绝粒

梦境 | MengJing

睡梦之中，常听见有人叫宝二奶奶的。

解析 | JieXi

此句梦话，作者写得有些棱模两可，乍一听，像是黛玉梦中听见有人叫她作宝二奶奶。若以此意解析，明显是个愿望满足梦。

这日白天，宝玉来看望黛玉，谈到琴韵时，宝玉问道："前路是平韵，到末了儿忽转了仄韵，是个什么意思？"黛玉道："这是人心自然之音，做到那里就到那里，原没有一定的。”宝玉道：“原来如此。可惜我不知音，枉听了一会子。”黛玉道：“古来知音人能有几个?”宝玉听了，又觉得出言冒失了，又怕寒了黛玉的心，坐了一坐，心里像有许多话，却再无可讲的。黛玉因方才的话也是冲口而出，此时回想，觉得太冷淡些，也就无话。宝玉一发打量黛玉设疑，遂讪讪的站起来说道：“妹妹坐着罢。我还要到三妹妹那里瞧瞧去呢。”黛玉也没挽留，送至屋门口，自己回来，闷闷的坐着，心里想道：“宝玉近来说话，半吐半吞，忽冷忽热，也不知他是什么意思。”再加上宝玉下学时，也常抽空问候，只是黛玉虽有万千言语，自知年纪已大，又不便似小时可以柔情挑逗，所以满腔心事，只是说不出来。宝玉欲将实言安慰，又恐黛玉生嗔，反添病症。两个人见了面，只得用浮言劝慰，真正是亲极反疏了。此时黛玉一颗心，只盼早日与宝玉敲定婚事，结婚成亲，这颗悬着的心才能安稳地回到心窝里。此时在梦中听见有人叫她作宝二奶奶，正是已经成亲之后才有此称呼，听到这声称呼，她便如愿以偿了。现实中期盼而又不能实现的愿望，在梦中得以实现，满足了她梦寐以求的愿望。

不过，从这句梦话前后行文来看，倒应该是在梦中听到有人叫宝钗为宝二奶奶。先看前面的行文：黛玉日间听见的话，都似宝玉娶亲的话，看见怡红院中的人无论上下，也像宝玉娶亲的光景。薛姨妈来看，黛玉不见宝钗越发起疑心，索性不要人来看望，也不肯吃药只要速死。从前文来看，黛玉一直疑心宝玉在娶亲了，而薛姨妈来看望她时又不见宝钗同来，因而疑虑宝玉是娶宝钗，此时睡梦中见有人叫宝二奶奶，自然是疑心叫宝钗为宝二奶奶。再看后面的行文：一片疑心，竟成蛇影。一日竟是绝粒，粥也不喝，恹恹一息，垂毙殆尽。这后又更是说明黛玉梦中听见的宝二奶奶不是自己而是宝钗，一切希望皆成泡影，一声宝二奶奶竟成杯弓蛇影，故而精神崩溃，连活也不想活了。此外，第九十六回瞒消息凤姐设奇谋中，做粗活的小丫头对黛玉说："又是宝姑娘，又是宝二奶奶，这可怎么叫呢!"亦可作个"后证"，说明黛玉梦中听见叫的宝二奶奶实是指薛宝钗。

若以宝二奶奶实指宝钗，黛玉此梦便完全不是愿望达成之梦。按"恹恹一息，垂毙殆尽"的状态，黛玉是处在死亡前的弥留状态之中，她这时的梦很可能是一种弥留状态中的幻觉。

幻觉之梦是很少见的，美国梦著作家露丝·温泽在《梦与健康》中说："一旦发生了这样的梦，它对我们的影响将会是刻骨铭心的。这种梦是由超意识衍生而来。这种幻觉和梦境所传递的内容涉及个人与上帝的关系、普遍规律的作用、爱的力量。更为重要的是，这种梦会给予我们一些教训和指导。这种灵魂所唤醒的宏大力量是值得我们深思的。”① 黛玉一心一意想与宝玉结成连理，当宝二奶奶，而听到人叫的宝二奶奶不是自己而是宝钗，不啻五雷轰顶，一生的期盼和愿望彻底灭绝，前途一片黑暗，完全没有了生路，这个幻觉梦不仅仅是刻骨铭心，它简直成了撕肝裂肺的催命符。祖国医学认为“肝藏魂”、“肺藏魄”，撕肝裂肺也便是撕魂裂魄，从精神到肌体、从生理到心理，黛玉是彻底被这个“宝二奶奶”撕裂垮塌了。

现实生活中，宝钗直到第九十七回薛宝钗出闺成大礼才正式成为宝二奶奶，还相隔 8 回，此时并未成亲，黛玉何以超前听见有人叫宝钗为宝二奶奶呢？在黛玉的心中，以及在贾府众人心目中，宝玉和黛玉才是一对儿，特别是黛玉至死也不知凤姐的掉包计，她何以预感到宝二奶奶是宝钗呢？由此解析，此梦又是一个预兆梦了。

中国梦编著者傅文录、李雪梅在《科学解梦 300 问》中引用于亮《科学解梦》一书中的见解，认为梦的预见功能是大脑特有的一种功能，在清醒时和有梦睡眠时都是存在的。在周围事物发生变化时，生物场会发生变化。而被做梦者的生物场所感受，从而使梦能够预见未来的事情。黛玉梦前所“听见的话”，所“看见的人”，似乎都与宝玉娶亲有关，这便是生物场的变化。黛玉感知了这种变化，

---

① 露丝·温泽：《梦与健康》，第 133 页。北京，团结出版社，2004 年 1 月第 1 版。

而且由此判断宝二奶奶“非我也”，更进而预测“是宝钗也”。在意识层面，黛玉是绝不会作出这样预测的，她与宝玉有剖心之盟，绝不会容许他人插足其间，即算心有顾虑，但也不会直白地从自己口中坦诚说出。唯有梦，能够揭示我们内心深处最隐秘的欲望和恐惧，黛玉最隐秘的欲望是当宝二奶奶，最大的恐惧是当不成宝二奶奶；唯有梦，能照亮我们不平衡的人际关系，黛玉最担忧的是宝钗夺去她的宝玉。黛玉日夜担心、惧怕但眼下并还没有发生的事，在大脑中形成了强烈的悬念，这个悬念即究竟谁当宝二奶奶激发了这个梦，这个梦不仅是预兆梦，也可称之为悬念梦。

从黛玉索性不要人来看望即入梦这一情形来看，又是英国无意识研究人员界定的新睡梦。他们认为，意识与清醒现实失去联系后，大脑内迅速产生了变化，而梦者还想重新控制思维过程，这时就出现了新睡梦时的幻觉。新睡梦介于睡与醒的临界点，新睡梦是自我的对立面，自我消失，梦就出现，梦中的幻象正是自我所不愿看到更不愿接受的事情。

女人最为忌恨也最为惧怕的是夺去她心上人的女人，宝钗正是这样的女人，黛玉既忌恨她又惧怕她，梦中听见有人叫宝钗为宝二奶奶，正是这种忌恨与惧怕的综合反应，由此看这又是一个惧梦。

黛玉梦中听见有人叫宝钗为宝二奶奶，也是一种直觉，或叫直觉梦。每个人都会有一种本能的直觉，在白天时，可能会感觉到某些事情将要发生，但没有表达出来，而会在梦中将这些没有表达出来的感觉转化为梦境。黛玉从白天看见的人和听见的话中，产生了一种直觉，这个直觉告诉她，宝二奶奶不是自己而是宝钗，反映到梦中，就听见人叫宝钗为宝二奶奶了。黛玉的这个直觉，可以说是她潜意识中隐藏得最深的秘密。美国心理学家詹姆斯·索里说：梦脱掉自我的人工外衣，显露出天然的赤裸状态，它把原始、天生的冲动从我们潜意识生活的暗淡处带上来。梦总是这样，将那些白天令我们注意的、令我们为之愁眉不展思之再三的事情，如此直白地演示出来。一般人不太愿意相信直觉，因为直觉说不出理由，但许多事实证明，直觉往往是对的，因为直觉是深层自我作出的判断，正如黛玉只愿宝二奶奶是自己，但直觉告诉她宝二奶奶是宝钗，事后发展证明她此时的直觉是对的。然而，黛玉是十二分不乐意这个直觉的，她千方百计想回避的正是别人叫宝钗为宝二奶奶，可是，梦就是这样一个妖怪，你越想回避的东西，梦往往越要提示它的存在。既然担忧和惧怕是她自己的，那就会紧紧跟随着她，像她的影子一样甩不掉！

一梦多型和一梦多释的情况是普遍存在的。弗洛伊德说："梦可以做多重解释，而且，如果要对它们充分理解，也一定要做多重解释。"[①] 如此梦，既可是愿望满足梦，又可是幻觉之梦、预兆梦、悬念梦、新睡梦、惧梦、直觉梦等等，但百川入海，仍是一个典型的焦虑之梦。焦虑不安可能是我们梦中最常见的一种情感，而黛玉正是个六岁丧母随即寄人篱下的弱女子，焦虑不安与郁郁寡欢是她生命的基调，唯一能点燃她生命之火的是木石姻缘，而这一愿望眼看着要被金玉姻缘所扼杀，这便使她的焦虑不安与日俱增，导致恶梦丛生。其实，焦虑不安的梦不论采取何种形式，都不是为了折磨梦者，梦永远都是梦者的盟友和伴侣，焦虑梦只是在于唤起梦者意识到、找到并解决这种焦虑的根源的迫切性，从而走出焦虑。遗憾的是，黛玉沉湎于焦虑不能自拔，以致愈陷愈深。作为科学解梦师，笔者遵循"梦须善圆"的宗旨，完全有信心有能力从多角度多层次对黛玉进行心理开导，帮助她走出心理低谷，对人生重新充满希望。因为强烈的焦虑是一种最折磨人的心情，黛玉正是被这种心情折磨得魂不守舍。一般而言，焦虑心情包含了三种因素，即彻底的无能为力、明显的非理性和含蓄的告诫——我们身上有什么东西已经出了问题。这三种因素聚于黛玉一身，既有丧母无家可归的自卑，又有身虚体弱多病的自弃，更有盼婚难成的恐惧。只要通过循循

---

① 何仲生、余凤高：《弗洛伊德 文明的代价》，第 101 页。辽海出版社，1999 年 7 月第 1 版。

诱导，教其四种逃避焦虑的方式，即：一，把焦虑合理化；二、否认焦虑；三、麻醉自己；四、回避一切可能导致焦虑的思想、情感、冲动和处境，或可将其领出焦虑的深渊，重新鲜活在世界之上。然而，黛玉毕竟是曹翁笔下的一个艺术形象，她只生活在字里行间，不能与之面对面交谈，因此，也只得眼睁睁看着她“恹恹一息，垂毙殆尽”了。

黛玉梦之三

第九十八回　苦绛珠魂归离恨天　病神瑛泪洒相思地

梦境 | MengJing

紫鹃忙了，连忙叫人请李纨，可巧探春来了。紫鹃见了，忙悄悄的说道："三姑娘，瞧瞧林姑娘罢！"说着，泪如雨下。探春过来，摸了摸黛玉的手，已经凉了，连目光也都散了。探春紫鹃正哭着叫人端水来给黛玉擦洗，李纨赶忙进来了。三个人才见了，不及说话。刚擦着，猛听黛玉直声叫道："宝玉，宝玉！你好……"说到"好"字，便浑身冷汗，不作声了。紫鹃等急忙扶住，那汗愈出，身子便渐渐的冷了。探春李纨叫人乱着拢头穿衣，只见黛玉两眼一翻，呜呼！

香魂一缕随风散，愁绪三更入梦遥！

解析｜JieXi

在此之前，黛玉心知肚明，自知自己死期将至，便一手攥了紫鹃的手，使着劲说道：“我是不中用的人了！你伏侍我几年，我原指望咱们两个总在一处。不想我……”说着，又喘了一会子，闭了眼歇着。紫鹃见他攥着不肯放手，自己也不敢挪动。看他的光景，比早半天好些，只当还可以回转，听了这话，又寒了半截。半天，黛玉又说道：“妹妹，我这里并没亲人。我的身子是干净的，你好歹叫他们送我回去。”说到这里，又闭了眼不言语了。那手却渐渐紧了，喘成一处，只是出气大，入气小，已经促疾的狠了。随即便是“手已经凉了，连目光也都散了”。表明黛玉此时的生命特征正在消失，探春、紫鹃已经哭着叫人端水来给黛玉擦洗换衣，着忙后事。生理上的黛玉正在死亡，意识已经消失了，而精神上的黛玉尚存一缕情丝，猛然直叫宝玉，这无异于是黛玉潜意识的最后一声呼唤！美国时代生活丛书编著的《梦与做梦》中说：“有充分证据显示梦能使做梦者产生爱心与谅解，帮助应付困难的情况，对抗生命的挫折并且接受死亡的必然事实。这些都是梦最重要的属性。”[①] 俗话常说“人死心不死”，这里的“人”指的是生理上的人，指意识；这里的“心”指精神上的人，指潜意识。黛玉在向紫鹃交待完自己南回的后事之后，便完全丧失了意识，对外界完全失去了知觉，“人”已经处在死亡状态了，但她的潜意识还在顽强地挣扎，“心”还没死，潜意识最后呼唤宝玉，是她一生凝聚的情愫的最后一次喷发，这种至死不变的生死恋情，感天动地！这也是一个难得一见的超常梦！

人们往往将这类潜意识的最后呼唤称之为灵魂的呼唤。中国人相信两种灵魂，一个物质灵魂，即魄，是一个人肉体的精华，与人同生同亡；一个精神灵魂，即魂，可以在睡眠时离开身体，并在死亡的刹那前往精神世界，这便是我们常说的三魂七魄。如果剔除迷信的成分，我们几乎可以在灵魂与潜意识之间画上一个约等号。一个人往往是七魄先死，三魂后亡，亦即是意识消亡之后，潜意识还在顽强地活跃着。这种状况不由使笔者忆起母亲逝世时的情况。2003 年，母亲 82 岁时病危，半个月水米不沾，眼不识人，耳不闻声，恹恹弱息，只余最后一口气没跌下去。笔者蹲伏床边，摸着母亲早已冰凉的手，只等老人家安静平和咽下最后一口气，忽然间，只听见母亲十分清晰地叫道：“七哥，等我！七哥，等我！”随即咽下最后一口气离亲人而

① 《梦与做梦》，第 176 页。漓江出版社，2002 年 2 月第 1 版。

去。此情此景，与黛玉叫宝玉的情境如出一辙，令笔者深感何其相似！母亲的生命特征早已消失殆尽，意识早已无存，在临死前的刹那间，她老人家回到了另一个精神世界。母亲呼唤的“七哥”，是笔者的七舅，很显然，母亲返回了童年时的亲情世界，也许是玩耍时七舅跑在前面，母亲呼唤七舅等一等她；当然，也许是母亲想到七舅已先她10年离世，她随后追赶，要七舅在另一个世界等她同行。陆游《勉学》诗中说：“学力艰危见，精诚梦寐知。”黛玉和母亲都在她们人生的最后一梦中，追逐爱情和亲情。以人文主义和历史主义倾向著称的德国精神分析学家弗洛姆说：“梦含有一种如诗般的完整与真实性。这思想的地狱及深穴也为理性所管理。它们超越了自然，但仍在另一更高的自然内。它们对我们而言，似乎暗示一种不为清醒状态所知的丰富而流畅的思想。”① 黛玉和母亲在离世的刹那间，也许潮水般奔涌着“丰富而流畅的思想”，从她们直呼而出的只言片语中我们或可略窥一豹。

黛玉在连喊两声宝玉之后，接着说“你好……”说到“好”字，话还没有说完，便一命呜呼。“你好”之后，黛玉还想说什么话呢？一个省略号，给人们留下了无限遐想。

也许，黛玉原本只说“你好”两个字的，是黛玉对宝

---

① 弗洛姆：《梦的精神分析》，第99页。光明日报出版社，1988年5月第1版。

玉的最后一声问候。第九十六回泄机关颦儿迷本性中，黛玉到宝玉房中看宝玉，看见宝玉在那里坐着，也不起来让坐，只瞅着嘻嘻的傻笑。黛玉自己坐下，却也瞅着宝玉笑。两个人也不问好，也不说话。也无推让，只管对着脸傻笑起来。袭人看见这番光景，心里大不得主意，只是没法儿。忽然听着黛玉说道："宝玉，你为什么病了？"宝玉笑道："我为林姑娘病了！"袭人紫鹃两个吓得面目改色，连忙用言语来岔。两个却又不答言，仍旧傻笑起来。此时黛玉心中的迷惑不减于宝玉，换句话说，此时两人的意识都处于昏聩迷失之中，他俩的对话，实际上是潜意识的对话，相当于白日梦。随即而来的便是宝玉大婚与黛玉魂归离恨天，在生死诀别之际，黛玉仍不忘问候宝玉"你好"——"你的病好了没有"，继续两人之间的潜意识交流。

也许，由于黛玉是个既多情又多心的人，她最忌怕的是宝钗，时常用言语试探宝玉对宝钗的态度。第九十一回布疑阵宝玉妄谈禅中，宝玉到潇湘馆看黛玉，两人谈起宝钗时，宝玉道："宝姐姐为人是最体谅我的。"黛玉道："你不要自己打错了主意。若论宝姐姐，更不体谅，又不是姨妈病，是宝姐姐病。向来在园中，做诗，赏花，饮酒，何等热闹，如今隔开了，你看见他家里有事了，他病到那步田地，你像没事人一般，他怎么不恼呢？"宝玉道："这样，难道宝姐姐便不和我好了不成？"黛玉趁此契机，连珠炮似的向宝玉问道："宝姐姐和你好，你怎么样？宝姐姐不和你好，你怎么样？宝姐姐前儿和你好，如今不和你好，你怎么样？今儿和你好，后来不和你好，你怎么样？你和他好，他偏不和你好，你怎么样？你不和他好，他偏要和你好，你怎么样？”宝玉听了，呆了半晌。也许黛玉在此诀别之际，想起此情，莫非是说一句“你好呆”？

也许，黛玉听了傻大姐说“宝二爷娶宝姑娘的事情”，这本是他数年的心病，一时急怒，迷惑了本性，身子恍恍荡荡的直往怡红院走去，紫鹃问他那里去，他随口应道：“我问问宝玉去！”深深的怨恨之情溢于言表，爱得愈深恨得愈切，在生命的最后关头，她也许是说“你好狠心”。

只要从头至尾重温一下宝玉与黛玉十年来从耳鬓厮磨到推心置腹的爱心历程，在两人都不知“掉包计”的前提下引起的猜疑和怨恨，我们可以在“你好……”这个句式下，填上许多合情合理的猜想，既可能是甜蜜的积极的内容，也可能是怨恨的消极的内容，但完全可以相信，无论“你好”后面加上任何的内容，都无疑会是黛玉对宝玉的一片真诚之心！

特别令人惊异不已的是，此梦不仅仅是黛玉一个人做的！随后的文字中，贾母来看宝玉，宝玉笑道：“我昨日晚上看见林妹妹来了，他说要回南去。我想没人留的住，还得老太太给我留一留他。”（此处亦是宝玉梦之一，省略“在梦中”三字，合于黛玉梦之三中解析。）这岂不是又一个心灵感应梦么！当时黛玉气绝，正是宝玉娶宝钗的这个时辰。黛玉在临绝之前高声直呼宝玉，宝玉在成亲时掀开红盖头一眼看见是宝钗时，“自己反以为是梦中了，呆呆的只管站着”，轻轻的叫袭人道：“我是在那里呢？这不是做梦么？”俗话将这种状态叫作灵魂出窍，新房里的宝玉只是一副躯体壳儿，他的灵魂同黛玉叙谈去了。幽幽之中黛玉看见了宝玉，对宝玉说：“宝玉，宝玉，你好，我要回南方老家去了。”此话中的“回老家去”是比喻死去，这正是黛玉向紫鹃说的“你好歹叫他们送我回去”。黛玉生时死时无时不思恋宝玉，却又被幼儿丧母寄人篱下的愁绪所压抑，醒时疏远梦中亲，果真是香魂一缕随风散，愁绪三更入梦遥！

凤姐梦之一

第十三回　秦可卿死封龙禁尉　王熙凤协理宁国府

梦境 | MengJing

凤姐与平儿睡下，不知不觉已交三鼓。平儿已睡熟了。凤姐方觉星眼微蒙，恍惚只见秦氏从外走进来，含笑说道："婶婶好睡！我今日回去，你也不送我一程。因娘儿们素日相好，我舍不得婶婶，故来别你一别。还有一件心愿未了，非告诉婶婶，别人未必中用。"凤姐听了，恍惚问道："有何心愿？只管托我就是了。"秦氏道："婶婶，你是个脂粉队里的英雄，连那些束带顶冠的男子也不能过你，你如何连两句俗语也不晓得？常言：'月满则亏，水满则溢'，又道是：'登高必跌重。’如今我们家赫赫扬扬，已将百载，一日倘或‘乐极生悲’，若应了那句‘树倒猢狲散’的俗语，岂不虚称了一世诗书旧族了！”凤姐听了此话，心胸不快，十分敬畏，忙问道：“这话虑的极是，但有何法可以永保无虞？”秦氏冷笑道：“婶婶好痴也！‘否极泰来’，荣辱自古周而复始，岂人力所能常保的。但如今能于荣时筹画下将来衰时的世业，亦可以谓常永保全了。即如今日诸事俱妥，只有两件未妥，若把此事如此一行，则后日可保永全了。”

凤姐便问：“何事？”秦氏道：“目今祖茔虽四时祭祀，只是无一定的钱粮；第二，家塾虽立，无一定的供给。依我想来，如今盛时固不缺祭祀供给，但将来败落之时，此二项有何出处？莫若依我定见，趁今日富贵，将祖茔附近多置田庄、房舍、地亩，以备祭祀供给之费皆出自此处，将家塾亦设于此。合同族中长幼，大家定了则例，日后按房掌管这一年的地亩钱粮、祭祀供给之事。如此周流，又无争竞，亦没有典卖诸弊。便是有罪，己物可入官，这祭祀产业，连官也不入的。便败落下来，子孙回家读书务农，也有个退步，祭祀又可永继。若目今以为荣华不绝，不思后日，终非长策。眼见不日又有一件非常喜事，真是烈火烹油、鲜花着锦之盛。要知道，也不过是瞬息的繁华，一时的欢乐，万不可忘了那‘盛筵必散’的俗语。若不早为后虑，只恐后悔无益了。”凤姐忙问：“有何喜事?”秦氏道：“天机不可泄露。只是我与婶婶好了一场，临别赠你两句话，须要记着。”因念道：

三春去后诸芳尽，各自须寻各自门。

凤姐还欲问时，只听二门上传事云板连叩四下，正是丧音，将凤姐惊醒。人回：“东府蓉大奶奶没了。”凤姐吓一身冷汗。

解析 | JieXi

这是一个典型的借梦，也就是托梦。我国古人根据梦的不同内容，将梦分为十五类，凡属神灵或先人通过梦来预告吉凶祸福，便称借梦。此梦则明显是秦可卿给凤姐托梦，叮嘱荣时筹画衰时业。

凤姐与秦可卿虽是婶娘与侄媳妇的关系，但由于两人年龄相近，关系便格外好。秦可卿在第十一回得了“奇病”，凤姐儿道：“我说他不是十分支持不住，今日这样日子（贾敬寿辰），再也不肯不挣扎着上来。”尤氏道：“你是新三日在这里见他的，他强扎挣了半天，也是因你们娘儿两个好的上头，他才恋恋的舍不得去。”凤姐儿听了，眼圈儿红了一会子，方说道：“真是‘天有不测风云，人有旦夕祸福。'这点年纪，倘或因这病上有个长短，人生在世，有什么趣儿!"说着便去看望，秦氏见了就要站起来，凤姐儿说："快别起来，看头晕。"蒙府本脂批云：知心每每如此。于是凤姐儿就紧走了两步，拉住秦氏的手说道："我的奶奶！怎么几日不见，就瘦的这样了!"于是就坐在秦氏坐的褥子上。秦氏拉着凤姐儿的手，强笑道："这都是我没福。这样人家，公公婆婆当自己的女儿似的待。婶娘，你的侄儿虽说年轻，却是他敬我，我敬他，从来没有红过脸儿。就是一家子的长辈同辈之中，除了婶子不用说了，别人也从无不疼我的，也无不和我好的。这如今得了这个病，把我那要强的心一分也没了。公婆面前未得孝顺一天儿；就是婶娘这样疼我，我就有十分孝顺的心，如今也不能够了。我自想着，未必熬得过年去。"凤姐儿又劝解了秦氏一番，又低低的说了许多衷肠话儿，两人恋恋不舍的。凤姐与秦可卿关系如此亲密，秦可卿入凤姐梦是完全正常的，婶媳俩在梦中说些"衷肠话儿"也完全可能；然而，问题是秦可卿所托之梦，并非闺阁中事也非病药之事，偏偏是长篇大论的治家之道，月亏水溢的哲理名言，临期后悔无益的警示之虑，何也？秦可卿是贾母的重孙媳妇，既不当家，亦不理财，她如何能托此梦？倘若由贾母或王夫人来托此梦，尚能说得过去，由秦氏托此梦于情于理都是说不通的了!

红学界仁人非常重视此梦，不过大都是从作品之大构架来进行阐述，大抵上与第五回宝玉之梦意义相近，无非是对后文结局的提纲和暗示。

相信灵魂托梦实际上是无知或迷信使然。而人们似乎对魂魄之说情有独钟，尤其是道教对三魂七魄更作了详细的分类。在《云笈七签》卷五四《魂神》中说："夫人身有三魂，一名胎光，太清阳和之气也；一名爽灵，阴气之变也；一名幽精，阴气之杂也。"又曰七魄："其第一魄名尸狗，其第二魄名伏矢，其第三魄名雀阳，其第四魄名吞贼，其第五魄名非毒，其第六魄名除秽，其第七魄名臭肺。"该书谓此七魄皆"身中之浊鬼也"。古人有此说，今人宁可信乎？秦可卿临死之时来找凤姐托梦，可知是哪一个魂哪一个魄前来的？或三魂七魄一起来托梦？虽说梦通阴阳两界，但也要分清科学与迷信的区别。迷信以为阴界即鬼界，因此有灵魂托梦之说；科学认为阴界指人的潜意识，梦只是通向潜意识的桥梁或幽径，梦中出现的"托梦"梦象，不过是潜意识与意识的交流。

那么，既然不是秦可卿托梦，此梦怎么解析呢？首先要引入弗洛伊德梦理论中的一个概念，即"集锦人物"。弗洛伊德说，所谓"集锦人物"，就是将两个以上的真实人物的特点集合于一人身上，或将两个人物复叠在一起，形成一个新的人物，"集锦人物"的产生是梦凝缩的一大方法。弗洛伊德的这一假设，得到梦学界的认同，美国布恩·埃克斯特兰德在《心理学原理和应用》中述及梦的同一性时说："做梦的人在梦中可以是他正常的自我，也可以觉得自己完全是另外一个人物，或者是他自己的变形，在许多重要方面有变化。"[①] 诗人山谷在《能改斋漫录·沿袭》中自赞其真曰："似僧有发，似俗无尘。做梦中梦，见身外身。"由此可以推断，凤姐梦中的秦可卿，并非现实中的秦可卿，梦中秦可卿既可以是"秦可卿+贾母+王夫人+x"的一个集锦人物，只是以秦可卿的面貌出现；又可以是凤姐"自己的变形"，甚至是凤姐自己的"身外身"。这样一来，思路就可以从秦可卿这一个现实人物的禁锢中解放出来，就可以毫无顾忌地将所有与凤姐曾经交流过治家防患思想的人纳入其中，同时也包括凤姐自己在内。

在小说中，凤姐是在第三回出场的，贾母打诨笑道："他是我们这里有名的一个泼皮破落户儿，南省俗谓作'辣子'，你只叫他'凤辣子'就是了。"凤姐忙携了黛玉之手，问："妹妹几岁了？可也上过学？现吃什么药？在这里不要想家，想要什么吃的、什么玩的，只管告诉我；丫头、老婆们不好了，也只管告诉我。"一面又问婆子们："林姑娘的行李东西可搬进来了？带了几个人来？你们赶早打扫两间下房，让他们去歇歇。"随后王夫人又问凤姐："月钱放过了不曾？"又"着人到后楼上找缎子"等，此处，甲

① 路英：《中国梦文化》，第 74 页。中国三峡出版社，2005 年 11 月第 1 版。

戌本批曰："当家的人事如此。"蒙府本批曰："三句话不离本行，职任在兹也。"甲戌本批："试看他心机!"

凤姐一出场，便看出了她是贾府里的内当家人，而且"一双丹凤三角眼，两弯柳叶吊梢眉"，又是个极有心机之人。凤姐内当家人的身份，与梦中"盛筵必散"的大篇宏论有着密切的内在联系，内当家与治家、安家、保家原是密不可分的。凤姐虽当着"盛筵"之家，居安思危、乐极生悲之类的话平时并不见得不曾听到过；登高必跌重，树倒猢狲散的远虑也不见得不曾有过。第六回刘姥姥一进荣国府时，凤姐就对刘姥姥说："不过借赖着祖父虚名，作了穷官儿，谁家有什么，不过是个旧日的空架子。"在给刘姥姥二十两银子时又说："外头看着虽是烈烈轰轰的，殊不知大有大的艰难处，说与人也未必信罢。"这些话中虽包含着势利与炫耀，同时也暗含着实情与灼见。第十一回看视秦可卿病时，亦有"天有不测风云，人有旦夕祸福"之叹，可见凤姐并非只是个"今朝有酒今朝醉"之人，防患于未然之心已经在潜意识中积累、涌动。

悲观主义哲学家哈特曼说："人生的一切忧患皆出现于梦中。"① 凤姐梦中秦可卿说的话，很可能凤姐在现实生活中听到过甚或自己也曾想到过，只是在清醒时刻，由于

① 张传开、章忠民:《弗洛伊德精神分析学述评》，第 73 页。南京大学出版社，1987 年 6 月第 1 版。

“盛世末世”矛盾的相互中和，所以心灵中被压抑的材料无法被表达，并且无法被外部的知觉所感受，但是在夜间，却由于冲动对妥协结构的震撼与突破，使被压抑的材料找到进入意识的方法与路途，这样，凤姐心灵深处的忧患意识便通过秦可卿的托梦展露出来了。凤姐的忧患意识也许是一点一滴杂乱无章地积累起来的，并不像梦中那样条理分明，但梦似乎具有“电磁炉”效应，人的思考不一定要在现实中成熟，也可以通过梦境来成熟。弗洛姆将梦定义为睡眠状态下的心智活动，他说：“梦可以是我们心灵最低下、最无理性及最高尚、最有价值作用的表现。”[①] 梦在人们的内心和外部生活中搭起了一条重要的桥梁，使人们有机会聆听自己内心智慧的教诲，梦以最直截了当的方式告诉我们哪里出了错或哪里可能要出错。秦可卿的托梦，我们既可以把它当作是凤姐自己的内心独白，也可以看成是凤姐意识或潜意识之间的一场对话。弗洛伊德说：“梦，其实是对睡眠时心灵所感受的一切所作的综合反应。”[②] 凤姐在当“盛筵”之家时，也感受到了“虚名”、“空架子”、“外头烈烈轰轰”、“大有大的艰难处”的另一面，难免不作积谷防饥之想，这些忧患意识在潜意识中经过积累、酝酿、提炼，终于形成了“永保无虞”的理性认识，以秦可

① 方刚：《性梦的解析》，第300页。南方日报出版社，2002年8月第1版。

② 《梦的解析》第77页。

卿托梦的形式由潜意识传递到意识中来，使忧患意识在凤姐意识中得到强化并产生了应对策略的雏形。梦的这种奇特效应，对人生具有重要意义，既能影响人的身心健康，又关乎人的事业胜败得失，甚至于当梦的影响涉及重要人物时，还有可能影响到人类文明的进程和历史的发展。凤姐对此梦虽有“心胸不快”之感，但对日后经历却起了十分重大的作用。虽说凤姐不能挽救“大厦倾，猢狲散”的大趋势大败落，但在第一百一十三回“忏宿冤凤姐托村妪”一回中，凤姐将巧姐儿托付给刘姥姥，倒不失为防患于未然的一着高招，为巧姐儿留下了一条活路，尽管这是后话，却也看出此梦对凤姐的深远影响。

到此，我们可以对此梦作一扼要概括了：此梦以借梦的形式，反映了凤姐居安思危、早为后虑的心智活动，对世事之将来洞若观火，表明凤姐趋向理性成熟。

凤姐梦之二

第七十二回　王熙凤恃强羞说病　来旺妇倚势霸成亲

梦境 | MengJing

凤姐道："不是我说没能耐的话，要像这样，我竟不能了。昨儿晚上，忽然做了一个梦，说来可笑，梦见一个人，虽然面善，却又不知名姓，找我说，娘娘打发他来，要一百匹锦。我问他是那一位娘娘，他说的又不是咱们的娘娘。我就不肯给他，他就来夺。正夺着，就醒了。"

解析 | JieXi

凤姐所说之梦，当是昨晚上做的一个真梦。有趣的是，一语未了，人回："夏太府打发了一个小内家来说话。"贾琏听了，忙皱眉道："又是什么话？一年他们也搬够了。"凤姐道："你藏起来，等我见他，若是小事，罢了，若是大事，我自有回话。"贾琏便躲入内套间去。这里凤姐命人带进小太监来，让他椅上坐了吃茶，因问何事。那小太监便说："夏爷爷因今儿偶见一所房子，如今竟短二百两银子，打发我来问舅奶奶家里，有现成的银子暂借一二百，这一两日就送来。"凤姐儿听了，笑道："什么是送来？有的是银子，只管先兑了去。改日等我们短了，再借去也是一样。"小太监道："夏爷爷还说：上两回还有那一千二百两银子没送来，等今年年底下，自然一齐都送了过来。"凤姐笑道："你夏爷爷好小气。这也值得放在心里？我说一句话，不怕他多心，若都这么记清了还我们，不知要还多少了。只怕我们没有，若有，只管拿去。"因叫旺儿媳妇来，"出去不管那里先支二百银来。"旺儿媳妇会意，因笑道："我才因别处支不动，才来和奶奶支的。"凤姐道："你们只会里头来要钱；叫你们外头弄去，就不能了。"说着，叫平儿："把我那两个金项圈拿出去，暂且押四百两银子。"

平儿答应去了，果然拿了一个锦盒子来，里面两个锦袱包着，打开时，一个金累丝攒珠的，那珍珠都有莲子大小；一个点翠嵌宝石的。两个都与宫中之物不离上下。一时拿去，果然拿了四百两银子来。凤姐命与小太监要打叠一半，那一半与了旺儿媳妇，命他拿去办八月中秋的节。

那小太监便告辞了，凤姐命人替他拿着银子，送出大门去了。这里贾琏出来，笑道："这一起外祟，何日是了！"凤姐笑道："刚说着，就来了一股子。"

所谓有趣，就是凤姐刚说了昨夜娘娘打发太监来向他要一百匹锦，不给就夺，眼下"就来了一股子"，夏爷爷派小太监来要二百两银子，不给还不行，梦与现实合演了一场"巧取豪夺"的大戏。这种梦中所见或梦中所历之事在醒来后又确有其人其事的梦，便叫直梦，或称为直应之梦或直叶之梦。夜间梦见太监来夺锦，白日果真有太监来要银子。我国古代梦论家陈士元形容直叶之梦"梦君则见君，梦甲则见甲，梦鹿则得鹿，梦粟则得粟，梦刺客则得刺客，梦秋驾则得秋驾"。一般梦研究者都认为，一些直叶之梦反映了潜意识的预见功能。预言性的梦和一般的梦有一个明显的区别，就是它们是实景，而不是象征。预言性梦中不会出现老虎讲话，自己在天上飞这类超现实的景象，像凤姐梦中看见的那个既面善却又不知姓名的太监（娘娘派的太监）是个实在的人，所抢夺的锦也是实在的锦，并非派来了个神仙或抢夺人间无有之物。而且，梦中实情很有可能在醒来之后变成生活中的现实，正如立即来了夏府的小太监向凤姐索要银子。虽然锦和银子在外形上有别，在本质上却都是有价值之物。因此，我们可以将此梦毫不犹豫地称为直梦。

解梦到此，仅仅只判定了此梦的类型，深入下去，就得寻找此梦的隐意究竟是什么？

我们知道，梦发于心，人的心志指向哪里，就会梦见那儿的人和物及事情。然而梦者又常常将自己的心志利用仿同作用置换到别的梦中人身上。实际上每个梦都是关系着做梦者本人，这一特性对任何人都丝毫没有例外，因为梦是梦者的，梦完全是自我的。当自我不在梦内容中出现，反而代之以外人时，我们可以很有把握地说，自我一定利用仿同关系隐藏在这个人的背后，借以将本人的自我加入梦内容里。在另一种情况下，如果本人的自我确实出现于梦中，那么亦可知道别人的自我亦借着仿同作用而隐匿于梦者的自我后面，而二者之间往往共同具备某种相似的隐匿元素，正是这种隐匿的共同元素使梦者和梦中人可以相互仿同。

凤姐此梦的人物关系十分简单：只有两个人。一个是代表某娘娘心志的太监，一个是梦中的凤姐。太监是来要锦的，不给就夺；凤姐不让他夺，两人争夺起来。按第一种仿同作用来分析，凤姐的心志隐藏在太监身上，也即是某娘娘的心志，即是对财物的明要强夺。明眼人一看，掠物聚财正是凤姐的心志，强抢明夺也正是凤姐不择手段的一贯作风。第十五回王凤姐弄权铁槛寺中，水月庵老尼央求凤姐为大施主张财主摆平女儿金哥儿聘嫁官司时，凤姐说："你是素日知道我的，从来不信什么是阴司地狱报应的，凭是什么事，我说要行就行。你叫他拿三千银子来，我就替他出这口气。”三千两银子是什么概念？凤姐说她和贾琏再加上四个丫头的月钱，“通共一二十两银子”，按二十两算，三千两银子当月例的话，够凤姐一家用一百五十个月，折合一十二年半；倘若按太太房里四个大丫头一月一两银子算，够一个丫头花三千个月，花得二百五十年！凤姐狮子大开口，比梦中太监开口要一百匹锦有过之而无不及。凤姐掌握着贾府内府的财权，“银子上千钱上万，一日都从他一个手一个心一个口里调度”，她一个聚财的办法便是拿着内府的公钱为自己放贷收利。第十六回写旺儿嫂子来给凤姐送利钱，被平儿接住了，走至凤姐身边，悄悄地说道：“奶奶的那利银迟不送来，早不送来，这会子二爷在家，他偏送这个来了。幸亏我在堂屋里碰见，不然时走了来回奶奶，二爷少不得要知道。”可见凤姐不仅拿内府公款放贷，而且连丈夫也是瞒着的。第七十二回凤姐对旺儿家的说：“旺儿家的，你听见了，这事说了，你也忙忙的给我完了事来，说给你男人，外头所有的账目，一概赶今年年底收了进来，少一个钱也不依。我的名声不好，再放一年，都要生吃了我呢。”可见放出去的钱不是一个小数，这些利钱全成了她私人的“梯已”钱。第六十八回酸凤姐大闹宁国府中为害尤二姐，凤姐“封了二十两银子与旺儿，悄悄命他将张华勾来养活，着他写一张状子，只管往有司衙门中告去”，当将官司掇拨起来，尤氏与贾蓉来求她时，她又开了狮子口，尤氏、贾蓉一齐都说：“婶子方才说用过了五百两银子，少不得我娘儿们打点五百两银子与婶子送去，好补上的。”瞧，封了二十两银子出去，转身捞了五百两银子回来，连唬带诓赚了四百八十两！凤姐不仅大把大把地捞大钱，就是连小钱也挖空心思不放过。第二十四回贾芸为谋个差事送给凤姐一些冰片、麝香，凤姐正是要办端阳的节礼，采买香料药饵的时节，又是得意又是欢喜，便命丰儿：“接过芸哥儿的来，送了家去交给平儿。”第三十六回因太太房里的金钏儿死了，几家仆人想要弄这一两银子的巧宗儿，常来孝敬凤姐。凤姐笑道：“我看这些人也太不知足，钱也赚够了，苦事情又侵不着，弄个丫头搪塞着身子也就罢了，又还想这个。也罢了，他们几家的钱容易也不能花到我跟前，这是他们自寻的，送什么来，我就收什么，横竖我有主意。”凤姐儿安下这个心，所以自管迁延着，等那些人把东西送走了，然后乘空方回王夫人。凤姐这样贪而无厌，大小一起捞，也一点不顾亲疏内外上下，见钱眼开，见财意起，故而弄得“合家大小除了老太太，太太两个人，没有不恨他的”。按第二种仿同作用来分析，凤姐心志的另一面则是梦中凤姐自己。在贾府里，凤姐是条大鱼，拼命吃小鱼；放进社会的大框架里，凤姐又只是条小鱼，时不时有什么“娘娘”类的大鱼要来吃她这条小鱼。可凤姐心志高，很不甘心被别人吃了，可以说是只捞进不漏出。第六十九回尤二姐吞金自逝后，贾琏找凤姐要银子给办棺椁丧礼，凤姐道：“什么银子？家里近来艰难，你还不知道？咱们的月例，一月赶不上一月。昨儿我把两个金项圈当了三百银，用剩了还有二十几两，你要就拿去。”贾琏恨得没话可说。办尤二姐丧事大约要多少银呢？平儿拿了两百两，买一副好板价银五百两赊着，再算上其他开销，总在一千两银子以上，而凤姐就拿了个二三十两，除了儿女情仇之外，凤姐抠钱也是主因，正如梦中尽管是“娘娘”来要锦她也不肯给一样。我们知道，梦过程最显明的特征：某种思想，或者某些意欲的思想，在梦中都物象化了，且以某种情境来表现，好像亲身体验过似的。凤姐这种只想捞进来不愿破出去、只想吃小鱼又不甘被大鱼吃的心理状态和情志，通过梦中“夺锦”的情境充分表现出来，我们正是通过“夺锦”这个梦象逆向挖出了凤姐的心志，这个心志就是此梦的梦思，即梦的隐意。

凤姐梦之三

第一百零一回　大观园月夜感幽魂　散花寺神签惊异兆

梦境 | MengJing

凤姐刚举步走了不远，只觉身后“咈咈哧哧”，似有闻嗅之声，不觉头发森然竖了起来。由不得回头一看，只见黑油油一个东西在后面伸着鼻子闻他呢，那两只眼睛恰似灯光一般。凤姐吓的魂不附体，不觉失声的“咳”了一声。却是一只大狗。那狗抽头回身，拖着个扫帚尾巴，一气跑上大土山上，方站住了，回身犹向凤姐拱爪儿。

凤姐儿此时心跳神移，急急的向秋爽斋来。已来至门口，方转过山子，只见迎面有一个人影

> 儿一恍。凤姐心中疑惑，心里想着必是那一房里的丫头，便问："是谁?"问了两声，并没有人出来，已经吓得神魄飘荡。恍恍忽忽的似乎背后有人说道："婶娘连我也不认得了?"凤姐忙回头一看，只见这人形容俊俏，衣履风流，十分眼熟，只是想不起是那房那屋里的媳妇来。只听那人又说道："婶娘只管享荣华、受富贵的心盛，把我那年说的'立万年永远之基'，都付于东洋大海了。"凤姐听说，低头寻思，总想不起。那人冷笑道："婶娘那时怎样疼我了，如今就忘在九宵云外了。"凤姐听了，此时方想起来是贾蓉的先妻秦氏，便说道："唉呀，你是死了的人哪，怎么跑到这里来了呢?"啐了一口，方转回身，脚下不防一块石头绊了一跤，犹如梦醒一般，浑身汗如雨下。虽然毛发悚然，心中却也明白……急急忙忙回到家中。

解析 | JieXi

凤姐这个梦与众不同，不是她晚上睡在床上于睡眠之中做的，而是黄昏后去秋爽斋的途中边走路边做的，她此时的精神状态处在"魂不附体""心跳神移""神魄飘荡""恍恍忽忽"的半醒半梦之中，这便是难得一见的白日梦。

弗洛伊德说："要识别一个白日梦者却不难，从他心不在焉地突然微笑，他自言自语的方式，或是他在幻想的高潮中，突然加快脚步等种种迹象可以看出来。"①

第一百回写贾母因想起探春远行，虽不备妆奁，其一应动用之物俱该预备，便将凤姐叫来，将老爷的主意告诉了一遍，即叫她料理去。凤姐答应，回至房中，见贾琏尚未回来，便分派那管办探春行装奁事的一干人。分派完毕后天已黄昏，凤姐忽然想起探春来要瞧瞧他去，便叫丰儿与两个丫头跟着，头里一个丫头打着灯笼。走出门来，见月光已上，照耀如水，便命打灯笼的丫头"回去罢"，又命小红丫头去探听家下婆子搬弄什么是非，又因起风，又打发丰儿回去拿衣服，这样，凤姐便变成月下风中的独身一人了，加之又吃了酒，不免心惊恍忽，幻觉丛生起来。从旁人的眼光看来，凤姐儿"不觉失声的咳了一声"、"急急的向秋爽斋来"、"啐了一口"等迹象可以看出她是处在白日梦中，及至最后被"石头绊了一跤，犹如梦醒一般"的描述，更可断定凤姐确实在做白日梦。

白日梦一般是指人在半梦半醒的状态下出现一系列带有虚幻情节的心理活动，这类幻想可以是潜意识的，也可以是意识的，这些幻想是挫折与欲望的产物；它们之所以被称为白日梦，是因为它们是了解夜梦的钥匙，夜梦的核

① 《梦的解析》第134页。

心就是这些白昼的幻想，只不过比较复杂与扭曲，并且被心灵的意识系统所误解。

在这个白日梦中，凤姐产生了两个幻觉，一个是一条狗，一个是秦可卿。在幽冷的月光下看见一条大狗在自己身后又闻又嗅，咈咈哧哧地发出闻嗅之声，眼睛又恰似灯光一般，怎不叫人吓得头发森然竖了起来，然而这些似乎还不是最紧要的，这个幻觉的关键在于这只狗在大土山上站住后，“回身犹向凤姐拱爪儿”。原来这只大狗并不是真正的狗，只是一个象征，探春的象征。探春要远嫁了，她正在分派下人为探春筹办行装奁事，眼下又正是去秋爽斋看望探春，心中犹想着要与探春分别了，“拱爪儿”正是人们挥手再见的形象。

象征，是梦的语言。正如中国人不懂外语就不能读懂外语作品，外国人不懂中文就不能读懂中文作品一样，一个不懂梦的语言即象征的人，是无法读懂梦的。一般而言，象征可分为三种。第一种称习惯象征。是由一种社会习俗形成的固定象征，如语言文字，图案等等。当我们看到一个“人”字的时候，就知道这个符号象征有头脸有身躯有四肢的人，当我们看到一个“狗”字的时候，就知道这个符号象征是看家的狗或宠物狗，绝不会看到“人”字时将它当成狗，也不会看到“狗”字时将它当成人，这一类习惯象征只在现实生活中具有意义，它在梦中并没有象征语言的意义。第二种称偶发象征。特点是象征与被象征的东西之间的关系完全是偶然的。比如一个年青男子在某一个湖边与一个女子恋爱，这个湖边有他的一段浪漫史，那么当这个湖边的景象在梦中出现时，则代表或象征了他的浪漫情怀，这个湖边成了他个人的浪漫史象征，这个湖边成为了他独有的偶发象征，如果别人梦中出现了这个湖边的景象，并不会也拥有这样的浪漫情怀，也不会成为偶发象征。习惯性象征和偶发象征有一个共同点，即象征与它所象征的事物之间缺乏内在联系。如“人”字和“狗”字，与人和狗并无内在联系；又如“湖边”的景象与恋爱浪漫史并无内在联系，任何人都可以来到这个湖边，但并不一定所有来到湖边的人都会有恋爱的浪漫史。第三种称普遍象征。是一种象征和它所代表的事物间含有内在关系的象征。例如火，代表权力、力量、光荣，更多地具有激动、冒险、快速、兴奋以及危险的性质；又如水，则代表平静、徐缓，也代表力量、灾难、激情等。普遍象征植根于人类的身体感觉及心理特征，是人所共有的象征，超越了个人和特殊社会团体的局限。很多象征都具有多种含义，如炉火中的火与失火房间中的火，意义自然不同；又如太阳，北方国家与赤道国家中的人对太阳的感觉就会有显著的差异。因此，即使是普遍象征，也不能一概而论，同一种普遍象征，在不同的条件下，在不同的人的心灵中，具有不同的含义，这就是精神分析学家弗洛姆提出的“象征辩证法”。归纳而言，所谓象征常常被界定为“某些代表其他事物的东西”，这类象征是存在于我们身外的事物，它所象征的却是存在于我们内心的经验、感受和思想。如凤姐梦中的狗，便是她心中牵挂着的探春。梦中之狗咈咈哧哧的跟在她身后又闻又嗅，象征凤姐心中对探春的恋恋不舍之情，梦中的狗是“大狗”而不是“小狗”，正是探春身份的象征，探春是贾府之元迎探惜四大小姐之一，又是金陵十二钗中的第五钗，身份是够“大”的了。而跑了“一气”，象征距离遥远，至于“犹向凤姐拱爪儿”，则更是明显象征别离。而梦中惊魂落魄的感觉，正是凤姐心中思虑黛玉死了、元春死了、迎春嫁了个中山狼，眼下探春又要远嫁，再难一见的忧虑表现，更是她潜意识深处对“将那三春看破，桃红柳绿待如何”的恐惧的表露。

梦中的第二个幻觉是再度梦见秦可卿。凤姐第一次梦见秦可卿托梦是在第十三回，凤姐正当锋芒显露之时，此梦则已到第一百零一回，凤姐历经魇魔之灾、婚姻之险、疾病之磨之后的强弩之末时，若与前梦联系起来，则是一个连续梦，这个连续梦间隔了数年之久，但一缕情愫仍耿耿于怀。此梦中的秦可卿实际上是凤姐的自我，只是以秦可卿的形象置换而已。凤姐这样的“凡鸟”，一个“机关算尽”的人，尽管“享荣华受富贵的心盛”，在潜意识深处又何尝会将“立万年永久之基”的大事“忘在九宵云外”呢？在第一梦时尚是警示，到此梦时，此种担忧则显得更现实更紧迫，更使凤姐神魂飘荡心惊肉跳！然而，尽管凤姐有些远虑有些担忧却无回天之力，终究“枉费了，意悬悬半世心；好一似，荡悠悠三更梦”！以致梦醒之后，不免毛发悚然。

此梦最后凤姐认出了“总想不起”的人原来是秦可卿，便说道：“嗳呀，你是死了的人哪，怎么跑到这里来了呢？”这最后一个情节，牵涉到梦见死人的梦。我们很多人都做梦梦见死去的人，梦见死去的亲人、朋友或别的熟悉的人。其实，做梦与清醒之间的关系不是单向的，而是一种互相影响的过程。做梦影响清醒，清醒也影响做梦。死亡一般而言是一种不幸，梦中梦见死亡了的人，恰恰反映了梦者对待这种不幸的方式。梦研究家迪尔德弱·巴特勒做了一项深入的研究，她分析了1400多个“悲痛之梦”，发现一个人死亡之后，梦者对此人会出现四个不同阶段，而每个阶段都与悲痛过程中的某个清醒阶段相对应。这类梦的主要意义之一是梦者对自己终将一死很关心，所以就把这种关心投射到已死的人身上。从凤姐梦中的情况来看，很可能凸现了凤姐心灵深处对“忽喇喇似大厦倾，昏惨惨似灯将尽”这种惨淡前景的悲哀与恐惧，所以在总的心态上是惊吓与恐惧。

凤姐梦之四

第一百一十三回　忏宿冤凤姐托村妪　释旧憾情婢感痴郎

梦境 | MengJing

凤姐此时只求速死，心里一想，邪魔悉至。只见尤二姐从房后走来，渐近床前，说："姐姐，许久的不见了。做妹妹的想念的很，要见不能，如今好容易进来见见姐姐。姐姐的心机也用尽了。咱们的二爷糊涂，也不领姐姐的情，反倒怨姐姐作事过于苛刻，把他的前程去了，叫他如今见不得人。我替姐姐气不平。"凤姐恍惚说道："我如今也后悔我的心忒窄了，妹妹不念旧恶，还来瞧我。"平儿在旁听见，说道："奶奶说什么？"凤姐一时苏醒，想起尤二姐已死，必是他来索命。被平儿叫醒，心里害怕，又不肯说出，只得勉强说道："我神魂不定，想是说梦话。给我捶捶。"

解析 | JieXi

此梦之前的第一百一十回，写史太君寿终归地府，王凤姐力诎失人心。凤姐在贾母死后，忙前忙后，早已筋疲力竭。到了坐夜之期，凤姐这日竟支撑不住，也无方法，只得用尽心力，甚至咽喉嚷破，敷衍过了半日。到了下半天，人客更多了，事情也更繁了，瞻前不能顾后。正在着急，只见一个小丫头跑来说："二奶奶在这里呢！怪不得大太太说：'里头人多，照应不过来，二奶奶是躲着受用去了。'"凤姐听了这话，一口气撞上来，往下一咽，眼泪直流，只觉得眼前一黑，嗓子里一甜，便喷出鲜红的血来，身子站不住，就蹲倒在地。幸亏平儿急忙过来扶住。到此回，只见凤姐的血吐个不住，邢夫人还打量凤姐推病藏躲。平儿甚是着急，看着凤姐的样子实在是不能好的了。邢、王二夫人回家几日，只打发人来问问，并不亲身来看，凤姐心里更加悲苦；贾琏回来也没有一句贴心的话，凤姐此时只求速死。可见此时凤姐深感众背亲冷，人心尽失，已无生意，唯有死念，在此时却偏偏梦见昔日的情敌尤二姐来探望她，倒不免生出索命之想。

尤二姐是尤氏继母尤老娘改嫁时带来的两个女儿之一，另一个女儿尤三姐不堪贾珍贾琏兄弟凌辱，在第六十六回饮恨自刎而亡。尤二姐是在第六十五回贾二舍偷娶尤二姨中，贾琏瞒着凤姐在宁荣街后二里远近小花巷内买了一所房子，将尤二姐给娶过来的，在贾府外面，贾琏称尤二姐为奶奶，竟将凤姐一笔勾倒。这个尤二姐倒是个多情人，以为贾琏是终生之主了，凡事倒还知疼着痒的。若论起温柔和顺，凡事必商必议，不敢恃才自专，实较凤姐高十倍；若论标致、言谈行事，也胜五分。贾琏得了尤二姐，便如胶似漆，似水如鱼，一心一计，誓同生死，把个凤姐再不在意，甚至搂着尤二姐笑道："人人都说我们那夜叉婆整齐，如今我看来，给你拾鞋也不要。"尤二姐也痴，向贾琏发誓"我生是你的人，死是你的鬼"，殊不知，正当尤二姐做着"目前凤姐身子有病，已是不能好的了，暂且买了房子在外面住着，过个一年半载，只等凤姐一死，便接了二姨进去做正室"的美梦时，凤姐正闭着眼睛打主意，尤二姐的命也危在旦夕了。凤姐将前事从头至尾细细地盘算多时，得了个一计害三贤的狠毒主意。先是收拾东厢房三间，照依自己正室一样装饰陈设。随后亲自来到宁荣街后小花巷内的"金屋"里拜见尤二姐，对她说："我今来求姐姐进去和我一样同居同处，同分同例，同侍公婆，日谏丈夫。喜则同喜，悲则同悲；情似亲妹，和比骨肉。"又取出四匹上色尺头，四对金珠簪环为拜见之礼，又说了许多"如今只求姐姐疼我”之语。尤二姐见了这般，便认作他是个极好的人，竟把凤姐认为知已。尤氏心中早已要进去同住方好，今又见如此，岂有不允之理，那知正中凤姐圈套，轻易被凤姐诓进园中。尤二姐一进园中，就如一只小鸟关进笼中，生死全在凤姐手中了。凤姐先利用尤二姐从小曾与人指腹为婚之事，掀起一场官司，搅得沸沸扬扬，使贾母由喜欢变成骂尤二姐“是个贱骨头”，众人见贾母不喜，不免又往下踏践起来，弄得尤二姐要死不能，要生不得。凤姐又用“借剑杀人”之法，利用贾琏新收的小妾秋桐同尤二姐作对，气得尤二姐在房里哭泣，饭也不吃。随后又有胡太医擅用虎狼之剂，竟将尤二姐腹中一个已成形的男胎打了下来，血行不止，元气十分伤了八九。尤二姐原是个花为肠肚雪作肌肤的人，如何经得这般折磨，不过受了一个月的暗气，便生了“不如一死”之念，找块生金吞下去死了。

凤姐自知，尤二姐完全是她用计逼死的，冤有头债有主，尤二姐向她索命势在必然，梦中尤二姐一句“姐姐的心机也用尽了”便直戳凤姐的心窝。其实，尤二姐死了就死了，并无什么魂魄前来索命之说，那不过是无知或迷信而已。梦中的尤二姐不过是凤姐精神人格中超我的化身。

弗洛伊德精神分析理论中与梦的分析关系最大的三个重要学说之一是精神结构学说（另两个重要学说是心理分域学说和本能的精神动力学说），他认为人的精神结构是由本我、自我、超我三个密切合作的系统组成的，也就是精神人格的三个组成部分。本我是精神活动的原始基础，亦称原欲，机体的生物本能在精神活动中的表现称为内驱力，而内驱力即包含在本我之中，它是一切精神能量的源泉。本我的活动一概根据快乐原则，不管客观情况如何，它都要求立即满足本能的需要以消除紧张状态。本我具有原始思维过程的特点，对本能刺激不区分是现实的还是幻想的，一概要求立即满足，如果不可能做到，则转化为梦境，或转化为精神病人的幻觉。自我是本我的执行机构，在本我与外部世界之间或本我与超我之间起调节整合作用。自我实行现实原则。超我是道德和是非观念在人格中的执法官，在人格中树立起“自我典范”。当自己的言行举止符合这个典范时，便得到良心的满足和安慰，否则便会产生良心的内疚。超我实行完美原则。三者的关系是：本我肆无忌惮，超我严加规范，自我则在本我与超我之间周旋调节。当三者关系协调达到互相妥协平衡时，人就处于正常精神状态；当三者关系处于不协调时，人就出现精神异常状态。在凤姐梦中，凤姐能够意识到的种种机关诡计属于本我行为，为了自己专宠的快乐而不顾他人死活；梦中的凤姐言行属于自我，处在拙劣的周旋之中；梦中的尤二姐代表超我，兴正义之师，对凤姐本我的罪恶进行鞭笞挞伐与追究。很显然，梦中超我力量最强大，咄咄逼人；自我力量微弱，虚与委蛇；本我原欲得不到满足则转化为梦境。我们知道，超我所起的作用主要是潜意识的。在凤姐的潜意识中，深知自己害人无数。在第十二回王熙凤毒设相思局中，她害死了贾瑞；在第六十九回弄小巧用借剑杀人中，她命旺儿“务将张华治死，方剪草除根”，在此回中又定“坐山观虎斗”之计，“等秋桐杀了尤二姐，自己再杀秋桐”等，要向她索命的人何止尤二姐一人！凤姐此时已是将死之人，梦的一大奇特之处，就是它能使生命有可能在死亡中变得清晰。正如贾琏的心腹小厮兴儿所言，凤姐是“嘴甜心苦，两面三刀；上头一脸笑，脚下使绊子；明是一盆火，暗是一把刀；都占全了”。凤姐此梦正是潜意识对自己“这样一个夜叉”的深刻反省，尽管自称“从来不信什么阴司地狱报应的”，可即便在梦中看见索命的鬼，也被吓得神魂不定。常言“白日不做亏心事，半夜不怕鬼敲门”，凤姐亏心事做得太多了，鬼便敲开梦之门前来索命！

凤姐梦之五

第一百一十三回　忏宿怨凤姐托村妪　释旧憾情婢感痴郎

梦境 | MengJing

凤姐刚要合眼，又见一个男人一个女人走向炕前，就像要上炕似的。凤姐急忙便叫平儿，说："那里来了一个男人，跑到这里来了！"连叫两声，只见丰儿小红赶来，说："奶奶要什么?"凤姐睁眼一瞧，不见有人，心里明白，不肯说出来。

解析 | JieXi

此梦是紧接着前面尤二姐前来索命的梦之后不久做的，

从时间上看，也不过相隔几分钟十来分钟。凤姐怎么会从一个索命的噩梦中刚刚醒转过来，紧接着又做此“男人上炕”的性梦呢？

巴甫洛夫提出了“痕迹刺激”的梦理论。他认为做梦是一种痕迹刺激，并且大都是陈旧痕迹的兴奋。巴甫洛夫的大脑皮层兴奋理论与痕迹刺激理论结合到了一起。凤姐的前一个噩梦是潜意识内省自疚形成的一个兴奋中心，当这个梦因苏醒而结束时这个兴奋中心也消失了，继而性欲的陈旧痕迹又形成了一个新的兴奋中心，正是这个新的兴奋中心生产生了新的梦境。由于两个兴奋中心是毫无内在联系的，因而前后两梦之间尽管间隔时间十分短暂，在内容上仍呈现出截然不同的梦象。

在此，我们很有必要清理一下凤姐在性欲方面的“陈旧痕迹”。

贾琏二十来岁娶凤姐，凤姐是王夫人内侄女，当时凤姐才十多岁，此时也不过二十五六岁，正是性欲旺盛时期。她是贾琏的正配夫人，亲上加亲，亦可称少年夫妇。书中对少年夫妻的房中乐事亦有描述。第七回送宫花贾琏戏熙凤中，周瑞家的往凤姐儿处来，“只听那边一阵笑声，却有贾琏的声音。接着房门响处，平儿拿着大铜盆出来，叫丰儿舀水进去”。甲戌本脂批曰：“妙文奇想，阿凤之为人，岂有不着意于‘风月’二字之理哉？若直以明笔写之，不但唐突阿凤声价，亦且无妙文可赏；若不写之，又万万不可。故只用‘柳藏鹦鹉语方知’之法，略一皴染，不独文字有隐微，并且不至污渎阿凤之美风俊骨。”可见，对凤姐的性事，作者采用“写而不写，不写而写”的隐微手法，点到即止。其实凤姐开放的性生活是十分和谐美满的，她很满意这种“芙蓉帐暖度春宵”与“春从春游夜专夜”的正配夫人享有的性生活。然而，封建社会一夫多妻制对她性满足愿望是个极大的威胁，于是，她便开动她的“机关”来计算威胁她性生活的女性。按贾家的规矩，凡爷们大了，未娶亲之先都先放两个人服侍的。贾琏原有两个，谁知凤姐来了没半年，都寻出不是来打发出去了。这就除去了贾琏的两个陪房丫头。此后，让平儿做了贾琏的房里人。这平儿是她自幼的丫头，陪了过来的，做了房里人后，凤姐对平儿严加管控，大约一年二年之间两个有一次到一处，他还要口里掂十个过子哩。这样，平儿几乎成了配像，连贾琏也哀叹“如今连平儿他也不叫我沾一沾了”。第四十四回变生不测凤姐泼醋中，凤姐抓着鲍二家的撕打一顿，又到贾母那里告了一恶状，逼得鲍二媳妇上吊自杀，又清除了一朵“野花”。后来又将贾琏偷娶的尤二姐逼得吞金自杀，还要再杀掉小妾秋桐。平时凡丫头们二爷多看一眼，凤姐有本事当着爷打个烂羊头，弄得贾琏还惧怕他五分。难怪兴儿说：“人家是醋罐子，他是醋缸、醋瓮。”

围绕着性生活，凤姐义无反顾，掀起了一场又一场腥风血雨，人都死了好几个。凤姐这样努力的结果却适得其反，不但没有捆住贾琏的心，获得“夜专夜”的满足，反使贾琏心生怨恨，对她愈来愈疏远冷淡，真所谓“妻不如妾，妾不如偷”，现在连给尤二姐“拾鞋也不要”，及至眼下病得骨瘦如柴，神情恍惚，贾琏回来也没有一句贴心的话，性生活更莫要提起了。第六十九回戚序回前评曰：“写秋桐极淫邪，正写凤姐极淫邪。”淫邪二字显然是贬义词，前面还要加“极”字，那便是贬了还要贬。倘若凤姐在夫妻的框架内无论怎样发泄性欲，也是人之常情，无可指责，然而一旦夫妻失和，夫妻间正常的性生活失调，对于一个风华正茂、情欲旺盛的女子来说，便可能难以自持，不免有红杏出墙之疑。第二十一回俏平儿软语救贾琏中，贾琏对平儿道：“你不用怕她，等我性子上来，把这个醋罐打个稀烂，他才认得我呢！他防我像防贼的，只许他同男人说话，不许我和女人说话；我和女人略近些，他就疑惑，他不论小叔子、侄儿、大的小的，说说笑笑，就不怕我吃醋了。以后我也不许他见人！”从贾琏的话中看，他似乎风言风雨的有所耳闻，但肯定没有抓到证据，否则的话，当早就休掉凤姐了。贾琏的这番话与第七回焦大酒后的那番醉骂颇为相似，所不同的是，焦大的骂属于“泛骂”，没有点名道姓；贾琏却点了凤姐的名，还点出了“侄儿”，似乎比焦大的骂又更近了一层更具体了一层。爬灰与养小叔子似乎搭不上凤姐，唯有这“侄子”倒似乎有些蛛丝马迹。凤姐的侄子都是草字辈，贾家玄孙，细查有贾蓉、贾兰、贾云、贾芹、贾蔷、贾菌、贾菖、贾菱、贾蓁、贾萍、贾藻、贾蘅、贾芬、贾芳、贾芝等，在第十八回庆元宵贾元春省亲中，贾妃赐物，草字辈中仅贾兰、贾蓉有份，其他人皆无，不仅表明此二人身份尊贵，且在小说中份量也较重。其他草字辈基本上与凤姐搭不上边；贾兰还是小孩，也沾不上性字；唯贾蓉已二十岁，又结过婚，是秦可卿的丈夫，懂得性事，与凤姐年岁相差无几。因凤姐同秦可卿关系十分融洽，故与贾蓉亦很亲近。前后有几件事令人迷惑猜疑。其一：第七回凤姐带宝玉去宁府玩过回府时，贾蓉送凤姐的车出去，正碰上焦大大骂“爬灰的爬灰、养小叔子的养小叔子”，“凤姐和贾蓉也遥遥的闻得，便都装作没听见”。凤姐是有夫之妇，贾蓉是有妇之夫，两人分明懂得焦大醉骂的内涵，作为主子，本应立即追根究底，查明虚实，严加整顿，却为何双双闻得，又双双装作没听见，可是心存暗鬼，心照不宣么？更有凤姐，当少不更事的宝玉问她什么是爬灰时，她连忙立眉瞋目断喝“还倒细问”，别莫是心虚么？其二：第六回贾蓉去向凤姐借玻璃炕屏，自贾蓉进房起到离去，凤姐有三笑，贾蓉有四笑，婶娘与侄儿颇有男欢女悦之态，特别是贾蓉走后，凤姐忽又想起一事来，便向窗外叫“蓉哥回来”，贾蓉回来后，凤姐欲言又止，最后才说出“晚饭后你来再说罢。这会子有人，我也没精神了”。婶侄俩嘻笑欢娱在前，约会于晚饭无人时在后，岂不令人生疑么？其三：凤姐毒设相思局坑害贾瑞时，启用的邦凶之一便是贾蓉。像这样涉及风流韵事的局子，当是极端机密的事情，非特别知心贴心忠心的人，凤姐岂可托局？既然凤姐放心用贾蓉，能不令人猜疑两人之间或有过一腿么？其四：第十六回贾蓉贾蔷向贾琏推荐贾蔷当采办时，“贾蓉在身旁灯影下拉凤姐的衣襟，凤姐会意”，极力怂恿。岂有侄儿拉婶娘衣襟之理？更又是在“灯影下”，令人不能不疑。其五便是此梦。梦中的男人是不是贾蓉虽不可妄言，但绝对不是贾琏，而梦中的女人则可认为是凤姐自己的化身。她与一个男人走向炕前，就像要上炕似的，显然是与一个“野男人”准备上炕。梦中的火炕即是床，床在梦中带有明显的性比喻，所谓“床上功夫”，指的就是在床上性行为的本领。梦到自己与异性一同上床，可能暗示着梦者的性欲要求。梦中的男人既然不是自己的丈夫，则很有可能是自己的情人。性梦中的性对象是不可选择的。有调查报告称，性梦对象可能是与其一往情深但未成眷属的人，也可能是同学、邻居、亲友，还可能是只见过一面而没有任何交往的人，甚至是从不相识的陌生人。一般而言，梦见与人上床，很可能暗示着现实生活的浪漫关系中未了之事，在某种情况下也可能是一种令人愉快的纪念旧情人的方式。对女人来说，似乎更是如此，因为她们比男人更经常地梦见过去的情人。梦中这个男人究竟是谁，只有凤姐自己“心里明白，不肯说出来”，倘若将这个男人猜想是贾蓉，大概也不会冤枉到哪里去。在封建社会里，三从四德的枷锁将女性的性欲禁锢森严，婶娘想同侄儿偷情，不但严重有悖伦理纲常，就是现实的生活环境也极难凑合，殊不知，机关巧计通灵的凤姐也许正是利用了长幼辈分悬殊这块金字挡箭牌，掩饰了两人年龄相近性欲同炽的野合。当一阵快意或思恋突然涌上心头之时，凤姐的性幻想便在潜意识的作用下出现在梦中。

其实，凤姐这样的芳龄女子做性梦是一点也不足为怪的。心理学家霍尔比较了1950年与1980年美国男女大学生的梦境，发现当女人梦到性爱时，她们往往是梦到她们所认识的男人，性爱的内容常常停止在亲吻和爱抚上。她们是被动的，她们是接受者而不是实施者，其中浪漫的成分居多。他得出的结论是："社会改变了，人的本性依然不变。"以此论点看待凤姐的性梦，虽时隔两三百年，应当认为仍是"人的本性依然不变"。还有梦研究者调查了女大学生的梦境，统计结果显示：梦见与人发生两性关系的占32%，约37%的女性一年中约有3~4次性梦，有时在梦中可以获得性高潮，约有半数的人在性兴奋状态中醒转。调查结果还显示：一般来说，女性在月经快来之前，常常出现性梦，梦中常常感到紧张不安、懊恼、厌烦。还有研究表明，已婚女子做性梦，常表示对感情生活的不满意，性欲得不到满足，性梦则是一种释放和补偿。这类性梦尤其是女子的性梦，以往总是被人们视为淫秽梦、好色梦、肮脏梦，常常不耻于齿，其实性梦既是人类性生理的一种正常现象，也是性生理的一种合理补偿，完全不可与道德败坏一概而论。笔者不是封建卫道士，尽管有前述“五疑”，也无意深究凤姐是否果真与贾蓉有染无染，笔者只是想通过对梦的解析，说一句凤姐做风流梦也是无可厚非的。至于脂批凤姐“极淫邪”，遍查整部小说，并无一字一词可作真凭实据，也只得脂批归脂批，猜疑归猜疑，释梦归释梦，见仁见智各自言了。

袭人梦之一

第三十回　宝钗借扇机带双敲　椿龄画蔷痴及局外

梦境 | MengJing

袭人只觉肋下疼得心里发闹，晚饭也不曾吃。至晚间洗澡脱了衣服，只见肋上青了碗大一块，自己倒唬了一跳，又不好声张。一时睡下，梦中作痛，由不得“嗳哟”之声，从睡中哼出。宝玉虽说不是安心，因见袭人懒懒的，也不安稳。忽夜里听得“嗳哟”，便知踢重了，自己下床来，悄悄的秉灯来照。刚到床前，只见袭人嗽了两声，吐出一口痰来，“嗳哟”一声，睁眼见了宝玉，倒唬一跳，道：“作什么?”宝玉道：“你梦里‘嗳哟’，必定踢重了。我瞧瞧。”

解析 | JieXi

袭人小传在前面已有介绍，她是只“等再过二三年”便要“开了脸”，明放在宝玉屋里的人，已是“准姨娘”身份，如何倒被宝玉一脚踢了肋骨呢？原来宝玉回怡红院时，天下大雨，凉风一吹，不觉浑身冰凉，见门关着，便以手扣门。正好明日是端阳节，可巧小生宝官、正旦玉官两个女孩子在怡红院和袭人玩笑，被大雨阻住。大家把沟堵了，水积在院内，把些绿头鸭、花㶉䳵、彩鸳鸯，捉的捉，赶的赶，缝了翅膀，放在院内玩耍，将院门关了。袭人等都在游廊上嘻笑。

里面诸人只顾笑，哪里听见宝玉扣门。宝玉叫了半日，拍得门山响，里面方听见了。料着宝玉这会子再不回来的，袭人笑道：“谁这会子叫门？没人开去。”宝玉道：“是我。”麝月道：“是宝姑娘的声音。”晴雯道：“胡说！宝姑娘这会子做什么来？”袭人道：“让我隔着门缝儿瞧瞧，可开就开，别叫他淋着回去。”说着，便顺着游廊到门前往外一瞧，只见宝玉淋得“雨打鸡”一般。袭人见了，又是着忙，又是可笑，忙开了门，笑着，弯腰拍手道：“那里知道是爷回来了！你怎么大雨里跑了来？”

宝玉一肚子没好气，满心里要把开门的踢几脚，方开了门，并不看真是谁，还只当是那些小丫头们，便抬腿踢在肋上。袭人“嗳哟”了一声。宝玉还骂道：“下流东西们！我素日担待你们得了意，一点儿也不怕，越发拿着我取笑儿了！”口里说着，一低头见是袭人哭了，方知踢错了。忙笑道：“嗳哟，是你来了！踢在那里了？”袭人从来不曾受过一句大话儿的，今忽见宝玉生气踢他一下，又当着许多人，又是羞，又是气，又是疼，真一时置身无地。待要怎么样，料着宝玉未必是安心踢他，少不得忍着说道：“没有踢着。”

就是在这种情况下，袭人被宝玉踢了一脚。尽管我们不知道袭人在梦中有什么境遇而“嗳哟”叫出了声，但至少有一点可以肯定，袭人心知“宝玉未必是安心踢他”，换言之，宝玉只是“误踢”了袭人一脚。因此，我们完全可以排除袭人梦中的感情因素；而袭人被踢之后，当时就感到“又是疼”，由此亦可以断定这是一个纯粹的病梦。

所谓“病梦”，就是在疾病过程中，随着疾病的发生、发展和痊愈而出现的梦境。苏联心理学家普齐列伊认为，梦犹如一台高度灵敏的仪表，对人体内部机体中许多不为人知的细微运动都有反应。我们常说：“春江水暖鸭先知。”梦便如鸭一样，能够预先得知身体中的隐患，换句话说，对身体内部的隐疾，潜意识要比意识敏感得多。要知道梦为什么有这种“特异功能”，首先得知道人类大脑的知识。英国梦研究家安东尼·史蒂文斯在他的名著《人类梦史》中说："人类的大脑拥有至少200亿个个体元素，大大超过了地球上人类的总数。而且，每个元素按照每秒100~300个的速度发送出大量信息。哈利·亨特是这么描述的：'我们大脑里的200亿公民几乎在同时要相互对话10000次，频率极高。正因为有如此大量的饶舌者在我们的大脑里，这就使得这个系统对大脑本身无知觉和有知觉都同样让人难以置信——在睡梦中，这个系统里仍然有大量的元素活动，而且并不比苏醒时的活动数量少。换言之，当你进入梦乡时，那个系统还在自我对话。'"① 然而，日夜毕竟有个显著的区别：白天人们的活动很多，大脑皮质接受来自身体各个部位的各式各样的强刺激，常常掩盖了病变器官发放的微弱刺激，因而未能引起人们注意；相反，到了晚上，特别是人们入睡以后，外界进入大脑的种种刺激几近于零，这样便使来自病变器官的微弱刺激相对地变得强大起来，脑干的筛选作用也大大降低，这样便使清醒时容易筛选掉的疾患信息能够畅通无阻地进入大脑，引起大脑皮质相应部位神经细胞的活动，并与清醒时的印象联系起来，这样便形成了能够预示疾病的发生及发展或痊愈的梦。

袭人的肋下被宝玉踢了一脚，被踢青了"碗大一块"，

---

① 安东尼·史蒂文斯：《人类梦史》，第144页。海南出版社，2002年1月第1版。

当下就疼得“嗳哟”一声，可见宝玉含气踢的这一脚是很重的，但袭人知道宝玉是“误踢”之后，将疼忍了下去，还谎说“没有踢着”。袭人碍着宝玉的情面，在意识层面想将伤疼忍了过去，然而，袭人的潜意识层面不依，不断向大脑发出“疼痛”的信息，使袭人在梦中疼得直叫“嗳哟”。梦的特征之一，就是在梦里，梦者得到了说出自己内在真相的机会：肋下疼是真的疼！

袭人此梦是病梦，但还不能算是典型的病梦。典型的病梦是当意识层面还没有察觉出来的病在梦中显示出来，比如肠胃疾病，在梦中出现呕吐或腹泻等类的梦象，在梦的启迪后到医院检查果然诊断出了肠胃病；但袭人此梦却是典型的梦材料来源的范例。正如制作任何一样东西需要必须的材料一样，做梦也必须要具备做梦的材料。弗洛伊德将梦的材料来源归纳为三个方面：一是最近的经验；二是儿童时期的经验；三是肌体的刺激。在这三个来源中，袭人的梦突出了肌体刺激——疼感。日本的《睡眠是什么》一书中说，我们常人的平均视觉梦为95%，听觉梦为61%。这就是说我们在梦中绝大部分情况下都能“看见”影像，“听见”讲话或别的什么声音。而运动觉、味觉、嗅觉、疼觉等由肌体刺激而引发的梦则很少，并且因人而异。笔者在连续10年记录的一万多个梦中，疼觉梦只有28个，占总记梦数的千分之三，即千个梦中才3个疼觉梦，由此推知，袭人的这个梦亦是难得。梦是梦者在睡眠中产生的具有视、听、运动等感觉想象的自我体验，袭人在梦中体验到了肋下疼，而且喊出了“嗳哟”之声。

袭人梦之二

第一百二十回 甄士隐详说太虚情 贾雨村归结红楼梦

梦境 | MengJing

原来袭人模糊听见说，宝玉若不回来，便要打发屋里的人都出去，一急，越发不好了。到大夫瞧后，秋纹给他煎药，他各自一个躺着，神魂未定，好像宝玉在他面前，恍惚又像是见个和尚，手里拿着一本册子揭着看，还说道："你别错了主意，我是不认得你们的了。"袭人似要和他说话，秋纹走来说："药好了，姐姐吃罢。"袭人睁眼一瞧，知是个梦，也不告诉人。

解析 | JieXi

上回宝玉“中了第七名举人”，却又在龙门口一挤，回头就不见了，袭人一听宝玉丢了，哭得泪人一般。后来合家四处寻找不见，探春道：“大凡一个人，不可有奇处。二哥哥生来带块玉来，都道是好事；这么说起来，都是有了这块玉的不好。若是再有几天不见，我不是叫太太生气，就有些原故了，只好譬如没有生这位哥哥罢了。果然有来头成了正果，也是太太几辈子的修积。”袭人听了这番话那里忍得住，心头一疼，头上一晕，便栽倒了。到此回宝钗听秋纹说袭人不好，连忙进去瞧看。巧姐儿同平儿也随着走到袭人炕前。只见袭人心痛难禁，一时气厥。宝钗等用开水灌了过来，仍旧扶他睡下，一面传请大夫。大夫看了脉，说是急怒所致，开了方子去了。袭人便是在这种状态下做了此梦。

弗洛伊德在谈到他解梦的方法时说：“我是用片断地、片断地，而非整体地来研讨，同样的，我也视梦为一大堆心理元素的堆砌物。”① 我们不妨学习弗洛伊德的方法，将袭人此梦分解为若干“片断”，先研讨“片断”，看看究竟是一些什么“心理元素的堆砌物”。

---

① 《梦的解析》第 7 页。

在袭人的这个梦中，有“两个细节一句话”，即“宝玉像是个和尚”、“手里拿着一本册子揭着看”的两个细节和“你别错了主意，我是不认得你们的了”一句话。

先看“宝玉像是个和尚”这个细节。宝玉是个下凡历劫的人，不免与佛僧仙道有许多的瓜葛，自己也有出家当和尚的心态，然而却是以大府贵公子身份立在世人面前，尽管如此，他那当和尚的念头还是时不时泄露出来。他不仅多次向黛玉说过当和尚的话，就是袭人也听过多次。第三十一回撕扇子作千金一笑中，晴雯同宝玉怄气，晴雯在旁哭着，方欲说话，只见林黛玉进来，便出去了。林黛玉笑道：“大节下，怎么好好的哭起来？难道是为争粽子吃，争恼了不成？”宝玉和袭人“嗤”的一笑。林黛玉道：“二哥哥不告诉我，我不问你也就知道了。”一面说，一面拍着袭人的肩，笑道：“好嫂子，你告诉我。必定是你两个拌了嘴了。告诉妹妹，替你们和劝和劝。”袭人推他道：“姑娘，你闹什么？我们一个丫头，姑娘只是混说。”黛玉笑道：“你说你是丫头，我只拿你当嫂子待。”宝玉道：“你何苦来替他招骂名儿。饶这么着，还有人说闲话，还搁得住你来说这话！”袭人笑道：“林姑娘，你不知道我的心事，除非一口气不来，死了，倒也罢了。”林黛玉笑道：“你死了，别人不知怎么样，我先就哭死了。”宝玉笑道：“你死了，我做和尚去。”袭人笑道：“你老实些罢！何苦还说这些话。”林黛玉将两个指头一伸，抿嘴笑道：“做了两个和尚了！我从今以后，都记着你做和尚的遭数儿。”宝玉听得，知道是他点前日的话，自己一笑，也就罢了。

第三十六回识分定情悟梨香院中，袭人“升格”见过王夫人急忙回来，宝玉已醒了，问起原故，袭人且含糊答应，至夜间人静，袭人方告诉他。宝玉喜不自禁，不免与袭人温馨蜜语起来。此处蒙府本脂批曰：“夜深人静时，不减长生殿风味！何等告法，何等听法，人生不遇此等景况实辜负此一生。”宝玉说到兴阑时，不免又生出了出家当和尚之心意，宝玉道：“比如我此时若果有造化，该死于此时的，如今趁你们在，我就死了，再能够你哭我的眼泪，流成大河，把我的尸首漂起来，送到那鸦雀不到的幽僻之处，随风化了，自此再不要托生为人，就是我死的得时了”。袭人听了只把它当疯话。第一百零九回候芳魂五儿承错爱中，写宝玉端然坐在床上，闭目合掌，居然像个和尚一般，宝钗命袭人出来照应，袭人看见这般却也好笑，便轻轻的叫道：“该睡了，怎么又打起坐来了！”

第一百一十九回中乡魁宝玉却尘缘中，袭人追想当年宝玉相待的情分，有时惧他他便恼了，也有一种令人回心的好处，那温存体贴是不用说了；若怄急了他，便赌誓说做和尚。那知道今日却应了这句话！由此可知，宝玉想当和尚甚至打坐像个和尚的心思和形象，在袭人心中留下了深刻印象，“宝玉像个和尚”的梦象，正是袭人内心深处对宝玉的认知与推断，而这又反映了她内心深处的隐忧：宝玉倘若真的当了和尚，便必然将妻妾抛却，我岂不是失去了依靠么?

再看“手里拿着一本册子揭着看”这个细节。我们完全可以知道这本“册子”应该是金陵十二钗的册子，而且很有可能是那本“又副册”。第五回游幻境指迷十二钗中，宝玉最先看到的便是金陵十二钗的又副册，第一名是晴雯，第二名便是袭人。第一百一十二回得通灵幻境悟仙缘中，宝玉又取那《金陵又副册》一看，看到“堪羡优伶有福，谁知公子无缘”，先前不懂，见上面尚有花、席的影子，便大惊痛哭起来。及至从幻境中醒过来，忽又想起一床席一枝花的诗句来，拿眼睛看着袭人，不觉又流下泪来。这些描述尽管都是写宝玉对“册子”中的判词由不懂到明悟的过程，但不应忽略的是，自从宝玉与袭人初试云雨之后，“自此宝玉视袭人更比别个不同”，“把梦中之事细说与袭人听了”。因此，袭人对金陵册子之事应有所耳闻。弗洛伊德论述梦材料来源于最近的经历和回溯到孩提时期的经历，也就是我们人生旅程中的经历是梦境材料的主要来源，人生未经历过的事是很难入梦的。我国清代熊伯龙的《无河集·辨梦》中说:“男人不梦生产，妇人不梦弓马，吴人不梦楚事，小儿不梦寿庆，士不梦负履担笠，农不梦治经读史，贾不梦砍樵捕鱼。”这段论述十分清晰明白地指出了日常生活经历与梦境的因果关系:男人不做女人梦，女人不做男人梦，吴人不做楚人梦，楚人不做吴人梦等等，皆因各自经历不同使然。袭人之所以能在梦中看见“册子”，表明她至少从宝玉的口中听说过“册子”的事，而且知道这是一本与个人命运攸关的“册子”。也许，梦中宝玉正是将册子中关于袭人命运的那一页揭给她看，她也许看到了一枝花和一床席。她也许在朦胧中似懂非懂，一枝花是自己，一床席则是“卷席子滚蛋”的象征；她也许看见了画旁的判词：枉自温柔和顺，谁知公子无缘。很明显，这个梦中细节，揭示了袭人内心深处对自己命运的担忧，担忧与宝玉的缘分将尽，要卷席子走人了。

最后再看“你别错了主意，我是不认得你们的了”这句梦中话语。早在第三回林黛玉抛父进京都中，贾母因溺爱宝玉，便将自己的丫鬟袭人给了宝玉，并继续拿贾母房中丫头一两银子的月例，到第三十六回识分定情悟梨香院中，王夫人要凤姐排一个好丫头送去老太太使，补袭人，把袭人的一份裁了，“把我每月的月例二十两银子里，拿出二两银子一吊钱子来给袭人。以后凡事有赵姨娘、周姨娘的，也有袭人的，只是袭人的这一份，都也从我的分例上匀出来，不必动官中的就是了”。自此，在王夫人心中，已将袭人当成宝玉的妾了。当时，凤姐就提议：“既这么样，就开了脸，明放在屋里岂不好?”王夫人道：“那就不好了，一则都年轻，二则老爷也不许，三则那宝玉见袭人是个丫头，纵有放纵的事，倒能听他的劝，如今作了跟前人，那袭人该劝的也不敢十分劝了。如今且浑着，等再过二三年再说罢。”正由于王夫人有此三虑，袭人便只是拿着姨娘的月例，仍担着大丫鬟的名分。封建礼教的一大原则是名正言顺。名不正，言不顺。袭人就这样处在有实无名的“浑着”状态中。尽管是“浑着”，袭人对自己的身份从未低看。第七十七回俏丫头抱屈夭风流中，宝玉对晴雯之死说了一大篇痴话，袭人听了这篇痴话，又可笑，又可叹，愤然说道：“真真的这话越发说上我的气来了。那晴雯是个什么东西，就费这样心思，比出这些正经人来！还有一说，他纵好，也灭不过我的次序去。便是这海棠，也该先来比我，也轮不到他。想是我要死了。”听听这话，理直气壮地与晴雯排上了“次序”。在袭人的心里，除了正配夫人之外，她就是无人能比的第二夫人，那怕是姨娘是妾，也是姨娘与妾中的第一位置。袭人为了这个位置，还十分注重自身尊重。第四回中说，这一二年间，袭人因王夫人看重了他的，越发自要尊重。凡背人之处，或夜晚之间，总不与宝玉狎昵，较先幼时反倒疏远了。故这来夜间总不与宝玉同房。袭人青春年少，性欲旺盛，何曾不想夜夜与宝玉同房共寝，然而为了封建礼教之故，摆开了姨娘小妾的身价，不堪自低自毁之故耳。袭人的主意是同宝玉同生共死，夫妻白头的，这一点在第八十二回中点得最为明白。宝玉上学之后，怡红院中甚觉清净闲暇。袭人忽又想到自己终生本不是宝玉的正配，原是偏房。宝玉的为人却还拿得住，只怕娶了一个厉害的，自己便是尤二姐、香菱的后身。素来看着贾母、王夫人光景及凤姐儿往往露出话来，自然是黛玉无疑了。那黛玉就是个多心的人。想到此际，脸红心热，拿着针不知戳到那里去了。这里，袭人不仅以十拿十稳的偏房自居，还盘算起正配的为人起来了，思虑起正配夫人对自己命运的关系来了。正在思想得稳稳妥妥美美顺顺的时候，突然宝玉来了一句“你别错了主意”！梦中宝玉这句话，明显是一种警示，是一句警告语。我们常说：“梦是夜的眼睛，冥冥中传递着心灵的玄奥。”其实，梦中宝玉说的这句话，实际上是袭人的内心独白，是袭人潜意识与意识的对白，是潜意识向意识发出的一个强烈信号：“不要做第二夫人的美梦了，不要把自己的命运附着在宝玉身上，他当和尚去了，他是不认得我们的了！”这句警语，既揭示了袭人对自己前途命运的担忧，又暗含着一种朦胧的觉醒。

现在，我们可以将“两个细节一句话”这三个片断连接到一起来研讨了。第一，宝玉当和尚就势必抛弃妻妾；第二，“册子”上的命运似乎要“卷起席子走路”；第三，不能错打了当姨太太的主意。三者合一，就是袭人的“归宿”问题。袭人为何使自己的归宿问题成为一个心结而入梦呢？原来袭人模糊听见说宝玉若不回来，便要打发屋里的人都出去，这便使她如雷轰顶，不得不焦虑着急起来。关键的关键，还是袭人的名分问题。正如薛姨妈所说：“我见袭人近来瘦的了不得，他是一心想着宝哥儿。但是正配呢理应守的，屋里人愿守也是有的。惟有这袭人，虽说是算个屋里人，到底他和宝哥儿并没有过明路儿的。”薛姨妈又说：“我看姨老爷是再不肯叫守着的。再者姨老爷并不知道袭人的事，想来不过是个丫头，那有留的理呢?”这一层道理，正是袭人焦心之处，在她梦醒之后也细细想道：“我是太太派我服侍你，虽是月钱照着那样的份例，其实我究竟没有在老爷、太太跟前回明就算了你的屋里人。若是老爷、太太打发我出去，我若死守着，又叫人笑话；若是我出去，心想宝玉待我的情分，实在不忍。”这个梦，正是袭人人生十字路口左右两难进退窘迫状况的真实反映，是个典型的焦虑型思梦。此梦对于袭人而言，最积极的意义是梦中的警语“你别错了主意”，有利于袭人打破幻想，立足现实，战胜挫折，重新扬起人生之帆，开启新的人生之旅。后来的事实证明，袭人聆听了薛姨妈的劝喻，嫁给了蒋玉涵为妻，既了结了“堪羡优伶有福”的缘分，又从此开辟了一番新天地。

（以上四人皆二梦以上，共26 梦。宝玉 16 梦，实解 12 梦，其中 2 梦合于黛玉梦中解析，另 2 梦合于宝玉第五梦、第十梦中解析；黛玉 3 梦；凤姐 5 梦；袭人 2 梦，实解 22 梦。以下 16 人皆各 1 梦，共 16 梦。合计 42 梦，实解 38 梦。后 16 人按回次先后排序）。

甄士隐之梦

第一回　甄士隐梦幻识通灵　贾雨村风尘怀闺秀

梦境 | MengJing

一日，炎夏永昼，士隐于书房闲坐，至手倦抛书，伏几少憩，不觉朦胧睡去。梦至一处，不辨是何地方。忽见那厢来了一僧一道，且行且谈。只听道人问道："你携了这蠢物，意欲何往?"那僧笑道："你放心，如今现有一段风流公案正该了结，这一风流冤家尚未投胎入世。趁此机会，就将此蠢物夹带于中，使他去经历经历。"那道人道："原来近日风流冤孽，又将造劫历世去不成？但不知落于何方何处?"那憎笑道："此事说来好笑，竟是千古未闻的罕事。只因西方灵河岸上三生石畔，有绛珠草一株，时有赤瑕宫神瑛侍者，日以甘露灌溉，这绛珠草始得久延岁月，后来既受天地精华，复得雨露滋养，遂得脱却草胎本质，得换人形，仅修成个女体，终日游于离恨天外，饥则食蜜青果为膳，渴则饮灌愁海水为汤。只因尚未酬报灌溉之德，故其在五内便郁结着一段缠绵不尽之意。恰近日这神瑛侍者凡心偶炽，乘此昌明太平朝世，意欲下凡造历幻缘，已在警幻仙子案前挂了号。警幻亦曾问及灌溉之情未偿，趁此倒可了结的。那绛珠仙子道：'他是甘露之惠，我并无此水可还。他既下世为人，我也去下世为人，但把我一生所有的眼泪还他，也偿还得过他了。'因此一事，就勾出多少风流冤家来，陪他们去了结此案。"那道人道："果是罕闻。实未闻有还泪之说。想来这一段故事，比历来风月故事更加琐琗细腻了。"那僧道："历来几个风流人物，不过传其大概以及诗词篇章而已；至家庭闺阁中一饮一食，总未述记。再者，大半风月故事不过偷香窃玉、暗约私奔而已，并不曾将儿女之真情发泄一二。想这一干人入世，其情痴色鬼、贤愚不肖者，悉与前人传述不同矣。"那道人道："趁此，何不你我也去下世度脱几个，岂不是一场功德？"那僧道："正合吾意。你且同我到警幻仙子宫中，将蠢物交割清楚，待这一干风流孽鬼下世已完，你我再去。如今虽已有一半落尘，然犹未全集。”道人道：“既如此，便随你去来。”

却说甄士隐俱听得明白，但不知所云“蠢物”系何东西。遂不禁上前施礼，笑问道：“二仙师请了。”那僧、道也忙答礼相问。士隐因说道：“适闻仙师所谈因果，实人世罕闻者。但弟子愚浊，不能洞悉明白，若蒙大开痴顽，备细一闻，弟子则洗耳谛听，稍能警省，亦可免沉沦之苦。”二仙笑道：“此乃玄机，不可预泄者。到那时，只不要忘了我二人，便可跳出火炕矣。”士隐听了，不便再问。因笑道：“玄机不可预泄，但适云‘蠢物’不知为何，或可一见否？”那僧道：“若问此物，倒有一面之缘。”说着，取出递与士隐。士隐接了看时，原来是块鲜明美玉，上面字迹分明镌着“通灵宝玉”四字，后面还有几行小字。正欲细看时，那僧便说：“已到幻境。”便强从手中夺了去，与道人竟过一大石牌坊，上书四个大字，乃是“太虚幻境”。两边又有一副对联，道是：

假作真时真亦假；

无为有处有还无。

士隐意欲也跟了过去，方举步时，忽听一声霹雳，有若山崩地陷。士隐大叫一声，定睛一看，只见烈日炎炎，芭蕉冉冉，所梦之事，便忘了对半。

解析 | JieXi

《红楼梦》中人物，据从清朝到现代的红学家们统计，有说448人的，有说721人的，有说975人的，不管最终统一口径为多少人，皆系作者塑造的艺术人物，而其中唯有甄士隐和贾雨村两人与众不同。他两人是虚中之幻，幻中之虚。故事开篇就明言“将真事隐去”，“故曰甄士隐”，“用假语村言”，“故曰贾雨村”。尽管甄士隐是以“真事隐”而得名的虚拟人物，却也有履历生平、妻室儿女。他居住在姑苏阊门外十里街仁清巷葫芦庙旁，算得是一名乡宦，嫡妻封氏，情性贤淑，深明礼义。家中虽不甚富贵，然本地便也推他为望族。甄士隐禀性恬淡，不以功名为念，每日只以观花修竹、酌酒吟诗为乐，倒是神仙一流人品。因此，虽明知是虚拟之人，亦应当真实之人相看，他的梦亦应当真实之梦相待。因甄士隐在第一回便出了场，除上述人品修养有所浅知外，其他经历一概全无，因此，要解析他的梦，真有蛛丝马迹难寻之苦。甄士隐已是半百之人，小说中对他50年生平经历几无描述，解析之刀，不知从何处下手！

明眼人或说红学界专家一看便知，甄士隐这个梦说的是两个因素：一个是木石因果的来由；一个是宝玉的形态。

毫无疑问，这是作者借梦说出了通部小说的大纲。从文学结构来看，此梦具有提纲挈领的重大意义，对比第五回宝玉游太虚幻境的梦，则此梦是纲，彼梦为目了。

然而，解梦毕竟不能依附文学结构意义，仍应作真人真梦来解析，难解固然难解，也应勉力为之。

在描述甄士隐的全部文字中，唯有“倒是神仙一流人品”这句话引起了笔者极大的兴趣：“神仙一流人品”的甄士隐在梦中梦见神仙一流的一僧一道应该是情理相通的。常言道：物以类聚，人以群分。神仙会神仙，类聚也！然而，梦中相会，幻觉也，这便是梦学界中所说的幻想型梦或超现实梦。

幻想型梦的内容一般被认为是相当遥远的非现实的、跟自己没有直接关系的人和事；将梦与现实这两种表面上截然相反的状态结合成为一种绝对实在，也就是超现实的梦。甄士隐不仅在梦中听到现实中不可出现的一僧一道的对话，甚至还同他们搭上了话，还看见了人世中不可看见的宝玉，既是虚幻的也是超现实的。人们在睡眠时创造产生的梦境与古老创造——神话相同。神话和梦都是心灵的最重要表现。甄士隐一个凡人能会见一僧一道两位仙人，这便是神话了，幸好这次会见是在梦中，否则的话，《红楼梦》和《西游记》都当同列神话小说了。梦中出现神怪是很普遍的，很多人都有梦见神怪的经历。笔者连续10年的一万多个梦中，亦出现了24个神仙鬼怪梦，约占总梦数千分之二。笔者是无神论者，尚有千分之二的神鬼梦，倘若是有神论者，出现神鬼梦的频率会大得多。因为神灵世界反映人的精神生活，是人类集体潜意识中的原始意象。正如荣格所说：这是人类“自然神性倾向”的体现。

瑞士精神病学家、心理分析学家、分析心理学派创始人荣格提出了影响巨大的“集体潜意识”理论，他认为人的大脑是一个硕大的盛满象征意象的固有容器，无论是男还是女，无论来自何种文化，这些意象会出现在他们的梦境和埋藏得最深的想象里。集体潜意识里储存的是“原型”，连接着世界神话、宗教和象征系统，并有强烈的共鸣的意象和主题，同时还经常出现在最具有普遍意义的梦境里。甄士隐的这个梦，正是中外古今神话中最具普遍意义的“神仙下凡梦”。梦中不仅神瑛侍者、绛珠仙子要下凡，就连这一僧一道也要下凡。凡人都想得道成仙，已得道成仙的却又思凡；凡人都惧成鬼成厉，已成鬼成厉的却又想超生。何也？说来说去，天上、人间、地狱，归根到底还是人间好！尽管我们从文字中找不出甄士隐具体的人生经历，但从“神仙一流人品”这一句话中，完全可以判断出他必定熟知许多神仙下凡的故事或典故，因而做出了这个石、木、僧、道下凡的梦来。

甄士隐既是一个具有“神仙一流人品”的人，又是一个享受“每日只以观花修竹、酌酒吟诗为乐”的神仙日子的人，何以还要做这个与神仙邂逅的梦呢？这个梦的梦思又是什么呢？我们从梦的最后一个细节中可以管窥一二。当僧道走过“太虚幻境”时，士隐意欲也跟过去，方举步时，忽听一声霹雳，有若山崩地陷，将他从梦中惊醒。这个“意欲”，泄露了士隐内心深处的隐秘。原来，借着梦来探索人生，是一件令人大开眼界的事。因为在梦境中，我们既可以返回过去，又可以憧憬未来，甚至在梦境中我们还可以进入一个时光隧道，能够感悟我们的“前世”与“来生”。士隐在梦中得悉了宝玉与黛玉的“前世”是神瑛侍者与绛珠仙草，又得知了通灵宝玉的“前世”原为大荒山无稽崖青埂峰下一块无材补天的顽石，受此启迪，联想己生，不由也想知道自己的“前世”与“来生”，可惜尚未跨进太虚幻境一步便被霹雳惊醒，但他的心意却外泄无疑了。由此可知，士隐的神仙人品以及神仙日子，不过外表假象，他的内心并不坦然，不仅对自己的“前世”无知，更关键的是对自己的“来生”——或更准确些说——对自己的“来日”无底，揭示出了内心深处的忧虑。这个忧虑的深层次缘由，即是“只是一件不足：如今年已半百，膝下无儿，只有一女”。在封建社会，不孝有三，无后为大。原来士隐是个大不孝之人，老来无子，既灭了甄家香火，又无人奉老，叫他如何不遗憾不焦虑。难怪当他惊醒过来只见烈日炎炎时，蒙府脂批“大警觉，大转身”——神仙也有无尽隐忧！

贾瑞之梦

第十二回　王熙凤毒设相思局　贾天祥正照风月鉴

梦境 | MengJing

贾瑞接了镜子，想道："这道士倒有意思，我何不照一照试试?"想毕，拿起"风月宝鉴"来，向反面一照，只见一个骷髅立在里面，唬得贾瑞连忙掩了，骂："道士混账！如何吓我！——我倒再照照正面是什么?"想着，便将正面一照，只见凤姐站在里面点手儿叫他。贾瑞心中一喜，荡悠悠觉得进了镜子，与凤姐云雨一番，凤姐仍送他出来。到了床上，"嗳哟"了一声，一睁眼，镜子从新又掉过来，仍是反面立着一个骷髅。贾瑞自觉汗津津的，底下已遗了一滩精。心中到底不足，又翻过正面来，只见凤姐还招手叫他，他又进去，如此三四次。到了这次，刚要出镜子来，只见两个人走来，拿铁锁把他套住，拉了就走。贾瑞叫道："让我拿了镜子再走……"只说这句，就再不能说话了。

解析 | JieXi

贾瑞是贾代儒之孙。贾瑞自小父母双亡，由祖父代儒教养。代儒素日教训最严，不许贾瑞多走一步，生怕他在外吃酒赌钱，有误学业。代儒乃当今之老儒，年高有德之人，被族中共举执掌贾家私塾，代儒有事时，则命贾瑞暂且管理。岂知贾瑞最是个图便宜没行止的人，每在学中以公报私，勒索子弟。第十一回见熙凤贾瑞起淫心中，贾敬寿辰，凤姐看望过秦可卿后，从里头绕进园子的便门来，猛然从假山石后走过一个人来，向前对凤姐儿说道："请嫂子安。"凤姐儿猛一惊，将身往后一退，说道："这是瑞大爷不是？"贾瑞说道："嫂子连我也不认得了？"凤姐儿道："不是不认得，猛然一见，想不到是大爷在这里。"贾瑞道："也是合该我与嫂子有缘。我方才偷出了席，在这个清净地方略散一散，不想就遇见嫂子。这不是有缘么？"一面说着，一面拿眼睛不住的观看凤姐。

凤姐是个聪明人，见他这个光景，如何不猜透八九分呢，因向贾瑞假意含笑道："怨不得你哥哥时常提你，说你好。今日见了，听你这几句话儿，就知道你是个聪明和气的人了。这会子我要到太太们那边去呢，不得合你说话，等闲了再会罢。"贾瑞道："我要到嫂子家里去请安，又恐怕嫂子年轻，不肯轻易见人。"凤姐又假笑道："一家骨肉，说什么年轻不年轻的话。"贾瑞听了这话，心中暗喜，因想道："再不想今日得些奇遇！"那情景越发难堪了。凤姐儿说道："你快去入席去罢，看他们拿住了，罚你的酒。"贾瑞听了，身上已木了半边，慢慢的走着，一面回过头来看。凤姐儿故意的把脚放迟了，见他走远了，心里暗忖道："这才是'知人知面不知心'呢，那里有这样禽兽的人？他果如此，几时叫他死在我的手里，他才知道我的手段！"贾瑞不知凤姐起了杀心，倒只是淫心愈炽，差人打听凤姐在家没有。凤姐儿听了，哼了一声，说道："这畜生合该作死！"

第十二回王熙凤毒设相思局中，凤姐已将杀心付诸行动，贾瑞竟无一丝警觉，反满以为凤姐入了他的套。有人回说："瑞大爷来了。"凤姐命："请进来罢。"贾瑞见往里让，心中喜出望外，急忙进来，见了凤姐，满面陪笑，连连问好。凤姐儿也假意殷勤，让茶让坐。贾瑞见凤姐如此打扮，越发酥倒，因饧了眼问道："二哥哥怎么还不回来？"凤姐道："不知什么缘故。"贾瑞笑道："别是路上有人绊住了脚，舍不得回来了？"凤姐道："可知男人家见一个爱一个也是有的。"贾瑞笑道："嫂子这话说错了，我就不是这样。”凤姐笑道：“像你这样的人能有几个呢，十个里也挑不出一个来。”贾瑞听了，喜的抓耳挠腮，又道：“嫂子天天也闷得很。”凤姐道：“正是呢，只盼个人来说话解解闷儿。”贾瑞笑道：“我倒天天闲着，若天天过来替嫂子解解闷儿，可好么?”凤姐笑道：“你哄我呢，你那里肯往我这里来?”贾瑞道：“我在嫂子跟前，若有一点谎话，天打雷劈！只因素日闻得人说，嫂子是个利害人，在你跟前一点也错不得，所以唬住了我。如今见嫂子是个有说有笑极疼人的，我怎么不来？死了也情愿。”凤姐笑道：“果然你是个明白人，比贾蓉兄弟两个强远了。我看他那样清秀，只当他们心里明白，谁知竟是两个胡涂虫，一点不知人心。”

贾瑞听了这话，越发撞在心坎儿上，由不得又往前凑一凑，觑着眼看凤姐的荷包，又问：“带着什么戒指?”凤姐悄悄的道：“放尊重些，别叫丫头们看见了。”贾瑞如听纶音佛语一般，忙往后退，凤姐笑道：“你该走了。”贾瑞说：“我再坐一坐儿。好狠心的嫂子!”凤姐又悄悄的道：“大天白日人来人往，你就在这里也不方便。你且去，等到晚上起了更你来，悄悄的在西边穿堂儿等我。”贾瑞听了，如得珍宝，忙问道：“你别哄我。但是那里人过的多，怎么好躲呢?”凤姐道：“你只放心。我把上夜的小厮们都放了假，两边门一关了，再没别人了。”

贾瑞听了，喜之不尽，忙忙的告辞而去，心内以为得手。盼到晚上，果然黑地里摸入荣府，趁掩门时，钻入穿堂。瞬时东西门一关，此时妄想出去亦不能够，腊月朔风猛，漆黑寒夜长，侵肌裂骨，一夜几乎不曾冻死！好容易盼到早晨跑回家，又被代儒发狠打了三四十板，还不许吃饭，又令他跪在院内读文章，定要补出十天的功课来方罢。贾瑞直冻了一夜，今又遭了苦打，且饿着肚子，跪着在风地里读文章，其苦万状，倘此时收心，为时未晚，苦海无边，回头是岸。偏偏贾瑞前心犹是未改，再想不到是凤姐捉弄他。过后两日，得了空，便仍来找凤姐。凤姐故意抱怨他失信，又约他今晚再来。贾瑞盼到掌灯时候又溜近荣府，直往那夹道中屋子里来等着，只见黑魆魆的来了一个人，贾瑞便意定是凤姐，不管皂白，等那人刚至面前，便如饿虎扑食、猫儿捕鼠的一般，抱住叫道："亲嫂子，等死我了！"说着，抱到屋里炕上就亲嘴扯裤子，满口里"亲爹""亲娘"的乱叫起来。那人只不做声，贾瑞扯了自己裤子，硬帮帮的就想顶入。忽见灯光一闪，只见贾蔷举着个蜡台，照道："谁在屋里?"只见炕上那人笑道："瑞大叔要肏我呢。"

贾瑞一见，却是贾蓉，直臊的无地可入，不知怎样才好，横竖被两个侄儿各勒索了两张五十两银子的欠契，随后又只听头顶上一声响，哗喇喇一净桶尿粪从上面直泼下来，浇了他一身一头，弄得满头满脸浑身皆是尿屎，三更半夜狼狠逃回家来。至此心下方想到是凤姐玩他，因此发一回狠；再想想凤姐的模样儿标致，又恨不得一时搂在怀里。自此虽想凤姐，只不敢往荣府去了。贾蓉两个又常常来索银子，他又怕祖父知道。正是相思尚且难禁，更又添了债务，日间工课又紧；他二十来岁人，尚未娶亲，还来想着凤姐不得到手，未免有些“指头告了消乏”；更兼两回冻恼奔波，因此三五下里夹攻，不觉就得了一病；心内发膨胀，口中无滋味，脚下如绵，眼中似醋，黑夜作烧，白日常倦，下溺遗精，嗽痰带血。诸如此症，不上一年，都添全了。于是不能支持，一头躺倒，合上眼还只梦魂颠倒，满口说胡话，惊怖异常。药石吃了几十斤，也不见过好转，偏巧来了个跛足道人，取出一面“风月宝鉴”，专治邪思妄动之症，贾瑞收了镜子一看，便梦中滥淫，一命呜呼！

很显然，从梦分类来看，这是一个白日梦，也称清醒梦。贾瑞虽在床上，并没有入睡。他听见跛足道人口称专治冤孽之症，一面在枕上叩首一面直叫那位菩萨来救我，可见意识十分清醒；收了镜子之后又想我何不照一照试试，当看见镜子里是个骷髅时，还骂道士混账；直到在镜子里看见凤姐在里面招手叫他，他仍心中一喜，至此意识都是清醒的，直到“荡悠悠觉得进了镜子”这儿起，才进入梦幻之中。即使进入了幻觉之中，此时的意识并没有完全退出。清醒梦一个最突出的特征，就是意识参与了梦的进程，他不仅完全知晓自己在梦中做什么想什么，他还能控制梦的发展方向，他在幻觉中与凤姐云雨一番遗精后，仍“心中到底不足”。这个“心中”就是意识而非潜意识，“到底不足”就是意识的愿望而非潜意识愿望，由于意识觉得“不足”，于是驾驶梦境向“满足”的方向发展，便出现“又翻过正面来”的动作，于是又出现“只见凤姐还招手叫他，他又进去，如此三四次”的梦境与幻觉。后面这三四次“招手”、“进去”、“云雨”全是按照他的主观意识进行的，他完全操控了梦的发展方向和进程；然而，这又是梦，因为所有“招手”、“进去”、“出来”、“云雨”全是幻觉，只有遗精才是真实的，而他又不明白是遗精，而以为是与凤姐云雨时的射精。在清醒梦中，意识提供了梦的发展方向和进程，潜意识提供了与之相符合的幻象，意识和潜意识配合默契上演了一幕令梦主满意的活剧。一般而言，梦主完全醒来以后，会很难相信梦中的体验事实上并不真实，并惊奇地发现自己仍孤单地躺在床上；不可挽回的是，贾瑞醉生梦死，他再也醒不过来了，他在自己导演的“满足”中死去，故蒙府本脂批曰：“贾瑞则是求仁而得仁，未尝不含笑九泉。”

清醒梦是由荷兰医生弗雷德里克·范·伊登于1913年提出来的，后来有人又叫白日梦或清晰的梦、清明梦，尽管名称有所不同，但在认识上并无重大区别，最重要的，与其他梦相区别的特征是意识参与梦境的制作，同时还表现为有情节、梦主是故事的主角、具有自我满足功能等特征。以此来检验贾瑞此梦，完全符合各项要素，可称得上是个比较典型的清醒梦。弗洛伊德在《少女杜拉的故事》中说："白日梦在两性之中发生的频率也许相等；在少女和妇人中，它们总带有恋爱的色彩，在男人中则不是带有恋爱的，就是野心的色彩。然而，恋爱这一因素在男人的白日梦中所显示的重要性，仍然不可低估；男人的白日梦在仔细的审察之下显示，他所有的英雄式冒险，所有的成就的目的在博得美人的青睐，在战胜他的情敌。这些幻想是愿望的实现，是挫折与欲望的产物。"① 贾瑞一直被凤姐的美貌所迷惑，一直爱恋着——更准确地说是暗恋着凤姐，凤姐虽然给了他两次沉重的打击，这种挫折仍然没有熄灭他对凤姐的单相思，他无视贾琏的存在，或者说他要战胜情敌贾琏，满足他占有凤姐的欲望，正是这种暗恋与野心使他产生了再三再四的幻觉。

贾瑞此梦又是一个极端的遗精型性梦。

性梦是古今中外梦学界最为关注的课题，也是广大平民百姓热切关注的课题。弗洛伊德在《梦的解析》中说："因为从孩童时期开始，没有一个本能像性本能及其各种成分那样遭受强大的压抑；因此也没有其他的本能会留下那么多以及那么强烈的潜意识愿望，能够在睡眠状态中产生出梦。"② 他还说："我们愈是寻求梦的解答就愈会发现成

---

① 《梦的解析》第 133 页。
② 《梦的解析》第 170 页。

人的梦大多数都是和性的资料以及表达情欲愿望有关。"①完全可以说，性欲学说是弗洛伊德本能理论中最为精彩、最有科学价值的部分，是对人类知识宝库的一个最重大和最天才的贡献。他确立了人类从"为生殖而性"到"为性而性"的性概念，第一次也是第一个指出了人类性活动的目的是缓解"张力"或"释放"快乐。他认为性欲是一种非常普遍而且非常一般的东西，他这种为性而性、为快乐而快乐的性概念，一直受到后人很高的评价。所罗门指出弗洛伊德的性理论明显标志着一种概念的或哲学的革命以及科学的革命，是一场人类性解放的"哥白尼式的革命"，他认为过去那种所谓理性的，拟似道德的、伪善的性欲观的崩溃多亏了弗洛伊德，弗洛伊德是现代为性解放而呼号中唯一最重要的理论家。弗洛伊德的性理论也曾引起一些人的误解，但更多的人为他正名，指出弗洛伊德所寻求的不是解放性欲，而是解除压抑，以便理智地控制性欲。独领风骚三十余年的新精神分析运动领袖弗洛姆在1986年明确指出："弗洛伊德决不是性放荡的代言人。相反，他是一个有理想的人，他的理想就是要用理性控制情感，他自己对性的态度，完全够得上维多利亚女王时代性道德的理想。"② 弗洛伊德认为人类的性冲动的表现能力是与生俱来

---

① 《梦的解析》第170页。

② 弗洛姆：《弗洛伊德的使命》，第2页。生活·读书·新知三联书店，1986年12月第1版。

的人的潜意识里的冲动，尤其是性原欲，无时无刻不在寻求发泄的出路。但是，这种人类的本能从儿童时代起就开始受到严厉的压抑，人们都普遍地将对儿童性举动的指责当成自己神圣的职责之一，比如不准儿童玩弄自己的小鸡鸡等。因为人们认为，如果不在儿童期给以严厉的告诫，将来长大成人后就难以控制性欲；进一步的压抑是成人之后，社会通过伦理道德乃至法律，将性欲的释放禁锢在“人类繁衍”的狭窄空间，用一夫一妻制的合法婚姻限制压制性欲。弗洛伊德通过对文化起源的研究得出结论：文明要求“本能的克制”；现代文明牺牲了性本能的满足。我们所熟知的婚外情、婚外恋、一夜情、包二奶、红杏出墙乃至通奸、逼奸、诱奸、强奸等等涉性方面的种种丑恶现象，既是对社会文明的反叛，又是对人类性本能的回归，种种丑恶之举正是性原欲无时无刻不在寻求发泄出路的表现。贾瑞此梦便是企望叔嫂通奸以满足性原欲的发泄。从为性而性这个理念出发，贾瑞做此性梦是应该被赦免其罪的，他是个“二十来岁人”，正值性欲旺盛时期，而又“尚未娶亲”，没有合法的异性发泄，他一方面只好进行手淫，靠“那指头告了消乏”，另一方面就只能在没有伦理道德禁锢和法制打压的梦世界里无法无天地寻求满足了。其实，做类似性梦的非止贾瑞一人。现代心理及生理学研究认为，性梦是一种正常的性心理和性生理行为。男人自性成熟起一直保持有性欲。女人则在整个生育期都保持有性欲，因此，无论男女，做性梦是既普遍又经常的生理心理现象。美国的梦研究人员曾经对250名大学生的梦境进行调查统计，发现“性的经验”的梦占整梦数的66.4%；男性做性梦的频率高于女性；男性比较少在性兴奋状态下醒来，而女性在性兴奋状态中醒来者占半数之多。即便是如笔者花甲老人，亦常有性梦出现，在10年一万多个梦中，记录性梦547个，占总梦数5.1%，其中狭义性梦（性交）73个，广义性梦474个，狭义性梦占性梦总数13.3%，广义性梦占性梦总数86.7%。由此可知，性梦是不足为奇的，只是涉及人们隐私，大多讳莫如深；加上对性羞于启齿，不敢也不愿对人言而使他人不得听闻，故以为做了性梦就是大逆不道似的。

贾瑞此梦显著的特征是遗精，不是一般的遗精，而是超大量的遗精，“身子底下冰凉水渍一大滩精”。弗洛伊德认为遗精梦是具有特殊性质的性梦，只有在较少见的遗精梦中才不经过伪装而直接呈现。贾瑞在梦中一见凤姐，便赤裸裸地云雨起来，云雨一回，遗精一次，“如此三四次”又“到了这次”，统算起来，云雨有五六次之多，身底下由“遗了一滩精”积累到遗了“冰凉水渍一大滩精”，毫无遮掩，仿佛一气呵成一般。我国梦著作者路英在《中国梦文化》中说：“在社会的性压抑方面，有史以来恐怕没有超过我们中国的了，唯其如此，我们所生发的性梦也更其强烈和更其奇特。”① 贾瑞在凤姐的幻象面前，已经完全丧失了理智，对性的欲求已经完全失去了节制，一味追求满足再满足、快乐再快乐，这与宝玉第一梦中的梦遗比起来，显然有天壤之别。宝玉的梦遗属精满自溢，具有血气方刚之象；贾瑞的梦遗属肾不摄精，具有油尽灯枯之象。在中国的文学作品中，描述由脱精而死的艺术形象大约只有两人，一个是《金瓶梅》中的淫棍西门庆，一个便是贾瑞，所不同的是，西门庆是在现实生活中滥淫伏在女人身上脱精而死，贾瑞则是在梦幻的真实中滥淫而死，真可谓“生我之门死我穴，阴阳异曲一条根”！哲学家尼采说：“梦是白天失却的快乐与美感的补偿。”② 贾瑞在梦中确实得到了这种补偿，不过，他得到的也是最后一次的终结补偿。弗洛伊德说：“性的种种表现，包括同性恋在内，都应该受到正视。唯有以一种超然与客观的态度来面对性的问题，才有解决其困扰的可能。”③ 可惜贾瑞已经不能聆听智者的教诲了，难怪蒙府本也不免发出这样的哀叹：“虽死亦不能解脱者，悲夫！”

贾瑞此梦亦是厉妖梦。所谓厉妖梦，是指导致鬼祟怪

---

① 路英：《中国梦文化》，第 240 页。中国三峡出版社，2005 年 11 月第 1 版。

② 张传开、章忠民：《弗洛伊德精神分析学述评》，第 68 页。南京大学出版社，1987 年 6 月第 1 版。

③ 弗洛伊德：《少女杜拉的故事》，第 147 页。中国民间文艺出版社，1986 年 12 月第 1 版。

异的梦。贾瑞在梦中拿起“风月宝鉴”来，向反面一照，“只见一个骷髅立在里面”。这个骷髅的形象，便是魔鬼的化身。在梦中梦到魔鬼，一般指梦者必须理清楚自己野性原始的一面，尽管那会使他对自己感到陌生从而产生恐惧。贾瑞看到骷髅后，先是唬了一跳，接着便骂道士混账，表明贾瑞很不乐意看到自己野性的、原始的、兽性的一面。其实梦中的魔鬼正是被拟人化了的邪恶面，是自己内心深处兽性的表面化。凤姐是有夫之妇，是嫂子，贾瑞本应持尊重的态度以礼处之方是封建大家中的为人之道，然而他却三番两次想与凤姐勾搭成奸，表明他的人性中缺少正统的一面而奔涌着邪恶。镜中出现骷髅，原本是潜意识的一种警示，只要自此摄住心神，去掉胡思妄想，斩断心猿意马，静心修身养性，悬崖勒马，苦海回头，还是小命有救。岂料他将这个警示弃之如敝履，翻过去不愿再顾，这便失去了转折生机，硬生生向死路上撞了。骷髅是死人骨头，从心理上讲，骷髅是死亡的象征，提示梦者对凤姐的邪念必须立即终止，改弦易辙，去恶向善，否则便有如骷髅一样。从精神上讲，梦里的骷髅暗示着梦者应当考虑把禁欲作为实现新人生的起点。然而，贾瑞在梦中先后两次看见骷髅，均未引起足够的警觉，一意孤行，与生的转机两次擦肩而过，只能令人扼腕叹息。

贾瑞在梦中“又将正面一照，只见凤姐站在里面招手叫他”。这个镜中凤姐的形象，并非现实生活中的凤姐，而是以凤姐外貌出现的色魔或色鬼。一般而言，梦中的色鬼代表着梦者心中无法满足的性欲望。有趣的是，在现实生活中贾瑞遭到凤姐两次几乎要命的捉弄之后，对凤姐心有余悸，"不敢往荣国府去了"，但又偏偏还"满心想凤姐"，真是越想回避的东西，往往越要提示你它的存在。既然欲望是他自己的，那就会紧紧地跟随着他，像他的影子一样甩不掉。贾瑞是典型的性饥饿者，又是个具有强烈性原欲的人，这种极端的矛盾状态，最容易出现色鬼入梦。贾瑞已经完全沦落到色迷心窍、命都不要的深渊中去了，贾瑞在梦中一而再、再而三地同色鬼云雨无度，恰似吸血鬼吸血一样，色鬼吸尽了贾瑞的精髓，令其"已没了气"。贾瑞只知镜中是凤姐，不知镜中凤姐是色魔，更不知色魔与骷髅是两形一体，都是贾瑞自己的心魔。己卯本脂批曰："好知青冢骷髅骨，就是红楼掩面人。"贾瑞倘若有此慧眼，如何落得灯枯命绝。

从幻象上看，贾瑞的性欲望得到了随心所欲的极大满足。弗洛伊德说："梦似乎是清醒时刻行动的试验所。"①贾瑞在梦中"试验"到了与凤姐交合的快感，得到了清醒时刻求之不得的东西，故己卯本脂批曰："在贾瑞则是求仁而得仁，未尝不含笑九泉。"但在内心深处，在他的潜意识中，仍然隐藏着深沉的罪恶感。贾瑞是在祖父教养下长大

---

① 《梦的解析》第291页。

的，而“那代儒素日教训最严”，从这一点便可推测得出，贾瑞对封建礼教的法规是十分明白的，他在意识上不会不清白叔嫂通奸是违法抗礼之举，当看见晚上凂的不是凤姐而是贾蓉时，“直臊的无地可入”，当贾蔷假意要拉他去见太太时，唬得“魂不附体”。这都表明贾瑞明知叔嫂通奸是犯罪，是罪恶，只是在强烈的性欲望面前，罪恶感退到了潜意识中，在梦幻中仍表现出色胆包天，肆无忌惮。然而，罪恶感并没有消失。美国梦著作家厄内斯特·哈特曼在他的《噩梦》中说：“一种广为采纳但却很少有过清晰表述的理伦认为，是罪恶感诱发了噩梦。”① 正是贾瑞心中的罪恶感，在最后时刻改变了梦的方向，也改变了梦的性质。贾瑞风流数次之后，“到了这次，刚要出镜子来，只见两个人走来，拿铁锁把他套住，拉了就走”。一时间，由销魂的性梦转变成恐怖的噩梦，贾瑞亦从幻觉中惊醒，犹自迷糊地叫道：“让我拿了镜子再走……”。他虽从梦幻中惊醒过来，却为时已晚，“只说这句，就再不能说话了”。大凡带有负面意义的性梦，往往与罪恶感紧密联系在一起，演出着“快活——恐惧”、“性梦——噩梦”的幻剧，贾瑞这个梦正是沿着这条轨迹进行的。拿铁锁套他的两个人，正是贾瑞的超我现身，也是贾瑞最后的一次良心发现与自我

① 厄内斯特·哈特曼：《噩梦》，第32页。中国社会科学出版社，2001年6月第1版。

谴责。

贾瑞此梦还是一个病梦。病梦是人体病变的先兆，从中医角度来讲，是由于人体的阴阳五行失调而引发的梦兆。贾瑞的身体健康状况书中没有详述，但直至第十一回贾瑞参加宁府贾敬的寿宴，至少是没有任何病症的描写。贾瑞起病，是从第十二回开始。第一次是因中凤姐毒计，腊月天气在穿堂里“一夜几乎不曾冻死”；第二次是被贾代儒“发狠到底打了三四十板”，以及“不许吃饭”、“跪着在风地里读文章”；第三次是再中凤姐毒计，既被贾蓉贾蔷羞辱勒逼，又被屎尿“浇了他一身一头”、“冰冷打战”；第四次是手淫，“未免有些指头告了消乏”。在短短工夫里，“因此三五下里夹攻，不觉就得了一病”。从他“心内发膨胀，口中无滋味，脚下如绵，眼中似醋，黑夜作烧，白昼常倦，下溺连精，嗽痰带血”以及“梦魂颠倒，满口说胡话，惊怖异常”等症状来看，他得的是重症。从“下溺连精”“惊怖异常”分析，显然是肾脏出了问题；肾在五行中属水，发展过程属藏，形体表现为骨，情志表现为恐。可谓肾不藏精，病入骨髓，严重肾亏肾虚，患有心肾不交症及阴虚火旺症；病源则是起于色欲。既有生理上的体病，更有心理上的心病。按祖国医学常理，据《本草纲目》记载，诸如“斩梦丹”可以治疗梦泄遗精；“柘白皮”可以治梦与人交接泄精，治肾冷；“水磨鹿角服汁”可以治脱精尿血，夜梦鬼交；“知柏地黄丸”与“金锁固精丸”可以治心肾不交与阴虚火旺等等，并非不可医治。然而，贾瑞之病非一般肾虚肾亏，这只是表，“邪思妄动症”才是里，才是真正的病根，故虽“诸如肉桂、附子、鳖甲、麦冬、玉竹”等药，吃了有几十斤下去，也不见个动静。倏又腊尽春回，这病更又沉重。贾瑞此时要命心甚切，无药不吃，只是白花钱，不见效。殊不知，贾瑞只需收回色心，镇住邪念，禁绝手淫，何需诸多药石，此病亦可大愈。

病梦的现代生理学机制认为：病变了的器官是不断地向大脑皮质发放神经脉冲传递信息的，这些信息引起大脑皮质相应部位神经细胞的活动，并与清醒时的印象联系起来，这便形成了能够预示疾病发生及好转的梦。苏联学者还认为，梦的这种功能与其具有叠加放大作用有关。祖国医学认为：阴病梦寒，阳病梦热，内病梦乱，外病梦发。梦学界亦普遍认为，梦是最适合于帮助理解病理学事实的正常现象。

贾瑞极端的邪念与严重的肾病联系在一起，通过梦的叠加放大功能，便做出了连续滥淫之梦直到脱精而死，正应了平儿说的一句话：“癞蛤蟆想天鹅肉吃，没人伦的混帐东西，起了这个念头，叫他不得好死！”可见贾瑞之病之死，虽有若干“外伤”，根子却还是在不该起了邪念上！

秦钟之梦

第十六回　贾元春才选凤藻宫　秦鲸卿夭逝黄泉路

梦境 | MengJing

那秦钟早已魂魄离身，只剩得一口悠悠余气在胸，正见许多鬼判持牌提索来捉他。那秦钟魂魄那里肯就去，又记念着家中无人掌管家务，又记挂着父亲还有留积下的三四千两银子，又记挂着智能尚无下落，因此百般求告鬼判。无奈这些鬼判都不肯徇私，反叱咤秦钟道："亏你还是读过书的人，岂不知俗语说的：'阎王叫你三更死，谁敢留人到五更。'我们阴间上下都是铁面无私的，不比你们阳间瞻情致意，有许多的关碍处。"

正闹着，那秦钟魂魄忽听见"宝玉来了"

> 四字，便忙又央求道：“列位神差，略发慈悲，让我回去，和这一个好朋友说一句话就来的。”众鬼道：“又是什么好朋友？”秦钟道：“不瞒列位，就是荣国公的孙子，小名宝玉。”都判官听了，先就唬慌起来，忙喝骂鬼使道：“我说你们放了他回去走走罢，你们断不依我的话，如今只等他请出个运旺时盛的人来才罢。”众鬼见都判如此，也都忙了手脚，一面又抱怨道：“你老人家先是那等雷霆电雹，原来见不得‘宝玉’二字。依我们愚见，他是阳，我们是阴，怕他们也无益于我们。”都判道：“放屁！俗话说的好，‘天下官管天下民’，自古人、鬼之道却是一般，阴、阳并无二理。别管他阴也罢，阳也罢，还是把他放回没有错了的。”众鬼听说，只得将秦魂放回，哼了一声，微开双目，见宝玉在侧，乃勉强叹道：“怎么不肯早来？再迟一步也不能见了。”

解析 | JieXi

秦钟是秦可卿的兄弟，第七回宴宁府宝玉会秦钟中写宝玉与秦钟初次见面，由于秦钟眉清目秀，粉面朱唇，身材俊俏，举止风流，似在宝玉之上，凤姐便推宝玉笑道：“比下去了！”宝玉见秦钟人品出众，心中似有所失，痴了半日，自己心中又起了呆意，乃自思道："天下竟有这等人物！"不禁自惭形秽起来。而秦钟见宝玉形容出众，举止不浮，更兼金冠绣服，骄婢侈童，深恨自己生于清寒之家，不能与他耳鬓交接。二人一样的互相爱慕，你言我语，十来句后，越觉亲密起来。随即宝玉又回明贾母要让秦钟一起上家塾。第九回恋风流情友入家塾，起嫌疑顽童闹学堂中，秦钟上了贾府家塾，遂了宝玉的心愿，宝玉更不顾叔侄辈分，向秦钟悄说道："咱们两个人一样的年纪，况又是同窗，以后不必论叔侄，只论弟兄、朋友就是了。"先是秦钟不肯，当不得宝玉不依，只叫他兄弟，或叫他的表字"鲸卿"，秦钟也只得混着乱叫起来，自此两人成了知己。在家塾里，金荣一班小子欺辱秦钟，气的秦钟哭道："有金荣，我是不在这里念书的。"宝玉一听，就要去"回明白众人，撵了金荣去"，管家塾的贾瑞怕事情闹大了自己也不干净，只得委曲着来央告秦钟，又央告宝玉，最后逼迫金荣"进前来与秦钟磕头"赔了不是才完事。第十五回秦鲸卿得趣馒头庵中，宝玉知秦钟与水月庵尼姑智能儿相好，抓住了两人奸情也不向外声张，当贾母、王夫人打发人来叫宝玉回去时，宝玉不肯回去，又有秦钟恋着智能，调唆宝玉求凤姐再住一天，凤姐顺了宝玉的心，让那秦钟与智能百般不忍分离，背地里多少幽期密约的又过了一日。谁知好人命短！第十六回秦鲸卿夭逝黄泉路中，宝玉收拾了外书房，约定与秦钟读夜书。偏偏秦钟秉赋最弱，因在郊外受了些风霜，又与智能儿偷期绻缱，未免失于调养，回来时便咳嗽伤风，懒进饮食，大有不胜之态，遂不敢出门，只在家中养息。那智能儿得知，私逃进城，找至秦钟家下看视秦钟，不意被其父秦业知觉，将智能逐出，将秦钟打了一顿，自己气得老病发作，三五日光景呜呼死了。秦钟本自怯弱，又带病未愈，受了笞杖，今见老父气死，此时悔痛无及，更又添了许多症候。秦钟之病日重一日，宝玉着实担心，正意欲回了贾母去望候秦钟，忽听茗烟道："秦相公不中用了！"宝玉急忙来至秦钟家。此时秦钟已发过两三次昏了，移床易箦多时，宝玉一见，便不禁失声痛哭，又来至近前，见秦钟面如白腊，合目呼吸于枕上。宝玉忙叫道："鲸兄！宝玉来了。"连叫两三声，秦钟不睬。宝玉又道："宝玉来了。"此时，秦钟正处于弥留之际，也许宝玉叫前"两三声"的时候，秦钟正在与鬼判们央告暂缓时辰，及至最后这一声方才听到，才说出"让我回去，和这一个好朋友说一句话就来的"。其实，这正是秦钟与宝玉亲密结交的最后一缕情结，希望能在自己离世之前见宝玉一面。

秦钟与宝玉之交，乃是俊美少年惺惺相惜互相爱慕的纯洁之交。红学界有人猜测秦钟与宝玉有"断袖之交"的嫌疑，最重要的根据就是第十五回中"宝玉不知与秦钟算何账目，未见真切，未曾记得，此系疑案，不敢纂创"这几句交待。更兼甲戌本脂批又云"故特因此二三件事隐去，借石之未见真切，淡淡隐去，越觉得云烟渺茫之中，无限丘壑在焉”，似乎两人同性恋更确有其事的了。大凡研究同性恋特征的人都认为，具有同性恋倾向的人，对异性一般采取排斥态度，观秦钟与智能儿两情相悦，生死攸关，可知秦钟并非男风中人；而宝玉对女子尚只用情而不淫，对秦钟也重在一个情字上，很难将同性恋扣在他的头上。笔者倒是十分欣赏作者“未见真切，未曾记得，此系疑案，不敢纂创”之立场，既未真见，又无文字记载，何不留此云烟渺茫、无限丘壑，任人遐想，而无须作此并无实据的空见。由此可知，秦钟在生命的最后一刻恋恋不舍的乃是与宝玉之情而非与宝玉之淫，这才是作者立意中真正的“情种”，也才是秦钟此梦的梦思所在。

此梦与其他梦最大的不同处，先是“魂魄离身”而入梦，后是“秦魂放回”而出梦，在整个梦境之中，全是秦钟的魂魄与鬼判的对话以及鬼判索魂与放魂的情节。这就牵涉到科学解梦中最为古老又最为敏感而又至为关键的梦魂问题。我国古人认为梦通阴阳两界，所谓阴界即鬼界，梦是离开肉体的灵魂行动的记录，此梦即是秦钟的魂魄离开躯体后在鬼界与鬼判们言行的记录。我国古人认为，魂在人体内是有定居之处的，谓之窍，倘若离开定居之处，便谓灵魂出窍。魂的活动地有主要居室与别墅之分，分别为白天黑夜活动之所。而梦是魂夜里在主要居室的活动。明代庄元臣的《叔苴子》中记载：“肺也，肾也，脾也，魂之宫室也；肝也，心也，魂之都居也。耳也，鼻也，口也，魂之外庭也；目也，舌也，魂之别舍也。昼游于外庭别舍，夜归于宫室都居，故觉则有知，寐则有梦。”所以白天走神叫“魂不守舍”，夜晚走神叫“魂不附体”，弥留之际昏聩叫“灵魂出窍”。秦钟即是灵魂出窍。我国古代讲究精气神、五脏六府与阴阳，这些与梦具有显著的因果关系。《黄帝内经·灵枢·淫邪发梦》篇中，从阴阳与五脏六腑的角度记述与梦的因果关系，提出了发梦的“十二盛”与“十五不足”，即发梦的原因，可算是我国古代比较典型的论述。歧伯曰：“阴气盛，则梦涉大水而恐惧；阳气盛，则梦大火而燔灼；阴阳俱盛，则梦相杀。上盛则梦飞，下盛则梦堕。甚饥则梦取，甚饱则梦予。肝气盛则梦怒；肺气盛则梦恐惧、哭泣、飞扬；心气盛则梦喜笑恐畏；脾气盛则梦歌乐、身体重不举；肾气盛则梦腰脊两解不属。厥气客于心，则梦见丘山烟火；客于肺，则梦飞扬，见金铁之奇物；客于肝，则梦山林树木；客于脾，则梦丘陵大泽，坏屋风雨；客于肾，则梦临渊，没居水中；客于膀胱，则梦游行；客于胃，则梦饮食；客于大肠，则梦田野；客于小肠，则梦聚邑冲衢；客于胆，则梦斗讼自刳；客于阴器，则梦接内；客于项，则梦斩首；客于胫，则梦行走而不能前，没居深地窌宛中；客于股肱，则梦礼节拜起；客于胞殖则梦溲（遗精）便。”这个“十二盛”与“十五不足”充满了朴素的唯物辩证思想。比弗洛伊德关于梦材料来源学说早了不知多少年，至今仍闪烁着智慧的光芒。唯有魂离窍之说，则显得过于玄奥艰深而被迷信乘虚而入，迷惑国人千百年。从“昼游于外庭别舍，夜归于宫室都居，故觉则有知，寐则有梦”来分析，我国古人实际上已经将“魂”分为了“觉”时的意识和“寐”时的潜意识，白天的魂表现为“有知”，夜晚的魂则表现为“有梦”。“有知”与“有梦”，正是意识与潜意识的表现与特征，只是我们古人未曾直接提出“潜意识”这个名词而已。所以，我们亦不可将魂魄之说一概归结为迷信。梦中秦钟与鬼判们的对话，实际上是秦钟意识与潜意识之间的最后一次对话。鬼判们不过是秦钟自我的置换，秦钟留恋人世，留恋宝玉，留恋智能儿，不甘心少年夭折，这也是他对世事人情的最后一次思念。在生之时，做了不少令人后悔不已的差事，梦使生命在死亡中变得清晰起来，到了论时论刻的时候，生命也在死亡中变得珍贵起来。宝玉的一声呼唤，使他得见宝玉最后一面的愿望得到满足，在两人亲密的友情上画上了一个圆满的句号。因此，归结起来这是一个思梦，不仅仅指因思念而梦，而且指梦中有思有念；同时，也是弗洛伊德所称的愿望满足梦。

卍儿母之梦

第十九回　情切切良宵花解语　意绵绵静日玉生香

梦境 | MengJing

宝玉因问："那丫头十几岁了？"茗烟道："大不过十六七岁了。"宝玉道："连他的岁属也不问问，别的自然越发不知了。可见他白认得你了。可怜，可怜！"又问："名字叫什么？"茗烟大笑道："若说出名字来话长，真真新鲜奇文，竟是写不出来的。据他说，他母亲养他的时节做了个梦，梦见得了一匹锦，上面是五色富贵不断头卍字的花样，所以他的名字叫作卍儿。"宝玉听了笑道："真也新奇，想必他将来有些造化。"

解析 | JieXi

茗烟是个小厮，卍儿是个丫鬟，两人干那警幻所训之事时被宝玉撞破，细问起来，茗烟连卍儿的岁属也说不清楚，正如宝玉所言："别的自然越发不知了。"解梦最怕不知情。幸好这个梦既不是茗烟的也不是卍儿的，倒是卍儿母亲的梦，卍儿母亲将自己生育时的梦告诉了卍儿，卍儿又告诉了茗烟，茗烟又告诉了宝玉，这样转述多次后，梦中的许多细节也许在不知不觉中省略掉了，只剩下"得了一匹五色富贵不断头卍字花样的锦"这一个细节，又因这锦上的花色而给女儿作了名字。己卯本脂批曰："又一个梦，只是随手成趣耳。"如此看来，卍儿母亲是否真做过这个梦都值得怀疑了。诚然如此，从解梦角度而言，我们不妨仍当卍儿母亲真做过此梦，即生育之梦。

生育之梦是中外梦学界研究的主题梦之一。妊娠和生育都是人类自身繁衍的一种生理现象，是人生中要经历的一个重大事件，它从没有责任过渡到为人父母，这种从此担负养育责任的历史使命，是人生的重大转折。人生的这一重大经历，必然会以各种形态反映到梦中来。生育之梦通常都是女人做的，正如卍儿母亲；但男人也有做生育之梦的情况，这是因为生儿育女不仅仅是女人的事，同样也是男人的事，特别是在责任问题上，男人与女人同样承担着责任，这就是说，生育观念无论男女，同样深入人心。生育之梦不仅反映了人类的生理现象，同是还具有心理意义，象征着种种人生问题，比如象征一个新的开端，像卍儿母亲梦见一匹五彩的锦，象征新家庭的诞生、新生活的开始。之所以没有梦见别的物体，而梦见了“锦”，这个“锦”便具有鲜明的象征意义。锦是一种有彩色花纹的丝织品，通常用蚕丝和人造丝交错织成，色彩鲜明华丽。卍儿母亲梦见得锦，比喻得到锦绣前程，或者比喻生了卍儿便如锦上添花，凸现了卍儿母亲生育时愉悦美好的心情。而“一匹锦”的“匹”，也有深层次含义。不是一块锦一段锦，而是“一匹”锦。“匹”是量词，是指五十尺或一百尺不等的整卷丝绸，这就意味着“很长”。我们知道，生育是个非常漫长而艰辛的过程，从受孕到十月怀胎到分娩，要经历许多的煎熬，途中要经历许多的波折与苦痛，不仅经历的时间“很长”，而且还要经历很多的风险，这就象征一种漫长而艰苦的历程，也比喻生儿育女来之不易。总之，生育是件改变人生的大事，一个孩子的出生影响整个家庭，卍儿母亲正是怀着极其喜悦之情迎来了卍儿出世，梦里也乐开了花。

梦中出现了“五色富贵不断头卍字的花样”，说明不仅锦本身是彩色的，连花样也是“五色”的，这就可以推断，卍儿母之梦是个彩色梦。

彩色梦是梦学界研究的热门话题之一。一般人认为，梦境是没有色彩的，它的基本颜色是黑色或灰色，但还是有人报告了彩色梦。色彩斑斓的梦不仅存在，而且给梦者留下了深刻印象。做不做彩色梦，与梦者个人对色彩的敏感度有密切的关系，平时对色彩感觉特别敏锐的人，经常会做一些色彩鲜明的梦；平时对色彩感觉较迟钝的人，则倾向于做黑白单色的梦。笔者10年一万个梦中，做了1450个彩色梦，占总梦数13.6%。卍儿母亲梦中的“五色”即“五彩”，是指青、黄、赤、白、黑，亦泛指多种彩色。我国古代梦论家常将梦中的色彩与五脏联系在一起，《黄帝内经·灵枢·五色》篇中说：“以五色命脏，青为肝，赤为心，白为肺，黄为脾，黑为肾。”色彩与相互对应的脏器状态有关，如肺气虚则“梦见白物”，但也并非色彩都是内脏病变的象征。色彩更多情况下，是与梦者的情感或情绪联系在一起，如红色、黄色属于暖色，象征人在情绪上显示热烈、激情、亢奋；蓝色、绿色属于冷色，象征人在情绪上显示平和、崇高、冷静。而许多研究梦中色彩的人将色彩与梦者个人的人格气质联系起来，一般认为，个性开朗、性格外向的阳性气质的人喜欢鲜艳的暖性色彩，梦中出现的色彩以红黄为主；性格内向、忧郁多思的阴性气质的人喜爱蓝灰色，故梦中也多以冷色为主。笔者10年一万多个梦中，有32种彩色，其中红色602次，黄色378次，合计980次，占总色彩梦67.5%，超过一半，由此可推断笔者属于阳性气质的人。同样，卍儿母亲喜爱五彩缤纷之色，亦可推断为阳性气质的人。

卍儿母亲梦中除了梦见“五彩”之外还梦见的是“一匹锦”，梦中的“一”和“五”都是数字，这又可以视此梦为数字梦。数字梦亦是梦学界十分感兴趣的研究课题之一。多数梦研究者认为，梦中出现数字绝不是空穴来风，梦者之所以关注数字，这些数字要么有关梦者个人生活中有特殊纪念价值的内容，例如生日、结婚日、参军日等等，要么具有某种特殊的象征意义。不少人对 1 至 9 这 9 个数字作出了或这样或那样的猜想、定义，一般而言根据并不十分充分，也有人将 0 至 12 这 12 个数字作出精神上的释义，也是仁者见仁智者见智，不可不信亦不可全信。比如有人认为“一”是代表“自身”、“开端”、“第一”、“统一”等，用在卍儿母身上，象征“开端”较为贴切；又如“五”，代表“人体”、“知觉”、“五官感觉”，用在卍儿母身上，“人的身体知觉”较为贴切，生育之时，身体知觉是十分明显的。

归结起来，作者“随手成趣”的一个小梦，亦可解析为生育之梦、彩色之梦、数字之梦，这几种解析恰巧并不矛盾，倒还相映成趣，活活画出了一个具有阳性气质的心情愉悦的卍儿母亲来，她在梦中得到一匹锦，这一匹锦也可以是卍儿的置换，即卍儿母如愿以偿，得到一个如花似锦的女儿，心满意足地将锦上不断头的卍字花样做了女儿的名字，期盼卍儿如锦前程永不断头。

这里着重说一下“说梦”。梦具有完全的私密性，只要梦者不亲口说出来，或者不亲手记录下来，那么，他的梦或者被遗忘，或者陪他一起烂在肚子里，对他人而言，将是永远不可得知的秘密。

然而，无论正史或野史，也无论小说或戏剧，都能看到无数的梦例。在人类文化的长廊中，一个又一个的梦例，像小花小草点缀其间，常给人带来无穷的乐趣，引起无尽的遐思，演绎无边的神秘。

那么，这些梦例是从哪里来的呢？来源只有两个，一个是文人或政客捕风捉影加油添醋凭空捏造杜撰出来的假货，像卍儿母亲说的梦，就是曹公“随手成趣”编出来的；另一个就是由梦者亲口说出来或亲手记录下来的真实梦境。要分辨古今中外存世梦例的真实性，并不是很难的事，有些梦的真假，甚至可以一目了然。

问题在于，做梦与说梦具有本质的区别。做梦是在梦者个体大脑这个完全屏蔽的空间里放映的故事，具有完全的自由和绝对的安全，所谓梦是无法无天的王国，就在于做梦不受外界社会规范的制约，梦的影响疆域，完全局限在梦者个体之内，只是一种心理现象，反映的只是梦者的内在精神状态，不但他人不知，更对他人毫无影响。

然而，一旦梦者将梦说出来，情况就发生了本质变化，由内在的精神现象变成了现实的社会现象，梦这时已经突破了原来封闭的疆域，进入到了开放的社会，而且，对社会必然产生或大或小的影响，它就必须接受社会规范的制约。所以说，做梦自由，可以随心所欲；说梦就不自由了，必须承担相应的社会责任。

现实的情况是，大凡将自己梦境说出来的人，都怀有某种动机，想达到某种目的。也就是说，说梦具有明显的功利性。笔者通过对数千个古今中外梦例的研究，发现说梦的功利性大约有 8 种，即政治说梦、陈情说梦、后证说梦、劝世说梦、天赐说梦、溯源说梦、思辩说梦和求解说梦。卍儿母亲的说梦，即可归纳到天赐说梦，与李白的“梦笔生花”、韩愈的“梦吞丹篆”以及江淹的“江郎才尽”等经典说梦故事大同小异，无非炫耀自己的才华或所生的儿女皆是“天赐”的，与众大不相同。卍儿母亲正是要夸耀自己生的女儿如花似锦，期盼女儿前程似锦，满足一个母亲的骄傲与期许的愿望。

红玉之梦

第二十四回　醉金刚轻财尚义侠　痴女儿遗帕惹相思

梦境 | MengJing

红玉正闷闷的，忽然听见老嬷嬷说起贾芸来，不觉心中一动，便闷闷的回至房中，睡在床上暗暗盘算，翻来调去，正没个抓寻。忽听窗外低低的叫道："红玉，你的手帕子，我拾在这里呢。"红玉听了忙走出来看，不是别人，正是贾芸。红玉不觉的粉面含羞，问道："二爷在那里拾着的？"贾芸笑道："你过来，我告诉你。"一面说，一面就上来拉他。那红玉急回身一跑，却被门槛绊倒，绊了一跤，唬醒过来方知是梦。

解析 | JieXi

红玉本姓林，小名红玉，只因“玉”犯了林黛玉、宝玉，便把这个字隐起来，便都叫他小红。原是荣国府中世代的旧仆，他父林之孝现在收管各处房田事务。这红玉年方十六岁，因分人在大观园的时节，把他便分在怡红院中，倒也清幽雅静。不想后来命人进来居住，偏生这一所儿又被宝玉占了。这红玉虽然是个不谙事的丫头，却因他原有三分容貌，心内着实妄想痴心的向上攀高，每每的要在宝玉面前现弄现弄。事有凑巧，这日晚上，宝玉从北静王府里回来，见过贾母、王夫人等回至园内，换了衣服，正要洗澡。袭人因被薛宝钗烦了去打结子；秋纹、碧痕两个去催水；檀云又因他母亲的生日接了出去；麝月又现在家中养病；虽还有几个作粗活听唤的丫头，估着叫不着他们，都出去寻伙觅伴的玩去了。不想这一刻的工夫，只剩了宝玉在房内。偏生的，宝玉要吃茶，一连叫了两三声，方见两三个老嬷嬷走进来。宝玉见了他们，连忙摇手儿说：“罢，罢，不用你们了。”老婆子们只得退出。宝玉见没丫头们，只得自己下来拿了碗，向茶壶去倒茶。只听背后说道：“二爷仔细烫了手，让我们来倒。”一面说，一面走上来早接了碗过去。宝玉倒唬了一跳，问：“你在那里的？忽然来了，唬我一跳。”那丫头一面递茶，一面回说：“我在后院子里，才从里间的后门进来，难道二爷就没听见脚步响?”宝玉一面吃茶，一面仔细打量那丫头：穿着几件半新不旧的衣裳，倒是一头黑鬒鬒的头发，挽个着䰖，容长脸面，细巧身材，却十分俏弱干净。宝玉看了，便笑问道：“你也是我这屋里的人么?”那丫头道：“是的。”宝玉道：“既是这屋里的，我怎么不认得?”那丫头听说，便冷笑了一声道：“认不得的也多，岂只我一个。从来我又不递茶递水、拿东拿西，眼见的事一点儿不作，那里认得呢。”宝玉道：“你为什么不作那眼见的事?”那丫头道：“这话我也难说。只是有一句话回二爷：昨儿有个什么芸儿来找二爷。我想二爷不得空儿，便叫焙茗回他，叫他今日早来，不想二爷又往北府里去了。”这个同宝玉一问一搭的丫头就是红玉，敢情她趁房中只有宝玉一人，还想“现弄现弄”，岂料秋纹、碧痕两个共提一桶水进来，红玉便忙迎去接。那秋纹、碧痕忽见走出一个人来接水，二人看时，不是别人，原来是小红。二人便都诧异，将水放下，忙进房来东瞧西望，并没个别人，只有宝玉，便心中大不自在。只得预备下洗澡之物，待宝玉脱了衣裳，二人便带上门出来，走到那边房内便找小红，问他方才在屋里说什么。小红道：“我何曾在屋里的?只因我的手帕子不见了，往后头找手帕子去。不想二爷要茶吃，叫姐姐们一个没有，是我进去了，才倒了茶，姐姐们便来了。”秋纹听了，兜脸啐了一口，骂道：“没脸的下流东西！正经叫你催水去，你说有事做，倒叫我们去，你可等着做这个巧宗儿。一里一里的，这不上来了。难道我们倒跟不上你了？你也拿镜子照照，配递茶递水不配!”碧痕道：“明儿我说给他们，凡要茶要水送东送西的事，咱们都别动，只叫他去便是了。”秋纹道：“这么说，不如我们散了，单让他在这屋里呢。”二人你一句我一句正闹着，只见有个老嬷嬷进来传凤姐的话说：“明日有人带花儿匠来种树，叫你们严禁些，衣服裙子别混晒混晾的。那土山上一溜都拦着帏幕呢，可别混跑。”秋纹便问：“明儿不知是谁带进匠人来监工?”那婆子道：“说什么后廊上的芸哥儿。”秋纹、碧痕听了都不知道，只管混问别的话，那小红听见了，心内都明白，就知是昨儿外书房所见那人了。原来昨日红玉在宝玉的外书房里遇见了贾芸，知是本家的爷们，便不似先前那等回避，下死眼把贾芸盯了两眼，并答应替贾芸回宝玉的话。眼下刚替贾芸回了话，岂知宝玉身边一干人，都是伶牙俐爪的，想同宝玉亲近亲近，那里插的下手去，这一刻儿才有些消息，又遭秋纹等一场唾骂，心内早灰了一半，忽听老嬷嬷说起贾芸来，不觉心中一动，一睡到床上便梦见贾芸来了。

很显然，这是红玉的一个愿望梦，指在梦中实现了自己的愿望。红玉想搭上宝玉，但由于自己身份低微，加上宝玉身边的大丫头阻挠，不得已只得舍其优而求其次，将一腔心事搁到贾芸身上。从弗洛伊德关于梦是愿望的满足这个角度而言，绝大多数的梦都是愿望满足梦。弗洛伊德从临床分析中发现，梦经常表现那些日常生活中未能实现的愿望以及被压抑的需求。因此，他认为梦是被压抑在心灵深处的潜意识活动的最普遍、最重要的表现。通过梦的表现，被压抑的意识或潜意识愿望可以得到幻想性的满足，从而在一定程度上缓解了由于愿望未能满足而带来的心理压力。红玉虽然只是个连“递茶递水也不配”的小丫头，但到了十六岁的年纪，春心荡漾，也自然会要为自己的归宿着想，加上也有“三分容貌”做本钱，便不知自照镜子想高攀宝玉，被秋纹、碧痕断喝之后，才从好高骛远的心境返回到稍有务实的心境上来。究其实，她与贾芸也只有一面之识，只是“下死眼把贾芸盯了两眼”而已，谈不上有什么青梅竹马、耳鬓厮磨之类的前缘，说得好听点是一见钟情，说得难听点是饥不择食。但不管怎么说，在那样的封建社会，在那样的大府深院，一个小小丫鬟要想见个适龄的男子都难。所以花儿匠进园来种树，“那土山上一溜都拦着帏幕”，为的便是隔断男女之嫌。既然见着了贾芸，又知道贾芸是“本家的爷们”，还同贾芸搭上了几句话，贾芸也用眼睛瞧着自己，似在有意之间，岂有不动芳心紧紧攥住之理？不仅自己中意了贾芸，尤为关注的是贾芸是否对自己有意，是否两情相悦。这便是红玉心中“正没个抓寻”处。

在红玉满腹狐疑之际，梦中出现了她相思的贾芸。弗洛伊德说："梦就是这般地善解人意。"[1] 弗洛伊德又说："梦所表现的总是一厢情愿的实现。"[2] 心里想着贾芸，贾芸就到梦里来了；自己丢了手帕，梦里正好是贾芸拾着了；心里想贾芸会不会中意自己，梦里贾芸就主动来拉她的手。真是有什么心思，就出现什么梦境，心想梦成，美妙无比。然而，弗洛伊德尖锐而明确地指出："梦的真正意义总是需要经过分析的，决不是表面意义所能代表的。"[3] 这就是说，此梦不能依表面梦象解析为"要风得风，要雨得雨"的愿望满足梦。那么，此梦的"真正意义"又是什么呢？

弗洛伊德所说的表面意义是指"梦的显意"，他所说的真正意义是指"梦的隐意"。在论述梦的显意与梦的隐意二者之间的关系时，他说了一段极为精辟的话，他说："'梦的隐意'与'梦的显意'就有如以两种不同的预言表达同一种内容，或说得更清楚些，'梦的显意'就是以另一种表达的形式将'梦的隐意'传译给我们，而所采用的符号以及法则，唯有透过译作与原著比较，才能了解。一旦我们做到了这点，那'梦的隐意'就再不是一个如此难以了解的秘密。'梦的显意'，就有如象形文字一般，其符号必须逐一地翻译成'梦的隐意'所采用的文字。因此，这些符号决非以其图形的形态即可解释，它必须按符号所代表的

① 《梦的解析》第 19 页。
② 《梦的解析》第 28 页。
③ 《梦的解析》第 31 页。

意义来做这项翻译工作。"[①] 我们知道，梦的语言是象征；解梦的工作就是将显象中的"象形文字"翻译成隐意所采用的文字——象征。在红玉这个梦中，我们可以很快找到一个象征——"门槛"。梦中"红玉急回身一跑，却被门槛绊倒，绊了一跤"。倘若我们漫不经心地将梦中的门槛当作一般的"门框下部挨着地面的横木"看，那便等于丢失了开启此梦的一把钥匙；倘若我们将门槛当象征看，则等于把握住了开启此梦的钥匙。我们知道，学生考试，60 分及格，80 分良好，90 分以上优秀，这个 60 分、80 分、90 分就分别是及格生、良好生、优秀生的门槛，跨不过 60 分的门槛，就是不及格生了；同样，许多体育竞赛项目在正式比赛前，都要预先进行资格赛，资格赛的种种标准，就是一道道门槛，跨不过门槛，连参加正式比赛的资格也没有。依此类推，诸如招聘人才、评选名校、入伍参军等等，凡带有一定竞争性质的事项，都会横出一道道门槛，将一些不能达标的人拦在门槛之外而入不了门。很明显，门槛在这儿具有限制、等级、资格、坎儿的象征意义。红玉是个什么"底儿"呢？她的父母林之孝家是"荣国府中世代的旧仆，现在收管各处房田事务"，尽管混到了大管家的地位，却依然只是仆人，是荣府中的奴才，红玉充其量只是荣府中一个奴才的女儿。再来看看贾芸。贾芸是"后廊上

① 《梦的解析》第 107 页。

住的五嫂子”的儿子，父亲没了，只留下“一亩地两间房子”，虽说远远不能和宝玉作比，但毕竟仍是“金盆虽破分两在”的贾二爷，在贾府奴才面前仍可称得上是一个主子。封建社会男婚女嫁的一个基本门槛便是门当户对，既讲究家财相对也讲究身份相对，主子对主子，奴才对奴才。红玉搭不上宝玉退而求其次，以为贾芸可以搭上，意识层面可能认为贾芸也不过是个“穷哥们”，比自己好不上哪儿去，然而，潜意识往往比意识更具洞察力，思虑更深邃，潜意识从更深层次看到了身份这一条横亘在他俩之间的不可逾越的门槛。倘若红玉仅仅只是想与贾芸偷偷情甚或勾搭成奸，未尝不可，但若论婚嫁则万行不通。潜意识便通过门槛这个象征，向红玉的意识发出警示：身份悬殊，难以逾越！故以被门槛绊了一跤而惊醒。

到此我们可以作一归纳：红玉的显梦满足了她与贾芸相会的愿望；梦的隐意却提示红玉与贾芸之间有不可逾越的门第身份鸿沟，对此不可痴迷不悟，以免“绊倒”。表面为愿望满足梦，实质则为警示梦。

刘姥姥说梦

第三十九回　村老妪是信口开河　痴情子偏寻根究底

梦境 | MengJing

刘姥姥便又想了一篇，说道："我们庄子东边庄上，有个老奶奶子，今年九十多岁了。他天天吃斋念佛，谁知就感动了观音菩萨夜里来托梦说：'你这样虔心，原来你该绝后的，如今奏了玉皇，给你个孙子。'原来这老奶奶只有一个儿子，这儿子也只一个儿子，好容易养到十七八岁上死了，哭的什么似的。后来果然又养了一个，今年才十三四岁，生的雪团儿一般，聪明伶俐非常，可见这些神佛是有的。"这一夕话，实合了贾母、王夫人的心事，连王夫人也都听住了。

解析 | JieXi

这个观音托梦送子的梦，作者明言明语道是村老妪信口开河瞎编的一篇胡诌，只不过为讨贾母欢心而已，原本没什么好解析的，但由于梦中出现了观音菩萨，我们不妨作神鬼梦来解析。

当封建迷信思想像迷雾一样笼罩在人们心头时，神仙鬼怪不仅经常出现在人们日常生活的交谈之中，也时不时出现在一些人的梦中。笔者10年一万多个梦中，出现神仙鬼怪梦24个，约占总梦数的千分之二，其中有两个梦中也出现了观音菩萨。世界上哪里真有观音菩萨、如来佛祖呢？在长沙马王堆汉墓出土的帛画上，有天堂、人间、地狱三界的区分，说明早在两千多年前，中国先人已经有鲜明的天堂地狱概念了。然而，溯本求源，无论古今中外，有谁去过天堂？有谁去过地狱？又有谁见过天堂？有谁见过地狱？如果没有的话，那么多多于恒河之沙的关于描绘天堂与地狱、神仙与鬼怪的文字和图画又是从何而来的呢？答案也许是令人惊异的——天堂与地狱、神仙与鬼怪都是梦的创作！自古以来，当人们美好的精神寄托出现在梦中时，梦象就呈现出祥云霞光琉璃宫阙，一派令人向往的景象；当人们焦虑的精神恐惧出现在梦中时，梦象就呈现出光怪陆离凄惨万状，一派令人惊骇的景象。人们将这些梦象你一言他一语地说出来甚至勾画出来，一传十十传百，遇上好事的文人墨客丹青高手，便将这些梦象概括起来提炼出来，编画成神话故事和图画，便成就了天堂与地狱、神仙与鬼怪。从端庄大气的观音菩萨到狰狞可怖的恶魔厉鬼，无一不是取材于梦境，而这些梦正是人类心理活动的表达。因此，我们说神话是人类的梦，梦是个人的神话。这种源于梦境的神灵世界恰巧反映了人类的精神生活，是人类“自然神性倾向”的体现。一般而言，天堂里大多是神仙，神属阳，为积极因素；地狱里大多是鬼怪，鬼属阴，为邪祟因素，这是介于人间的两种极端。倘若将人间比作正常心理状态的话，梦见天堂神仙则具有正面的积极效应，表明心理状态十分良好；梦见地狱鬼怪则具有负面的消极效应，表明心理状态有些糟糕，极需进行调节，以保持心理平衡。刘姥姥似乎对心理学颇有研究，她在讲了一个小姑娘拾柴的故事恰巧引发了“南院马棚里走了水”（失火）后，立即编了这个“观音娘娘送子”的梦来调节贾母等人的心理状态，马上显现出了积极的效应，“实合了贾母、王夫人的心事，连王夫人也都听住了”。其实，并不是这位九十多岁的老奶奶感动了观音菩萨托梦送子，恰恰是老奶奶的好心情感动了梦思，给她老人家送来了一个如愿以偿的好梦。

香菱之梦

第四十八回　滥情人情误思游艺　慕雅女雅集苦吟诗

梦境 | MengJing

各自散后，香菱满心还是想诗。至晚间对灯出了一回神，至三更以后上床卧下，两眼鳏鳏，直到五更方才朦胧睡去了。一时天亮，宝钗醒了，听了一听，他安稳睡了，心下想："他翻腾了一夜，不知可作成了？这会子乏了，且别叫他。"正想着，只听香菱从梦中笑道："可是有了，难道这一首还不好？"宝钗听了，又是可叹，又是可笑，连忙唤醒了他，问他："得了什么？你这诚心都通了仙了。学不成诗，还弄出病来呢。"一面说，一面梳洗了，会同姊妹往贾母处来。原来香菱苦志学诗，精血诚聚，日间做不出，忽于梦中得了八句。梳洗已毕，便忙录出来，自己并不知好歹，便拿来又找黛玉。

解析 | JieXi

香菱在第一回便出场了，是金钗们出场最早的人，当时才三岁，乳名英莲，是甄士隐的独女，从小便生得粉妆玉琢，乖巧可爱，不料五六岁时元宵夜看社火花灯时丢失，被拐子养在一个僻静处，到十二三岁时，被拐子卖给小乡绅之子冯渊作妾，谁知这拐子又偷卖与薛家，闹得薛蟠打死冯渊，抢了香菱起身长行上京来，一家人便住在舅舅贾政的荣国府梨香院里，香菱便在薛姨妈身边当个小丫头，一日日长大，模样儿越来越好，竟有些像东府里蓉大奶奶的品格儿。后来竟与薛大傻子作了房里人，开了脸，越发出挑的标致了。第四十八回薛蟠外出长行做买卖，薛姨妈重新安排留守人员住宿，命香菱“晚间和我去睡”，不料宝钗却要香菱作伴，香菱便同宝钗一起来至蘅芜苑。香菱一进苑便对宝钗笑道：“好姑娘，你趁着这个功夫，教给我作诗罢。”后来到潇湘馆又对黛玉笑道：“我这一进来了，也得了空儿，好歹教给我作诗，就是我的造化了！”黛玉笑道：“既要作诗，你就拜我为师。我虽不通，大略也还教得起你。”香菱笑道：“果然这样，我就拜你作师。你可不许腻烦的。”说着就要跪下拜师。就这样，香菱便一头扎进了学诗做诗的浓兴之中，连在梦中也做起诗来了。香菱在梦中做了首什么诗呢？她醒后忙录出的八句诗便是：

精华欲掩料应难，影自娟娟魄自寒。
一片砧敲千里白，半轮鸡唱五更残。
绿蓑江上秋闻笛，红袖楼头夜倚栏。
博得嫦娥应借问，何缘不使永团圆！

这首诗受到了师傅黛玉及众姊妹的高度赞赏：众人看了笑道：“这首不但好，而且新巧有意趣。可知俗语说‘天下无难事，只怕有心人’。社里一定请你了。”

香菱在梦里做出一首绝好的诗来，这便是梦学界津津乐道的创作梦，又叫灵感梦、解决问题之梦。这种在梦中出现创造思维活动的现象，引起了众多艺术家、科学家、哲学家特别是心理学家的普遍兴趣，对这类梦给予了极大的关注，而且挖掘出了许多非常典型的梦例，对这类梦的研究产生广泛影响。

梦学家们普遍认为，梦境不仅具有复制的功能，而且具有创新的功能。即便是最繁杂的思想成就也许不需要意识的协助亦能完成。许多梦例都印证了这一论述。

梦例一：化学家弗里德里希·克库勒在午后小睡中梦到一条蛇咬住了自己的尾巴，使他醒后认识到苯之类的碳化合物，不是开放结构，而是封闭链：就像蛇咬住了自己的尾巴一样；

梦例二：缝纫机的发明人伊莱亚斯·豪梦见自己被敌对部落俘虏了，用矛尖上都有眼形孔的长矛戳他时，惊醒了，他从矛尖上这个古怪的孔联想到在缝纫针的那个位置上打个孔，这样，他实现缝纫机械化的想法就成真了，他的这场梦促进了服装业革命；

梦例三：作家罗伯特·路易斯·斯蒂文森把一个有关双重生活的梦写成了著名的小说《化身博士》；

梦例四：意大利作曲家朱塞佩·塔蒂尼梦见魔鬼以教他音乐换取他的灵魂，魔鬼在梦中演奏了美妙绝伦的小提琴曲，感动得他流下了眼泪，他醒来后创作了一部优美的《魔鬼的颤音》名曲；

梦例五：小说家格雷厄姆·格林不仅梦见了自己的故事与人物，而且还梦见了人物的梦，借此梦创作了《病毒爆发的病例》；

梦例六：塞缪尔·秦勒·柯尔律治在鸦片诱发的白日梦中写下了著名的叙事诗《忽必烈汗》；

梦例七：玛丽·雪莱根据一个梦创作了《弗兰肯施泰因》；

梦例八：高尔夫球手杰克·尼克劳斯梦见自己以不同方式持杆，而且挥打得无懈可击，第二天他试着用梦中的持杆方式，结果棒极了！

类似梦例举不胜举，法国哲学家兼作家伏尔泰和德国作家歌德都声称他们的有些诗是在梦中创作的；大发明家爱迪生曾说，他一辈子都梦见自己在发明；大文豪沃尔夫冈·阿马迪厄斯·莫扎特说："所有这些发明和创造都发生在令人高兴和快活的梦中。"

不必说这些大发明家、大作家、大科学家们在梦中出现了创造性思维和才华横溢的灵感，就连普通如笔者的花甲老人，在10年一万多梦中，也出现了205个带有创造性思维的科技梦和50个带有创作灵感的诗歌梦，分别占总梦数的百分之二和千分之五。似乎可以说，我们大家在夜晚做梦的时候，都成为了超现实主义者，我们可以成为作家、画家、音乐家、科学家，我们完全陷入了创作、创造、创新的兴奋、亢奋、发奋的情感之中，香菱亦是在这种兴奋之中迸发出了诗的灵感，创作出了一首好诗。所以浪漫主义艺术家认为，潜意识是自然的一种表现，它是一切创造力和想象力的源泉。

德国释梦大师弗洛姆说："梦是启开我们的内在心灵奥妙与智慧的钥匙。"① 香菱似乎是拿到了这把钥匙。其实，香菱学诗的时间并不很久，写出来的诗作水平也不高，此梦之前她央求黛玉、探春二人："出个题目，让我诌去，诌了来，替我改正。"黛玉道："昨夜的月最好，我正要诌一首，竟未诌成，你竟作一首来。十四寒的韵，由你爱用那

---

① 弗洛姆：《梦的精神分析》，第1页。光明日报出版社，1988年5月第1版。

几个字去。”香菱听了，苦思一回，作了一首，先与宝钗看。宝钗看了笑道：“这个不好，不是这个作法。你别怕臊，只管拿了给他瞧去，看他是怎么说。”香菱听了，便拿了诗找黛玉。黛玉看时，只见写道是：

月挂中天夜色寒，清光皎皎影团团。
诗人助兴常思玩，野客添愁不忍观。
翡翠楼边悬玉镜，珍珠帘外挂冰盘。
良宵何用烧银烛，晴彩辉煌映画栏。

黛玉笑道：“意思却有，只是措词不雅。皆因你看的诗少，被他缚住了。把这首丢开，再作一首，只管放开胆子去作。”呆了一日，作了一首又不好，又重作一首给黛玉看。探春笑道：“咱们跟了去，看他有些意思没有。”说着，一齐都往潇湘馆来。只见黛玉正拿着诗和他研究。众人因问黛玉作的如何。黛玉道：“自然算难为他了，只是还不好。这一首过于穿凿了，还得另作。”众人因要诗看时，只见作道：

非银非水映窗寒，试看晴空护玉盘。
淡淡梅花香欲染，丝丝柳带露初干。
只疑残粉涂金砌，恍若轻霜抹玉栏。
梦醒西楼人迹绝，余容犹可隔帘看。

宝钗笑道：“不像吟月了，月字底下添一个‘色’字倒还使得，你看句句倒是月色。”为了咏月这个题目，香菱一连做了三首诗，在师傅黛玉眼中，第一首“措词不雅”，第二首“又不好”，第三首“还不好”；在宝钗看来，“不像吟月了，月字底下添一个‘色’字倒还使得，你看句句倒是月色”。由此可知，香菱三首咏月诗不但不雅不好，甚至于跑题了，将咏月之题变成咏月色之题了。为何香菱白天连做三首咏月诗都不行，一到梦中倒做出绝好的咏月诗来了呢？换句话说，梦中何以能出现创造性的思维或创作的灵感呢？许多梦研究者推测，这是由于梦境既排除了外界的干扰，联想又特别活跃，还不受逻辑思维和时空限制，并且不受白天各种成见的束缚。因此，当白天艰苦的思索在梦境中继续下去时，豁然贯通的机会是比较大的。这就是说，创造性的梦至少必备三个条件：一是承认一个主题有创造性的潜力，或者某一个问题极需要创造性地解决，这是前提条件；二是在白天有一段时间的酝酿，这段酝酿能够引起对潜意识的刺激，这是基础条件；三是当潜意识把一个创造性想法介绍给意识时，需要瞬时的启迪，也即出现灵感，这是触发条件。当这三个条件同时具备时，我们的大脑就能迸发出创造性的智慧火花，形成令人惊喜不已的创造梦。细看香菱的情况，她有极需要做出一首好诗来的强烈愿望，又有白天连做三首咏月诗的基础，加上从小乖巧可爱，秉性聪慧，具备迸发灵感的条件，当此三者皆备时，梦便毫不吝啬地将一首绝妙咏月诗奉献了出来。

那么，我们是不是每个人都可以像香菱一样，想写诗时做个梦就有诗，想发明时做个梦就有了新发明呢？答案显然是否定的。

清代李钟伦在《周礼纂训》中说："梦中创见之思者，精专所极，积思而梦。"这句话言简意赅地将梦中创作的机制及量变引起质变的哲理说得极为明白透彻。我们知道，梦境的内容基本来自记忆，因此，从来没有写过诗或画过画的人，一朝突然醒来，就根据梦创作出一部不朽作品，那是不可能的，只有首先就具备了艺术家或发明家必备的技能和技巧才有可能，而且，还必须达到"精专所极"的地步，才有可能"积思而梦"。我们不妨回过头来看香菱学诗的情况。自从拜黛玉为师后，黛玉教诲道："什么难事，也值得去学！不过是起承转合，当中承转是两副对子，平声对仄声，虚的对实的，实的对虚的，若是果有了奇句，连平仄虚实不对都使得的。"香菱笑道："怪道我常弄一本旧诗偷空儿看一两首，又有对的极工的，又有不对的，又听见说'一三五不论，二四六分明'。看古人的诗上亦有顺的，亦有二四六上错了的，所以天天疑惑。如今听你一说，原来这些格调规矩竟是末事，只要词句新奇为上。"黛玉道："正是这个道理。词句究竟还是末事，第一立意要紧。若意趣真了，连词句不用修饰，自是好的，这叫做'不以词害意'。"香菱笑道："我只爱陆放翁的诗'重帘不卷留香久，古砚微凹聚墨多'，说的真有趣！"黛玉道："断不可学这样的诗。你们因不知诗，所以见了这浅近的就爱，一入了这个格局，再学不出来的。你只听我说，你若真心要学，我这里有《王摩诘全集》，你且把他的五言律读一百首，细心揣摩透熟了，然后再读一二百首老杜的七言律，次再李青莲的七言绝句读一二百首。肚子里先有了这三个人作了底子，然后再把陶渊明、应玚、谢、阮、庾、鲍等人的一看。你又是一个极聪敏伶俐的人，不用一年的功夫，不愁不是诗翁了!”香菱听了，笑道：“既这样，好姑娘，你就把这书给我拿出来，我带回去夜里念几首也是好的。”黛玉听说，便命紫鹃将王右丞的五言律拿来，递与香菱，又道：“你只看有红圈的都是我选的，有一首念一首。不明白的问你姑娘，或者遇见我，我讲与你就是了。”香菱拿了诗，回至蘅芜苑中诸事不顾，只向灯下一首一首的读起来。宝钗连催他数次睡觉，他也不睡。宝钗见他这般苦心，只得随他去了。

一日，黛玉方梳洗完了，只见香菱笑吟吟的送了书来，又要换杜律。黛玉笑道：“共记得多少首?”香菱笑道：“凡红圈选的我尽读了。”黛玉道：“可领略了些滋味没有?”香菱笑道：“领略了些滋味，不知可是不是，说与你听听。”黛玉笑道：“正要研究讨论，方能长进。你且说来我听。”香菱笑道：“据我看来，诗的好处，有口里说不出来的意思，想去却是逼真的。有似乎无理的，想去竟是有理有情的。”黛玉笑道：“这话有了些意思，但不知你从何处见得?”香菱笑道：“我看他《塞上》一首，那一联云：‘大漠孤烟直，长河落日圆。’想来烟如何直？日自然是圆的：这‘直’字似无理，‘圆’字似太俗。合上书一想，倒像是见了这景的。若说再找两个字换这两个，竟再找不出两个字来。再还有‘日落江湖白，潮来天地青’：这‘白’、‘青’两个字也似无理。想来，必得这两个字才形容得尽，念在嘴里倒像有几千斤重的一个橄榄。还有‘渡头余落日，墟里上孤烟’：这‘余’字和‘上’字，难为他怎么想来！我们那年上京来，那日下晚便挽住船，岸上又没有人，只有几棵树，远远的几家人家做晚饭，那个烟竟是碧青，连云直上。谁知我昨日晚上读了这两句，倒像我又到了那个地方去了。”

正说着，宝玉和探春也来了，也都入坐听他讲诗。宝玉笑道：“既是这样，也不用看诗。会心处不在多，听你说了这两句，可知‘三昧’你已得了。”黛玉笑道：“你说他这‘上孤烟’好，你还不知他这一句还是套了前人的来。我给你这一句瞧瞧，更比这个淡而现成。”说着便把陶渊明的“暖暖远人村，依依墟里烟”翻了出来，递与香菱。香菱瞧了，点头叹赏，笑道：“原来‘上’字是从‘依依’两个字上化出来的。”宝玉大笑道：“你已得了，不用再讲，越发倒学杂了。你就作起来，必是好的。”探春笑道：“明儿我补一个柬来，请你入社。”香菱又逼着黛玉换出杜律来，作两句诗，又读两首。如此茶饭无心，坐卧不定。交了一首作业不好，越性连房也不入，只在池边树下，或坐在山石上出神，或蹲在地下抠土，来往的人都诧异。李纨、宝钗、探春、宝玉听得此信，都远远的站在山坡上瞧看他。只见他皱一回眉，又自己含笑一回。宝钗笑道："这个人定要疯了！"由此完全可以看出，香菱学诗已入痴迷之境，难怪宝钗笑她"定要疯了"。此时香菱已非彼时香菱，她肚子里已经有好几百首诗了，她是"有心"、"有积"，精专所极，积思而梦，绝非偶然。梦学界有个共识：自我帮助自己，梦帮助自我。潜意识必须用有意识的勤奋进行耕耘、播种和施肥，才能收获创造的智慧和灵感！

梦中何以能出现创造性思维呢？推测是由于做梦的时候排除了外界的干扰，梦时的联想又特别活跃，不受逻辑思维和各种成见的束缚，当白天艰苦的思索在梦境中继续下去，豁然贯通的几率是比较大的，就像水到渠成一样自然。当我们有什么解不开的难题或有什么重大创新需要帮助时，不妨放下所有心思睡个大觉，说不定梦思会赠予你灵感或提供给你智慧的启迪，使你在梦中豁然大悟，兴许比在白天冥思苦想还要事半功倍呢！

史湘云之梦

第六十二回　憨湘云醉眠芍药裀　呆香菱情解石榴裙

梦境 | MengJing

正说着，只见一个小丫头笑嘻嘻的走来："姑娘们快瞧云姑娘去，吃醉了图凉快，在山子后头一块青板石凳上睡着了。"众人听说，都笑道："快别吵嚷。"说着，都走来看时，果见湘云卧于山石僻处一个石凳子上，业经香梦沉酣，四面芍药花飞了一身，满头脸衣襟上皆是红香散乱，手中的扇子在地下，也半被落花埋了，一群蜂蝶闹穰穰的围着他，又用鲛帕包了一包芍药花瓣枕着。众人看了，又是爱，又是笑，忙上来推唤挽扶。湘云口内犹作睡语说酒令，唧唧嘟嘟说：

泉香而酒洌，玉碗盛来琥珀光，直饮到梅梢月上，醉扶归，却为宜会亲友。

众人笑推他，说道：“快醒醒儿吃饭去，这潮凳上还睡出病来呢。”湘云慢启秋波，见了众人，低头看了一看自己，方知是醉了。原来是纳凉避静的，不觉的因多罚了两杯酒，娇弱不胜，便睡着了，心中反觉自愧。

解析 | JieXi

好一幅湘云翠卧青石图！戚序本回后脂批曰：“看湘云翠卧青石，满身花影，宛若百十名姝，抱云笙月鼓而簇拥太真者。”湘云醉卧，梦说酒令，“何等疏爽”！

第四回贾雨村的门子递给他一张抄写的“护官符”，只见上面写着：

贾不假，白玉为堂金作马。

阿房宫，三百里，住不下金陵一个史。

东海缺少白玉床，龙王来请金陵王。

丰年好大雪，珍珠如土金如铁。

门子告诉贾雨村，上面写的是本省最有权有势、极富极贵的大乡绅，“这四家皆连络有亲，一损皆损，一荣皆荣，扶持遮饰，俱有照应的”。史湘云便是这“最有权有势、极富极贵”的史家姑娘，十分可惜的是，史湘云尚在襁褓之中，便父母双亡。第五回宝玉在太虚幻境看到《金陵十二钗》正册中，湘云的大名排列第五位，她的画是“几缕飞云，一湾逝水”，她的判词是：

富贵又何为，襁褓之间父母违。

展眼吊斜晖，湘江水逝楚云飞。

她的曲词是：

［乐中悲］襁褓中，父母叹双亡。纵居那绮罗丛，谁知娇养？幸生来，英豪阔大宽宏量，从未将儿女私情略萦心上。好一似，霁月光风耀玉堂。厮配得才貌仙郎，博得个地久天长，准折得幼年时坎坷形状。终久是云散高唐，水涸湘江。这是尘寰中消长数应当，何必枉悲伤！

贾母是史湘云的姑祖母，因此，湘云常到贾家走动，少则几天，多则数月，与宝玉及众姐妹厮磨一起。年少之时，湘云、宝玉与贾母住在一起，年岁渐成后，宝玉、黛玉亦各自有房，湘云便和黛玉住在一起，三人关系亲密无间。湘云说话时有些咬舌子，叫宝玉做二哥哥时，总把“二”字叫成“爱”字，黛玉便取笑她道：“偏是咬舌子爱说话，连个‘二’哥哥也叫不出来，只是‘爱哥哥’、‘爱哥哥’的。回来赶围棋儿，又该你闹‘幺爱三四五’了。”湘云也不示弱，笑道：“我只保佑着明儿得一个咬舌的林姐夫，时时刻刻你可听‘爱’、‘厄’去。阿弥陀佛，那才现在我眼里！”湘云不仅有咬舌的“陋处”，睡像也不好，一日天明时宝玉到黛玉房中来，只见他姊妹两个尚卧在衾内。那林黛玉严严密密裹着一幅杏子红绫被，安稳合目而睡。那史湘云却一把青丝拖于枕畔，被只齐胸，一弯雪白的膀子撂于被外，又带着两个金镯子。宝玉见了，叹道："睡觉还是不老实！"对于湘云这些"陋处"，庚辰本脂批却给予了极高评价：殊不知真正美人方有一陋处，如太真之肥，飞燕之瘦，西子之病，若施于别个不美矣。今见"咬舌"二字加以湘云，不独不见其陋，且更觉轻俏娇媚，俨然一娇憨湘云立于纸上。掩卷合目思之，其"爱""厄"娇音如入耳内。

湘云与众姐妹最大的不同处，是她的"英豪阔大宽宏量"，她爱写诗爱饮酒，犹爱扮男子，尽显出男儿气概来。第三十一回史湘云带了众多丫鬟、媳妇走进院来，贾母因说："天热，把外头的衣服脱脱罢。"宝钗一旁笑道："他穿衣裳还更爱穿别人的衣裳。可记得旧年三四月里，他在这里住着，把宝兄弟的袍子穿上，靴子也穿上，额子也勒上，猛一瞧倒像是宝兄弟，就是多两个坠子。他站在那椅子后边，哄的老太太只是叫'宝玉，你过来，仔细那上头挂的灯穗子招下灰来迷了眼。'他只是笑，也不过去。后来大家撑不住笑了，老太太才笑了，说'倒扮上小子好看了。'"第四十九回姑娘们聚会，一时史湘云来了，穿着贾母与他的一件貂鼠脑袋面子大毛黑灰鼠里子里外发烧大褂子，头上带着一顶挖云鹅黄片金里大红猩猩毡昭君套，又围着大貂鼠风领。黛玉先笑道："你们瞧瞧，孙行者来了。他一般的也拿着雪褂子，故意装出个小骚达子来。"湘云笑道："你们瞧我里头打扮的。"一面说，一面脱了褂子。只见他里头穿着一件半新的靠色三镶领袖秋香色盘金五色绣龙窄褃小袖掩衿银鼠短袄，里面短短的一件水红装缎狐肷褶子，腰里紧紧束着一条蝴蝶结子长穗五色宫绦，脚下也穿着鹿皮小靴，越显的蜂腰猿背，鹤势螂形。众人都笑道："偏他只爱打扮成个小子的样儿，原比他打扮女儿更俏丽了些。"

湘云亦爱作诗。第四十九回众姐妹商议雪下作诗，湘云一到，便迫不及待地催道："快商议作诗！"当时香菱满心满意只想作诗，又不敢十分罗唣宝钗，可巧来了个史湘云。那史湘云又是极爱说话的，那里禁得起香菱又请教他谈讨，越发高了兴，没昼没夜高谈阔论起来，以至宝钗笑他："疯湘云之话多。"

湘云最爱的却是男子汉似的豪饮。湘云与凤姐、平儿三人一起烧烤鹿肉，湘云一面吃，一面说道："我吃这个方爱吃酒，吃了酒才有诗。若不是这鹿肉，今儿断不能作诗。"黛玉笑道："罢了，罢了，今日芦雪庵遭劫，生生被云丫头作践了。我为芦雪庵一大哭！"湘云冷笑道："你知道什么！'是真名士自风流'，你们都是假清高，最可厌的。我们这会子腥膻大吃大嚼，回来却是锦心绣口。"这就是既"咬舌"又无好睡相，既爱作诗饮酒又爱扮小子，既娇憨可爱又疯顽无忌的湘云。第五十回芦雪庵争联即景诗，众姐妹开始还是按拈阄的次序一个接一个接联续对，湘云应接在岫烟之后，接了一个回合后，湘云按捺不住才情奔涌，抢在宝琴前面联接起来，宝琴回了一联，湘云那里肯让人，且别人也不如他敏捷，都看他扬眉挺身说起来，渐渐形成了宝钗、宝琴、黛玉三人共战湘云的局面，湘云不仅不怯战，斗志更浓，甚至高声喊了起来，结果45次出联机会，湘云一人抢去了12次，急先锋宝琴也只9次，黛玉8次，宝钗3次，三人加起来才20次，其他人合起来才13次，难怪湘云喜不自胜地说："我也不是作诗，竟是抢命呢。"第三十七回秋爽斋偶结海棠社，李纨、宝玉、黛玉、宝钗、探春、迎春、惜春七个人起社，直到午后，史湘云才来，宝玉见面就把始末原由告诉他，又要与诗他看。李纨等因说道："且别给他诗看，先说与他韵。他后来，先罚他和了诗：若好，便请入社；若不好，还要罚他一个东道再说。"史湘云道："你们忘了请我，我还要罚你们呢。就拿韵来，我虽不能，只得勉强出丑。容我入社，扫地焚香我也情愿。"众人见他这般有趣，越发喜欢。湘云便依韵做了两首，众人皆道"好诗，好诗"，看一句惊讶一句，看到了赞道了，湘云便趁势要求众姐妹"让我先邀一社"，从此，湘云便成了红楼诗社的中坚分子，随即便在宝钗的赞助下首开了一个螃蟹诗会。第六十二回正值宝玉和宝琴生日，宝玉便说："雅坐无趣，须要行令才好。"这正合湘云之趣，等不得早和宝玉"三"、"五"乱叫，划起拳来。一时湘云赢了宝玉，限酒底酒面，便说："酒面要一句古文，一句旧诗，一句骨牌名，一句曲牌名，还要一句时宪书上的话，共总凑成一句话。酒底要关人事的果菜名。"众人听了，都笑说："惟有他的令也比人唠叨，倒也有意思。"就这样大家轮流乱划了一阵，湘云输了拳，吃了酒，后来又在诗词上被香菱问住了，又罚了酒。大家玩得满厅中红飞翠舞，玉动珠摇，真是十分热闹。玩了一回，大家方起席散了一散，倏然不见了湘云，原来湘云正醉卧青石犹作睡语说酒令哩。

从上述文字中，我们看到了一个鲜活的湘云。我们不仅知道她高贵的身世与不幸的经历，更看到了她的脾性风格。很显然，这是一个风格梦。

创立了个体心理学的伟大的精神病学家阿德勒说："梦是生活风格的产品。"① 阿德勒的理论告诉我们，梦常常使人们回到自己的人格中，在梦中再现人们长期形成的生活风格和性格。湘云在长期优越环境的浸润中，形成了"强人一头"的意识，无论在什么情境下，都不愿输于他人，哪怕是与姐妹们作诗行酒令这样近乎玩耍的场合，她不服输只要赢的秉性亦显示无遗。在与宝玉及姐妹们划拳行令

---

① 方刚：《性梦的解析》，第 293 页。南方日报出版社，2002 年 8 月第 1 版。

中，她输了又输，罚酒吃了一杯又一杯，终因不胜酒力醉倒了，但她并不愿在姐妹们中认输认醉，一个人悄悄地跑到“僻处一个石凳子上”，在“香梦沉酣”中仍不忘争强好胜，仍思要说出一个酒令来难倒众人，其人秉性风格可见一斑。其实，风格梦是经常出现在人们睡梦中的一种常见类型，以笔者10年中所记一万多个梦来看，笔者个性中有助人为乐、好争斗、记恩仇、喜妒忌、善幽默、喜嘲弄等风格，其中出现助人梦145个，占总梦数1.4%，争斗梦111个，占总梦数1%，恩仇梦152个，占总梦数1.4%，妒忌梦36个，占总梦数0.3%，幽默梦45个，占总梦数0.4%，嘲弄梦123个，占总梦数1.2%，合计612个，占总梦数5.8%。英国梦著作家梅芙·恩尼斯、珍妮弗·帕克在她们合著的《梦》中说：“梦像梦者一样独特。”① 这也是说，个人的截然不同的经历形成了与他人截然相异的风格，独特的风格形成了独特的梦。梦学界有一个脍炙人口的谜语：“谁都能做，每人做的都不一样，也不能众人一起做，更不能看着别人做。”谜底类型是一种生理现象，谜底即是梦。我们古今中外人人都做梦，但没有一个相同的梦，正如没有一个相同的指纹或一张相同的面孔一样。正因为如此，我们完全可以从一个风格梦中，解析出梦主的生活

① 梅芙·恩尼斯、珍妮弗·帕克：《梦》，第69页。生活·读书·新知三联书店，2003年1月北京第1版。

风格来，正如我们从湘云醉卧犹作睡语说酒令中可以探知湘云“英豪阔大宽容量”的男儿秉性来一样。

湘云此梦，与酒相关。湘云实际上是“不觉的因多罚了两杯酒，娇弱不胜便睡着了”。

酒与梦的关系，引起了梦研究者极大的兴趣。梅芙·恩尼斯与珍妮弗·帕克经过研究后认为，酒妨碍自然睡眠周期，让人在前半夜睡得更沉，并增强后半夜的快速眼动睡眠强度，令人醒来还记得自己的梦。人们有时醒来时无法肯定自己是否喝醉了，是睡是醒都变得模糊不清。湘云被姐妹们推醒之后，“低头看了看自己，方知是醉了”，正是这种是睡是醒都变得模糊不清的写照。英国梦著作家帕梅拉·鲍尔在他的名著《释梦宝典》中说：“心理上，通过醉酒才认识到的转变常常进入梦境。这种意识转变有时是令人沮丧的，表示梦者必须驱散生活中的消极成分；这种转变有时是令人兴奋的，它表示梦者处于一种难以抑制的兴奋状态中。精神上，人在精神发展的特定阶段会体会到某种精神快感，这种快感和意识层面的转换有关，而且和新活力的突然注入也有关。”① 很显然，湘云无论从心理上或精神上，都属于后者，她将意识层面的难以抑制的争强夺胜的兴奋转换到梦中，酒精如同一股新的活力注入她

① 帕梅拉·鲍尔：《释梦宝典》，第 326 页。新华出版社，2004 年 4 月第 1 版。

的心中，使她在梦中获得期盼的精神快感，仿佛觉得她凭借梦中的新制酒令就能获得巨大胜利一样。其实，酒对梦的影响是双向的，酒作为梦中“精神”的介质，既可以使人生出令人兴奋的梦，亦可以使人生出令人沮丧的梦。我国著名词人范仲淹在《苏幕遮》词中云：“黯乡魂，追旅思，夜夜除非，好梦留人睡。明月楼高休独倚。酒入愁肠，化作相思泪。”一旦意识层面处于“愁肠”状态，那么，酒到梦中便会“化作相思泪”，令人悲戚不已。湘云爱喝酒，做出来的梦也飘逸着酒香与醉意。

湘云在睡梦之中，“唧唧嘟嘟”说出了一条酒令。这个“唧唧嘟嘟”便是我们常说的梦呓。梦呓通俗地讲就是“说梦话”。在现实生活中，有人只做梦而不说梦话，有人既做梦又说梦话。根据巴甫洛夫痕迹刺激的梦理论及兴奋中心理论，当大脑皮质的大部分细胞休息而语言中枢兴奋时，就会说梦话。梦话的内容与梦境密切相关，或是与他人对话，或是与他人争吵，甚至吟诗唱歌，大都是说出白天心里想说的话。因此，梦呓往往在不知不觉的情况下泄露出了自己内心最深处的隐秘，故而在招收从事保密工作的人员时，都得检验说不说梦话，因为意志最坚强的人，虽然在敌人严刑拷问下也能守口如瓶，但到了梦中，若说梦话，秘密很可能会在不自觉的状态下泄露出来。从湘云唧唧嘟嘟说出梦酒令的情况来推断，湘云一定是将与姐妹们争抢联对的情景以及与宝玉划拳的情景延续到了睡梦之中，醒时未尽兴，醉梦中还自战犹酣。如果姐妹们的游戏还继续的话，她的梦呓就提前泄露了酒令的秘密，划拳时免不了又要吃亏，再加上罚酒，只怕要醉上加醉烂醉如泥了。

综上所述，湘云此梦是因酒而醉、因醉而梦、因梦而说酒令的风格梦；亦是在日常生活中非常多见的睡眠前所见在睡眠中随即梦见的先见梦。一般而言，先见梦的解析就是梦境所显示的表面意义，即湘云在梦中琢磨出了一条新酒令。

柳湘莲之梦

第六十六回　情小妹耻情归地府　冷二郎一冷入空门

梦境 | MengJing

出门正无所之，昏昏默默，自想方才之事。原来尤三姐这样标致，又这等刚烈，自悔不及。正走之间，只见薛蟠的小厮寻他家去，那湘莲只管出神。那小厮带他到新房之中 ，十分齐整。忽听环珮叮当，尤三姐从外而入，一手捧着鸳鸯剑，一手捧着一卷册子，向柳湘莲泣曰："妾痴情待君五年矣。不期君果冷心冷面，妾以死报此痴情。妾今奉警幻之命，前往太虚幻境修注案中所有一干情鬼。妾不忍一别，故来一会，从此再不能相见矣。"说着便走。湘莲不舍。忙欲上来拉住问时，那尤三姐便说："来自情天，去由情地。前生误被情惑，今既耻情而觉，与君两无干涉。"说毕，一阵香风，无踪无影去了。

湘莲警觉，似梦非梦，睁眼看时，那里有薛家小童，也非新室，竟是一座破庙，旁边坐着一个跏腿道士捕虱。

解析 | JieXi

柳湘莲原是世家子弟，读书不成，父母早丧，素性爽侠，不拘细事，酷好耍枪舞剑，赌博吃酒，以至眠花卧柳，吹笛弹筝，无所不为。因他年纪又轻生得又美，又最喜串戏，且串的都是生旦风月戏文，不知他身份的人却误认作优伶一类。赖大之子赖尚荣与湘莲素习交好，一日赖大请贾母吃饭，来了许多世家弟子，故请湘莲作陪。那薛蟠错会了意，误认湘莲作了风月弟子，正要与他相交，恨没有个引进，这日可巧遇见，竟觉无可不可，不想湘莲心中早已不快，偏偏薛蟠缠住不放，不由火星乱迸，随即设计将薛蟠骗至野外，将薛蟠打了个半死，两人从此结下仇怨。岂料世事难测，天下竟出奇事。一日薛蟠同伙计贩了货物到了平安州界，遇一伙强盗，已将东西劫去。不想柳湘莲从那边来了，方把贼人赶散，夺回货物，还救了薛蟠性命，两人倒化敌为友，结拜了生死弟兄，想为湘莲寻一门好亲事，大家过起来。恰巧贾琏将要发嫁小姨尤三姐一节说了出来，薛蟠听了大喜，立即要与湘莲做成这门亲事。湘莲道："我本有愿，定要一个绝色的女子。如今既是贵昆仲高谊，顾不得许多了，任凭裁夺，我无不从命。"贾琏笑道："如今口说无凭，等柳兄一见，便知我这内娣的品貌是古今有一无二的了。"湘莲听了大喜，贾琏便趁势提出"须得留一定礼"。湘莲道："既如此说，弟无别物，此剑防身，不能解下。囊中尚有一把鸳鸯剑，乃吾家传代之宝，弟也不敢擅用，只随身收藏而已。贾兄请拿去为定。弟纵系水流花落之性，然亦断不舍此剑者。"湘莲以传家之宝鸳鸯剑定下了与尤三姐的这门亲事。薛姨妈也不念旧事，只感新恩，说起亲事一节，凡一应东西皆已妥当，只等择日，柳湘莲也感激不尽。

尤三姐与尤二姐是著名的"红楼二尤"，两姊妹均系风尘女子，有失身之污。尤二姐被贾琏偷娶之后，贾琏贾珍兄弟吃着碗里的看着锅里的，又打上了尤三姐的主意，岂知尤三姐不是尤二姐，尤三姐指着贾琏笑道："你不用和我花马吊嘴的，清水下杂面，你吃我看见。现提着影戏人子上场，好歹别戳破这层纸儿。你别油蒙了心，打量我们不知道你府上的事。这会子花了几个臭钱，你们哥儿俩拿着我们姐儿两个权当粉头来取乐儿，你们就打错了算盘了。我也知道你那老婆太难缠，如今把我姐姐拐了来做二房，偷的锣儿敲不得。我也要会会那凤奶奶去，看他是几个脑袋几只手。若大家好，取和便罢；倘若有一点叫人过不去，我有本事先把你两个的牛黄狗宝掏了出来，再和那泼妇拼了这命，也不算是尤三姑奶奶！喝酒怕什么，咱们就喝！”说着，自己绰起壶来斟了一杯，自己先喝了半杯，搂过贾琏的脖子来就灌，说：“我和你哥哥已经吃过了，咱们再来亲香亲香。”唬的贾琏酒都醒了。贾珍也不承望尤三姐这等无耻老辣。这尤三姐索性卸了装饰，脱了大衣服，松松挽着头发，大红袄子半掩半开，露着葱绿抹胸，一痕雪脯。底下绿裤红鞋，一对金莲或翘或并，没半刻斯文。两个坠子却似打秋千一般，灯光之下，越显得柳眉笼翠雾，檀口点丹砂。本是一双秋水眼，再吃了酒，又添了饧涩淫浪，不独将他二姊压倒，据珍、琏评去，所见过的上下贵贱若干女子，皆未有此绰约风流者，二人已酥麻如醉，不禁去招他一招，他那淫态风情，反将二人禁住。那尤三姐放出手眼来略试了一试，他弟兄两个竟全然无一点别识别见，连口中一句响亮话都没了，不过是酒色二字而已。自己高谈阔论，任意挥霍，村俗流言，洒落一阵，拿他弟兄二人嘲笑取乐，竟真是他嫖了男人，并非男人淫了他。

自此以后，贾珍、贾琏并尤二姐，只想着如何早早将尤三姐娉了出去方得安宁。恰巧尤三姐心中早已有人了，对众人笑道：“别只在眼前想，姐姐只在五年前想就是了。”原来早在五年前尤氏与尤二姐尤三姐去给尤老娘拜寿之时，家里请了一起串客，里头有个作小生的叫作柳湘莲，尤三姐看上了，如今要是他才嫁。尤二姐说："三妹子他从不会朝更暮改的。他已说了改悔，必是改悔的。他已择定了人，你只要依他就是了。"又说："我们这三丫头说的出来，干的出来，他怎样说，只依他便了。"尤三姐也自此真个竟非礼不动，非礼不言起来，果是个斩钉截铁之人，每日侍奉母姊之余，只安分守己，随分过活。虽是夜晚间孤衾独枕，不惯寂寞，奈一心丢了众人，只念柳湘莲早早回来完了终身大事。及至贾琏将鸳鸯剑递与三姐，三姐看时，上面龙吞夔护，珠宝晶莹，将靶一掣。及至拿出来看时，里面却是两把合体的。一把上面錾着一"鸳"字，一把上面錾着一"鸯"字，冷飕飕，明亮亮，如两痕秋水一般。三姐喜出望外，连忙收了挂在自己绣房床上，每日望着剑，自笑终身有靠。

虽然柳湘莲并未见过尤三姐一面，尤三姐也只是在五年前见过"串客小生"一面，月老的红线居然将他俩牵系到一起来了。本应世子佳人，巧配良缘，双双各遂夙愿，成就一段佳话。然而，天有不测风云，人有旦夕祸福。柳湘莲与贾宝玉一番谈话，竟惹得风生水起，大祸横生。柳湘莲与贾宝玉最合得来，一日柳湘莲来见宝玉，二人相会，如鱼得水。湘莲向宝玉谈起与尤三姐定亲之事，宝玉笑道："大喜，大喜，难得这个标致人，果然是个古今绝色，堪配你之为人。"湘莲道："既是这样，他那里少了人物，如何只想到我？况且我又素日不甚和他厚，也关切不至此。路上工夫忙忙的，就那样再三要来定，难道女家反赶着男家不成？我自己疑惑起来，后悔不该留下这剑作定。所以后来想你起来，可以细细问个底里才好。”宝玉道：“你原是个精细人，如何既许了定礼又疑惑起来？你原说只要一个绝色的，如今既得了个绝色便罢了，何必再疑？”湘莲道：“你既不知他偷娶，如何又知是绝色？”宝玉道：“他是珍大嫂子的继母带来的两位小姨，我在那里和他们混了一个月，怎么不知？真真一对尤物，他又姓尤。”湘莲听了，跌足道：“这事不好，断乎做不得了。你们东府里除了那两个石头狮子干净，只怕连猫儿狗儿都不干净。我不做这剩忘八。”宝玉听说，红了脸。湘莲自惭失言，连忙作揖说：“我该死胡说。你好歹告诉我，他品行如何？”宝玉笑道：“你既深知，又来问我作甚么？连我也未必干净了。”湘莲笑道：“原是我自己一时忘情，好歹别多心。”宝玉笑道：“何必再提，这倒是有心了。”湘莲作揖告辞出来，心中想着，不如去索回定礼。主意已定，便一径来找贾琏。

贾琏正在新房中，闻得湘莲来了，喜之不禁，忙迎了出来，让到内室与尤老相见。湘莲只作揖称老伯母，自称晚生，贾琏听了诧异。吃茶之间，湘莲便说：“客中偶然忙促，谁知家姑母于四月间订了弟妇，使弟无言可回。若从了老兄背了姑母，似非合理。若系金帛之订，弟不敢索取，但此剑系祖父所遗，请仍赐回为幸。”贾琏听了，便不自在，还说：“定者，定也。原怕反悔所以为定。岂有婚姻之事，出入随意的？还要斟酌。”湘莲笑道：“虽如此说，弟愿领责领罚，然此事断不敢从命。”贾琏还要饶舌，湘莲便起身说：“请兄外坐一叙，此处不便。”那尤三姐在房明明听见。好容易等了他来，今忽见反悔，便知他在贾府中得了消息，自然是嫌自己淫奔无耻之流，不屑为妻。今若容他出去和贾琏说退亲，料那贾琏必无法可处，自己岂不无趣。一听贾琏要同他出去，连忙摘下剑来，将一股雌锋隐在肘内，出来便说：“你们不必出去再议，还你的定礼。”一面泪如雨下，左手将剑并鞘送与湘莲，右手回肘只往项上一横。可怜“揉碎桃花红满地，玉山倾倒再难扶”。芳灵蕙性，渺渺冥冥，不知那边去了。湘莲泣道：“我并不知是这等刚烈贤妻，可敬，可敬。”湘莲扶尸大哭一场。等买了棺木，眼见入殓，又俯棺大哭一场，方告辞而去。

此梦正是出门之后昏昏默默中所做。明察了柳湘莲与尤三姐两人之间的前因后果，回头再来看此梦，解析就不难了。

柳湘莲虽是世家子弟，但家里早已一贫如洗，没有积蓄，纵有几个钱来，随手就花的。加上眠花卧柳，无所不为，以现今目光来看，只是个破落户家的无聊浪子，他在婚事上，却又因年轻貌美，立下心愿，“定要一个绝色女子”。偏巧尤三姐又是个“面貌身段”同黛玉“不差什么”的“上下贵贱若干女子皆未有此绰约风流”的绝色女子，她在择偶上亦是有个标准：“虽是富比石崇，才过子建，貌比潘安的，我心里进不去，也白过了一世。”石崇、子建、潘安她不稀罕，正好相上了柳湘莲，而且相思五年不改初衷。一个要绝色女子，绝色女子要上得心的人，刚好合上了，也是十分难得。又有薛贾两家为之张罗，只等择日拜堂成亲过日子了。为何变生肘腋呢？关键是柳湘莲对尤三姐的人品产生了怀疑。他自己眠花卧柳习以为常，却要求女人纯之又纯，洁之又洁，听到宝玉说尤三姐“果然是个古今绝色，堪配你之为人”一语，便疑惑“难道女家反赶着男家不成”，生了反悔之心，起了退定之意；待听宝玉说“真真一对尤物，他又姓尤”时，便跌足大呼“这事不好，断乎做不得了”，以东府无干净之人类推，断定尤三姐品行不干净，直言“我不做这剩忘八”，打定主意去索回定礼，不期索了个尤三姐抹脖子自刎，真是“人生多变幻，变幻戏人生；朝为嫌弃女，夕为刚烈妻”。封建社会男尊女卑孵化出来的这个怪胎，毁了柳湘莲的“刚烈妻”。贾琏偷娶尤二姐，尚且“不提以往之淫，只取现今之善”，柳湘莲何以不提现今之善，只取以往之淫呢？非要到揉碎桃花、玉山倾倒、血染芳灵才痛悔莫及！此梦表达的正是柳湘莲自悔不及的反思与依依不舍的情愫。

显然，从内容上看这是一个思梦。所谓思梦，一般认为是由思念、追忆引起的梦。《关尹子·二柱篇》中说：“夜夜之梦各异，有天有地有人有物，内思成之。”所谓“内思”，即潜意识之意，梦中有思有念，即潜意识之思潜意识之念。柳湘莲此时的意识与潜意识已经不是对立的，而是和谐的，意识与潜意识之间实现了完全的统一，那就是对尤三姐的敬重与对失去“刚烈妻”的悔恨。两种意识都强烈希望与尤三姐重逢，从此再不分开。柳湘莲亦已进入“不提以往之淫，只取现今之善”的思想境界。情与淫在此轻重殊异，柳湘莲终于通过梦的启迪，认清了情淫二字，正如第六十六回戚序回前脂批曰：“余叹世人不识情字，常把淫字当作情字。殊不知淫里无情，情里无淫；淫必伤情，情必戒淫；情断处淫生，淫断处情生。三姐项下一横是绝情，乃是正情；湘莲万根皆削是无情，乃是至情。生为情人，死为情鬼，故结句曰‘来自情天，去自情地’。”戚序本回后脂批盛赞尤三姐，曰：“尤三姐失身时，浓妆艳抹，凌辱群凶；择夫后，念佛吃斋，敬奉老母，能辨宝玉，能识湘莲，活是红拂、文君一流人物。”人孰无过，能改即善；尤三姐摒弃淫字，立地成佛，专心痴候湘莲五年，不谓情之不深；湘莲扶尸大哭，又俯棺大哭，不谓悔之不深。梦中尤三姐说“不期君果冷心冷面”之语，并非尤三姐之语，实为柳湘莲自我反省之语，即“我何以冷心冷面如此”之意。梦是我们的盟友，因为梦像一支火炬，能照亮我们心中的真情，此梦就将柳湘莲对尤三姐的敬爱真情照得透亮；梦又像一剂良药，能缓解我们心中的不安，此梦以尤三姐“今既耻情而觉，与君两无干涉”之语抚慰湘莲的内疚之心。尤三姐已经死去，故柳湘莲梦中的尤三姐实为柳湘莲精神人格中自我与超我的化身，实为柳湘莲的一种自思自辩、自怨自悔与自宽自解。思之、念之、宽之、解之，正思梦之特色也。

柳湘莲出门后便昏昏默默入梦，到梦醒时已来到“一座破庙”前。可见，他这个梦是从出门做起，一路上也许眼睛半睁半闭，脚步也许一高一低，身躯也许一扭一晃，从门前一直做到破庙方醒。他压根不是睡在床上做梦，而是在“走”的过程中做梦。从类型上看，又是一个白日梦。白日梦一个最显著的特征就是梦者可以通过尚未“下班”的意识来控制梦的内容和发展方向。柳湘莲此梦完全做到了这一点，先是让自己如愿进了新房，又如愿见到了尤三姐，最后虽然未能如愿挽留住尤三姐，却如愿得到了尤三姐的谅解与释怨。

梦中出现的“鸳鸯剑”，是一个偶发象征。这把分别錾有“雌雄”二字的鸳鸯剑若出现在他人梦中，也许是作为一件工艺品供把玩鉴赏一番而已，出现在柳湘莲的梦中，就既不是一般鉴赏品也不是什么祖传宝物，而是“定情”或“定亲”的象征。这把剑曾是柳湘莲防身所带之物，交给贾琏作为与尤三姐定亲之信物；尤三姐则将此剑挂在自己绣房床上，每日望着，当成了柳湘莲的化身与日后的寄托；最后，也正是这把剑将柳湘莲与尤三姐隔断阴阳。因此，梦中尤三姐“一手捧着鸳鸯剑”，实则是捧着一个“情”字，这个“情”字的象征意义，也只有柳湘莲和尤三姐一看便心知肚明。尤三姐捧着“剑”去了，即是捧着“情”去了，“情”既去了，故而“从此再不能相见矣”！此话虽出自梦中尤三姐之口，实则为柳湘莲看到这个偶然象征后所省悟的结局。

梦中柳湘莲看见了环珮叮当从外而入的尤三姐，这个尤三姐正是刚才自刎而死，已经入殓盖棺的死人——刚刚死去的亲人。这又是一个死亡之梦。

梦者觉得这种梦令人痛苦，也可能因死者复活而得到安慰。复生之梦体现着梦主对死亡的否定，不承认亲人已死亡的事实，亲人的复生表明他没有死，那怕像尤三姐自刎，也不过是一场天大的玩笑，闹着玩儿的；也显示梦主为亲人之死感到内疚，希望在梦中给予道歉或补偿。一般情况下，梦主与死者的关系可能非常亲密，正如柳湘莲与尤三姐一样。柳湘莲做了尤三姐复生之梦后，不觉冷然如寒冰侵骨，掣出那股雄剑，将万根烦恼丝一挥而尽，便随那道士，不知往哪里去了。柳湘莲毅然出家，从他的人生角度而言，不失为上策，从此摆脱红尘烦恼，一剑挥去痴情眷恋，何等清爽，何等飘然！

尤二姐之梦

第六十九回　弄小巧用借剑杀人　觉大限吞生金自逝

梦境 | MengJing

夜来合上眼，只见他小妹子手捧鸳鸯宝剑前来说："姐姐，你一生为人心痴意软，终吃了这亏。休信那妒妇花言巧语，外作贤良，内藏奸狡，他发恨定要弄你一死方罢。若妹子在世，断不肯令你进来，即进来时，亦不容他这样。此亦系理数应然，你我生前淫奔不才，使人家丧伦败行，故有此报。你依我将此剑斩了那妒妇，一同归至警幻案下，听其发落。不然，你则白白的丧命，且无人怜惜。"尤二姐泣道："妹妹，我一生品行甚亏，今日之报既系当然，何必又生杀戮之冤。随我去忍耐。若天见怜，使我好了，岂不两全。”小妹笑道：“姐姐，你终是个痴人。自古‘天网恢恢，疏而不漏’，天道好还。你虽悔过自新，然已将人父子兄弟致于麀聚之乱，天怎容你安生。”尤二姐泣道：“既不得安生，亦是理之当然，奴亦无怨。”小妹听了，长叹而去。尤二姐惊醒，却是一梦。

解析 | JieXi

第六十三回死金丹独艳理亲丧中贾敬因“吞金服砂，烧胀而殁”，贾敬的继室尤氏因见贾珍父子并贾琏等皆不在家，一时竟没个着己的男子来，未免忙了，荣府中凤姐儿出不来，李纨又照顾姊妹，宝玉不识事体，只得将外头之事暂托了几个家中二等管事人。贾敬停放在铁槛寺，尤氏不能回家，便将他继母尤老娘接来在宁府看家。这尤老娘只得将两个未出嫁的小女带来，一并起居才放心。这“两个未出嫁的小女”，便是尤二姐、尤三姐。这两个“尤物”一来，便在贾府里惹起了一场不大不小的风流祸事，将贾珍、贾蓉、贾琏父子、兄弟致于麀聚之乱。先是贾琏偷娶尤二姐，把个凤姐儿只气的痴呆了半晌，面如金纸，两只吊稍子眼越发直竖起来了，浑身乱颤，半天连说话也说不上来，只是发怔，随后便闭着眼睛打主意，终想出一个叫尤二姐“要死不能，要生不得”的狠毒之计来。这边凤姐儿起了杀心要除掉尤二姐，那边尤二姐却美美地思念着“只等凤姐一死，便接了二姨进去做正室”。谁知凤姐不但没死，反而正是凤姐将尤二姐赚入了大观园，并且从此尤二姐便落入了“任凭姐姐裁处”的被动境地，这正是凤姐的第一招。尤二姐自以为进入了大观园，与李纨同住，又见园中姊妹各各相好，倒也安心乐业地自以为得其归所，殊不知已落入了凤姐的笼牢。果不其然，三日之后，丫头善姐便有些不服使唤起来。尤二姐说：“没了头油了，你去回声大奶奶拿些来。”善姐便道：“二奶奶，你怎么不知好歹没眼色。我们奶奶天天承应了老太太，又要承应这边太太那边太太。这些妯娌姊妹，上下几百男女，天天起来，都等他的话。一日少说大事也有一二十件，小事还有三五十件。外头的从娘娘算起，以及王、公、侯、伯家多少人情客礼，家里又有这些亲友的调度。银子上千钱上万，一日都从他一个手一个心一个口里调度，那里为这点子小事去烦琐他。我劝你能着些儿罢。咱们又不是明媒正娶来的，这是他亘古少有一个贤良人才这样待你，若差些儿的人，听见了这话吵嚷起来，把你丢在外死不死、生不生，你又敢怎样呢!”一席话，说的尤氏垂了头，自为有这一说，少不得将就些罢了。那善姐渐渐连饭也怕端来与他吃，或早一顿，或晚一顿，所拿来之物皆是剩的。尤二姐说过两次，他反先乱叫起来。尤二姐又怕人笑他不安分，少不得忍着。

原来凤姐变着法儿将尤二姐的丫头一概退出，又将自己的一个丫头送他使唤，这个丫头便是善姐，善姐岂是使唤丫头，实际上是凤姐安排在尤二姐身边的一把软刀子，只善姐一席话，就戳中了尤二姐的要害，使尤二姐先在精神上挨了一刀，又在生活饮食上加以残害而只得逆来顺受。

凤姐第二招将尤二姐领给贾母、王夫人看了，得了个“一年后方可圆得房”的允诺，并由大观园挪进了贾琏的东厢房居住，尤二姐又以为自此见了天日，谁知凤姐又在贾母跟前道出尤二姐与张华有婚约在先之事，使贾母冷了心，渐次便不大欢喜。众人见贾母不喜，不免又往下踏践起来，弄得这尤二姐真的要死不能，要生不得。

凤姐第三招又主动将贾赦赏给贾琏的妾秋桐接了过来。原来这秋桐与贾琏早就眉来眼去相偷期约，只惧贾赦之威，未曾到手，今日竟赏了他，真是一对烈火干柴，如胶投漆，燕尔新婚，连日那里拆的开，那贾琏在尤二姐身上之心也渐渐淡了，只有秋桐一人是命。凤姐虽恨秋桐，且喜借他先可发脱二姐，自己且抽头，用“借剑杀人”之法，“坐山观虎斗”，凤姐挑拨秋桐，秋桐大叫“让我和他这淫妇做一回，他才知道”，气的尤二姐在房里哭泣，饭也不吃，又不敢告诉贾琏。

凤姐第四招，即在无人处只和尤二姐说：“妹妹的声名很不好听，连老太太、太太们都知道了，说妹妹在家做女孩儿就不干净，又和姐夫有些首尾，‘没人要的了你拣了来，还不休了再寻好的。’我听见这话，气得倒仰，查是谁说的，又查不出来。这日久天长，这些个奴才们跟前怎么说嘴。”这是凤姐儿直接点了尤二姐的死穴，正面提出“休了”这一致命的词儿。众丫头、媳妇无不言三语四，指桑说槐，暗相讥刺。秋桐更张口便是“先奸后娶没汉子要的娼妇”，尤二姐听了暗愧暗怒暗气。凤姐又装病，便不和尤二姐一起吃饭了，每日只命人端了菜饭到他房中去吃，那茶饭都系不堪之物。那尤二姐原是个花为肠肚雪作肌肤的人，如何经得这般磨折，不过受了一个月的暗气，便恹恹得了一病，四肢懒动，茶饭不进，渐次黄瘦下去。夜来合上眼，便做了小妹捧剑要她斩了那妒妇的梦。

从解梦角度来看，这是一个十分重要而且具有典型意义的梦。第一，我们从梦中清晰地看到了尤二姐的“内心冲突”。梦中的尤三姐并不是现实生活中的尤三姐，而是尤二姐精神人格中本我的化身，梦中的尤二姐则是尤二姐精神人格中自我与超我联合阵营的化身，梦中姐妹俩的“对话”，正是一场本我和自我、超我的冲突。我们知道，本我是指潜意识中的欲望，是一种原始的与生俱来的欲求，本我实行快乐原则，它只是一味地追求愿望的满足，并不顾及现实环境或任何的伦理法制，它具有一股桀骜不驯的冲劲，千方百计地直奔满足、立即满足。有意思的是，尽管这个本我对于任何个人来说具有举足轻重的重要性，但个人本身却全然不能明确地感受到它的存在，即人们的意识不能“意识”到它的存在，只有在做了错事、说了错话或在日常生活中感到有什么“不对头”的时候，才会隐隐约约地感受到它的“存在”，或“意识”到有“什么”在操控一样，而真正淋漓尽致表现出它的存在的就是梦境。梦的过程就是通向本我的桥梁，梦的内容就是本我的具体表达。此梦通过尤三姐捧剑而来，直言要以此剑斩了那妒妇凤姐，鲜活地将尤二姐的本我显现了出来。也许现实生活中的尤二姐不会承认她有杀凤姐的念头，但不可争辩的是，她在梦中借尤三姐的口说出了潜意识中隐藏的杀机。其实道理也很简单，在她的意识层面里她早已认定“只等凤姐一死，便接了二姨进去做正室”。做正室，既是她意识层面的愿望，又是被现实压抑到潜意识中的愿望。她明白一山不容二虎的道理，凤姐一日不死，她便一日做不了正室，虽则在现实生活中被凤姐虚情假意深深蒙蔽，不但不知害己者实凤姐也，反以凤姐为好人，感激不尽，与凤姐“和美非常，更比亲姊亲妹还胜十倍”，但内心深处即潜意识却保持了清醒，深知“那妒妇花言巧语，外作贤良，内藏奸狡，他发恨定要弄你一死才罢”的狼子野心，故而必捧剑而来，故而必言斩杀妒妇，不杀凤姐，正室无望，本我之愿望不能实现，则不快乐，欲满足本我之快乐，则非杀凤姐不可！尤二姐在梦中听到尤三姐的话，实际上是她的本我的一番自白，白天不曾想甚至不敢想的念头，在梦中直白地说了出来，实际上也是对尤二姐白天暗愧暗怒暗气的一种发泄。尤二姐并非是只知愧而不知怒不知气的人，只是白天不知向谁发怒发气，唯有在梦中，本我才敢怒敢气敢于喊出斩风的杀声！

梦中的尤二姐是现实尤二姐精神人格中自我的化身。自我是人类个体长期在客观环境影响和规范下所形成的精神人格。弗洛伊德精神人格理论中的自我，是作为一种心理动力学的实体，它是人格结构中处于本我和超我之间的部分。自我实行“现实原则”，对于本我的欲求，自我一般是根据外界现实情况来处置，如果本我的欲求并不违背现实的各项规定，自我便会使本我的欲求“立即满足”；如果本我的欲求违背现实的规定，自我就会阻止本我的“立即满足”，而采取迂回曲折、时过境迁等等委婉的办法，“暂缓”本我的欲求。但自我并不拒绝本我的欲求，而只是想方设法使本我的欲求至少看上去不违背现实的规则。由于“立刻满足”与“暂缓满足”之间同样存在严重对立，因此，本我与自我之间也会经常出现尖锐的矛盾。从本质上说，本我是与生俱来的原欲的表现，而自我则是文明的产物。自我为了保证个体在现实环境中的生存，它必须使个体的行为符合现实的约束。不如此，个体将被现实的文明消灭。如故意杀人，就会被现实的法律宣判死刑而被枪毙。因此，自我实际上是个体中的“监控官”、“督察员”或“控制室”，它必须关注客观环境的要求与变迁，使个体心理行为更合乎现实，它具有分辨是非的能力。梦中本我要杀凤姐，自我审时度势，认为不可。当此之时，尤二姐面临什么形势呢？一言以蔽之：十面埋伏，四面楚歌。尤二姐虽也有过像西楚霸王那样“力拔山兮气盖世”的得意日子，但眼下却是“时不利兮骓不逝，骓不逝兮可奈何，虞姬虞姬奈若何”的悲怆境况。自我明察此时不是杀凤姐之时，也无杀凤姐之力，故提出“忍耐”之策，期盼时来运转，“若天见怜，使我好了，岂不两全”。当本我再度提出“天怎容你安生”，不如奋力一搏时，自我仍坚持“既不得安生，奴亦无怨”来回绝本我的冲动。在这里，自我依据现实情况，采取了低三下四、忍辱负重的策略，把咸鱼翻身扬眉吐气当正室的希望，寄托在“天见怜”之上，总是不敢在此众叛亲离的状态下贸然行那斩凤之事。应该说，尤二姐的自我在梦中表现得既格外鲜明又格外坚定，充分体现了自我对本我的掌控与驾驭。

梦中尤二姐同时又是尤二姐精神人格中超我的化身。超我是人格中最文明、最正统的部分，处于人格结构的最高层。超我是在人类个体成长过程中，通过父母、老师以及宗教、习俗等教养和影响，或与其他道德权威形式如法律的接触而逐渐形成的。超我实行“至善原则”，对个体的行为要求至善至美，代表着每一种道德先验，代表着一个力求完善的维护者。超我存在的意义是指导自我、限制本我，从而达到理想完美的自我实现。超我具有强大的压抑和惩罚作用，相当于社会组织部门中的监督检察机关。当自我对本我的要求过于轻易应允时，超我就会无情地惩罚自我，这正是人们在日常生活中做错事时，会自觉地感到有罪，出现自我良心谴责的内在根源，这也是超我的表达。超我的高标准严要求，往往被描述成人类生活的高级方向；但在实际上，超我是超现实主义的，是超出社会发展阶段的思想，近乎乌托邦，现阶段难以实现或达到。梦中尤二姐以承认自己“一生品行既亏”有罪而凸显超我的存在，以“已将人父子、兄弟致于麀聚之乱而不得安生，亦是理之当然”作出自责让步，凸显了超我的忍让与无能。

在此梦中，尤二姐的本我要杀凤姐，夺取正室之位；自我以“忍耐”与超我的“自责”联合起来对抗本我，说宁可忍辱偷生奴亦无怨，“何必又生杀戮之冤”，终使本我“长叹而去”。这就是此梦展现的尤二姐的“内心冲突”，即自我联合超我对抗本我的冲突在梦中得到淋漓尽致的表现。有人对精神人格中的本我、自我、超我感到虚无缥缈，不好理解，弗洛伊德作了一个生动的比喻，一下便使艰涩化为清晰：当一个人在行走的路上，遇见一位漂亮而多情的女子，这个人的本我说，我要那个女人，现在就要；但这个人的自我劝告说，老兄，识相点，你现在占有她就要被抓起来，你应该和她友好相处，别着急，慢慢来；这个人的超我则警告说，性欲是魔鬼，你必须克制，一直到你合法地结婚为止。这就是这个人面对一个漂亮女人时本我、自我、超我三者之间的对白，综合起来就成了这个人的

“内部冲突”或“内心冲突”。尤二姐此梦，正具有这种“内心冲突”的典型意义。由此我们可以清晰看到尤二姐精神人格的三个组成部分。

能够通过尤二姐的梦看清尤二姐精神人格的本我、自我、超我三个组成部分及特征，还只完成了解梦的第一步；第二步显然更为重要，即要通过梦分析出能量贯注和反能量贯注之间的关系及状况，这就必须要引入弗洛伊德开创的动力心理学。弗洛伊德认为，从精神能量的分布与配置来看，本我的能量是用来使人的本能得到满足，它的能量来自个体有机体；自我没有自己的能量，因为它是从本我的表层中分化、发展而来的，只有当本我的能量注入构成自我的潜在心理过程时，自我才真正存在。自我的心理功能就是把本我变动不拘的能量转变为受约束的能量。本我不能区分主观意象和客观现实，而自我却能使人的内心世界与现实世界相吻合。这种能量的重新分配是人格发展中的重大事件，使本我中流动不拘的能量贮藏到自我中而具有较大的稳定性和约束性；“超我”则是阻止本能的能量直接在冲动行为或愿望满足中释放出来或间接地在自我机制中释放出来。本我向自我的能量贯注以及自我、超我的反能量贯注之间的相互作用可以解释我们的思想和行为举止。一般说来，如果贯注大于反贯注，行动就会产生，或者某个观念就会进入意识；如果反贯注超过贯注，思想和行动就会受到压抑。弗洛伊德把能量贯注和反能量贯注之间的对抗，叫作“内部冲突”或“内心冲突”。内心冲突存在于整个人格中，冲突的结果对人格的发展有决定性意义。在尤二姐的梦中，我们看到尤三姐捧剑前来要尤二姐“将此剑斩了那妒妇”，这就是本我向自我的能量贯注；尤二姐说“何必又生杀戮之冤”，这便是自我向本我的反能量贯注；尤二姐说“我一生品行既亏”，“既不得安生，亦是理之当然，奴亦无怨”，这便是超我向本我的反能量贯注。在这场能量贯注与反能量贯注的冲突中，反能量贯注的一方显然超过了能量贯注一方，即自我联合超我的一方超过了本我的一方。这个结果使本我斩凤的思想受到了压抑，梦中本我的化身尤三姐只得“长叹而去”。特别是尤二姐梦醒之后，并没有也许压根儿没有意识到实施斩凤的行动。倘若此梦中能量贯注超过了反能量贯注，斩凤思想在梦中占据了上风，尤二姐醒来之后，很难说不会在羞怒气恼之中，失去控制而挥剑斩凤！

我们说此梦十分重要，除了能从梦中看到完整的精神人格及精神能量贯注的冲突状态及结果外，还能看到弗洛伊德关于生的本能与死的本能在梦中的较量。弗洛伊德所指的生的本能，即是机体的生存本能，亦即极力争取机体自存和发展的本能，包括存种（狭义的性欲）和个体自存两种形式。死的本能的任务就是一切有生命的机体回归于无机物的无生命状态，力求摆脱生命和爱情的纷扰。弗洛伊德说，生命整个都是这两种趋向之间的一场斗争和妥协。

生命体的每一个细胞都混有生和死这两种本能：与生本能相应的是生命物质的生理创造过程，是聚集扩大的过程；与死本能相应的是生命物质的生理解体过程，是分解消亡的过程。细胞只要不死，生本能就占据上风；当炽烈、旺盛的生本能在性渠道上得到满足时，死本能就开始提高自己的声音。由此才会有继充分的性满足而来的那种状态同垂死状态的相似，以及低等动物如螳螂的繁殖同死亡的重合。低等动物的死亡就是因为在生本能平息之后，死本能获得了充分自由并执行自己的任务。尤二姐此梦看似只是姐妹俩的一番对话，波澜不惊，实际上却隐含着尤二姐和凤姐两条性命生死存亡的命运之争，杀机四伏，血风腥雨，令人心惊肉跳。一方面，倘若尤二姐不杀凤姐，定会被凤姐弄死，而且“白白的丧命，且无人怜惜”，这是死本能向尤二姐发出的信号；另一方面，生本能也向尤二姐发信号：既有罪过在先，还是苟且偷生，好死不如赖活着。这里特别值得高度关注的是尤二姐的罪恶感。生本能和死本能之间的斗争，在文明发展过程中具体表现为罪恶感的强化。一个惊人的甚至是令人费解的命题是：“罪恶感是随文明发展而产生的最重要的问题。我们为文明的进步所付出的代价是随着罪恶感的加强而不断失去幸福。”① 其实只要将

① 车文博、熊哲宏：《心灵深处的王国——弗洛伊德的精神分析学》，第198页。湖北教育出版社，1999年11月第1版。

“幸福”的含义界定为“本能的满足”，就很容易理解了。梦中尤二姐背负着沉重的“生前淫奔不才”、“一生品行既亏”、“已将人父子、兄弟致于麀聚之乱”、“使人家丧伦败行”的罪恶感，在生本能与死本能的斗争中，她这种罪恶感得到了强化。罪恶感是死本能的先导旗帜，或说是死本能的引魂幡，死本能的矛头没有指向情敌凤姐，反而指向自认罪孽深重的尤二姐自己。

这个梦对尤二姐来说太重要了，潜意识的提示，罪恶感的强化，促使她醒后不久，特别是一个“已成形的男胎打了下来”之后，更坚定了“病已成势，日无所养，反有所伤，料定必不能好。况胎已打下，无可悬心，何必受这些零气，不如一死倒还干净”的信念，果然寻了块生金，咽了下去，死在炕上。也许她至死也不明白，正是稍前做的那个梦，那个梦中的罪恶感，加速了她死亡的进程。倘若她能请人解梦，甚或自己能以科学理论指导解梦，她也许能宣泄一些怨气，释放或减轻一些罪恶感，重新振作起来，至少不至于吞金自逝。弗洛伊德有句名言：“梦似乎是清醒时刻行动的试验所。”[①] 尤二姐在梦中自暴自弃，甘受惩罚，清醒后丧失生活信念，终于应验了梦中所说的“白白的丧命，且无人怜惜”！

① 《梦的解析》第 291 页。

贾母之梦

第八十六回　受私贿老官翻案牍　寄闲情淑女解琴书

梦境 | MengJing

薛蝌道："我在外头原听见说是贾妃薨了，这么才赶回来的。我们元妃好好儿的，怎么说死了？"薛姨妈道："上年原病过一次，也就好了。这回又没听见元妃有什么病。只闻那府里头几天老太太不大受用，合上眼便看见元妃娘娘。众人都不放心，直至打听起来，又没有什么事。到了大前儿晚上，老太太亲口说是'怎么元妃独自一个人到我这里？'众人只道是病中想的话，总不信。老太太又说：'你们不信，元妃还与我说是："荣华易尽，须要退步抽身。"'众人都说：'谁

> 不想到？这是有年纪的人思前想后的心事。’所以也不当件事。恰好第二天早起，里头吵嚷出来，说娘娘病重，宣各诰命进去请安。他们就惊疑的了不得，赶着进去。他们还没有出来，我们家里已听见周贵妃薨逝了。你想外头的讹言，家里的疑心，恰碰在一处，可奇不奇？”

解析 | JieXi

贾母此梦是她老人家“亲口”说给身边的人听了，然后传到薛姨妈耳中，再由薛姨妈向薛蝌转述而来。从时间上看，有“头几天”和“大前儿晚上”的交待，可见不是一个梦或一个晚上的梦，而是接连“几天”“合上眼便看见元妃娘娘”，是贾母连续数晚在梦中与元妃相见的梦，这便是梦学界极为关注的连续梦。

关于连续梦，在“宝玉梦之十”中稍有涉及，只一般性提到“主题”与“情愫”对形成连续梦的影响。连续梦可以说是各类梦中比较怪异的一种模式，与当今影视作品中的“连续剧”相似。正如影视作品的连续剧可以一晚演出一集连续演出几晚，也可以一晚演出数集一样，连续梦也有“同一个晚上”的连续梦和“数个晚上”的连续梦之分。弗洛伊德在《梦的解析》中说：“同一晚上所发生的梦内容都是整体的一部分；而它们之所以会分成许多段落，同时有不同组合和数目的事实都是有意义的，这可以看成隐匿着的梦思所提供的消息。在分析含有许多主要部分的梦时（或同一晚上发生的梦），我们不应该忘记这种可能：即这些分开的，同时又是连续着的梦也许含有同样的意义，并且是以不同的材料表达着同一冲动。"[①] 贾母即是一"合上眼"进入梦境，便一而再再而三地梦见了元妃，并同元妃进行了交谈。贾母与元妃每次梦中交谈了些什么内容，我们不得而知，但至少明确知道在"大前儿晚上"贾母亲口说的是谈及了"荣华易尽，须要退步抽身"的主题。从"连续着的梦也许含有同样的意义，并且是以不同的材料表达着同一的冲突"这种判断来看，贾母同元妃的多次梦中相见与交谈，很可能涉及的都是"荣华易尽，须要退步抽身"这个主题。换句话说，这个主题在贾母梦中连续出现，成为了贾母梦内容的核心。

我们知道，贾母原是金陵世勋史侯家的小姐，嫁给了荣国公贾代善，贾代善早已去世，贾母便是荣府第二代硕果仅存之人，人称老太太、老祖宗、老菩萨、老寿星。贾母是自贾演、贾源第一代至贾蓉第五代中，第二代人向下交班的唯一代表人物，也是贾府世族的象征性人物。在封建社会百事孝为先的伦理环境中，贾母独自为尊，她的言行举止，无一不牵动整座贾府的神经，她的思想举措，更

① 《梦的解析》第 136 页。

可决定整个贾府的进退兴衰。贾母自当姑娘嫁到贾家当媳妇至今自己又有孙媳妇了，转眼六十余年。在这六十余年的漫漫人生中，贾母不知经历了多少大大小小的荣华易尽、好梦易醒、好宴易散的人间世故，即使没有件件亲历，至少也有许多的亲见或耳闻。梦中元妃娘娘说的话，实际上是贾母这样“有年纪的人思前想后的心事”。这件心事萦绕于怀，总是放心不下，便出现了思之又思梦而又梦的连续梦。为什么以前未出现这样的连续梦而这些天内频频出现连续梦呢？原因就在于最近这些天关于元妃娘娘生死的传说四起，似真似假，扑朔迷离，连薛蝌也是“在外头原听见说是贾妃薨了，这么才赶回来的”，加上“周贵妃薨了”，这些信息传到贾母耳中，心中难免不安起来。事实上，在第八十三回省宫闱贾元妃染恙中，贵妃娘娘确实“有些欠安”，“风闻宫里头传了一个太医院御医、两个吏目去看病”，随后贾母奉旨带领邢夫人、王夫人、凤姐到元妃寝宫探视了元妃，元妃含泪道：“父女弟兄，反不如小家子得以常常亲近。”贾母等都忍着泪道：“娘娘不用悲伤，家中已托着娘娘的福多了。”贾母深知，元妃是贾府的福根，倘或元妃有个什么三长两短，贾府断了这条根，也就势必福尽，荣华即退了。在谣诼连连的情况下，贾母心里悬念着一个问题：元妃身体状况究竟怎样？通常情况下，当一个人的心里有一个问题一直没有获得答案，梦就会不断地以同样的场景、同样的主题反复出现，这样，这个人就可能做出像电视连续剧一样的连续梦来，贾母的连续梦正是这样出现的。

在贾母的连续梦中，“隐匿着的梦思”又是什么呢？贾母并没有将连续梦的具体情节详细讲述出来，她只提供了两个要素：一个是梦见的人物是元妃；一个是元妃与她说的一句话。我们先看第一个要素：梦中人元妃。一般而言，出现在梦中的人物具有两种可能，一种是梦中人即是现实生活中的人，代表着梦者对这个人的评估，包括感情、喜恶、亲疏等，梦中人在梦中的表现与现实生活中的表现大体一致，是一种现实生活的回放，不具备象征或比喻意义；另一种则具有象征、比喻或置换意义，梦中人往往是梦主精神人格中某一部分的代表，或者是梦者生活风格的代表，或者是梦者企求气质的代表等等，并不是现实生活中那个具体的人。从贾母梦中的情况来看，梦中的元妃具有双重性：即既是现实生活中的元妃又是一种象征。元妃名贾元春，是贾政与王夫人的长女，自幼便由贾母教养，与贾母有深厚的祖孙之情。后因“贤孝才德”，被选入宫中作女吏，进而封凤藻宫尚书，加封贤德妃，成为贵妃娘娘。第十八回庆元宵贾元春省亲，自贾母等有爵者，皆按品服大妆迎接。因有元春省亲一节，才有大观园，也才有《红楼梦》，也才有贾府“烈火烹油”的盛世。倘若没有元春之省亲，则没有大观园之建造，没有贾府之兴隆，亦没有《红楼梦》之问世，因此，元妃确系贾府之福祉。省亲将结束时，执事太监启道："时已丑正三刻，请驾回銮。"贾妃听了，不由的满眼又滚下泪来。却又勉强堆笑，拉住贾母、王夫人的手，紧紧的不忍释放，再四叮咛："不须挂念，好生自养。如今天恩浩荡，一月许进内省亲一次，见面是尽有的，何必伤惨，倘明岁天恩仍许归省，万不可如此奢华靡费了！"原来省亲之时，贾妃在轿内看见大观园内外如此豪华，因默默叹息奢华过费，故特在回銮之时，格外提示，可见祖孙、母女之情溢于言表。常言道，愈是"不须挂念"，偏生愈是挂念，贾母挂念元春，元春便入梦相见，因此，从祖孙亲情、挂念之情而言，梦中元妃即生活中的元春，梦中相见犹如现实中相见。另一方面，梦中元妃又具有鲜明的象征意义。元妃在梦中象征"皇恩"，象征"福祉"，象征贾府兴衰的命脉。元妃健在则皇恩在、福祉在、贾府兴盛在；倘若元妃不在，则皇恩不在、福祉不在、贾府兴盛不在。在元妃所说那段话后，己卯本脂批云："妙极之谶！试看别部书中专能故用一不祥之语为谶，今偏不然，只有如此现成之语，便是不再之谶。只看他用一'倘'字，便隐讳自然之至。"一个"倘"字，便隐讳了无穷的变数。第四十七回贾母曾说："我进了这门子作重孙子媳妇起，到如今我也有了重孙子媳妇了，连头带尾五十四年，凭着大惊大险千奇百怪的事，也经了些。"贾母这样有经历通世故之人，岂有听不出弦外之音之理？在梦中，元妃的形象加上她的话，合成了一个象征，即中华民族"有时想无时，积谷以防饥”的既古老又睿智的哲理的象征。贾母清醒地看见了这个象征，深刻地领会了这个象征的现实意义，这也正是她老人家惶惶不安、日夜焦虑之症结。由些可知，此梦隐匿的梦思非他，即贾母对贾府兴衰前景的忧虑，并受到须要未雨绸缪先防备的警示与启迪。

在这个连续梦中，我们还可以看到一种梦象，即梦主与梦中人的对话。对话是一种人与人互相间的沟通，而沟通正是梦的基础。因为无论何种形式的梦，都是我们传达给自己的信息。当沟通以足以辨认的形式出现时，潜意识似乎是以我们应该更容易了解的方式，努力将信息直白地传达给梦主。此梦即是以元妃直白告诫“须要退步抽身”的方式将“荣华易尽”的信息传达给了贾母，提示了这一告诫的现实性和紧迫性，从而使贾母在梦的启迪下有所举措。

贾母之所以接连几天“合上眼便看见元妃娘娘”，还与梦本身的一种特殊功能有关。当我们白天的生活符合我们的自我感觉时，夜晚的梦就执行自动驾驶功能，把我们白天的感情经验分类，并与过去的记忆档案进行对比，然后以此为基础，前瞻未来。贾母便是将白天听到的关于元妃生死传闻与奉旨探视元妃之病的记忆对比，前瞻元妃死后对贾府兴衰的影响。这样的做梦系统是自动调节的，就像我们身体的其他系统自动调节一样。梦的这种自动调节自动驾驶功能，使梦经常呈现出某种整合的新信息，这种新信息对指导我们的现实生活具有重要意义。贾母正是从这种梦的自动调节功能中，获得了“须要退步抽身”的新信息，进而从繁荣的空架子的迷恋自得中清醒过来，采取务实防患的举措。从此中我们亦可以看出：“梦是夜间的心灵指导。”不少人对梦不屑一顾，其实，在日常生活中，梦是提高效率的原始手段之一。通过梦这个媒介，每一个心灵都会受到精神上的指导，只要正确领会和接受这种心灵的指导，我们的生活就会得到有效的改善。

此外，这个连续梦也展示了贾母本人的直觉。直觉是人的一种本能。在白天时，人们可能会感觉到某些事情将要发生，但这种感觉是模糊不清的，也没有表达出来，到了晚上，却会在梦中将这些没有表达出来的感觉转化为梦象，通过鲜明的梦象将这种白天尚属模糊的感觉清晰地表达出来。贾母由于元妃不稳定的状态而产生了隐约的模糊的“大厦将倾”的直觉，这个直觉在梦中以“荣华易尽”这句话清晰地展现出来，自会使贾母心中一亮，将白天模糊不清的直觉，点化得清晰明白。

从故事后来的发展情况看，九回后的第九十五回，因讹成实元妃果然薨逝。元春自选了凤藻宫后，圣眷隆重，身体发福，未免举动费力。每日起居劳乏，时发痰疾。因前日侍宴回宫，偶沾寒气，勾起旧病。不料此回甚属利害，竟至痰气壅塞，四肢厥冷。一面奏明，即召太医调治。岂知汤药不进，连用通关之剂，并不见效。内官忧虑，奏请预办后事，所以传旨命贾氏椒房进见。贾母王夫人遵旨进宫，见元妃痰塞口涎，不能言语。见了贾母，只有悲泣之状，却少眼泪。贾母进前请安，奏些宽慰的话。少时贾政等职名递进，宫嫔传奏，元妃目不能顾，渐渐脸色改变。内宫太监即要奏闻，恐派各妃看视，椒房姻戚未便久羁，请在外宫伺候。贾母王夫人怎忍便离，无奈国家制度，只得下来，又不敢啼哭，惟有心内悲戚。朝门内官员有信。不多时，只见太监出来，立传钦天监。贾母便知不好，尚未敢动。稍刻，小太监传谕出来，说："贾娘娘薨逝。"是年甲寅年十二月十八日立春，元妃薨日是十二月十九日，已交卯年寅月，存年四十三岁。贾母含悲起身，只得出宫上轿回家。白发人送黑发人，这是贾母与元妃的诀别，与第八十六回贾母梦见元妃应时隔不久，故薛姨妈说："你想外头的讹言，家里的疑心，恰碰在一处，可奇不奇！"

这不由使我们联想起第十三回秦可卿死封龙禁尉中凤姐梦见秦可卿前来托梦的情景，凤姐梦还未完，"还欲问时"，只听人回"东府蓉大奶奶没了"，将凤姐吓了一身冷汗，方从梦中惊醒。此回贾母连日梦见元妃前来叮嘱身后之事，不久元妃便也薨逝。这两梦极其相似，尤其是梦内容皆为警示"早为后虑"之事，无论从秦可卿、元妃之死或贾府将倾，都可视为先兆梦。两个梦中人之死，皆近在眼前，死后不久；而贾府的衰败，距贾母之梦只隔一十九回，即第一百零五回锦衣军查抄宁国府，骢马使弹劾平安州。贾母的梦准确地预示了贾府倾倒的命运。那么，梦是否能预示将来呢？这成为很多人共同关心的课题。弗洛伊德在《梦的解析》中说："梦是否能预示将来呢？这问题当然并不成立，倒不如说梦提供我们过去的经验。因为由每个角度来看，梦都是源于过去，而古老的信念认为梦可以预示未来，亦并非全然毫无真理。以愿望满足来表现的梦当然预示我们期望的将来，但是这个将来（梦者梦见的是现在）却被他那不可摧毁的欲望模塑成和过去的完全一样。"① 弗洛伊德最得意的弟子、伟大的精神分析学大师、集体潜意识发现者荣格特别强调梦指向过去也指向未来的属性，荣格说："这种向前展望的功能，是在无意识中对未来成就的预测和期待，是某种预演，某种蓝图，或事先匆匆拟就的计划。它的象征性内容有时会勾画出某种冲突的解决。"② 荣格又说："梦有一种预期能力。这不是说梦有一种预测未来的神秘能力，而是说，梦有显示种种可能的能力，因此，梦也是有关未来潜力的幻想。"③ 通过对梦的深入研究，荣格发现并不是所有的梦都具有这种展望未来的功能，只有少数梦能做到这一点。广为流传的美丽的嫦娥奔月神话就是大众的梦，这个梦对于当今人类登月的现

① 《梦的解析》第289页。

② 方刚：《性梦的解析》，第134页。南方日报出版社，2002年8月第1版。

③ 梅芙·恩尼斯、珍妮弗·帕克：《梦》，第74页。生活·读书·新知三联书店，2003年1月北京第1版。

实而言，不是一个经典的先兆吗？贾母这个梦对于与元妃生离死别来说，贾母梦见元妃是日后进宫与元妃诀别的“预演”；对于贾府大厦将倾来说，元妃说的“须要退步抽身”相当于一幅匆匆拟就的挽倾颓于万一的蓝图。因此我们说贾母此梦是先兆梦，它的象征性内容勾画出了解决冲突即危机的方法——“早抽身”。

妙玉之梦

第八十七回　感秋深抚琴悲往事　坐禅寂走火入邪魔

梦境 | MengJing

自己连忙收摄心神，走进禅房，仍到禅床上坐了。怎奈神不守舍，一时如万马奔驰，觉得禅床便恍荡起床，身子已不在庵中。便有许多王孙公子，要来娶他，又有些媒婆，扯扯拽拽，扶他上车，自己不肯去。一回儿，又有盗贼劫他，持刀执棍的逼勒，只得哭喊求救。早惊醒了庵中女尼道婆等众，都拿火来照看。只见妙玉两手撒开，口中流沫。急叫醒时，只见眼睛直竖，两颧鲜红，骂道："我是有菩萨保佑，你们这些强徒敢要怎么样？"众人都唬的没了主意，都说道：

“我们在这里呢，快醒转来罢！”妙玉道：“我要回家去！你们有什么好人，送我回去罢。”道婆道：“这里就是你住的房子。”说着，又叫别的女尼忙向观音前祷告。求了签，翻开签书看时，是触犯了西南角上的阴人。就有一个说：“是了，大观园中西南角上本来没有人住，阴气是有的。”一面弄汤弄水的在那里忙乱。那女尼原是自南边带来的，伏侍妙玉，自然比别人尽心，围着妙玉坐在禅床上。妙玉回头道：“你是谁?”女尼道：“是我。”妙玉仔细瞧了一瞧道：“原来是你。”便抱住那女尼，呜呜咽咽的哭起来，说道：“你是我的妈呀，你不救我，我不得活了。”那女尼一面唤醒他，一面给他揉着。道婆倒上茶来喝了，直到天明才睡了。

解析 | JieXi

纵观整部《红楼梦》，历历诸芳中，唯有妙玉一人最是“身世不凡，心性高洁”、“清洁高雅，然亦怪谲孤僻甚矣”之人，迟迟至第十八回庆元宵贾元春省亲方才出场，随后循迹无踪，偶有四五回亮相，则是出一回场，亮出一个“妙”字，弥足珍贵。宝玉对园中姊妹，无一不以一个情字交往，唯对妙玉，视若现世仙子，爱而敬之，不敢轻易亵渎。“妙玉本是苏州人氏，祖上也是读书仕宦之家。因生了这位姑娘自小多病，买了许多替身儿皆不中用，到底这位姑娘亲自入了空门，方才好了，所以带发修行，今年才十八岁，法名妙玉。如今父母俱已亡故，身边只有两个老嬷嬷、一个小丫头伏侍。文墨也极通，经文也不用学了，模样儿又极好。因听见‘长安’都中有观音遗迹并贝叶遗文，去岁随了师父上来，现在西门外牟尼院住着。他师父极精演先天神数，于去冬圆寂了。妙玉本欲扶灵回乡的，他师父临寂遗言，说他‘衣食起居不宜回乡，在此静居，后来自然有你的结果’。所以他竟未回乡。”贾府因筹办元妃省亲之事，聘买了十个小尼姑、小道姑，王夫人因闻知妙玉各项均好，便要接了他来。林之孝家的回道：“请他，他说‘侯门公府，必以贵势压人，我再不去的。’”王夫人笑道：“他既是官宦小姐，自然骄傲些，就下个帖子请他何妨。”这样，贾府用车轿将妙玉接了进来，住在大观园内的栊翠庵。

一晃到了第四十一回拢翠庵茶品梅花雪，妙玉才露真容。也是贾母心血来潮，要领着刘姥姥见识见识大观园的景致，这才来到栊翠庵。妙玉忙接了进去，烹了茶来。宝玉留神看他是怎么行事，只见妙玉亲自捧了一个海棠花式雕漆填金云龙献寿的小茶盘，里面放一个成窑五彩小盖盅捧与贾母。贾母道：“我不吃六安茶。”妙玉笑道：“知道。这是老君眉。”贾母接了，又问是什么水。妙玉笑回：“是旧年蠲的雨水。”贾母便吃了半盏。那妙玉便把宝钗和黛玉的衣襟一拉，二人随他出去，宝玉悄悄的随后跟了来。只见妙玉让他二人在耳房内，宝钗坐在榻上，黛玉便坐在妙玉的蒲团上。妙玉自向风炉煽滚了水，另泡一壶茶。宝玉便走了进来，笑道：“偏你们吃梯己茶呢。”二人都笑道：“你又赶了来餮茶吃。这里并没你的。”妙玉刚要去取杯，只见道婆收了上面的茶盏来。妙玉忙命：“将那成窑的茶杯别收了，搁在外头去罢。”宝玉会意，知为刘姥姥吃了，他嫌脏不要了。又见妙玉另拿出两只杯来。一个旁边有一耳，杯上镌着“𤫩爮斝”三个隶字，后有一行小真字是“晋王恺珍玩”，又有“宋元丰五年四月眉山苏轼见于秘府”一行小字。妙玉便斟了一斝，递与宝钗。那一只形似钵而小，也有三个垂珠篆字，镌着“点犀盉”。妙玉斟了一盉与黛玉。仍将前番自己常日吃茶的那只绿玉斗来斟与宝玉。宝玉笑道：“常言‘世法平等’，他两个就用那样古玩奇珍，我就是个俗器了。”妙玉道：“这是俗器？不是我说狂话，只怕你家里未必找的出这么一个‘俗器’来呢。”宝玉笑道：“俗说‘随乡入俗’，到了你这里，自然把那金玉珠宝一概贬为俗器了。”妙玉听如此说，十分欢喜，遂又寻出一只九曲十环一百二十节蟠虬整雕竹根的一个大盒出来，笑道：“就剩了这一个，你可吃的了这一海？”宝玉喜的忙道：“吃的了。”妙玉笑道：“你虽吃的了，也没这些茶糟踏。岂不闻‘一杯为品，二杯即是解渴的蠢物，三杯便是饮牛饮骡了’。你吃这一海便成什么?”说的宝钗、黛玉、宝玉都笑了。妙玉执壶，只向海内斟了约有一杯。宝玉细细吃了，果觉轻浮无比，赏赞不绝。妙玉正色道:“你这遭吃的茶是托他两个福，独你来了，我是不给你吃的。”宝玉笑道:“我深知道的，我也不领你的情，只谢他二人便是了。”妙玉听了，方说:“这话明白。”黛玉因问:“这也是旧年的雨水?”妙玉冷笑道:“你这么个人，竟是大俗人，连水也尝不出来。这是五年前我在玄墓蟠香寺住着，收的梅花上的雪，共得了那鬼脸青的花瓮一瓮，总舍不得吃，埋在地下，今年夏天才开了。我只吃过一回，这是第二回了。你怎么尝不出来?隔年蠲的雨水那有这么轻浮，如何吃得?”黛玉知他天性怪僻，不好多话，亦不好多坐，吃完茶，便约着宝钗走了出来。宝玉和妙玉陪笑道:“那茶杯虽然脏了，白撂了岂不可惜?依我说，不如就给那贫婆子罢，他卖了也可以度日。你道可使得。”妙玉听了，想了一想，点头说道:“这也罢了。幸而那杯子是我没吃过的，若我使过，我就砸碎了也不能给他。你要给他，我也不管你，只交给你，快拿了去罢。”宝玉笑道:“自然如此，你那里和他说话授受去，越发连你也脏了。只交与我就是了。”妙玉便命人拿来递与宝玉。宝玉接了，又道:“等我们出去了，我叫几个小幺儿来河里打几桶水来洗地如何?”妙玉笑道:“这更好了，只是你嘱咐他们，抬了水只搁在山门外头墙根下，别进门来。”宝玉道:“这是自然的。”贾母要回去，妙玉亦不甚留，送出山门，回身便将门闭了。

好家伙！头回亮相，便将清洁高雅、不同凡响亮了出来。妙玉对贾府第一权威人物贾母不过作了体面的应酬，给贾母一杯“旧年蠲的雨水”茶而已，贾母要回，亦不甚留，送出山门而已，完全一派不惧贵势压人的清高；及至对宝钗、黛玉又不同，由贾母的“体面茶”上升到姊妹情的“梯己茶”，用的是五年前梅花上的雪水。使用的茶具更又有别，贾母用的不过“成窑五彩小盖盅”，宝钗用的却是晋王恺珍玩的“𤫩爮斝”，黛玉用的是“点犀䀉”，宝玉用的则是她“前番自己常日吃茶的那只绿玉斗”，虽说她“怪谲孤僻”，却也看出她心中对人的态度，至于刘姥姥，则是连她动用过的成窑杯子也不要了。只一番短暂的品茶，她便将宝玉、黛玉贬为“大俗人”，连茶具也不懂，“连水也尝不出来”，自视清高可见一斑！

第六十三回宝玉过生日，忽然一眼看见砚台底下压着一张纸，展开看时，原来是一张粉笺子，上面写着“槛外人妙玉恭肃遥叩芳辰”。宝玉看毕，直跳了起来，忙问：“这是谁接了来的？也不告诉。”袭人、晴雯等见了这般，不知当是那个要紧的人来的贴子，忙一齐问：“昨儿谁接下了一个帖子？”四儿忙飞跑进来，笑说：“昨儿妙玉并没亲来，只打发个妈妈送来。我就搁在那里，谁知一顿酒就忘了。”众人听了，道：“我当谁的，这样大惊小怪。这也不值的。”宝玉忙命：“快拿纸来。”当时拿了纸，研了墨，看他下着“槛外人”三字，自己竟不知回贴上回个什么字样才相敌。只管提笔出神，半天仍没主意，便袖了贴儿，径来寻黛玉。刚过了沁芳亭，忽见岫烟颤颤巍巍的迎面走来。宝玉忙问：“姐姐那里去?”岫烟笑道：“我找妙玉说话。”宝玉听了诧异，说道：“他为人孤僻，不合时宜，万人不入他目。原来他推重姐姐，竟知姐姐不是我们一流的俗人。”岫烟笑道：“他也未必真心重我，但我和他做过十年的邻居，只一墙之隔。他在蟠香寺修炼，我家原寒素，赁房居住，就赁的是他庙里的房子，住了十年，无事到他庙里去作伴。我所认的字都是承他所授。我和他又是贫贱之交，又有半师之分。因我们投亲去了，闻得他因不合时宜，权势不容，竟投到这里来。如今又天缘凑合，我们得遇，旧情竟未易。承他青目，更胜当日。”宝玉听了，恍如听了焦雷一般，喜的笑道：“怪道姐姐举止言谈，超然如野鹤闲云，原来有本而来。正因他的一件事我为难，要请教别人去。如今遇见姐姐，真是天缘巧合，求姐姐指教。”说着，便将拜帖取与岫烟看。岫烟笑道：“他这脾气竟不能改，竟是生成这等放诞诡僻了。从来没见拜贴上下别号的，这可是俗语说的‘僧不僧，俗不俗，女不女，男不男’，成个什么道理。”宝玉听说，忙笑道：“姐姐不知道，他原不在这些人中算，他原是世人意外之人。因取我是个些微有知识的，方给我这贴子。我因不知回什么字样才好，竟没了主意，正要去问林妹妹，可巧遇见了姐姐。”岫烟听了宝玉这话，且只顾用眼上下细细打量了半日，方笑道：“怪道俗语说的‘闻名不如见面’，又怪不得妙玉竟下这帖子给你，又怪不得上年竟给你那些梅花。既连他都这样，少不得我告诉你原故。他常说：‘古人中自汉、晋、五代、唐、宋以来，皆无好诗，只有两句好，说道：“纵有千年铁门槛，终须一个土馒头。”’所以他自称‘槛外之人’。又常赞文是庄子的好，故又或称为‘畸人’。他若帖子上是自称‘畸人’的，你就还他个‘世人’。畸人者，他自称是畸零之人；你谦自己乃世中扰扰之人，他便喜了。如今他自称‘槛外之人’，是自谓蹈于铁槛之外了；故你如今只下‘槛内人’，便合了她的心了。”宝玉听了，如醍醐灌顶，嗳哟了一声，方笑道：“怪道我们家庙说是‘铁槛寺’呢，原来有这一说。”说完回房写了帖子，上面只写“槛内人宝玉熏沐谨拜”几字，亲自拿了到栊翠庵，只隔门缝儿投进去便回来了。宝玉为收了妙玉的寿贴，又喜又急，“直跳了起来”，看见“槛外人”三字，又四处求教如何回贴，写了回贴又亲自送去，却又不敢相扰，“只隔着门缝儿投进去”。妙玉只出一个帖子并未出面，却比他人频频出面更胜十分，难怪己卯本脂批曰：“帖文亦蹈俗套之外。”通过宝玉的种种表现活脱脱画出了一个超凡出俗的妙玉来。

第七十六回凹晶馆联诗悲寂寞中，黛玉和湘云联诗比试谁强谁弱，联到后来，湘云说了句“寒塘渡鹤影”，黛玉想了半日，猛然对出：“冷月葬花魂。”湘云拍手赞道：

“果然好极！非此不能对。”一语未了，只见栏外山石转出一个人来，笑道：“好诗，好诗，果然太悲凉了。不必再往下联，若底下只这样去，反不显这两句了，倒觉得堆砌牵强。”二人不防，倒唬了一跳。细看时，不是别人，却是妙玉。三人遂一同来至栊翠庵，妙玉自取了笔砚纸墨出来，将方才的诗命他二人念着，遂从头写出来。黛玉见他今日十分高兴，便笑道：“从来没见你这样高兴。我也不敢唐突请教，这还可以见教否？若不堪时，便就烧了；若或可正，即请改正改正。”妙玉笑道：“恐不敢妄加评赞。只是这才有了二十二韵。我意思想着你二位警句已出，再若续时，恐后力不加。我竟要续貂，又恐有玷。”黛玉从没见妙玉作过诗，今见他高兴如此，忙说：“果然如此，我们的虽不好，亦可以带好了。”妙玉道：“如今收结，到底还该归到本来面目上去。若只管丢了真情真事，且去搜奇拣怪，一则失了咱们的闺阁面目，二则也与题目无涉了。”二人皆道极是。妙玉遂提笔一挥而就，合成《中秋夜大观园即景联句三十五韵》。黛玉湘云二人皆赞赏不已，说：“可见我们天天是舍近而求远。现有这样诗仙在此，却天天去纸上谈兵。”黛玉是众姊妹中菊花诗魁首，她的诗“题目新，诗也新，立意更新”，然而一见妙玉“续貂”之诗，立即真心佩服，赞赏不已，称妙玉为“诗仙”，可见妙玉满腹诗文，锦心绣口，确是高雅之人，并非虚撑不实。

第八十七回宝玉忽然想起有好几天没见惜春，便信步走到蓼风轩来。刚到窗下，只听见惜春在与人下大棋，听那一个声音很熟，却不是他们姊妹，掀帘进去一看，却是妙玉。这宝玉见是妙玉，不敢惊动。妙玉和惜春正在凝思之际，也没理会。宝玉却站在旁边，看他两个的手段。只见妙玉低着头，问惜春道："你这个畸角儿不要了么？"惜春道："怎么不要？你那里头都是死子儿，我怕什么？"妙玉道："且别说满话，试试看。"惜春道："我便打了起来，看你怎么样。"妙玉却微微笑着，把边上子一接，却搭转一吃，把惜春的一个角儿都打起来了，笑着说道："这叫做'倒脱靴势'。"惜春尚未答言，宝玉在旁，情不自禁，哈哈一笑，把两个人都唬了一大跳。惜春道："你这是怎么说？进来也不言语，这么使促狭唬人。你多早晚进来的？"宝玉道："我头里就进来了，看着你们两个争这个畸角儿。"说着，一面与妙玉施礼，一面又笑问道："妙公轻易不出禅关，今日何缘下凡一走？"妙玉听了，忽然把脸一红，也不答言，低了头，自看那棋。宝玉自觉造次，连忙陪笑道："倒是出家人比不得我们在家的俗人。头一件，心是静的。静则灵，灵则慧……"宝玉尚未说完，只见妙玉微微的把眼一抬，看了宝玉一眼，复又低下头去，那脸上的颜色渐渐的红晕起来。宝玉见他不理，只得讪讪的旁边坐了。惜春还要下子，妙玉半日说道："再下罢。"便起身理理衣裳，重新坐下，痴痴的问着宝玉道："你从何处来？"宝玉巴不得这一声，好解释前头的话，忽又想道："或是妙玉的机锋。”转红了脸，答应不出来。妙玉微微一笑，自合惜春说话。惜春也笑道：“二哥哥，这什么难答的？你没的听人家常说的，‘从来处来’么？这也值得把脸红了，见了生人的是的。”妙玉听了这话，想起自家，心上一动，脸上一热，必然也是红的，倒觉不好意思起来。因站起来说道：“我来得久了，要回庵里去了。”妙玉同惜春下棋，一着“反扑”，一着“倒脱靴势”，直把惜春杀得丢盔卸甲，难以招架，妙玉犹如猫戏鼠，将惜春玩于股掌之中，在宝玉看来，原来妙玉还是棋坛高手。

妙玉要走，惜春知妙玉为人，也不深留，送出门口。妙玉笑道：“久已不来，这里湾湾曲曲的，回去的路头都要迷住了。”宝玉道：“这倒要我来指引指引，何如？”妙玉道：“不敢，二爷前请。”二人弯弯曲曲走近潇湘馆，忽听得叮咚之声。妙玉道：“那里的琴声？”宝玉道：“想必是林妹妹那里抚琴呢。”妙玉道：“原来他也会这个？怎么素日不听见提起？”宝玉悉把黛玉的事述了一遍，因说：“咱们去看他。”妙玉道：“从古只有听琴，再没有看琴的。”宝玉笑道：“我原说我是个俗人。”说着，二人走至潇湘馆外，在山子石坐着静听，甚觉音调清切。只听得低吟道：

风萧萧兮秋气深，美人千里兮独沉吟。望故乡兮何处？倚栏杆兮涕沾襟。

歇了一回，听得又吟道：

山迢迢兮水长，照轩窗兮明月光。耿耿不寐兮银河渺茫，罗衫怯怯兮风露凉。

又歇了一歇。妙玉道：“刚才‘侵’字韵是第一叠，如今‘扬’字韵是第二叠了。咱们再听。”里边又吟道：

子之遭兮不自由，予之遇兮多烦忧。之子与我兮心焉相投，思古人兮俾无尤。

妙玉道：“这又是一拍。何忧思之深也!”宝玉道：“我虽不懂得，但听他音啊，也觉得过悲了。”里头又调了一回弦。妙玉道：“君弦太高了，与无射律只怕不配呢。”里边又吟道：

人生斯世兮如轻尘，天上人间兮感夙因。感夙因兮不可惙，素心如何天上月。

妙玉听了，呀然失色道：“如何忽作变徵之声？音韵可裂金石矣。只是太过。”宝玉道：“太过便怎么?”妙玉道：“恐不能持久。”正议论时，听得君弦“蹦”的一声断了。妙玉站起来，连忙就走。宝玉道：“怎么样?”妙玉道：“日后自知，你也不必多说。”竟自走了。弄得宝玉满肚疑团，大概只是明白原来妙玉乃听琴知音，高山流水一流也。

妙玉回到庵中，屏息垂帘，跏趺坐下，断除忘想，趋向真如。坐到三更过后，听得屋上“嗗碌碌”一片响声，妙玉恐有贼来，下了禅床，出到前轩，但见云影横空，月华如水。那时天气尚不狠凉，独自一个，凭栏站了一回，忽听房上两个猫儿一递一声厮叫。那妙玉忽想起日间宝玉之言，不觉一阵心跳耳热，自己连忙收摄心神，走进禅房，仍到禅床上坐了。怎奈神不守舍，做出了这个摇唤不醒的梦来。

很显然，这是文学创作的梦分类中的“春闺梦”，亦称“性梦”。我们不妨先看梦象中比较容易理解的表面意义。妙玉感到“一时如万马奔驰，觉得禅床便恍荡起来，身子已不在庵中”。这是妙玉春心荡漾的表象。妙玉的原欲在心中沸腾起来，连安如磐石的禅床也禁不住这股欲火升腾而“恍荡”起来，犹如火山爆发一般不可遏止。原欲的冲动像火山喷发的熔岩冲天而起，又像万马奔腾，呼啸着冲向前方。妙玉此时的神思，早已如天马行空，如烈火腾飞，小小尼姑庵岂可容得她住。如果说“万马奔腾”与“禅床恍荡”还具有原欲沸腾、心旌摇荡的浅显象征的话，她在梦中感觉“便有许多王孙公子要来娶她，又有些媒婆扯扯拽拽扶他上车”就更是连象征也不要了，直白地思娶想嫁，憧憬性生活的到来。英国性梦研究者弗·摩尔认为：性在日常思想中占有一定位置，也构成了潜意识记忆和印象的很大一部分，因此，梦也就不时地和性想象与性征兆相伴。在过着正常男女性生活的人，因为他们过着正常的充实的性生活，没有压抑，故不大做关于性生活的梦；而清教徒、僧人、道士、尼姑等所谓出家修行的人，他们在清醒的意识状态时，人为地刻意地回避、不承认和不接受性生活，有关性的想法自动地不断地转移到潜意识状态中，经过长期积累叠加，逐渐形成强大的张力，不仅常常梦见与性有关的事，甚至产生剧烈的爆发而形成“走火入魔”式的噩梦。妙玉便是典型的“走火入魔”，噩梦唤不醒。妙玉 18 岁，正值青春跃动时期。青春期男女做性梦，一般不是因为在 18 岁年龄有什么压抑，而更多的是由于性生理的成熟和性心理的成长。妙玉与一般 18 岁女儿不同，除了性生理成熟、性心理成长的正常原因之外，还有她“从小出家”、“带发修行”的特殊压抑，故岫烟说她是“僧不僧、俗不俗、女不女、男不男”，宝玉更认她“却不是他们姊妹”，把妙玉排斥在众姐妹之外，几乎不把她当女人看了。然而妙玉毕竟是青春少女，潜意识并不回避更不拒绝性欲望的释放。妙玉又梦到“有盗贼劫他，持刀执棍的逼勒”，这并不是一般抢劫的梦象，仍然是性意念的伸展。有研究者认为，如果梦见极粗暴的性行为，也是有意识生活中缺失性生活的一种补偿。梦是既没有道德观念也没有法制观念的，梦中的“逼勒”甚至强奸，并不能等同现实生活中的逼勒与强奸，这只是一种期盼满足性欲望的强烈意念的表象。妙玉最后在梦中抱住服侍她的女尼呜呜咽咽地哭道：“你是我的妈呀，你不救我，我不得活了。”诚然，妙玉父母俱亡，此处可以理解为期盼失却的母爱；然而，前后连贯起来，意义却不在寻求母爱上，仍然还在一个性字上。旧时只有“父母之命，媒妁之言”才可成亲，才可得到性生活，她此时呼唤母亲救她，正如呼人救火一般，她此时的性欲已经炽烈得快要“不得活了”，只有母命许亲，方可救她燃眉之急。通观全梦，每一情节，无不围绕在一个性字上，因此，从梦象表面意义分析，这的确是一个典型的青春少女的春闺梦。

然而，这又不是一般意义上的春梦。先看看诱发这个梦的原因：一个外因，一个内因。外因是“忽听房上两个猫儿一递一声厮叫”。凡有生活经验的人都知道，这便是“野猫叫春”，是一对猫儿求偶求配的厮叫。平实而论，妙玉蜗居在栊翠寺，每日青灯古佛为伴，尽管是在贾府这样的大院里，何曾见过男女之事，偶尔出了寺院，也不过同惜春等少数几个姐妹谈诗弄琴而已，不仅孤独，而且难得见到异性一面，虽每月有“月信”提示，也只是压抑忍耐，讳莫如深。今忽听见猫儿叫春，怎不叫闻声思景，春心震动，勾起男欢女爱之情，有如猛然触动机括，打开了原欲的阀门，久积之春水便咆哮奔涌而出；内因便是“那妙玉忽想起日间宝玉之言，不觉一阵心跳耳热”。一个“忽听见”，一个“忽想起”，合到一处，终于冲破长久的禁锢，将尘封的欲望迸发出来，成就此梦。从小说提供的线索来看，宝玉似乎是同妙玉有交往的唯一男性。在宝玉的眼中心中，妙玉亦是与众姐妹不同的唯一女性。他将妙玉视为下凡的仙女，恍如大观园里的观世音，对妙玉如同对观世音一样虔诚敬畏，毫无一丝亵渎之心，一言一行都不敢造次。妙玉则不然，虽然在宝玉及姐妹们中她享有茶圣、诗仙、琴心、棋胆的美誉，尽管她心性高雅卓尔不群，但她仍有一颗纯洁的少女之心，她对宝玉怀有深沉的爱恋，她同所有少女一样期盼能获得英俊的男子的欢心，她在内心深处仍在追求高尚的爱情。她同其他姐妹的不同之处，是竭力掩饰这种爱，因而没有任何表面上的缠绵，这样反使这种爱显得更加深沉更加强烈更令人震撼，也许她并不自知，其实她对宝玉的爱恋常在不经意间自然流露出来，被一些慧眼捕个正着。第四十一回栊翠庵茶品梅花雪中，妙玉招待老祖宗贾母用的是“一个成窑五彩小盖盅”，后因贾母将这个杯子给刘姥姥吃过，妙玉便弃之不要了；给宝钗和黛玉的是属于“古玩奇珍”的“𤫰爮斝”和“点犀䀉”，唯独给宝玉的是“自己常日吃茶的那只绿玉斗”。从招待不同人所用的不同茶具上，分明看出妙玉对宝玉的用心不同，颇有“不分彼此可共杯”的情愫。宝玉品茶后，妙玉正色道：“你这遭吃的茶是托他两个福，独你来了，我是不给你吃的。”靖藏本脂批曰：“玉兄独至，岂真无茶吃？作弄人又弄狡猾，只瞒不过老朽。”何如？出口即被捉！第五十回芦雪庵争联即景诗中，宝玉自称不会联句，要求李纨担待。李纨笑道：“也没有社社担待你的。又说韵险了，又整误了，又不会联句了，今日必罚你。我才看见栊翠庵的红梅有趣，我要折一枝来插瓶。可厌妙玉为人，我不理他。如今罚你去取一枝来。”众人都道这罚的又雅又有趣。宝玉也乐为，冒雪而去。李纨命人好好跟着。黛玉忙拦说：“不必，有了人反不得了。”随着宝玉去后的时刻，庚辰本脂批先后批曰："想此刻宝玉已到庵中矣。""想此刻二玉已会，不知肯见赐否。"一语未了，只见宝玉笑嘻嘻劬了一枝红梅来，笑道："你们如今赏罢，也不知费了我多少精神呢。"众人看梅花，原来这枝梅花只有二尺来高，旁有一横枝纵横而出，约有五六尺长，其间小枝分歧，或如蟠螭，或如僵蚓，或孤削如笔，或密聚如林，花吐胭脂，香欺兰蕙，各各称赞。宝玉得来这样一枝可咏可赋的梅花，可见不是妙玉随手折来。李纨是大观园姐妹的头儿，尚且担心妙玉不给面子，宝玉得此奇花，岂不是妙玉大大的给足了面子么？黛玉是个妙人，知不必派人跟随宝玉去，"有了人反不得了"，深知只需宝玉妙玉二人在一起，梅花方可得！脂砚斋亦是妙人，随时猜度"二玉已会"，至于"二玉已会"之后，怎么见面，怎么索梅，怎么看梅，怎么选梅，怎么折梅，怎么赠梅，一字没有，却愈益耐人寻味。难怪宝玉得梅回来后满心满眼都是笑，一口气作出《咏红梅花》诗：

酒未开樽句未裁，寻春问腊到蓬莱。
不求大士瓶中露，为乞嫦娥槛外梅。
入世冷挑红雪去，离尘香割紫云来。
槎枒谁惜诗肩瘦，衣上犹沾佛院苔。

从宝玉的咏梅诗中，我们不仅可以看出宝玉将栊翠庵当成"蓬莱"，将妙玉当成"大士"、"嫦娥"的虔诚敬爱心态，还可以从"冷挑红雪"、"香割紫云"、"诗肩瘦"、"佛院苔"中看出二人在庵中的活动经历，此谓不写胜有写，不言胜有言，给予了我们对宝玉妙玉二人世界不尽的浪漫遐想空间。

第六十三回寿怡红群芳开夜宴，宝玉过生日，众姐妹包括丫鬟侍女，无不凑银子为宝玉祝寿，大家“夜聚饮博”，好不欢快，唯妙玉别开生面，她不能混迹于众姐妹之中，便派人送了一张祝寿的粉笺给宝玉，上书“槛外人妙玉恭肃遥叩芳辰”。试想，若不是上了心的人，还能特意去记住他的生辰日期么？虽不能在一起共欢，“恭肃遥叩”一下也是尽心之举吧！

第八十七回感秋深抚琴悲往事中，妙玉与惜春下完棋要回庵去，惜春知妙玉为人，也不深留，送出门口。按常理常情，妙玉应独自回庵便是了，然而她不，却笑道：“久已不来，这里湾湾曲曲的，回去的路头都要迷住了。”这岂不是睁眼说瞎话么，怎么知道来此就不知道回彼了呢？原来妙玉在此处藏着心机：她想要宝玉陪送她回庵。宝玉是个知趣的人，立即说道：“这倒要我来指引指引，何如?”这正合了妙玉的心意，连忙说道：“不敢，二爷前请。”如是二人边谈边行，又同在“山子石坐着静听”黛玉弹琴。这一次，妙玉与宝玉似乎演习或说尝试了一次同行同坐的滋味。也许，妙玉自知不能像黛玉与宝玉那样“耳鬓厮磨、同吃同睡”，但她不也在努力创造一种与宝玉“同杯”“同行”“同坐”的恋人意境吗？可以毫不怀疑地说，妙玉对宝玉怀着一种深沉的暗恋。所以当宝玉笑问“妙公轻易不出禅关，今日何缘下凡一走”时，妙玉听了，竟然会“忽然把脸一红”，这便是触动了她的暗恋之心，妙玉微微地把眼一抬，看了宝玉一眼，复又低下头去，那脸上的颜色竟然会“渐渐的红晕起来”，这便是看见了暗恋之人，随后又“痴痴的”问宝玉的话，又“想起自家，心上一动，脸上一热，必然也是红的，倒觉不好意思起来”，这便是泄露暗恋之情。此时的妙玉，面对暗恋的宝玉，已经到了情不自禁的地步了，为了保住这种暗恋不要明白表露出来，她只得控制自己，借口“我来得久了，要回庵里去了”来强忍自己的热烈恋情。

从客观上看，无论从相貌、人品、才学诸方面来比较，妙玉的综合素质似乎还在黛玉、宝钗之上，她原来完全可以公开站出来与宝钗、黛玉一起在平等的条件下竞争宝玉，然而，她不能做到这一点，因为她身上穿着一袭女尼的道装：只见妙玉头带妙常髻，身上穿一件月白素绸袄儿，外罩一件水田青缎镶边长背心，拴着秋香色的丝绦，腰下系一条淡墨色的白绫裙，手执麈尾念珠。照理说煞是好看，却脱不离总是一袭缁衣！尽管是带发修行，仍是出家人。出家人就意味着一生不婚嫁，禁绝性欲。完全可以说，正是这一袭薄薄的缁衣，将一个少女浓浓的春心紧紧地禁锢起来了。这一袭极普通平常的道装，却与梦理论中的“社会面具”紧密联系在一起。

人的社会性使每一个人都在社会中扮演某一个角色，

他都会不由自主地戴上这个角色应有的面具。“角色”是荣格原型理论中七种主要原型之一（智慧老人、骗子、角色、影子、神孩、爱尼莫和爱尼莫斯、伟大母亲）。角色是向外部世界展现我们自己的方式，即我们应付觉醒世界的面具。角色本身很实用，而且很正常，但我们如果与角色完全一致，认为那就是真实的自我，那不仅是一种自欺，也将是一种危险。社会面具又称人格面具，即我们展现给世人的一副或多副面孔。很多人都有这样的亲身体验，当在社会上奔忙一天回到家里之后，便感到了格外的轻松，因为他终于可以摘下戴了一整天的面具，脱下穿了一整天的罩袍，以真面目与家人在一起了。那些空话、大话、假话、套话终于可以收拾起来，同家人讲真话、实话了，那些“逢人只说三分话，不可全抛一片心”的“做人理念”也可以搁到一边，和家人讲讲心里话了。然而，无论大家庭、小家庭甚至是两人世界的最小家庭，仍然是个“小社会”，尽管脱下了外面的罩袍，至少还穿着内衣内裤，仍然还有说不得看不得的某些隐秘。唯有到了梦中，那才是没有任何遮掩、没有任何假面的赤裸裸地面对自己。不少人都有过这样的体验：“在梦中，人赤裸裸地显现在自己眼前。”从本质上看，这就是梦脱掉自我的人工外衣，显露出天然的赤裸状态。它把原始、天生的冲动从我们潜意识的黯淡处带上来。妙玉穿着道袍这样的“外衣”，担当着女尼的“角色”，做着念佛诵经的差事，宣示着不婚嫁禁情欲的“道规”，这便是她的“社会面具”。在现实生活中，她不得与异性交往，更不可与异性谈情说爱。表面上看，符合社会角色的要求，而且像是自觉自愿的，但从实质上看——从梦中看，却完全是被强迫的与愿望相违的：她像所有少女一样热烈追求爱情、憧憬美满和谐的性生活。弗洛伊德的弟子、欧洲著名心理分析学家阿德勒认为，梦是同现实生活紧密联系在一起的，它是生活样式的产品，人们在白天致力于某种追求的话，到了梦中也会关心同样的问题。人们之所以做梦，是因为客观现实生活不断地向我们提出种种问题，“梦的工作就是应付我们面临的难题，并且提供解决之道”。妙玉的梦，便是赤裸裸地直面自己的婚嫁难题，提出了“王孙公子要来娶他”、“媒婆扯扯拽拽扶他”甚至“盗贼劫他”、“持刀执棍的逼勒他”等等“解决之道”。按社会常理而言，像妙玉这样冷艳高雅的出家人，是不可能做出这样大失体面的思婚之梦的，然而，人之心灵，无所不至，故梦象之奇，亦无所不见。弗洛伊德及其弟子琼斯认为，“梦魔乃起于压抑某种性欲后的强烈心理冲突”。琼斯指出，这种出现在夜梦中的魔鬼乃是源自性压抑的一种幻想。据梦例统计，被“梦魔”所扰的寡妇和少女要比已婚妇女多得多。尤其是遭受清规戒律禁锢的年轻女性，做“出轨梦”屡见不鲜。早在千百年前西方世界就流传“梦淫妖”附身的奇梦。“梦淫妖”常坐在梦者的脑部，让梦者动弹不得，然后待他们睡着时与他们交媾。在一则中世纪的传闻中，一所女修道院的所有修女都报告说，有梦淫妖附身。世界上不分肤色不分民族不分国籍，无论信奉哪种教义，只要是“出家”，便是启动了“压抑”机制，要硬生生地将与生俱来的原欲压抑下去。僧尼们修女们虽然成功地将原欲压抑下去了，但原欲并未因此而消失灭绝，它只是被“压缩”了，压缩了的原欲潜藏了巨大的张力，这种张力愈大，人便愈感觉痛苦，只有释放这种张力，人才能感到快乐。所有信徒只有三条出路，一条是“修成正果”，强忍着无穷的痛苦“圆寂”；另一条则是终于无法忍受这种痛苦的折磨，像妙玉一样“走火入魔”，在梦中释放张力，这类“走火入魔”的情况在信徒中是屡见不鲜的；而最彻底的解脱办法则是还俗为民，重新恢复拥有七情六欲的常人生活。人们常把梦比作心灵的温度计。我们知道，许许多多的梦象都是虚幻的，唯有梦中的欲望和情感是真实的，梦境的平和度或强烈度，正像温度计一样，可以测出我们内心深处欲望和情感的温度高低。妙玉在梦中感觉“我不得活了”，可见“温度”相当高，是“发高烧”的程度了。这种“发高烧”的梦，正是妙玉内心强烈焦虑的外露。焦虑是一种特殊的恐惧感或忧虑感，是一种不愉快的情绪状态，强烈的焦虑最折磨人的心情。焦虑心情包含了三种因素，即彻底的无能为力；明显的非理性；含蓄的告诫——我们身上有什么东西已经出了问题。妙玉之梦完全包含了这三种因素，她已经快要被那袭缁衣压垮了！

到此，我们可以说，妙玉此梦表象是性梦，梦思是强烈的性焦虑，表里是一致的。惜春听说妙玉“中了邪”之后评论说：“妙玉虽然洁净，毕竟尘缘未断。可惜我生在这种人家不便出家。我若出了家时，那有邪魔缠扰，一念不生，万缘俱寂。”很明显，惜春对妙玉的评论是对的，而对她自己的前瞻却似“不生孩子不知阴痛”的无知诳语。倘若妙玉在世，坐在笔者对面听解梦，笔者将以科学释梦的理论对她进行开导与抚慰，告诉她：性梦的自然宣泄，类似于一种安全阀的作用，可以缓解日久积累的性张力，减轻心理上的痛苦。正如高压锅上的限压阀，它可以让潜意识中“超压”的“蒸汽”一次又一次地释放出来，以保证高压锅内的压力维持在安全的限度内；而且还要告诉她，不必因为道尼做性梦而感到羞耻，应该记住古希腊哲学家柏拉图的名言：

君子之不端止于做梦；
小人之不端见诸行动。

甄宝玉之梦

第九十三回　甄家仆投靠贾家门　水月庵掀翻风月案

梦境 | MengJing

贾政又问道："我听见说你们家的哥儿不是也叫宝玉么?"包勇道："是。"贾政道："他还肯向上巴结么?"包勇道："老爷若问我们哥儿，倒是一段奇事。哥儿的脾气也和我家老爷一个样子，也是一味的诚实。从小儿只管和那些姐妹们在一处顽……哥儿大病了一场，已经死了半日，把老爷几乎急死，装裹都预备了。幸喜后来好了，嘴里说道：走到一座牌楼那里，见了一个姑娘，领着他到了一座庙里，见了好些柜子，里头见了好些册子；又到屋里，见了无数女子，说是多变了鬼怪似的，也有变做骷髅儿的；他吓急了，便哭喊起来。老爷知他醒过来了，连忙调治，渐渐的好了。”

解析 | JieXi

此梦是由甄府仆人包勇向贾政转述的甄宝玉所做的梦。甄宝玉是小说中格外特殊的一个艺术形象，他与贾宝玉同名不同姓，一个甄，一个贾，即是作者刻意为之的亦真亦假。第二回冷子兴演说荣国府中，贾雨村被人荐到甄府处馆，此甄府即钦差金陵省体仁院总裁甄家，进去看其光景，谁知他家那等显贵，却是个富而好礼之家。贾雨村教的这个学生，正是甄宝玉。虽是启蒙，却比一个举业的还劳神。说起来更可笑，他说：“必得两个女儿伴着我读书，我方能认得字，心里也明白；不然我自己心里糊涂。”又常对跟他的小厮们说：“这女儿两个字，极尊贵、极清洁的，比那阿弥陀佛、元始天尊的这两个宝号还更尊荣无对的呢！你们这浊口臭舌，万不可唐突了这两个字，要紧。但凡要说时，必须先用清水、香茶漱了口方可；设若失错，便要凿牙穿腮等事。”这甄宝玉其暴虐浮躁，顽劣憨痴，种种异常。只一放了学，进去见了那些女儿们，其温厚和平、聪敏文雅，竟又变了一个。因此，他令尊也曾下死笞楚过几次，无奈竟不能改。每打的吃疼不过时，他便“姐姐”、“妹妹”乱叫起来。后来里面女儿们拿他取笑："因何打急了只管叫姐妹做甚？莫不是求姐妹去说情讨饶？你岂不愧些！"他回答的最妙。他说："急疼之时，只叫'姐姐'、'妹妹'字样，或可解疼也未可知；因叫了一声，便果觉不疼了，遂得了秘法：每疼痛之极，便连叫姐妹起来了。"在本回中，甲戌本有一句至关要紧的脂批，曰："先虚陪一个。"此"虚陪"者，正指甄宝玉。甲戌脂批又曰："甄家之宝玉，乃上半部不写者，故此处极力表时，以遥照贾家之宝玉。凡写贾宝玉之文，则正为真宝玉传影。"蒙府本脂批曰："灵玉则只一块，而宝玉有两个，情性如一，亦如六耳悟空之意耶?"直到第五十六回贾宝玉梦中会见甄宝玉时（见宝玉梦之七），甄宝玉才算在贾宝玉的梦中亮了一回相；随后到第九十三回才又从包勇口中亮了这个梦；最后到第一百一十五回，贾宝玉甄宝玉才得相见。这次相见，却使贾宝玉大失所望：贾宝玉"知道甄宝玉来京，朝夕盼望。今儿见面，原想得一知己，岂知谈了半天，竟有些冰炭不投"。宝钗问道："那甄宝玉果然像你么?"宝玉道："相貌倒还是一样的。只是言谈间看起来，并不知道什么，不过也是个禄蠹。"也许直到此时，真假宝玉才各显本质，分道扬镳。当然，这已经是后面的故事了。当包勇说梦之时，真假宝玉仍是真假猴王之时。

我们不妨回过头来再仔细体味"先虚陪一个"的批语。有红学界人士从写作方法上认为这"虚陪"用的是"分身法”，将一个宝玉“分身”成为两个宝玉，一实写一虚写，一为真一为假，真假虚实皆为一个宝玉。这种分析不仅是对的，而且恰巧与梦工作的方法之一完全吻合。这个方法即是弗洛伊德在《梦的解析》中所论述的“仿同作用”。弗洛伊德说：“梦的形成机制最喜爱的逻辑关系只有一种，那就是相似，和谐，或者是相近的关系——即‘恰似’。这关系和别的不同，它在梦中能以各种不同的方式表现。相似，和谐，所谓具有相同归属的——在梦中却以单元化来表现，称为‘仿同’。仿同是用在人身上，在仿同作用里，只有和共同元素相连的人才能够表现于梦的显意中。”① 由于梦的运作倾向于凝缩，因而梦赞助这种相似关系。仿同作用具有下列三种意义：第一，它代表两个人之间的共同元素；第二，它代表一件被置换了的共同元素；第三，它仅仅代表了一种一厢情愿的共同元素。正如“分身法”是作者重要的创作方法一样，仿同法亦是梦创作的重要方法。贾宝玉与甄宝玉之间的共同元素，在作者的描述中是极为鲜明突出的，那就是两条：一是“从小儿只管和那些姐妹们在一处顽”，把女儿敬若神明，甚至成了止疼的灵丹妙药；二是懒得读书，鄙夷仕途经济，“虽是启蒙，却比一个举业的还劳神”。正是这类鲜明的共同元素，使两个宝玉从外形到内涵都极为“恰似”，令外人见了真假难分。十分有

---

① 《梦的解析》第 129 页。

意思的是，甄宝玉的这个梦，恰巧能够成为仿同作用的有力实证，或者说，恰巧能够成为弗洛伊德仿同作用理论的一个确切注脚。通观《红楼梦》全书，真正梦游过太虚幻境的人只有贾宝玉一人，甄宝玉并没有梦游过，更没亲历过。大多数梦研究者普遍认为，梦是心理和记忆的产物，是人生现实经历的变相回顾。我国古代梦理论中即有“南人不梦马，北人不梦船”之说，因为船是湿润多雨的南方的重要交通工具，而马则是多山林的北方的重要交通工具，南人几乎见不到马，没有对马的记忆或骑马的经历，因而不梦马；北人几乎没看见过船，也没有驾船或乘船的经历和记忆，因此北人不梦船。同样的道理，甄宝玉并无太虚幻境的经历与记忆，在他的梦中，一般不会出现暗示太虚幻境的“一座牌楼”、“好些柜子”、“好些册子”、“无数女子”；然而，在他的梦中却偏偏出现了这些暗喻太虚幻境的景象和人物，正如北人梦船南人梦马一样，唯一的解释只能是正好说明甄宝玉是贾宝玉的化身，是梦工作的仿同作用的结果。

对于科学释梦而言，这种仿同作用具有十分重要的解析意义。弗洛伊德说：“根据经验，我发现每个梦都是关系着做梦者本人，丝毫没有例外，梦完全是自我的。当自我不在梦内容中出现，反而代之以外人时，我可以很把握地说，自我一定利用仿同关系隐藏在这人的背后；因而能够把本人的自我加入梦内容里。在另一种情况下，如果本人的自我确实出现于梦中，那么亦可知道别人的自我亦借着仿同作用而隐匿于本人的自我后面。因此在分析这种梦的时候，常常得注意我和此人所共同具备的共同元素（而这元素是连接在此人身上的）。在有的梦里，自我起初是附着在别人身上，不过当仿同作用消失后又再度回复到本人的自我中来。这些仿同因而使我得以细察在自我的意念中，哪些部分是审查制度所不通过的。由于这种原因，自我在梦中可以经过数度交迭，有时直接呈现，有时却又经由仿同别人而表现，借着好几个仿同作用，它能把好多好多的梦思凝缩起来。"① 通过对梦的仿同作用的分析，我们完全可以看出贾宝玉中有甄宝玉，甄宝玉中有贾宝玉，你中有我我中有你，真中有假假中有真，其实是一个原型的两种表象，甄宝玉此梦亦即是贾宝玉对少年时代梦游太虚幻境的回顾。其实，"仿同作用"与"分身法"也许只是阴阳两界在创作上的不同称谓：在梦中叫"仿同作用"；在现实中叫"分身法"。这种创作方法在作品中俯拾皆是。作品中的"绛珠仙草"与林黛玉、"神瑛侍者"与贾宝玉、"宝玉"与贾宝玉都是"分身法"，薛宝钗与林黛玉亦是一个原型的"分身法"，第四十二回蘅芜君兰言解疑癖，潇湘子雅谑补余香中，庚辰本回前脂砚斋批曰："钗、玉名虽二个，人却一身，此幻笔也。今书至三十八回时，已过三分

① 《梦的解析》第 131 页。

之一有余，故写是回，使二人合而为一。”等等，只要能够领悟作品中的“分身法”，也就不难领悟梦中的“仿同法”。

“仿同法”只是原型“分身”的一个方面，另一个方面则是“集锦法”，亦是文学创作中的“合身法”。一个原型，既可以“分身”为两人或多人；同样，也可以由两人或多人“集锦”为一人，秦可卿小名“兼美”，则是林黛玉与薛宝钗的“集锦”形象。曹雪芹运用“分身法”与“合身法”，创造出了作品中的众多人物形象；同样，梦利用“仿同法”和“集锦法”，创作出了许多梦中的形象，二者同源同法，这对科学释梦具有极现实的比照价值。

让我们再回到甄宝玉的梦中。梦的后半部分说他“见了无数女子，说是多变了鬼怪似的，也有变做骷髅儿的。他吓急了，便哭喊起来”。甄宝玉从梦中吓醒过来了。回顾贾宝玉初游太虚幻境时，所见女子皆是国色天香一般的仙女，并没有一个变了鬼怪似的，更无变作骷髅儿的，只是在迷津被一些夜叉、海鬼拖将下去。毫无疑问，这些夜叉、海鬼并不是所见女子变的。为何到了甄宝玉的梦中，这些女子都变成鬼怪骷髅儿了呢？原来此梦已是第九十三回了，而宝玉初游太虚幻境才在第五回，在这漫漫八十八回间隔之中，贾宝玉已经经历了许多的世故，身边的许多“女儿”已经与他阴阳两隔了。最早的便是曾与他梦交的秦可卿死了（第十三回），接着金钏儿死了（第三十二回）、尤三姐死了（第六十六回）、尤二姐死了（第六十九回）、晴雯死了（第七十七回）、黛玉绝粒（第八十九回）及至此梦之后不久的元妃薨逝（第九十五回）与绛珠归天（第九十八回），在贾宝玉心中形成了浓重的阴影。故此借仿同作用以甄宝玉之梦宣泄心中的悲凉与恐惧。此梦对于认识贾宝玉来说，是极为重要的一个分水岭与试金石，真假宝玉或说真假猴王，正是以此梦为界，开始泾渭分明。包勇在述说此梦后说："老爷仍叫他在姐妹们一处顽去，他竟改了脾气了：好着时候的玩意儿一概都不要了，惟有念书为事。就有什么人来引诱他，他也全不动心。如今渐渐的能够帮着老爷料理些家务了。"甄宝玉梦醒之后，忽然变成了完完全全的另一个人，他与贾宝玉之间的"共同元素"消失殆尽，他既"不同姐妹们一处顽了"，也只"惟有念书为事"，甚至于开始"帮着老爷料理些家务了"。一言以蔽之，甄宝玉至此梦之后，由贾宝玉似的情种情痴沦落为不齿的禄蠹！此梦的意义还在于认识仿同作用的消失，自此梦之后，贾宝玉是贾宝玉，甄宝玉是甄宝玉，两人南辕北辙，再无共同语言，这也还是第一百一十五回贾宝玉见到甄宝玉后怒斥甄宝玉为禄蠹的源起。

诚然，仿同作用可以让我们将甄宝玉的梦当作贾宝玉的梦来看来分析，但是，甄宝玉在作品中毕竟是甄士隐的儿子，是一个独立的艺术形象，因此，对他的梦仍应有属于他的解析。除了梦中具体内容的解析外，我们还可以从梦对现实人生的影响价值进行解析。甄宝玉做了此梦之后，“他竟改了脾气了”，这就是非常明显的梦的价值！——一个梦改变了一个人的秉性——这是“老爷、太太也狠打过几次”所不能比拟的伟力！也许，甄宝玉在梦中看见的无数女子变成了鬼怪、骷髅儿，还是他潜意识中“好知青冢骷髅骨，就是红楼掩面人”的认识梦象化，是潜意识对“红颜祸水”论的恐惧，从而战胜意识中“女儿如神明”观念，决心悬崖勒马，回头是岸，不再受人引诱，一心攻读圣贤书，一意仕途经济向上巴结。弗洛伊德说，梦反映了人的潜意识欲望。甄宝玉的梦反映了他潜意识中“远离祸水，向上巴结”的欲望，这个欲望成功地指引了他的现实生活，使他一反以往女儿情思，一步一步走上禄蠹之途。姑且不论这个转变在小说中的思想意义，至少对于甄老爷、甄太太而言，儿子的这一天壤之变不啻于天降大喜，父母望子成龙之心总算得到极大的抚慰，更不要说还“能够帮着老爷料理些家务了”。梦像一只拥有无限潜能的巨手，在冥冥之中操纵着我们的生活、我们的意向、我们的人际关系以及我们所遭遇的种种境况，为我们提供种种可供选择的预案，为我们提供种种警示；梦是我们最睿智的谋士，最果决的统帅，最知心的朋友。因此，我们必须善待自己的梦，善解自己的梦，与拥有无尽资源的梦一生同行。

有必要特别点明的是，曹公在第五回写贾宝玉游太虚幻境，高公到第九十三回写甄宝玉游太虚幻境，两个宝玉所见迥然相异，梦醒后对现实生活的指引及影响也大相径庭，这种相反的处置，正表明高公对曹公为何要写一个甄宝玉作为“虚陪”的创作立意心领神会，同样以梦的形式使曹公的原意首尾呼应，一以贯之。

十分显而易见的是，贾宝玉与甄宝玉，都是封建社会大背景中的官二代官三代及富二代富三代，他们的长辈都指望他们仕途顺达，经济昌隆，将殷实的家业世代传承。然而，曹公笔下的双玉，却在人生道路的选择上，南辕北辙，贾宝玉选择反叛，甄宝玉选择皈依，这样选择的结果，导致贾宝玉舛逆，甄宝玉顺达，那么，难道曹公是要褒甄贬贾吗？非也！

读《红楼梦》至关要紧的诀窍是随时都要默诵太虚幻境两边的那副对联，即：

假作真时真亦假；

无为有处有还无。

甲戌本脂批特意点明，“凡写贾宝玉之文，则正为真宝玉传影”。以此意反之，则是凡写甄宝玉之文，皆为假宝玉传影。这就清晰地看到，曹公在两种人生道路的安排上，对贾宝玉是真心，对甄宝玉是假意；在两种人生道路的爱憎上，对贾宝玉是颂扬，对甄宝玉是鞭笞；在两种人生道路的前瞻上，是借贾宝玉发出呐喊，借甄宝玉发出警示。两个宝玉的“冰炭不投”，展示的正是作者心中激荡的道路冲突。高公续写的这个梦，犹如画龙点睛之笔，将曹公的创作意图旗帜鲜明毫无暧昧地呈现在世人眼前！

尤氏之梦

第一百零二回　宁国府骨肉病灾祲　大观园符水驱妖孽

梦境 | MengJing

那日尤氏过来送探春起身，因天晚省得套车，便从前年在园里开通宁府的那个便门里走过去了。觉得凄凉满目，台榭依然，女墙一带都种作园地一般，心中怅然如有所失，因到家中，便有些身上发热，扎挣一两天，竟躺倒了。日间的发烧犹可，夜里身热异常，便谵语绵绵……只闻尤氏嘴里乱说："穿红的来叫我，穿绿的来赶我！"地下这些人又怕又好笑。

解析 | JieXi

尤氏是贾珍的继配夫人，在贾府内眷中不过陪贾母抹抹骨牌，输点酒钱做东道，陪贾珍讲讲话，尽点夫妇之道，或在荣宁两府内眷中做点迎来送往的事，只是个寻常的大家妇人。她性格软弱，管不了老仆焦大，也管不了惜春，给入画求情时还被惜春冲得无言以对。从元妃省亲时赐物来看，赐给她金银锞四锭，表礼四端，格具与李纨、凤姐相等。她在小说中几乎没有以她为主角的故事，唯有在为贾敬守灵期间，尤氏不能回家，便将他继母接来在宁府看家。他这继母只得将两个未出嫁的小女带来，一并起居才放心。这两个未出嫁的小女便是著名的红楼二尤——尤二姐和尤三姐，由此引发出“贾二舍偷娶尤二娘”、“酸凤姐闹翻宁国府”、“情小妹耻情归地府”、“觉大限吞生金自逝”诸多故事来。尤氏并未参加这些故事的演绎，而这些故事却因“将他继母接来”而引起，仅此而已。应该说，尤氏不同于宝玉、黛玉等人，她的情感世界可以说是风平浪静，没什么旋涡也没什么巨浪。一般而言，梦是夜间的心理活动，与情感紧密相联，生活平静无波时，梦也会表现得风平浪静。换句话说，在平静的生活里，梦没有什么重要信息告诉自己。然而，平静的生活并不等于平静的梦，梦并不是平常生活的简单翻版，梦之所以选择一些平常琐事是因为它们可以象征储藏在潜意识中的有意义的素材，这些素材能让人注意到梦主的某些愿望或焦虑，从而启封深藏的记忆，道出心底的隐衷。因此，我们千万不可忽略所谓“风平浪静”的梦，而应该将这些平静的、平常的、平凡的琐事与更大的、神话的、象征性的或原型的主题联系起来，通过直觉或自由联想，透过梦象找出梦的隐思。

尤氏在小说中总的来说是个随笔顺带的陪衬人物，但仍有自己的思想。第四十三回写贾母为凤姐等办生日时，尤氏同凤姐在“凑份子”上算起了细账，说凤姐“这么细致，弄这些钱那里使去！使不了，明儿带了棺材里使去”。庚辰本在此处批曰：“尤氏亦能于事矣！惜不能劝夫治家，惜哉痛哉。”随后尤氏又先后将鸳鸯、彩云、周姨娘、赵姨娘的份子钱悄悄退还给他们，此处庚辰本又批曰：“尤氏可谓有才矣。论有德比阿凤高十倍，惜乎不能谏夫治家，所谓‘人各有当’也。”靖藏本批曰：“人各有当，方是至情。”可见尤氏既是个“有才”的又是个“有德”的，缺点是“不能谏夫治家”，但何尝不知远虑近忧呢？尤氏在梦中说了两句话：“穿红的来叫我，穿绿的来赶我。”我们完全可以由这两句话推演出尤氏的梦境：一方面有穿红衣服的人在叫她；另一方面有穿绿衣服的人来赶她。当时梦中的氛围应该是怎么样的呢？这从她说胡话的声调中可以听出一些端倪。地下这些人听了，“又怕又好笑”——怕什么？又好笑什么？先看“穿红的来叫我”这一句。从心理学角度来看，梦中出现的颜色往往与梦主的情感、情绪密切相关。红颜色属于暖色，可以表示或显示情绪上的鼓舞、激励、亢奋以及性兴奋，具有积极意义。第十九回“情切切良宵花解语”中，宝玉问袭人“那个穿红的是你什么人?”袭人道：“那是我两姊妹子。”袭人又说“想是说他那里配穿红的”，宝玉笑道：“不是，不是。那样的不配穿红的，谁还敢穿。”可见“穿红的”在此小说中含有漂亮姑娘小姐的意思。穿红的来叫，暗喻“好事”或“喜事”。尤氏会有什么好事或喜事呢？也许是叫她去抹牌，或是吃酒宴，她是从大观园走过去的，或许是园里姐妹们相约玩耍？她与园中姐妹本是同辈人，却是奔四十的人了，大约只是年龄稍大一点，不曾时常聚在一起，也许在她的心灵深处，还真想同姐妹们一起吃酒行令、吟诗作画、下棋弹琴，过上神仙一般的快乐无忧的日子哩，她期盼着有姐妹们来叫她——这种热切的期盼，从丫头喊说“奶奶要坐起到那边园里去，丫头们都按捺不住”的情状中完全可以看出来——这也许正是地下丫头们觉得好笑之处吧！再看“穿绿的来赶我”这一句。绿色是冷色，可以表示或显示情绪上的低沉、冷漠、悲凉甚或惊恐，具有消极意义。穿绿的来赶，暗喻“坏事”或“悲事”。尤氏从大观园走过去时，觉得凄凉满目，心中怅然如有所失。先前众姊妹们都住在大观园中，花团锦簇，好不兴旺，后来贾妃薨后，也不修葺。到了宝玉娶亲，林黛玉一死，史湘云回去，宝琴在家住着，园中人少，况兼天气寒冷，李纨姊妹、探春、惜春等俱挪回旧所。如今探春一去，宝玉病后不出屋门，益发没有高兴的人了。所以园中寂寞，倩女无踪，尤氏见此怎不感触良深？如此散败之象，怎不叫她惊恐？内心深处的焦虑、担忧与恐惧一齐涌上心头，叫她怎不谵语绵绵，声嘶音颤？怎叫丫头们不怕！两句谵语，揭示了尤氏心理上的矛盾：希冀红火，却又冷清；希冀兴旺，却又破败；希冀亲热，却又无情——这便是希冀“叫我”，却又“赶我”的梦思所在。

尤氏的病是由感冒引起的，伴有发烧，“日间的发烧犹可，夜里身热异常”，这种由高烧引起的意识模糊、短时间内精神错乱的症状，如“谵语绵绵”，表明尤氏已处在谵妄的状态之中，此时她的幻想好像脱缰之马，从清醒神智中释放出来，此时之梦，称为幻想型梦。幻想型梦的内容一般被认为是非现实的甚至是怪诞的。梦中穿红衣的人和穿绿衣的人，并不是现实生活中与其有直接关系的人，很可能就是她意念中穿红戴绿的神怪。梦研究者普遍认为，梦中的种种神仙鬼怪，都是病人潜意识的创造。红衣神在叫她，绿衣怪在赶她，红衣神叫她也许是要抓她，绿衣怪赶她也许是要将她驱逐。噩梦的内容涉及的正是形形色色的抓捕、追逐、驱赶这类场面，揭示出尤氏面对“冷落”的无助与恐惧心理。

梦呓即“说梦话”，谵语即“说胡话”，这是由于在大脑普遍抑制的背景上，语言运动中枢仍保持兴奋的缘故。然而，不管是说梦话也好，说胡话也好，对于梦而言，则是“梦无废话”。梦里的每一句话都有它的内涵，一些灵魂深处的隐思，也许正从这些胡言乱语中泄露出来。前文对两句胡话的解析，从多角度多层面看到了尤氏的心底秘密，对贾府前途的忧虑，联系到三回后“锦衣军查抄宁国府”，足见梦无废话，“胡话”不胡。

鸳鸯之梦

第一百一十一回　鸳鸯女殉主登太虚　狗彘奴欺天招伙盗

梦境 | MengJing

到了辞灵之时，上上下下也有百十余人，只鸳鸯不在。众人忙乱之时，谁去捡点……谁知此时鸳鸯哭了一场，想到："自己跟着老太太一辈子，身子也没有着落。如今大老爷虽不在家，大太太的这样行为，我也瞧不上。老爷是不管事的人，以后便'乱世为王'起来了。我们这些人不是要叫他们掇弄了么。谁收在屋子里，谁配小子，我是受不得这样折磨的，倒不如死了干净。但是一时怎么样的个死法呢？"一面想，一面走回老太太的套间屋内。刚跨进门，只见灯光惨淡，隐隐有个女人拿着汗巾子，好似要上吊的样子。鸳鸯也不惊怕，心里想道：“这一个是谁？和我的心事一样，倒比我走在头里了。”便问道：“你是谁？咱们两个人是一样的心，要死一块儿死。”那个人也不答言。鸳鸯走到跟前一看，并不是这屋子的丫头。再仔细一看，觉得冷气侵人，一时就不见了。鸳鸯呆了一呆，退出在炕沿上坐下，细细一想，道：“哦！是了。这是东府里的小蓉大奶奶啊！他早死了的了，怎么到这里来？必是来叫我来了。他怎么又上吊呢？”想了一想，道：“是了，必是教给我死的法儿。”

鸳鸯这么一想，邪侵入骨，便站起来，一面哭，一面开了妆匣，取出那年铰的一绺头发，揣在怀里，就在身上解下一条汗巾，按着秦氏方才比的地方拴上。自己又哭了一回，听见外头人客散去，恐有人进来，急忙关上屋门，然后端了一个脚凳，自己站上，把汗巾拴上扣儿，套在咽喉，便把脚凳蹬开。可怜咽喉气绝，香魂出窍。正无投奔，只见秦氏隐隐在前，鸳鸯的魂魄疾忙赶上，说道：“蓉大奶奶，你等等我。”那个人道：“我并不是什么蓉大奶奶，乃警幻之妹可卿是也。”鸳鸯道：“你明明是蓉大奶奶，怎么说不是呢？”那人道：“这也有个缘故，待我告诉你，你自然明白了。我在警幻宫中，原是个钟情的首坐，管的是风情月债；降临尘世，自当为第一情人，引这些痴情怨女，早早归入情司，所以该当悬梁自尽的。因我看破凡情，超出情海，归入情天，所以太虚幻境‘痴情’一司，竟自无人掌管。今警幻仙子已经将你补入，替我掌管此司，所以命我来引你前去的。”鸳鸯的魂道：“我是个最无情的，怎么算我是个有情的人呢?”那人道：“你还不知道呢。世人都把那淫欲之事当作‘情’之一字，所以作出伤风败化的事来，还自谓风月多情，无关紧要。不知‘情’之一字，喜怒哀乐未发之时，便是个性；喜怒哀乐已发，便是情了。至于你我这个情，正是未发之情，就如那花的含苞一样，欲待发泄出来，这情就不为真情了。”鸳鸯的魂听了，点头会意，便跟了秦氏可卿而去。

解析 | JieXi

鸳鸯是贾母房中的大丫头，父亲叫金彩，父母两口子都在南京看房子，不大上京。有个哥哥叫金文翔，现在是老太太那边的买办。他嫂子也是老太太那边浆洗的头儿。一家子人都是贾府的奴才，鸳鸯算是个家生女儿。鸳鸯虽然只是个丫头，由于服侍的是贾母，因此身份很是特殊。

不要说奴才们，就是府中的主子，为了要讨贾母的欢喜，大事小事都不免要找鸳鸯商议，“只听鸳鸯的主意行事”。鸳鸯在房中也不当洗抹清扫这类小差事，只管陪贾母打打麻将，当高参；一到吃酒行令的时候，众人都知贾母所行之令必得鸳鸯提首，故都说：“既行令，还叫鸳鸯姐姐来行更好。”就连贾母也说：“凡百事情，我如今都自己减了。他们两个就有一些不到的去处，有鸳鸯，那孩子还心细些，我的事情他还想着一点子，该要去的，他就要了来；该添什么，他就度空儿告诉他们添了。鸳鸯再不这样，他娘儿两个里头外头、大的小的，那里不忽略一件半件，我如今反倒自己操心去不成？还是天天盘算着和你们要东西去？我这屋里有的没的，剩了他一个，年纪也大些，我凡百的脾气性格儿他还知道些。二则他还投主子们的缘法，也并不指着我和这位太太要衣裳去，又和那位奶奶要银子去。所以这几年一应事情，他说什么，从你小婶和你媳妇起，以至家下大大小小，没有不信的。所以不单我得靠，连你小婶和你媳妇也都省心。我有了这么个人，便是媳妇和孙子媳妇有想不到的，我也不得缺了，也没气可生了。”贾母是贾府的主心骨，是贾府的象征，鸳鸯则成了贾母拐杖，走到哪里都离不了，“老太太离了鸳鸯，饭也吃不下去的”。李纨说：“从太太起，那一个敢驳老太太的回，现在他敢驳回。偏老太太只听他一个人的话。”

由此可知，鸳鸯不仅在贾母心中，就是在贾府大大小小的主子心中，其位置是任何人都难以取代的。不料贾府中居然出了一个人，竟然敢抢夺贾母的这支“拐杖”，此人非他，正是贾母的大儿子贾赦。第四十六回尴尬人难免尴尬事，鸳鸯女誓绝鸳鸯偶中，作者浓墨重彩放手写了一回鸳鸯。原来贾赦看上了鸳鸯，要收他到房里，叫邢夫人去向老太太讨要。这位“大老婆”邢夫人秉性愚犟，只知顺承贾赦以自保，认为丈夫讨小老婆是平常有的事，只是怕老太太不给，便去找儿媳妇凤姐商议，凤姐儿听了，忙道：“依我说，竟别碰这个钉子去。老太太离了鸳鸯，饭也吃不下去的，那里就舍得了？况且平日说起闲话来，老太太常说，老爷如今上了年纪，做什么左一个小老婆右一个小老婆放在屋里，没的耽误了人家。放着身子不保养，官儿也不好生作去，成日家和小老婆喝酒。太太听这话，很喜欢老爷呢……太太别恼，我是不敢去的。明放着不中用，而且反招出没意思来。老爷如今上了年纪，行事不妥，太太该劝才是。比不得年轻，作这些事无碍。如今兄弟、儿子、侄子、孙子一大群，还这么闹起来，怎样见人呢？”凤姐这番话，原本句句中肯实在，邢夫人却听不进去，反而冷笑道：“大家子三房四妾的也多，偏咱们就使不得？我劝了也未必依。就是老太太心爱的丫头，这么胡子苍白了又做了官的一个大儿子，要了做房里人，也未必好驳回的。”又与凤姐商量，先不和老太太要，老太太要说不给，这事便死了，先悄悄的和鸳鸯说，他虽害臊，我细细的告诉了他，他自然不言语就妥了。那时再和老太太说，老太太虽不依，搁不住他愿意，常言“人去不中留”，自然这就妥了。凤姐儿笑道：“到底是太太有智谋，这是千妥万妥的。别说是鸳鸯，凭他是谁，那一个不想巴高望上，不想出头的？这半个主子不做，倒愿意做个奴才丫头，将来配个小子就完了。”邢夫人笑道：“正是这个话了。别说鸳鸯，就是那些执事的大丫头谁不愿意这样呢。”

邢夫人来到鸳鸯卧房，见鸳鸯正然坐在那里做针线，便接过针线，只管赞好。放下针线，又浑身打量。只见他穿着半新的藕合色的绫袄，青缎掐牙背心，下面水绿裙子；蜂腰削背，鸭蛋脸面，乌油头发，高高的鼻子，两边腮上微微的几点雀斑。邢夫人拉着鸳鸯的手笑道：“我特来给你道喜来了。”鸳鸯听了，心中已猜着三分，不觉红了脸，低了头不发一言。听邢夫人道：“你知道你老爷跟前竟没有个可靠的人，心里再要买一个，又怕那些人牙子家出来的不干不净，也不知道毛病儿，买了来家，三日两日，又要肏鬼吊猴的。因满府里要挑一个家生女儿收了，又没个好的：不是模样儿不好，就是性子不好；有了这个好处，没了那个好处。因此冷眼选了半年，这些女孩子里头，就只你是个尖儿，模样儿，行事作人，温柔可靠，一概是齐全的。意思要和老太太讨了你去，收在屋里。你比不得外头新买的。你这一进去了，进门就开了脸，就封你姨娘，又体面又尊贵。你又是个要强的人，俗话说的，‘金子终得金子换’，谁知竟被老爷看重了你。如今这一来，你可遂了素日志大心高的愿了，也堵一堵那些嫌你的人的嘴。跟了我回老太太去！”说着拉了他的手就要走。天下奇事多，这也要算是奇事一桩：一个正配的大老婆亲自当起了媒婆，为丈夫来说合小老婆！邢夫人在别处未见什么才智，倒是一张媒婆嘴，说起媒来道理一层层一套套简直面面俱到，滴水不漏，而且自信必成，故拉了就走。鸳鸯红了脸，夺手不行。邢夫人知她害臊，因又说道：“这有什么臊处？你又不用说话，只跟着我就是了。”鸳鸯只低了头不动身。邢夫人见她这般，便又说道：“难道你不愿意不成？若果然不愿意，可真是个傻丫头了。放着主子奶奶不作，倒愿意作丫头！三年二年，不过配上个小子还是奴才。你跟了我们去，你知道我的性子又好，又不是那不容人的人。老爷待你们又好。过一年半载，生下个一男半女，你就和我并肩了。家里人你要使唤谁，谁还不动？现成主子不做去，错过这个机会，后悔就迟了。”鸳鸯只管低了头，仍是不语。邢夫人又道：“你这么个响快人，怎么又这样积粘起来？有什么不称心之处，只管说与我，我管你遂心如意就是了。”鸳鸯仍不语。邢夫人又笑道：“想必你有老子娘，你自己不肯说话，怕臊。你等他们问你，这也是理。让我问他们去，叫他们来问你，有话只管告诉他们。”

一方面邢夫人费尽媒婆口舌，一方面鸳鸯一连四个“不语”，将邢夫人软抵了回去。鸳鸯“不语”，并不是鸳鸯没有主意，她对自己的贴心朋友平儿说："有事有话并不瞒你们。这话我先放在你心里，且别和二奶奶说：别说大老爷要我做小老婆，就是太太这会子死了，他三媒六聘的娶我去做大老婆，我也不能去。"袭人也是鸳鸯朋友，听了道："真真这话论理不该我们说，这个大老爷太好色了，略平头正脸的，他就不放手了。"平儿道："你既不愿意，我教你个法子，不用费事就完了。"鸳鸯道："什么法子？你说来我听。"平儿笑道："你只和老太太说，就说已经给了琏二爷了，大老爷就不好要了。"鸳鸯啐道："什么东西！你还说呢！前儿你主子不是这么混说的？谁知应到今儿了！"袭人笑道："他们两个都不愿意，我就和老太太说，叫老太太说把你已经许了宝玉了，大老爷也就死了心了。"鸳鸯又是气，又是臊，又是急，将平儿、袭人骂了一通。二人见他急了，忙陪笑央告道："好姐姐，别多心，咱们从小儿都是亲姊妹一般，不过无人处偶然取个笑儿。你的主意告诉我们知道，也好放心。"鸳鸯道："什么主意！我只不去就完了。"平儿摇头道："你不去，未必得干休。大老爷的性子，你是知道的。虽然你是老太太房里的人，此刻不敢把你怎么样，将来难道你跟老太太一辈子不成？也要出去的。那时落了他的手，倒不好了。"鸳鸯冷笑道："老太太在一日，我一日不离这里；若是老太太归西去了，他横竖还有三年的孝呢，没个娘才死了他先纳小老婆的！等过三年，知道又是怎么个光景，那时再说。纵到了至急为难，我剪了头发作姑子去；不然，还有一死。一辈子不嫁男人，又怎么样？乐得干净呢！”平儿、袭人笑道：“真这蹄子没了脸，越发信口儿都说出来了。”鸳鸯道：“事到如此，臊一会怎么样！你们不信，慢慢的看着就是了。”又说：“家生女儿怎么样？‘牛不吃水强按头’？我不愿意，难道杀我的老子娘不成？”

正说着，鸳鸯的嫂子来了。才说了句“可是天大的喜事”，鸳鸯立起身来，照他嫂子脸上下死劲啐了一口，指着他骂道：“你快夹着屄嘴离了这里，好多着呢！什么‘好话’！宋徽宗的鹰，赵子昂的马，都是好画儿。什么‘喜事’！状元痘儿灌的浆儿又满是喜事。怪道成日家羡慕人家女儿作了小老婆，一家子都仗着他横行霸道的，一家子都成了小老婆了！看的眼热了，也把我送在火坑里去。我若得脸呢，你们在外头横行霸道，自己就封自己是舅爷了。我若不得脸败了时，你们把忘八脖子一缩，生死由我。”把个嫂子骂得没趣，赌气去了。

那贾赦见邢夫人出马不中用，他嫂子出马又被骂回来，便亲自出马把他哥哥金文翔叫来，对他说道：“我这话告诉你，叫你女人向他说去，就说我的话：‘自古嫦娥爱少年’，他必定嫌我老了，大约他恋着少爷们，多半是看上了宝玉，只怕也有贾琏。果有此心，叫他早早歇了心，我要他不来，以后谁还敢收？此是一件。第二件，想着老太太疼她，将来自然往外聘作正头夫妻去。叫她细想，凭她嫁到谁家去，也难出我的手心。除非她死了，或是终身不嫁男人，我就伏了她！若不然时，叫她趁早回心转意，有多少好处。”金文翔忙应了又应，回家便与鸳鸯说了，把个鸳鸯气的无话可回，想了一想，便说道：“便愿意去，也须得你们带了我回声老太太去。”他哥嫂听了，只当回想过来，都喜之不胜。他嫂子即刻带了他上来见贾母。

可巧王夫人、薛姨妈、李纨、凤姐儿、宝钗等姊妹并外头的几个执事有头脸的媳妇，都在贾母跟前凑趣儿呢。鸳鸯喜之不尽，拉了她嫂子到贾母跟前跪下，一行哭一行说，把邢夫人怎么来说，园子里他嫂子又如何说，今儿她哥哥又如何说，“因为不依，方才大老爷越性说我恋着宝玉，不然要等着往外聘，我到天上，这一辈子也跳不出他的手心去，终究要报仇。我是横了心的，当着众人在这里，我这一辈子莫说是‘宝玉’，便是‘宝金’、‘宝银’、‘宝天王’、‘宝皇帝’，横竖不嫁人就完了！就是老太太逼着我，我一刀抹死了，也不能从命！若有造化，我死在老太太之先，若没造化，该讨吃的命，伏侍老太太归了西，我也不跟着我老子娘、哥哥去，我或是寻死，或是剪了头发当尼姑去！若说我不是真心，暂且拿话来支吾，日后再图别的，天地鬼神，日头月亮照着嗓子，从嗓子里头长疔烂了出来，烂化成酱在这里！”原来他一进来时，便袖了一把剪子，一面说着，一面左手打开头发，右手便铰。众婆娘、丫鬟忙来拉住，已剪下半绺来了。众人看时，幸而他的头发极多，铰得不透，连忙替他挽上。贾母听了，气得浑身乱战，口内只说：“我通共剩了这么一个可靠的人，他们还要来算计！”又对邢夫人说：“这会子他去了，你们弄个什么人来我使？你们就弄他那么一个真珠的人来，不会说话也无用。我正要打发人和你老爷说去，他要什么人，我这里有钱，叫他只管一万八千的买，就只这个丫头不能。留下他伏侍我几年，就比他日夜伏侍我尽了孝的一般。”贾赦闻听此话，既无法又含愧，自此告病不敢见贾母，另费了八百两银子买了一个十七岁的女孩子嫣红收在屋里，这场“收房风波”才算平息下来。

这场闹得阖府皆知的“收房风波”虽然平息下去了，鸳鸯又恢复了“老太太在一日，我一日不离这里”的平常日子，但这场风波却在这个“一概齐全”的女儿心灵上深深地划上了一道伤口，随着日子一天天过去，这道伤口并没有弥合，而只是被一点一点压抑到潜意识中去。经历过六十四回后到第一百一十回史太君寿终归地府，“仗腰子”的贾母死了，这道伤口蓦然从心灵深处提升上来，殷红的心血哧哧地从伤口处向外喷射，令鸳鸯不得不重新面对当年第四十六回中曾经面对过的问题——女孩儿的归宿问题。

贾母死后，鸳鸯“哭得泪人一般”。到第一百一十一回鸳鸯女殉主登太虚，“只见鸳鸯已哭的昏晕过去了，大家扶住捶闹一阵才醒过来，便说‘老太太疼我一场，我跟了去’的话。”随后走回老太太的套间屋内，此时鸳鸯已是精神恍惚，进入了白日梦的幻觉之中。她这个梦，是一个十分典型的创伤梦。创伤梦是指具有明显原因，梦中的内容又或多或少地再现了梦者经历过的创伤事件的梦。创伤梦与其他类型梦的显著区别，就在于它有一个明显的导因，即亲身经历过的创伤事件。很显然，鸳鸯经历过“收房事件”的创伤。当初在反抗收房的斗争中，作为奴才弱女，她感到无力无助的悲哀，唯有以削发为尼甚或一死作最后一搏。由于贾母的介入，她才算逃过一劫。贾母事后曾说她进这门子“连头带尾五十四年”，至第一百回去世前又说“我到你们家已经六十多年了”，由此推算，鸳鸯的这个创伤已经在心底埋藏六年多了，至今才像火山一样喷发出来！她眼下又回到了与六年多前几乎一模一样的境地，唯一不同的是再没有贾母疼她了。在那样的时代那样的府第里，作为奴才女儿，最关切的事莫过于“身子有个着落”。贾母一死，鸳鸯这根“拐杖”便无人扶撑，就直面“身子着落”问题了。由贾赦贾琏宝玉收房吗？那已经是早已拒绝了的；配小子吗？“我是受不得这样折磨的”；削发为尼吗？似乎此路不通。剩下的唯有一条路——“倒不如死了干净”！眼下唯一的一个问题便是“一时怎么样的个死法呢？”

从心理学角度而言，创伤梦属于正常心理状况下产生的梦，做这种梦只是为了迫使自己去接受一个几乎不能接受的事实，把一次剜心泣血的创伤经历变成回忆能够容纳的东西，它的积极意义是使人类在心理上承受创伤的一种演习或一种宣泄，随着一次又一次的演习和宣泄，释放创伤带来的苦痛，逐渐抚平伤口，从而使心理获得抚慰，迎来新的心理平衡。随着时间的流逝，创伤梦会从不断再现趋向次数减少、强度减弱直到消失，不再做这类创伤梦，这也就标志着梦主已经从心理上接受了或者容纳了过去经历的创伤，不再为这次创伤伤心忧愤了。十分遗憾的是，在这六年多中，鸳鸯并未做过创伤梦，她将六年前那一次收房创伤深深地压抑到潜意识中去了，她没有获得释放苦痛的机会，一旦回忆起这段经历时，痛苦的记忆便再也压抑不住，终于骤然将血淋淋的伤口呈现在自己眼前，使自己不得不再次直面自己的创伤。由此可见，对于经历过创伤的人来说，做创伤梦不见得是坏事，不做创伤梦不见得是好事——创伤梦正是一剂修复心灵创伤的良药。弗洛伊德认为创伤梦的意义就是字面意义，此梦正是鸳鸯重新面对创伤时的真实写照。

鸳鸯在梦中心里想道："这一个是谁？和我的心事一样，倒比我走在头里了。"便问道："你是谁？咱们两个人是一样的心，要死一块儿死。""这一个是谁?""你是谁?"问得好！从梦中人回答来看是秦可卿。我们已经知道，梦中出现的人有可能就是现实生活中的那个人，但更多情况下，梦中人却是梦者自身的某一部分的化身。从"咱们两个人是一样的心"来分析，很容易看出，梦中的"我"是鸳鸯意识的化身，也就是鸳鸯的自我，梦中的秦可卿则是鸳鸯的潜意识的化身，是鸳鸯的本我。鸳鸯的意识与潜意识达成了和谐一致的统一，自我与本我实现了“一样的心”。“要死一块儿死”，梦使生命在死亡中变得清晰起来。这时，鸳鸯面对死亡，已经没有了痛苦，看见秦可卿好似要上吊的样子，“也不惊怕”，相反，却认为“必是教我死的法儿”，解决了她“一时怎么样的个死法”的难题。死意已决，方法又有了，她从心理上感到了轻松，她已经完全从创伤的巨痛之中解脱出来。第八十八回中，惜春对鸳鸯说：“老太太做了观音，你就是龙女了。”鸳鸯道：“那里跟得上这个分儿？却是除了老太太，别的也服侍不来，不晓得前世什么缘分儿。”这也许就是鸳鸯的判词，她早已具有了与老太太同归的心理基础。悲极而喜，鸳鸯选择一死彻底化解心灵上的创伤，对她而言，既是不得已而为之的事，也许更是一种彻悟的表达。倘若贪生苟活在世上，当真还不知有多少痛苦与劫难在等待着她，赖活着不如好死，唯其一死，才是一了百了。至此，她的创伤梦也结束了。当她套上汗巾，蹬开脚凳，咽喉气绝，香魂出窍，生命处在最后一刻之时，她接着做了人生中的最后一个梦——“大梦”。

“大梦”是精神分析大师荣格提出来的。有时候，一个人的梦距离现实生活是如此遥远，如此神秘神圣，如此奇异陌生，如此不可思议，以致这个梦仿佛并不属于梦者本人而来自另一个世界。荣格称这种梦为“大梦”。大梦往往在潜意识出现剧烈震动或错乱的时候发生，梦象由个人潜意识退行到集体潜意识，从而出现不可用现实生活理念去理解的异常梦境。集体潜意识是荣格慧眼独具的发现，极大地丰富和发展了弗洛伊德的潜意识理论。一般而言，意识和个人潜意识都来源于人类个体的经验，属于后天形成；集体潜意识由人类进化和遗传积累，属于先天形成，是与生俱来的。荣格认为，人的心理是通过进化而预先确定的，个人因而同往昔联结在一起，不仅与自己童年的往昔，更重要的是与种族的往昔联结在一起，甚至在那以前，还与有机界进化的漫长过程联结在一起。集体潜意识是所有人类心底共同的本能，就像全世界的鸟都有“筑巢”这个集体潜意识一样，大脑中存留了种族记忆的密码。集体潜意识的内容在人的整个一生中从未被意识到。它像是一个储藏室，储藏着所有那些被荣格称之为原始意象的潜在意象，对这种意象的继承并不意味着一个人可以有意识地回忆或拥有他的祖先所曾拥有过的那些意象，而只是说，它们是一些先天倾向或潜在的可能性，即有可能采取与自己祖先类似的方式来把握世界和对面临的境况作出反应。集体潜意识的内容是“原型”。荣格描述过出生原型、再生原型、力量原型、英雄原型、神孩原型、骗子原型、上帝原型、魔鬼原型、智叟原型、伟大母亲原型、巨人原型、太阳原型、月亮原型、动物原型、角色原型、影子原型、爱尼莫和爱尼莫斯原型等等。荣格说：“人生有多少典型情境就有多少原型，这些经验由于不断重复而被深深地镂刻在我们的心理结构之中。”① 原型是人类共同的主题，也是神话的主题。美国当代原型心理学创始人詹姆斯·希尔曼把原型称为“最深层次的心理功能形式”，是“控制我们对自己和世界的看法的心灵根据，原型是公理和自明的意象，是精神生活和相关理论返回的地方”。原型梦幻即大梦，是十分稀见的，通常只出现在人生的转折点阶段，特别是只出现在遭遇某种剧变的时候。这时候出现的大梦对于寻找真正的自我至关重要，我们可以从梦中看到一个通透真实的自我。鸳鸯的香魂已经离开了人间世，她在同警幻宫中的痴情司原司长可卿交谈，这便是神话了；她们交谈的内容是一个情字，无情与有情，未发之情与已发之情，其中奥理，鸳鸯听了“点头会意”，这便是她真实的自我，为情赴命，欣然而往！后来第一百一十六回得通灵幻境悟仙缘中，宝玉重游太虚幻境时，果然看见“鸳鸯站在那里招手儿叫他”，说明鸳鸯已经到痴情司“上班”了，这自然是后话，但此时如此欣然领命坦然前行，也真可算得是“弱女抗争刚烈性，洁来洁去大梦归”了。鸳鸯死后，贾政因她为贾母而死，要了香来上了三炷，作了一个揖，说：“他是殉葬的人，不可作丫头论。你们小一辈都该行个礼。”宝玉听

---

① 方刚：《性梦的解析》，第 280 页。南方日报出版社，2002 年 8 月第 1 版。

了，喜不自胜，走上来恭恭敬敬磕了几个头。贾琏想她素日的好处，也要上来行礼。宝钗说道："我原不该给他行礼，但只老太太去世，咱们都有未了之事，不敢胡为。他肯替咱们尽孝，咱们也该托托他，好好的替咱们伏侍老太太西去，也少尽一点子心哪。"说着，扶了莺儿走到灵前，一面奠酒，那眼泪早扑簌簌流下来了。奠毕，拜了几拜，狠狠的哭了一场。

在那个时代、那个社会、那个府第里，从反封建争女权角度而言，敢于以死抗争的鸳鸯，可用"生亦刚烈，死亦哀荣"来褒奖！

栊翠庵道婆之梦

第一百一十七回　阻超凡佳人双护玉　欣聚党恶子独承家

梦境 | MengJing

众人道："你听见有在城里的，不知审出咱们家失盗了一案来没有?"两人道："倒没有听见。恍惚有人说是有个内地里的人，城里犯了事，抢了一个女人下海去了。那女人不依，被这贼寇杀了。那贼寇正要跳出关去，被官兵拿住了，就在拿获的地方正了法了。"众人道："咱们栊翠庵的什么妙玉，不是叫人抢去，不要就是他罢?"贾环道："必是他。"众人道："你怎么知道?"贾环道："妙玉这个东西是最讨人嫌的。他一日家捏酸，见了宝玉，就眉开眼笑了。我若见了他，他从不拿正眼瞧我一瞧。真要是他，我才趁愿呢!”众人道：“抢的人也不少，那里就是他?”贾芸道：“有点信儿。前日有见人说他庵里的道婆做梦，说看见是妙玉叫人杀了。”众人笑道：“梦话算不得。”

解析 | JieXi

栊翠庵道婆的这个梦，是由贾芸转述的，而贾芸又是前日听“有见人说”的，而这个人是否是直接听道婆说的或者也是听别人说的，不得而知，只知道这个梦是经过多次转述的了，因此，道婆这个梦的准确性和真实性都难以确定；只是从解梦的角度出发，我们姑且认定道婆确实做了这个梦，梦象便是她看见妙玉叫人杀了。

栊翠庵道婆是出家人，凡出家人都要受戒，其中之一便是受杀戒，不杀生。道婆在梦中梦见杀人，虽然她只是“看见”别人杀人，自己并没有破杀戒，却分明动了杀心。一个出家人追求的是善根正果，怎么会动了杀心呢？怎么会做这样血淋淋的杀人梦呢？公元4世纪，古希腊伟大哲人柏拉图说，我们的梦揭示了内心的兽性。他说：“我们所有人，纵使是善良的人，都藏有无视法律的兽性，它会在睡梦中朝外窥望。"① 他又说："即使在好人身上也有会在睡眠中隐现出来的不法兽性。"② 心理分析大师荣格将人的反向性和反面界定为兽性。在我国，千百年来已有人之初性本善与性本恶之争。其实，善与恶皆是人的本性，与生俱来，善与生本能相联系，恶与死本能相联系，抑恶扬善的人往往表现为好人，抑善扬恶的人往往表现为坏人，但有一条必须明白，即使是好人，他的内心深处依然隐藏着兽性。兽性总是与残暴、强霸、杀戮等等劣性联系在一起，当兽性向内压缩时，便会产生自残自杀倾向，当兽性向外扩张时，便会产生侵犯他人的倾向，将自己内在的杀戮之气投向现实生活。历史上最显著的例子，就是法西斯头子将自己的"劣根性"投向了犹太人，制造了灭绝人性的大劫难。第二回冷子兴演说荣国府中，贾雨村向冷子兴大发了一篇宏论，雨村道："天地生人，除大仁大恶两种，余者皆无大异。若大仁者，则应运而生；大恶者，则应劫而生。运生世治，劫生世危。尧、舜、禹、汤，文、武、周、召，孔、孟、董、韩，周、程、张、朱，皆应运而生者。蚩尤、共工、桀、纣、始皇、王莽、曹操、桓温、安禄山、秦桧等，皆应劫而生者。大仁者，修治天下；大恶者，挠乱天下。清明灵秀，天地之正气，仁者之所秉也；残忍乖僻，

---

① 梅芙·恩尼斯、珍妮弗·帕克：《梦》，第 33 页。生活·读书·新知三联书店，2003 年 1 月北京第 1 版。

② 同上。

天地之邪气，恶者之所秉也。”此段宏论说得极为明白，无论正气邪气，皆天地之气，所秉者无论大仁大恶，皆与生俱来，二者相遇，则“正不容邪，邪复妒正”。大仁者并非无恶，大恶者并非无仁。在现代社会中，许多优秀人物翻身落马，亦是仁者有恶的佐证。因此，我们完全没有必要把“兽性”这个词看得过于野蛮过于败坏，它不过是人性两面中与光明面相对立的阴暗面而已，正如阳光下的影子，它不仅是客观存在的，也是永远甩不掉的。

现在再回到道婆的梦。这是一个杀人梦。一般而言，杀人梦具有相当的原始的残暴性，与现实社会中的社会道德和法律相违背，证实了人性中那些邪恶因素的存在，反映了人类早期的野蛮遗留。一些人做了类似的杀人梦之后，会感到良心上的不安，甚至会长时间地自责。梦研究者通过长期研究后发现，做杀人梦虽说揭示了人性丑恶的兽性的一面，但在心理上却可以缓解梦者内心的压抑，也可以消弭一些恶的倾向，释放一些愤懑之气或冤屈之气，有利于调整心理，实现新的心理平衡，其实是一件好事，正是梦的抚慰功能的一种特殊表现。栊翠庵道婆之所以梦见妙玉被人杀了，也许她正和贾环一样十分忌恨妙玉的为人，清高自傲，目下无人，平时并不把她这个道婆放在眼里，现在看见妙玉叫人杀了，“我才趁愿呢!”从这个角度看，这是道婆的一个愿望满足梦。杀人，意味着消灭、消失，也许道婆并不真正希望有人来杀死妙玉，而只是希望让妙玉那种孤傲的个性从她眼前消失。这样的话，妙玉被杀便具有象征意义，象征妙玉身上不能被道婆所接受的道婆希望它消失的个性或某个部分。当然，也不能忽视道婆内心深处的邪恶之念。从另一个角度看，在第八十七回妙玉坐禅走火入魔时，道婆一直守护在妙玉身边，当妙玉讲胡话说我要回家去时，道婆还告诉她“这里就是你住的房子”，道婆还倒上茶来给妙玉喝了，请来大夫后，道婆又向大夫介绍了妙玉打坐的情况，前前后后忙乎了一天一夜，全过程见证了妙玉走火入魔的情况，亲耳听见了妙玉在噩梦中痛斥强徒的骂语。也许是这一次经历在她心中留下了深刻印象，由听到盗贼劫持妙玉、持刀执棍逼勒妙玉以及妙玉咒骂盗贼、哭喊求救的情景，延续到梦中，顺理成章地认为因妙玉不从而被盗贼杀死。这样成梦的可能性更大，这仅仅只是对妙玉生死前途的一种推测，并无丝毫恶意在内，更不存在希望妙玉死去的主观愿望。相反，毕竟在同一个庵里修行，倒表现了道婆对妙玉的怜悯与惋惜，反映了一个修行人的慈悲之心。我们发现，同是道婆说出的一个梦象，竟然作出了善恶截然相反的两种解析。究竟哪一种解析更贴近道婆的内心真实呢？原本只要看看妙玉与道婆之间相处的关系，就能轻易得出答案，遗憾的是小说中缺乏两人之间相处关系的描述，因此就只好这样恶善俱陈，正反参照了。

道婆之梦是通过贾芸说出来的，像这样的“说梦”，前文中已出现过七次：宝玉梦之八，说林妹妹要回南去之梦；宝玉梦之九，说杏花神之梦；凤姐梦之二，说宫人夺锦之梦；卍儿母之梦，说生儿见锦梦；刘姥姥之梦，说观音送子梦；贾母之梦，说见元妃娘娘梦；甑宝玉之梦，说游太虚幻境梦。加上此梦共八次，占全书总梦数的20%，可见“说梦”的现象颇为普遍。在梦学界有句大实话，叫“做梦自由，说梦不自由”。做梦与说梦的原则区别，就在于做梦是在没有伦理道德王法规章的虚幻王国里进行，而且这个王国只存在于梦者个人的大脑里，别人一无所知；说梦却进入了有伦理道德王法规章的现实社会，梦一说出来，就至少有另外的一个人知道，就要受到现实社会的规范和约束。这就是不自由了。比如道婆说“妙玉叫人杀了”还不碍大事，倘若梦见皇帝被人杀了又说了出来，便犯有诅咒皇帝的欺君大罪，非被杀头不可；或者，道婆说梦见张三杀了妙玉，张三听见后，势必要追究道婆的诬谄罪，至少也要追究名誉损害罪。所以说，说梦并不自由，不是什么梦都可以毫无顾忌地说出来的。更有甚者，有的民族或部落，把梦与现实等同起来，如新几内亚的卡伊部落和西非阿山提人，他们就是把虚幻的梦与现实的生活等同起来，他们认为，如果一个人做梦与人通奸，便要按现实生活中通奸的刑律对这个人进行惩罚。像这种情况，说梦就更要慎之又慎了。然而，世界毕竟还是有许多的人说出了许多的梦，也正是因为有说梦才有梦的交流与积累，这才使我们看见了一个既多姿多彩又光怪陆离的梦世界。

俗话说得好：问题说出来，也就解决了一半。生活是这样，梦也如此。和亲友或同伴说出自己的梦，一方面有助于记住这个梦，另一方面，或可从亲友同伴那儿获得对梦的解析，从而解疑解惑，得到某种抚慰和启迪。这是最常见最普遍的说梦心理，即求解心理。据史书记载，有一次诸葛亮挥兵北谷口，让猛将魏延为前锋。夜里，魏延梦见自己的头上长出了一对犄角，不知道预示什么，于是将梦说给解梦高手赵直听，赵直听后说："麒麟有角而不用，此不战而贼欲自破之象也。"魏延一听，欣然领兵前往，果然不战而胜。像宝玉说林妹妹要回南去之梦、凤姐说宫人夺锦之梦、贾母说见元妃娘娘之梦、甑宝玉说游太虚幻境之梦等，大都包含有求解心理，至于说出梦来有解无解都无关紧要，似乎只要说出来了，就已经得到了某种情绪的释放，若得到善解，则更有利于调整心态，恢复心理平衡。因此，凡以求解心理出发的说梦，总的来说是积极有益的。另有一种说梦心理，即迷信心理，梦见神仙赐福或梦见恶鬼索命之类的以后，深信不疑。好梦说出来似乎期盼得到别人的认同，真的会进财得福；坏梦说出来，似乎倾向于忏悔，期盼得到别人的宽容和安慰。凡信迷信的人，大多缺少主见，因此特别愿意将梦说出来以便聆听别人的意见。世界上信迷信的人不少，然而利用迷信的人更多，可以称之为利用迷信心理或欺诈心理。他们自己并不信迷信，却往往利用迷信来欺诈他人。在全世界古往今来的梦记录中，这种利用迷信而说出来的梦例，俯拾皆是，其中尤以皇命天授这类主题的说梦最为突出。为了证明当然也是欺骗世人相信自己是真命天子，历代帝王在登基之前或登基之后，往往会说出一些梦天、梦日、梦月、梦龙之类的梦来。如黄帝告诉天老："余梦见两白龙挺白图以授余。"尧梦攀天而上；汤梦及天而舐之；夏禹梦乘舟月中过；高祖之母刘媪梦与神通，见蛟龙于其上而有孕，遂产高祖，是为"龙种"；薄姬梦苍龙据腹而生代王；孝景王皇后梦日入怀而生武帝等等。一个人偶有这类梦似还可信，但众多帝王母后用同一个模子做这类梦，就完全不可信了，完全可以认为是"拉虎皮做大旗"的欺骗行径，这种手法连贾宝玉也学会了，他胡编乱捏了一个杏花神的假梦，说出来后居然吓跑了那个纠缠不休的婆子，将藕官从为难境地解脱出来。这类假梦是不难戳穿的，只要揣摩一下说梦人的说梦心理，就可以真假立辨。然而，有时候愈是假梦愈编得活灵活现，真到了不由你不信的地步。假梦以假乱真，真梦倒成假梦，这倒正合上太虚幻境大石牌坊两边的对联了：

假作真时真亦假；

无为有处有还无。

常言道：人生如梦，梦说人生。倘若不介意权威，不介意版权，我们不妨将《西游记》改说为《西游梦》，《水浒传》改说为《水浒梦》，《封神榜》改说为《封神梦》，甚至将史书《三国志》改说为《三国梦》。一本小说一个梦，一部史记一个梦，此意果通，世上何止一《红楼梦》耶！

往事如过眼云烟，云烟即梦！

2011 年 7 月初稿　于朝阳村

2014 年 8 月二稿　于群芳园

2017 年 5 月三稿　于广济桥

后 记

初中时节，与《红楼梦》第一次握手，它的巨大魅力深深吸引了我，从此不离不弃。后来无论是在广州军区政治部当记者，还是转到《人民公路报》当记者直至主编，我对《红楼梦》的钟爱热度不减，迤逦同行六十年，至今爱不释手；尤其是有缘得识红学文字，高雅点评，落英缤纷，目不暇接，常读常新，犹似一颗宝玉，愈摩挲愈清亮。

红楼有梦，我亦有梦。自 60 岁起，连续 10 余年记录梦境 13000 多个，自析梦境 3000 余个；在此期间，奥地利医生弗洛伊德进入我的认知，他的划时代巨著《梦的解析》像一盏神灯，将我的一万多个梦照得通明雪亮。围绕弗氏梦学理论，我像海绵吸水一样，以 10 余年时光博览梦学理论群书 3000 多万字，由浅入深领会梦学真谛，努力追寻从记梦（实践）到学梦（理论）直到解梦（理论联系实际）的飞跃之路，深感这是一条趣味盎然又无止尽的漫漫求索之路。

先读《红楼梦》60 年，后读《梦的解析》10 余年，偶然之中，当将两部巨制联系到一起时，灵光一闪，感到有一缕暗香在胸中涌动：雪芹公以李白之笔，写梦生花；

弗洛翁以庖丁之刀，析梦如解牛。中西两位巨人，心有灵犀，实践在前，理论随后，珠联璧合，相映成趣。由此忽生狂想，何不以弗洛翁之刀解析曹高公之梦？

岂料这是一个动力十足的狂想！

至此，心无旁骛，专一致志，晨昏之间，将《红楼梦》重读百十余遍，不觉间只见页破书残；又将《梦的解析》细读再三，深研再四，字里行间，锋刃闪灼。一旦操刀在手，《红楼梦》中42个梦中梦一一迎刃而解，恰似水到渠成一般。

古今中外，大凡文学家似乎拥有一个共识，即梦的描写可以表达更深层次的心理活动和隐秘思想，由此而将写梦当作了文学创作的重要手段。这种认知外延到读者和评论家，也很自然而然地将文学作品中的梦境描写当作创作方法来读来评，很少有人从梦学的角度对文学作品中的梦境进行解析深究。

我的这次尝试，就是从解析梦的内涵、意境、缘由这样的角度入手，对《红楼梦》中各种梦境的描写进行解剖，力图以梦的解析来更为深入地探讨《红楼梦》的人物设计、情境布局、全篇架构等宏观层面以及人物心理、作者意图、写梦缘由等微观层面的潜在理境，为《红楼梦》的研究提供一个别具一格的模式。

这个模式的理论依据是作家们写梦的动机、目的与弗洛伊德关于梦是潜意识的表露以及梦是愿望的满足这个核心论点高度契合；这个模式的实践结果是将对梦的心理分析与文学作品对人物的心理描写融合为一，使得对文学作品中的梦进行解析成为客观可行，从而实现梦学与红学相结合，互为表里，交相辉映，并行不悖，开辟出一片研究红楼的新天地。

也许，这是第一次吃螃蟹吧，童稚无惧的涉险和妙不可言的滋味，皆是始料未及的。细细思之，若将这个模式类而推之，运用到一切具有梦境描写的文学作品之中，对于提高阅读质量和评点水平无疑大有裨益，实际上是梦学与文学在更加广阔的天地实现双赢。

在此书即将付梓之际，不得不由衷地感谢本书的责任编辑，用“慧眼识珠”和“伯乐相马”尚不足以形容他对书稿的赏识，用“提携后学”和“循循善诱”亦不足以形容他对我的支持和鼓励，唯有以继续学研力出新境为报。

同时，对书社领导对老年新手的热情扶植，表示衷心的感谢！

人生能有几回搏，但得一纸遗后人，吾愿偿矣！

2017. 6. 12

附

《红楼梦》嵌“梦”字之诗词歌赋联签回目全览

第四十八回“慕雅女雅集苦吟诗”中，庚辰本脂批曰：“一部大书起是梦，宝玉情是梦，贾瑞淫又是梦，秦之家计长策又是梦，今作诗也是梦，一并风月鉴亦从梦中所有，故‘红楼梦’也，余今批评亦在梦中，特为梦中之人特作此一大梦也。”

余集嵌“梦”字诗词歌赋联签回目44处，为脂砚斋作一小注。

我国唐诗宋词中有不少嵌有“梦”字的作品，成为千古流芳万人传诵的佳作。一个“梦”字，隐含了多少幽情，包罗了几多意境，往往诗词中出一个“梦”字，便具有画龙点睛、提升美感的作用，使人读来倍感亲切，诗意盎然，情思飞扬，心醉神迷，诵之再三，不忍释手。如白居易《长恨歌》：“悠悠生死别经年，魂魄不曾来入梦”；陆游《十一月四日风雨大作》：“夜阑卧听风吹雨，铁马冰河入梦来”；南唐李后主词：“多少恨，昨夜梦魂中，还似旧时游上苑，车如流水，马如龙，花月正春风”；杜牧诗：“远梦归侵晓，家书到隔年”；杜甫《梦李白》：“故人入我梦，明我长相忆”、“三夜频梦君，情亲见君意”；苏轼词《永遇乐》：“燕子楼空，佳人何在？空锁楼中燕。古今如梦，何曾梦觉，但有旧欢新怨”；杜牧：“十年一觉扬州梦，赢得青楼薄幸名”等等。在我国古典文学中，亦有不少嵌入“梦”字的诗词歌赋，推其翘楚，非《红楼梦》莫属。吾读其诗，爱不释手。见第一回第一首诗后有甲戌本脂批曰：“余谓雪芹撰此书中，亦为传诗之意。”便忽发奇想：以吾遍检之举，免君寻觅之苦。于是遍检全书，将所有嵌入“梦”字的诗词歌赋，按章回顺序排列于后。精华尽铺陈，与君共赏析；聊以慰曹翁，拳拳传诗意。

张宜泉挽诗《伤芹溪居士》：

北风图冷魂难返，
白雪歌残梦正长。

脂评凡例

诗曰：

浮生着甚若奔忙，
盛席华筵终散场。
悲喜千般同幻渺，
古今一梦尽荒唐。
谩言红袖啼痕重，
更有情痴抱恨长。
字字看来皆是血，

十年辛苦不寻常。

第五回

宋学士秦太虚对联：

嫩寒锁梦因春冷，

芳气袭人是酒香。

山后有人作歌曰：

春梦随云散，飞花逐水流。

寄言众儿女，何必觅闲愁。

元春歌词：

二十年来辩是非，

榴花开处照宫闱。

三春争及初春景，

虎兔相逢大梦归。

探春歌词：

才自精明志自高，

生于末世运偏消。

清明涕送江边望，

千里东风一梦遥。

迎春歌词：

子系山中狼，

得志便猖狂。

金闺花柳质，

一载赴黄梁。

元春歌词：

［恨无常］喜荣华正好，恨无常又到。眼睁睁，把万事全抛。荡悠悠，把芳魂消耗。望家乡，路远山高。故向爹娘梦里相寻告：儿命已入黄泉，天伦呵，须要退步抽身早！

凤姐歌词：

［聪明累］机关算尽太聪明，反算了卿卿性命。生前心已碎，死后性空灵。家富人宁，终有个家亡人散各奔腾。枉费了，意悬悬半世心；好一似，荡悠悠三更梦。忽喇喇似大厦倾，昏惨惨似灯将尽。呀！一场欢喜忽悲辛。叹人世，终难定！

李纨歌词：

［晚韶华］镜里恩情，更那堪梦里功名！那美韶华去之何迅！再休提绣帐鸳衾。只这戴珠冠，披凤袄，也抵不了无常性命。虽说是，人生莫受老来贫，也须要阴骘积儿孙。气昂昂头戴簪缨，气昂昂头戴簪缨；光灿灿胸悬金印；威赫赫爵禄高登，威赫赫爵禄高登；昏惨惨黄泉路近。问古来将相可还存？也只是虚名儿与后人钦敬。

回末诗：

一场幽梦同谁近，千古情人独我痴。

第十三回

［戚序回前］脂批诗：

生死穷通何处真？英雄难遏是精神。

微密久藏偏自露，幻中梦里语惊人。

第十七回

"兰风蕙露"轩对联:(宝玉作)

吟成豆蔻诗犹艳;睡足酴醾梦也香。

第十八回

"潇湘馆"五言律:(宝玉作)

秀玉初成实,堪宜待凤凰。
竿竿青欲滴,个个绿生凉。
迸砌防阶水,穿帘碍鼎香。
莫摇清碎影,好梦昼初长。

"蘅芜苑"五言律:(宝玉作)

蘅芜满净苑,萝薜助芬芳。
软衬三春草,柔拖一缕香。
轻烟迷曲径,冷翠滴回廊。
谁谓池塘曲,谢家幽梦长。

第二十三回

春夜即事诗:(宝玉作)

霞绡云幄任铺陈,
隔巷蟆更听未真。
枕上轻寒窗外雨,
眼前春色梦中人。
盈盈烛泪因谁泣,
点点花愁为我嗔。
自是小鬟娇懒惯,

拥衾不耐笑言频。

夏夜即事诗：（宝玉作）

倦绣佳人幽梦长，
金笼鹦鹉唤茶汤。
窗明麝月开宫镜，
室霭檀云品御香。
琥珀杯倾荷露滑，
玻璃槛纳柳风凉。
水亭处处齐纨动，
帘卷朱楼罢晚妆。

冬夜即事诗：（宝玉作）

梅魂竹梦已三更，
锦罽鹴衾睡未成。
松影一庭惟见鹤，
梨花满地不闻莺。
女儿翠袖诗怀冷，
公子金貂酒力轻。
却喜侍儿知试茗，
扫将新雪及时烹。

第二十五回

癞头和尚诗：

粉渍脂痕污宝光，
绮栊昼夜困鸳鸯。

沉酣一梦终须醒，
冤债偿清好散场！

第二十六回

形容黛玉呜咽诗：

花魂默默无情绪，
鸟梦痴痴何处惊。

第三十八回

蘅芜君“忆菊”诗：（宝钗作）

怅望西风抱闷思，蓼红苇白断肠时。
空篱旧圃秋无迹，瘦月清霜梦有知。
念念心随归雁远，寥寥坐听晚砧痴，
谁怜我为黄花病，慰语重阳会有期。

枕霞旧友“供菊”诗：（史湘云作）

弹琴酌酒喜堪俦，
几案婷婷点缀幽。
隔坐香分三径露，
抛书人对一枝秋。
霜清纸帐来新梦，
圃冷斜阳忆旧游。
傲世也因同气味，
春风桃李未淹留。

枕霞旧友“菊影”诗：（史湘云作）

秋光叠叠复重重，

潜度偷移三径中。
窗隔疏灯描远近，
篱筛破月锁玲珑。
寒芳留照魂应驻，
霜印传神梦也空。
珍重暗香休踏碎，
凭谁醉眼认朦胧。

潇湘妃子“菊梦”诗：（林黛玉作）

篱畔秋酣一觉清，
和云伴月不分明。
登仙非慕庄生蝶，
忆旧还寻陶令盟。
睡去依依随雁断，
惊回故故恼蛩鸣。
醒时幽怨同谁诉，
衰草寒烟无限情。

第四十五回

戚序回前词：

富贵荣华春暖，梦破黄梁愁晚。
金玉作楼台，也是戏场妆点。
莫缓，莫缓，遗却灵光不远。

“秋窗风雨夕”词：（林黛玉作）

秋花惨淡秋草黄，

耿耿秋灯秋夜长。
已觉秋窗秋不尽，
那堪风雨助凄凉！
助秋风雨来何速！
惊破秋窗秋梦绿。
抱得秋情不忍眠，
自向秋屏移泪烛。
泪烛摇摇爇短檠，
牵愁照恨动离情。
谁家秋院无风入？
何处秋窗无雨声？
罗衾不奈秋风力，
残漏声催秋雨急。
连宵脉脉复飕飕，
灯前似伴离人泣。
寒烟小院转萧条，
疏竹虚窗时滴沥。
不知风雨几时休，
已教泪洒窗纱湿。

第四十八回

吟月诗：（香菱作）

非银非水映窗寒，
试看晴空护玉盘。

淡淡梅花香欲染，
丝丝柳带露初干。
只疑残粉涂金砌，
恍若轻霜抹玉栏。
梦醒西楼人迹绝，
余容犹可隔帘看。

第五十回

即景诗联句：

斜风仍故故，（黛玉作）
清梦转聊聊。（宝玉作）

咏红梅花诗：（邢岫烟作）

桃未芳菲杏未红，
冲寒先已笑东风。
魂飞庾岭春难辨，
霞隔罗浮梦未通。
绿萼添妆融宝炬，
缟仙扶醉跨残虹。
看来岂是寻常色，
浓淡由他冰雪中。

咏红梅花诗：（薛宝琴作）

疏是枝条艳是花，
春妆儿女竞奢华。
闲庭曲槛无余雪，

流水空山有落霞。
幽梦冷随红袖笛，
游仙香泛降河槎。
前身定是瑶台种，
无复相疑色相差。

第五十二回：

真真国十五岁女孩诗：

昨夜朱楼梦，今宵水国吟。
岛云蒸大海，岚气接丛林，
月本无今古，情缘自浅深。
汉南春历历，焉得不关心。

第六十三回

湘云掣签词：

香梦沉酣。

第七十回

西江月词：（薛宝琴作）

汉苑零星有限，隋堤点缀无穷。
三春事业付东风，明月梅花一梦。
几处落红庭院，谁家香雪帘栊？
江南江北一般同，偏是离人恨重！

第七十八回

芙蓉诗：（宝玉作，节选）

况乃金天属节，白帝司时，

孤衾有梦，空室无人。

桐阶月暗，芳魂与倩影同销；

蓉帐香残，娇喘共细言皆绝。

第七十九回

戚序回前诗：

静含天地自宽，动荡吉凶难定，

一啄一饮系生成，何必梦中说醒！

第八十九回

怡红主人悼晴雯词：（宝玉作）

随身伴，独自意绸缪。谁料风波平地起，顿教躯命即时休。孰与话轻柔？东逝水，无复向西流。想象更无怀梦草，添衣还见翠云裘。脉脉使人愁！

第九十八回

黛玉绝命时之诗：

香魂一缕随风散，

愁绪三更入梦遥！

第一百二十回

全文结束题诗：

说到辛酸处，荒唐愈可悲。

由来同一梦，休笑世人痴！

嵌“梦”字回目

第一回

甄士隐梦幻识通灵，贾雨村风尘怀闺秀

第五回

游幻境指迷十二钗　饮仙醪曲演红楼梦

第二十五回

魇魔法姊弟逢五鬼　红楼梦通灵遇双真

第三十六回

绣鸳鸯梦兆绛芸轩　识分定情悟梨香院

第八十二回

老学究讲义警顽心　病潇湘痴魂惊恶梦

第一百二十回

甄士隐详说太虚情　贾雨村归结红楼梦

图书在版编目(CIP)数据

梦解红楼/彭鑫鉴著. —长沙:岳麓书社,2018.5
ISBN 978-7-5538-0685-3

Ⅰ.①梦... Ⅱ.①彭... Ⅲ.①《红楼梦》研究
Ⅳ.①I207.411

中国版本图书馆 CIP 数据核字(2018)第 046243 号

MENG JIE HONGLOU
梦解红楼

作　　者:彭鑫鉴
责任编辑:杨云辉
责任校对:舒　舍
封面设计:风格八号　李文婷

岳麓书社出版发行
地址:湖南省长沙市爱民路 47 号
直销电话:0731-88804152　0731-88885616
邮编:410006
岳麓书社网址:www.yueluhistory.com

2018 年 5 月第 1 版第 1 次印刷
开本:890mm×1240mm　1/32
印张:14.25
字数:262 千字
印数:1—2 000
ISBN 978-7-5538-0685-3
定价:68.00 元

承印:长沙市宏发印刷有限公司

如有印装质量问题,请与本社印务部联系
电话:0731-88884129